Oliver Riede

Handarbeit

Oliver Riede

Handarbeit

Roman

Bibliografische Information der Deutschen Nationalbibliothek:
Die Deutsche Nationalbibliothek verzeichnet diese Publikation
in der Deutschen Nationalbibliografie; detaillierte bibliografische Daten sind im Internet über http://dnb.dnb.de abrufbar.

www.or-literatur.de

Verlag: BoD · Books on Demand GmbH, Überseering 33,
22297 Hamburg, bod@bod.de

Druck: Libri Plureos GmbH, Friedensallee 273, 22763 Hamburg

ISBN: 978-3-7693-5105-7

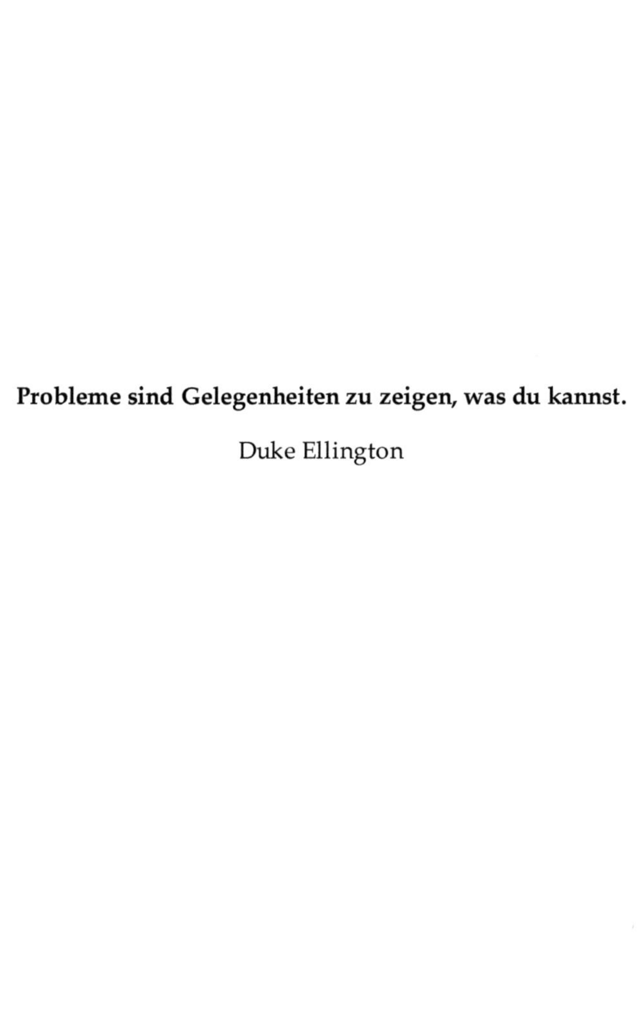

Probleme sind Gelegenheiten zu zeigen, was du kannst.

Duke Ellington

1

Der billige Kugelschreiber tippte im schnellen Stakkato auf die Tischplatte. Horst Jablonski starrte abwesend auf die gepflegten Hände, die den Stift hielten. Ohne Frage Hände, denen körperliche Arbeit fremd war. Ein zu breiter Ehering zierte den fast schon grazilen Ringfinger, das Licht der Neonlampe über dem Schreibtisch spiegelte sich im platinfarbenen Metall. Klavierhände, ging es Jablonski durch den Kopf. Nicht, dass er jemals einem Klavierspieler begegnet wäre. Aber so sagte man ja immer. Unwillkürlich warf er einen Blick nach unten auf seine Hände. Kurze, schwielige Finger, die Kuppe des rechten Daumens fehlte, seitdem er in der Nachtschicht vor etlichen Jahren mit der Hand in die Schneidemaschine gekommen war. Jablonski sah wieder auf. Der Mann im schicken dunkelblauen Anzug mit der glänzenden Krawatte, der sich mit jovialem Lächeln als »König, Ihr neuer Sacharbeiter« vorgestellt hatte, musterte mit gerunzelter Stirn den Monitor vor ihm. Die Augen bewegten sich gleichmäßig von oben nach unten, dann sprangen sie wieder nach oben, um ihre Reise von vorn zu beginnen. Dabei schnalzte er unaufhörlich leise mit der Zunge. Durch das Fenster hinter ihm sah Jablonski den wolkenverhangenen Berliner Sommernachmittag.

»Tja, Herr Jablonski«, sagte der Sachbearbeiter dann, lehnte sich lächelnd in seinem Stuhl zurück und ließ die Mine des Stifts in schnellem Tempo heraus- und wieder hineingleiten. Klick, klick, klick. »Ich habe mir Ihr Profil angesehen.«

»Profil?«, sagte Jablonski.

Herr König nickte bedeutungsschwer mit zusammengepressten Lippen. »Genau.«

Klick, klick, klick. Draußen begann es zu regnen, dicke Tropfen prasselten auf das Fensterbrett. Horst Jablonski fühlte, dass eine Reaktion von ihm erwartet wurde, hatte aber nicht die geringste Ahnung, was er sagen sollte. Was meinte der mit Profil?

»Was meinen Sie mit Profil?«, war dann auch alles, was ihm einfiel.

Sein Gegenüber sah ihn kurz belustigt an, schnellte dann in seinem Stuhl nach vorn und deutete mit dem Stift auf den Bildschirm. »Hier steht Ihr bisheriger beruflicher Werdegang. Ausbildung zum Feinmechaniker. Sechs Jahre bei Osram. Abgebrochene Meisterschule – na ja, das ist nicht so gut.«

»Da hatte ich schon Familie und musste ...«

König brachte ihn mit einer unwirschen Handbewegung zum Schweigen, ohne von seinem Bildschirm aufzusehen. »Ja, ja. Dann sechs Monate arbeitslos. Kann passieren, nicht wahr?« König lachte grunzend auf. »Schließlich fast dreißig Jahre bei der Süd-Berliner Papier GmbH, später aufgekauft durch die Global Paper Industries Ltd., vor fünf Jahren dann die Freisetzung.«

»Freisetzung?«, fragte Jablonski.

»Entlassung«, sagte König mit blasiertem Lächeln.

»Ach so. Freisetzung, ist ja drollig.«

»Wie auch immer. Ist doch gar nicht so schlecht Ihr, nun ja, Lebenswerk, oder?«

»Ich weiß nicht. Ganz in Ordnung, schätze ich«, sagte Jablonski achselzuckend.

»Das ist die eine Seite. Aber dann lese ich in Ihren Quelldaten, dass Sie dreiundsechzig Jahre alt sind.«

»Zweiundsechzig.«

»Bitte?«

»Zweiundsechzig. Ich habe im August Geburtstag. Sollte auch in Ihren Quelldaten stehen.«

»Von mir aus. So oder so, ich möchte ehrlich zu Ihnen sein.« Herr König bemühte sich um einen teilnahmsvollen Blick und nickte wieder bedeutungsschwer. »Das ist nicht einfach. Sie zu vermitteln, meine ich.«

»Nicht meine Schuld, dass die den Laden zugemacht und in den Osten verlagert haben. Und die Chinesen oder Inder oder sonst wer macht den Kram doch zum Spottpreis.«

»Niemand gibt Ihnen hier die Schuld, Herr Jablonski. Ich fühle da auch mit Ihnen, das können Sie mir glauben.« Er lächelte gequält. »Aber wir müssen der Realität ins Auge sehen, nicht wahr?«

Jablonski rieb sich die Schläfen. Er war müde, hatte nicht gut geschlafen in der letzten Nacht. Die Nervosität. Er hasste diese Termine, dieses Gefühl versagt zu haben. Nichts wert zu sein. Und das, nachdem er sich fast vierzig Jahre den Buckel krumm geschuftet hatte. Im wahrsten Sinne des Wortes. Und dann sitzt man einem glattrasierten Bubi gegenüber, der fast der eigene Enkel sein könnte und muss sich diesen Mist anhören. Aus eben dieser Nervosität hatte er gestern Abend dann auch möglicherweise ein, zwei Bier zu viel getrunken. Kopfschmerzen breiteten sich hinter der Stirn aus. Jablonski versuchte, ruhig zu bleiben.

»Ich meine ja nur«, sagte er. »Hab' da immerhin dreißig Jahre gearbeitet. Ganz unten habe ich angefangen, und zum Schluss war ich Schichtleiter, hatte Verantwortung für fünfzehn Kollegen. Dreißig Jahre.« Er schüttelte den Kopf. »Dreißig Jahre«, wiederholte er leise.

Der Sachbearbeiter schwieg, Jablonski hörte ihn leise mit den Fingerspitzen auf die Tischplatte trommeln. Dann klopfte Herr König auf das Holz – einmal, zweimal – und sagte gutgelaunt: »Wissen Sie was? Ich mache hier einen Vermerk. Sagen wir ... drei Monate? Schaffen Sie das?«

Jablonski sah auf. »Schaffen? Was?«

»Na, wieder in Arbeit zu kommen natürlich. Ich meine, Ihre Erfahrungen, das ist ja, also so schlecht schätze ich das nicht ein. Drei Monate. Ist realistisch.« Er tippte etwas in die Tastatur, ließ den Zeigefinger zur Bestätigung wuchtig auf die Maustaste nieder und breite anschließend die Arme aus. »Das hätten wir, nicht wahr, Herr Jablonski?«

»Drei Monate nur? Also Herr Neumann hat eigentlich immer sechs Monate eingetragen.«

»Ja, der Herr Neumann. Netter Kollege, wirklich. Vielleicht an der einen oder anderen Stelle zu nett, wenn Sie verstehen, was ich meine.« König blinzelte dümmlich über den Schreibtisch. »Hat die Zügel ein klitzekleines bisschen zu locker gelassen. Wie auch immer, Herr Neumann genießt seinen vorzeitigen Ruhestand sicher in vollen Zügen. Und ich werde da jetzt entsprechend –« Er machte eine kurze Pause, legte die Fingerspitzen aneinander und sah an die Decke, als würden dort die Worte stehen, die er suchte. »Nachjustieren«, sagte König schließlich gedehnt. »Also, drei Monate, nicht wahr?«

»Ja, also, äh, danke.«

»Ich mache nur meinen Job«, flötete der Sachbearbeiter und strich sich das glatte schwarze Haar in Form. Dann bedachte er Horst Jablonski mit einem ernsten Blick. »Ich hoffe, ich habe mich in Ihnen nicht getäuscht. Und natürlich werde ich weiterhin ihren Datensatz mit dem aktuellen Stellenpool abgleichen.«

Herr König erhob sich und reichte ihm über den Tisch eine Hand mit den dünnen Fingern. Wie von Jablonski befürchtet, war der Griff wachsweich. »Einen schönen Tag noch, Herr Jablonski«.

Jablonski sah wieder zum Fenster. Er konnte das gegenüberliegende Gebäude nur noch schemenhaft erkennen, so stark regnete es mittlerweile. Der Sachbearbeiter folgte seinem Blick, zuckte dann mit den Achseln.

»Na ja, machen Sie das Beste draus, Herr Jablonski, nicht wahr?«

»Sicher. Auf Wiedersehen.«

»Ganz bestimmt. Lassen Sie die Tür ruhig auf.«

Jablonski verließ das Büro, begleitet vom energischen Klacken der Computertastatur, und ärgerte sich darüber, dass er keinen Regenschirm mitgenommen hatte.

2

Die automatische Tür öffnete sich mit einem hektischen, elektronischen Dingdong. Dieter Wellenbrink sah von seiner Lektüre auf, einem Werbeprospekt, der die Vorzüge des neuen Skoda Octavias herauszustellen versuchte. Lustloser, schlurfender Gang, heruntergezogene Mundwinkel, die Hände in den Taschen der verbeulten Cordhose. Mit ziemlicher Sicherheit ein Nörgler, dachte Dieter. Er hatte es sich zur Gewohnheit gemacht, Kunden, die das Autohaus Klauß (»Mit Klauß fahren Sie raus«) betraten, anhand einiger Merkmale einer Kategorie zuzuordnen. Im Laufe der vier Jahre, die er hier arbeitete, hatte er festgestellt, dass sich die Kunden, obwohl sie den äußeren Eigenschaften nach so verschieden waren – Alter, Geschlecht, Kleidung und so weiter –, in ihrem Verhalten erstaunlicherweise einer von nur drei Gruppen zuordnen ließen. Sicher, dann und wann gab es einen Ausreißer, aber insgesamt stand die empirische Studie auf ziemlich festen Füßen.

Der »Informierte« hatte vorab wochenlang das Internet befragt und Dutzende von Automagazinen gewälzt. Alles nur aus der diffusen Angst heraus, von dem freundlichen Verkäufer über den Tisch gezogen zu werden. Es gab nichts, was Dieter zu diesem oder jenem Modell sagen konnte, das nicht mit einem blasierten »Ist mir schon bekannt« kommentiert wurde. Das waren schwierige Verkaufsgespräche, denn wie sollte er jemandem ein Produkt schmackhaft machen, das der Käufer besser kannte als er selbst? Allerdings waren sie nicht halb so schwierig wie das Aufeinandertreffen mit Kunden der zweiten Kategorie. Diese stellten das genaue Gegenteil zum Informierten dar und ließen sich alles, wirklich alles bis ins kleinste Detail erklären. Bis zur Funktionsweise einer Schraube an der

Unterseite der Beifahrertür. Seltsamerweise waren diese Art von Kunden fast ausnahmslos Frauen im Rentenalter, weswegen Dieter sie »Omas« nannte. Sie brachten ihn mit ihren Fragen nach dem was, wofür und warum schnell, viel zu schnell an die Grenzen seiner automobilen Weisheit, so dass er manchmal dazu überging, Bezeichnungen und ausführende Funktionen von Autoteilen zu erfinden. Da gab es dann eben den Lateralausgleichssensor oder das Turboregulationsrelais. Das Ärgerliche an den »Omas« war, dass sie nach zwei Stunden intensiven Verkaufsgesprächs mit einer bemerkenswerten Zuverlässigkeit den Kopf schüttelten, die Lippen schürzten und Sätze sagten wie: »Ich weiß nicht so recht, das sollte man ja auch nicht übereilen«. Anschließend stopften sie einen Haufen Werbematerial in den ausgebleichten Stoffbeutel und verließen den Laden.

Und dann waren da eben noch die »Nörgler«. Da sein Chef, Herr Klauß, gerade in einem Gespräch mit einer älteren Dame war (mit hundertprozentiger Sicherheit eine »Oma«), erhob sich Dieter seufzend von seinem Stuhl, trat hinter dem weiß lackierten Schreibtisch hervor, strich die Anzughose glatt und überprüfte mit der rechten Hand seine Frisur. Dann legte er ein Lächeln auf, schritt so energisch, wie es ihm an einem Donnerstagnachmittag (beziehungsweise an einem beliebigen Nachmittag in der Woche) noch möglich war, auf den Kunden zu und streckte ihm die Hand hin.

»Willkommen im Autocenter Klauß. Mit Klauß fahren Sie raus.«

Der Kunde ignorierte die ausgestreckte Hand und blickte sich missmutig um. »Lustiger Spruch«, murmelte er sarkastisch.

»Tja, das ist ...« Dieter leckte sich über die Lippen. Das Gespräch fing nicht gut an. »Nun gut, wonach suchen Sie? Ein Auto für sich, vielleicht für die Familie?«

Der Mann warf ihm einen Blick zu, als hätte Dieter ihn gefragt, ob er gern Mäusekot aß. »Sehe ich aus, als hätte ich eine Familie?«

»Also, ich weiß nicht.« Dieter merkte, wie ihm ein Schweißtropfen den Rücken herunterrann. Das dürfte schwierig werden. Und einmal mehr fragte er sich, warum er sich das an fünf, manchmal sechs Tagen in der Woche antat. Er wollte gar keine Autos verkaufen, im Grunde interessierte er sich nicht einmal besonders für Autos, zumindest nicht über ein rein praktisches Maß hinaus.

»Sie wissen es also nicht«, sagte der Mann, entnahm einem der im Verkaufsraum aufgebauten Metallständer ein auf dickes Papier gedrucktes Prospekt und fächelte sich theatralisch Luft zu. Was im Übrigen ein weiteres Merkmal der »Nörgler« war, denn die Luft im Geschäft war natürlich zu heiß, zu abgestanden, zu irgendwas.

»Ist das heiß hier, haben Sie keine Klimaanlage?«

»Schon«, bemühte sich Dieter einzuwenden, doch der Kunde hörte ihm gar nicht zu. Stattdessen schritt er jetzt an den ausgestellten Automobilen entlang. Allesamt Mittelklassewagen, so mittelmäßig wie der gesamte Laden in der mittelmäßigen Lage am Stadtrand von Berlin, nicht weit entfernt von dem ebenfalls mittelmäßigen Flughafen.

»Im Prinzip weiß ich gar nicht, was ich hier soll«, dozierte der Mann und strich sich den unsauber gestutzten Vollbart. »Ich meine, mein Auto tut es ja noch, nicht wahr? Aber da ich schon mal in der Nähe war ...«

Dieter war nicht ganz klar, was er damit meinte, lag das Autohaus Klauß doch weitab von allem, was man guten Gewissens mit »in der Nähe« bezeichnen könnte. Vor dem Eingang verlief die Bundesstraße, zwanzig Meter entfernt befand sich die Haltestelle einer Brandenburger Buslinie, die nächsten Nachbarn waren ein schäbig aussehendes Flughafenhotel und ein Nachtclub.

»Verstehe«, gab Dieter Wellenbrink vage zurück.

»Was können Sie mir denn so zeigen?«

Eine Stunde später verließ der Mann das Autohaus, nachdem er an jedem vorgestellten Modell etwas auszusetzen hatte – zu eckig, zu geschwungen, zu breit, zu schmal, zu wenig Fußraum im Fond, Raumangebot im Fond unnötig verschwenderisch, unübersichtliches Armaturenbrett, zu spartanisches Armaturenbrett, Spaltmaße, Türgeräusche, Beladungshöhe, Lage der A-Säule. Natürlich ohne eine Unterschrift unter einen Kaufvertrag gesetzt zu haben.

»Scheinbar gibt es hier doch nicht, wonach ich suche«, hatte er noch gesagt, dann waren die Flügel der automatischen Tür mit dem Dingdong, das Dieter an manchen Tagen bis in seinen Schlaf verfolgte, auseinandergeglitten und der Mann war hinaus in den heißen Sommernachmittag getreten.

Dieter atmete tief durch und ließ sich erschöpft auf den Stuhl plumpsen. Und nicht zum ersten Mal fragte er sich, warum sich sein Leben so entwickelt hatte.

Herr Klauß, ein fleischiger, untersetzter Mann mit Glatze, in der sich das Licht der Deckenstrahler spiegelte, watschelte mit einem Lächeln auf ihn zu. »Mensch Dieter, was machst du denn für ein Gesicht?« Dieter zuckte nur mit den Achseln. »Kann halt nicht immer klappen«, sagte Klauß. »Wirst schon sehen, den nächsten Kunden schnappst du dir.« Dabei schlug er mit der Faust in die offene Hand, dass es klatschte. Dann lachte er und schlug Dieter aufmunternd auf die Schulter.

»Ja, bestimmt«, sagte Dieter müde.

Herr Klauß musterte ihn stirnrunzelnd, dann sagte er: »Na, dann mach mal ruhig Feierabend. Wir sehen uns morgen.«

»Danke, Herr Klauß.«

»Na klar. Und denk dran, mit Klauß fahren sie irgendwann alle raus.« Herr Klauß lachte, dass sein Doppelkinn hüpfte. Dieter nickte demütig und machte sich auf den Weg zur S-Bahn in Richtung Neukölln.

3

»Alter, du tropfst.«

Grölendes Lachen riss Jablonski aus seinen Gedanken. Er stand in der S-Bahn an der Tür und hatte auf der Fahrt aus dem ungeliebten Lichtenberg zurück in das kaum weniger ungeliebte Nord-Neukölln starr aus dem Fenster geblickt. Nach dem kurzen, aber heftigen Regenschauer war die Wolkendecke wieder aufgebrochen, und der Zug war durch eine fast schon magisch glitzernde Landschaft millionenfacher Reflexionen von Sonnenlicht auf Wassertropfen gefahren.

Jablonski sah hinüber zu der Gruppe von Halbstarken, die sich auf der für Fahrgäste mit Fahrrad reservierten Sitzbank ausgebreitet hatte. Skateboards, schiefe Frisuren, breitbeiniger Sitz, unverschämtes Grinsen. Dann blickte er an sich herab. Die Anzugjacke, das Hemd und die Stoffhose waren vollgesogen mit Wasser. Vom Fußende der Hose fiel ein Wassertropfen auf den zerkratzen Waggonboden und vereinte sich mit seinen Vorgängern, die bereits einen veritablen Teich um die Sohlen seiner durchnässten Lederschuhe gebildet hatten.

»Digga, der kann seine eigene Pisse nicht mehr halten«, krächzte es wieder aus der Gruppe.

Jablonski wollte etwas sagen, verkniff sich den Spruch aber, als er die unterschwellige Wut in den Augen der Jungs sah. Aggressiv waren die und bereit, sich auf ihn zu stürzen. Was war nur los mit der Jugend? Woher kam dieser Frust? Die hatten doch alles, von klein auf. Er hingegen hatte arbeiten müssen, schwer arbeiten. Aber vielleicht war es genau das. Keine Ziele. Langeweile. Und er wäre das perfekte Ziel bei der Suche nach ein wenig Action. Nein, danke. Jablonski nickte knapp und sah wieder aus dem Fenster. Dann wurde seine Station aufgerufen.

Der Zug hielt im Bahnhof, er öffnete die Tür und stieg aus. Seine Schuhe quietschten bei jedem Schritt. Die Jugendlichen musterten ihn feindselig durch die Scheibe, blieben aber sitzen. Das Signal ertönte, die Türen schlossen sich wieder und der Zug fuhr an. Jablonski hob eine Hand und zeigte den Skatern grinsend den Mittelfinger. Dann stieg er die Treppe hinab auf die Sonnenallee.

Wenn man der nahezu parallel verlaufenden Karl-Marx-Straße mit einer gehörigen Portion Wohlwollen noch zuschreiben wollte, so etwas wie eine Flaniermeile zu sein, so war die Sonnenallee nur eine laute Verbindung zwischen zwei Punkten, die gesäumt war von Geschäften, in die Jablonski in neun von zehn Fällen keinen Fuß setzen würde. Handyshops, Dönerbuden, mit billigem Plastikschrott vollgestopfte Läden, in denen hinter dem Verkaufstresen stets die gleiche Art von übermäßig geschminkter Verkäuferin saß, die missmutig auf ihr Mobiltelefon starrte.

Jablonski hasste die Sonnenallee. Jedes Mal, wenn er den fettig-klebrigen Geruch der Fleischspieße roch, vor den Imbissbuden die auf Hochglanz polierten Luxusautos sah, die wie selbstverständlich auf der Fahrspur parkten, so dass sich der Bus noch mühsamer durch den Verkehr kämpfen musste, und sich dann den Bericht über das organisierte Verbrechen in diesem Bezirk ins Gedächtnis rief, den er vor einigen Wochen im Fernsehen verfolgt hatte, dann kam dieser Zorn in ihm auf. Alles ging irgendwie den Bach runter. Vorbei die Zeiten, als man stolz war auf das, was man mit ehrlicher Arbeit erreicht hatte. Wer sich anstrengte, stieg auf. Langsam, aber zuverlässig. Alles ohne Tricksereien oder krumme Dinger. So wie er selbst. Hatte es immerhin zu einem Reihenendhaus im Süden von Tempelhof geschafft. Zusammen mit seiner Susanne. Eine Tochter groß gezogen, ein normales Leben halt. Aber auch das war letztlich den Bach runtergegangen. Freiwillig wäre er kaum in diese Gegend gezogen, aber was war ihm übrig geblieben bei den

Mietpreisen in Berlin? Das Haus hatte er ihr überlassen. In einem schwachen Moment hatte Jablonski gedacht, sie hätte es doch verdient, nach so vielen Jahren mit ihm. Großer Mist, so sah er das heute.

Er bog in seine Seitenstraße ab. Hohe Bäume klauten hier den Rest vom Sonnenlicht, das sich noch in die enge Straße verirrte. Kurz darauf stand Jablonski vor dem Haus mit der grauen Fassade. Der Putz bröckelte ab, die Namen am Klingelbrett waren teilweise dreifach überklebt worden, jedes Mal liebloser. Die Haustür stand wie immer offen. Unter den Briefkästen im Hausflur stapelten sich die achtlos weggeworfenen Werbeprospekte der letzten Wochen. Irgendwann würde sich jemand erbarmen und den ganzen Müll entsorgen. Jablonski weigerte sich standhaft, diese Aufgabe zu übernehmen. Beim Blick in seinen Briefkasten ärgerte er sich wieder einmal über das konstante Ignorieren des »Keine Werbung«-Aufklebers und stopfte die Zettel in den Briefkasten neben seinem. Durch den Innenhof kam er in den Seitenflügel. Die kleine Zweizimmerwohnung lag im Erdgeschoss. Zu mehr reichte sein schmales Geld vom Jobcenter nicht. Er dachte an den gepflegten Vorgarten in Tempelhof (natürlich Susannes Werk), das gemütlich eingerichtete Wohnzimmer (ebenfalls Susanne) mit dem großen Fernseher (sein Beitrag) und seufzte tief, als er die Tür aufschloss.

Die Luft war abgestanden. Dazu hielt sich der unterschwellige Geruch nach Schimmel und alter Frau äußerst hartnäckig. Er hatte es mit tagelangem Lüften probiert, hatte die Wände gestrichen, den alten Teppich entfernt, literweise Raumspray vernebelt – nichts hatte geholfen. Der Vermieter hatte während der Besichtigung achselzuckend auf das Bett im Schlafzimmer gezeigt, das noch bezogen war. »Die Wohnung ist sehr kurzfristig frei geworden«, war sein Kommentar dazu. Das Interesse wäre riesig, bei der Lage und dem Preis, hatte er mit einem schmalen Lächeln hinzugefügt. Zwei Wochen hatte Jablonski

ausgemistet und renoviert, aber er machte sich nichts vor: Die
Wohnung würde niemals mehr sein als ein Nord-Neuköllner
Hinterhofloch.

Er schmiss die Dokumentenmappe auf den Küchentisch,
zog die nassen Kleidungsstücke aus und stellte sich unter die
heiße Dusche. Nur mit einem Handtuch um die Hüfte geknotet,
den dicker werdenden Bauch ignorierend, öffnete er anschließend eine Flasche Bier, stellte sich an das Küchenfenster und
schaute in den tristen Hinterhof.

4

Das Schlafzimmer sah aus wie der wahrgewordene rosarote Traum eines zwölfjährigen Mädchens. Ein breites Bett mit bunter Flauschdecke dominierte den kleinen Raum, auf einem Bord an der Wand über dem Kopfteil saßen Puppen in farbenfrohen Kleidern und starrten mit ihren glänzenden Augen ins Nichts. In dem kleinen Vitrinenschrank gegenüber standen ordentlich nebeneinander Einhornfiguren, gläserne Tierminiaturen und fröhlich grinsende Trolle. Lediglich das riesige Poster an der Wand mit dem halbnackten Paar, das sich vor einer Sonnenuntergangskulisse am Strand zärtlich in den Armen lag, deutete darauf hin, dass Silke Bessin kein Mädchen mehr war.

Sie stand vor dem Spiegel neben der Tür und knöpfte das dunkelblaue steife Hemd zu. Secu4U stand in gelben Buchstaben auf dem Brustaufnäher. Sie begutachtete ihr Spiegelbild, drehte sich, blickte über die Schulter in den Spiegel und zupfte den Stoff um ihr Gesäß locker. Kopfschüttelnd wandte sie sich ab.

»Blöde Uniform«, sagte sie leise zu sich. Silke ging durch den schmalen Flur in das winzige Badezimmer, in dem eben genug Platz war für ein spielzeuggroßes Waschbecken, eine Duschkabine und eine hinter dem Waschbecken in die Ecke gezwängte Toilette. Von der Ablage am Spiegel nahm sie einen Stift mit Wimperntusche und strich vorsichtig mit der Bürste über ihre Wimpern. Sie blinzelte einige Mal und musterte dann ihr Spiegelbild. Lange Sekunden blickte sie sich aus ihren blaugrauen Augen niedergeschlagen an, zuckte dann müde mit den Schultern und versuchte, mit den Fingerspitzen ihr strähniges braunes Haar zu richten.

Aus dem Flur ertönte der blecherne Gesang von Cyndi Lauper: *All through the night.* Silke streckte ihrem Spiegelbild die Zunge heraus, verließ das Badezimmer und warf einen Blick auf das Handydisplay. Gregor, das war ja klar, dachte sie. Sie stellte den Anruf auf Lautsprecher und zog sich eine blaue Uniformjacke an, während sie sprach. Auch wenn sie es in den letzten Wochen glücklicherweise geschafft hatte, wieder ein paar Kilo abzunehmen, fühlte sie sich in der Uniform des Sicherheitsdienstes, für den sie arbeitete, immer irgendwie eingezwängt.

»Gregor, was gibt's?«

»Hi Silke«, kam Gregors hohe Stimme aus dem Lautsprecher. Wenn er so gedehnt sprach, dann hatte er meistens ein Anliegen, das für sie mehr Arbeit bedeutete.

»Also?«

»Ja, die Sache ist die, mein Rücken bringt mich heute wirklich um.«

»Aha.« Silke war wieder vor den Spiegel im Schlafzimmer getreten und verrenkte sich halb den Hals, um sich von hinten sehen zu können. Der Stoff über ihrem Gesäß und den Oberschenkeln spannte unansehnlich. Ihre Stimmung wurde noch trübsinniger. »Ist ja mal was ganz Neues«, sagte sie schärfer, als sie es meinte.

»Nee, wirklich. Kann schon den ganzen Tag nur im Bett liegen.«

Silke wandte sich vom Spiegel ab, rieb sich ihre müden Augen. »Gregor, so wie ich dich einschätze, liegst du fast nur im Bett herum. Wo ist also der Unterschied?«

»Also das ist jetzt echt gemein. Heute ist halt echt schlimm.«

»Klar.« Silke seufzte. »Weißt du, vielleicht solltest du endlich mal ein bisschen abspecken, Sport treiben und so weiter.«

Gregor seufzte theatralisch. »Will ich doch. Das ist halt nicht so einfach.«

»Na ja. Dann muss ich heute wohl wieder mal allein Dienst schieben?«

Es entstand eine kurze Pause, bevor Gregor mit leiser Stimme sagte: »Sorry.« Es klang eher wie eine Frage.

»Das ist jetzt schon das dritte Mal in diesem Monat. Und du weißt, wie ich diese Nachtschichten allein hasse.«

»Es tut mir leid.«

Sie ging wieder in den Flur, zog die Schublade der Kommode auf und nahm den Schlüsselbund heraus, ließ ihn zwischen den Fingern klingeln. Dann lehnte sie sich gegen die Kommode und atmete tief durch.

»Schon gut«, sagte Silke mit sanfterer Stimme. »Kannst ja nichts dafür. Aber der Krause hat dich auf dem Kieker, das weißt du doch.«

»Der blöde Krause.«

»Allerdings.« Silke lächelte.

»Kannst du ein gutes Wort für mich einlegen, Silke?« Gregor klang so, wie sich Silke die Stimme eines geprügelten Hundes vorstellen würde, der sich bei seinem Peiniger lieb Kind machen wollte, weil ein Hund eben so war.

»Na klar«, sagte Silke. »Ich weiß aber nicht, ob das was bringt.«

»Hey, dir kann der Krause doch nicht widerstehen.«

Silke konnte Gregors Grinsen förmlich hören. »Schon klar«, sagte sie mit gespielt beleidigter Stimme.

»Na hör mal, wenn ich sehe, wie der immer auf deinen Hintern glotzt.«

Silke lachte kurz auf. »Du meinst meinen viel zu breiten Hintern?«

»Also, eins sag ich dir. Wenn ich nicht auf Männer stehen würde, dann würde ich dich gnadenlos anbaggern. Dich und deinen Hintern, der vielleicht, nur vielleicht, ein klitzekleines bisschen, also quasi unwesentlich breit ist.« Gregor kicherte sein typisches Gregor-Kichern, das sie so mochte und das ihr schon durch einige der schier endlosen, langweiligen Nachtschichten geholfen hatte. Wenn er ihr von seinem Leben berichtete, das so ganz anders war als ihres. Orte, die sie nicht kannte, eine Herangehensweise an das Thema körperliche Liebe, die ihr fremd und auch ein wenig unangenehm war. Aber sie hörte trotzdem gern zu. Sie saßen dann in ihrem kleinen Kabuff, tranken den widerlich bitteren Kaffee aus dem Automaten im Verkaufsraum und bewachten Autos, die sie sich in drei Leben nicht leisten konnten. Gregor war in dem knappen Jahr, das sie jetzt zusammen arbeiteten, so etwas wie ein Freund geworden, auch wenn sie sich außerhalb der Arbeit nie sahen. Seine wiederholten Angebote, doch mal mitzukommen am Wochenende, hatte sie bisher immer ausgeschlagen. Vielleicht war sie ja ein wenig prüde, denn der Gedanke, mit ihm durch die Gay-Bars der Stadt zu tingeln, erzeugte in ihr ein unbehagliches Gefühl.

»Danke, Gregor, auch wenn ich weiß, dass du es nicht ernst meinst.«

»Ach komm, du bist eine tolle Frau. Das kann sogar ich sehen.«

Silke zuckte mit den Achseln. »Lassen wir das. Ich werde auf jeden Fall nur Gutes über dich erzählen, falls der Krause fragt.«

»Dann vergiss aber nicht, sexy Unterwäsche anzuziehen dafür.«

»Gregor«, gab Silke mit mahnender Stimme zurück, fast hätte sie den Zeigefinger erhoben.

»Alles klar, alles klar, meine Liebe. Das war jetzt *one step too far*. Verstehe schon. Hey, ich danke dir Silke«, sagte er mit ungewohnt ernster Stimme.

»Kein Problem. Sieh zu, dass dein Rücken wieder gesund wird. Sonst bist du den Job los. Und das wäre wirklich schade. Auch für mich.«

»Ich liebe dich auch, mein Herz.« Wieder das Kichern. Silke musste grinsen. Auch weil sie wusste, oder zumindest ahnte, dass nicht der Rücken Schuld daran war, dass Gregor nicht zur Arbeit erscheinen würde, sondern eine heftige Feierei, die sich wieder bis in die Mittagsstunden des Folgetages gezogen hatte.

»Also, ich muss dann mal«, sagte sie.

»Klar. Ich wünsche dir eine ereignislose Schicht. Wir telefonieren die Tage.«

»Machen wir. Tschüss.«

Silke beendete das Gespräch und steckte das Handy in die Jackentasche. Dann nahm sie eine zerkratzte Frühstücksdose aus dem Kühlschrank und eine kleine Flasche Wasser aus dem Regal, schob beides in ihre Tasche und verließ mit einem Blick auf die Uhr ihre Wohnung.

Drei Aktenordner. Drei mit seiner krakeligen Handschrift beschriftete, mittelgroße, schwarze Ringordner – das war alles, was von seinem Leben mit Susanne übrig geblieben und den Weg mit ihm in seine neue Wohnung gegangen war. Versicherungen, stand auf dem einen. Arbeit, auf dem anderen. Und schließlich: Ehe/Scheidung. Die Ordner standen auf dem wackeligen Regal, das Jablonski zusammen mit nahezu der kompletten übrigen Einrichtung in einer Hauruckaktion in einem preiswerten Möbelgeschäft gekauft hatte. Er war zwar nicht ungeschickt, würde sich sogar als handwerklich einigermaßen begabt beschreiben – immerhin hatte er fast alle Reparaturen an seinem Haus selbständig durchgeführt – aber der Aufbau der Möbel hatte ihn fast den letzten Nerv gekostet. Sicher, Jablonski war nicht der in sich ruhende Buddha, eher im Gegenteil, aber das hatte sich schon als besondere Herausforderung für ihn dargestellt. Und so hatte er irgendwann im Laufe eines grauenvollen, wolkenverhangenen Nachmittags, an dem sich das Fehlen einer für die unerwartet knifflige Arbeit mit winzigen Schrauben und seitenlangen Aufbauanleitungen geeigneten Lichtquelle geradezu körperlich bemerkbar machte, die Waffen gestreckt und mit einem Achselzucken und einem großen Schluck von dem lauwarmen Bier (der bestellte Kühlschrank war aufgrund einer »technischen Störung im Logistikzentrum« nicht wie erwartet geliefert worden) den wackeligen und schiefen Zustand von Regal, Bett und Schrank akzeptiert. Erstaunlicherweise war noch keines der Möbelstücke zusammengefallen und so sah Jablonski auch keinen Grund, sich der Folter des Nachjustierens auszusetzen.

Drei Aktenordner, die im Grunde sein Leben beschrieben. Versicherungen, Arbeit und Ehe/Scheidung. Jablonski nippte an dem Bier, zog das Handtuch unter dem Bauch enger. Er hatte sich immer einigermaßen fit gehalten. Ein wenig Gewichte stemmen, Fahrrad fahren, früher das Boxen, aber in den letzten Monaten hatte eine Behäbigkeit von ihm Besitz ergriffen, die dazu führte, dass er sich kaum noch bewegte und der Kampf gegen die Pfunde immer schwerer wurde.

Jablonski griff nach dem dritten Ordner und blätterte in den Unterlagen. Viel gab es nicht. Er hatte sich nicht gegen ihren Willen gewehrt, sich von ihm scheiden zu lassen. Und so war das Ganze im Prinzip eine Formsache gewesen. Rechtskräftige Scheidung, das hatte er sich gemerkt. Als letztes Dokument war die Scheidungsurkunde eingeheftet. Im Namen des Volkes. Jablonski musste schmunzeln. Was zum Teufel hatte denn das Volk mit ihm und Susanne zu tun?

Beim Blick auf das Datum stutzte er. Morgen würde es ein Jahr her sein. Aber was war schon ein Jahr? Nach fünfunddreißig Jahren Ehe. Tatsächlich war es doch wohl so, dass er niemals so lange geschieden sein würde, wie er verheiratet gewesen war. Selbst bei bester Lebensführung nicht. Und da bestand wenig Hoffnung, bei der Menge an Currywürsten und den viel zu regelmäßigen Abenden im »Stübchen«.

Und nicht zum ersten Mal fragte er sich, wann das mit seiner Ehe den Bach hinunterging. Nicht mit Groll dachte er daran. Nein, er konnte Susanne vollkommen verstehen, kannte Jablonski doch seine Macken. Rückblickend war es eher ein Wunder, dass sie es überhaupt so lange mit ihm ausgehalten hatte. Andererseits, war es nicht er gewesen, der immer malocht hat, um ihr und der Tochter ein schönes Heim zu ermöglichen? Und was hatte er davon? Die Exfrau genoss jetzt in seinem Haus das Leben an der Seite dieses Arschs von einem Finanzbeamten und Gabi lebte im Ausland und hatten immer »irgendwie zu viel zu tun«, um sich mal nach seinem

Wohlergehen zu erkundigen. Wenn er es also genau betrachtete, war da doch eine Menge Groll.

Und dann noch dieser Lackaffe im Jobcenter. Was wusste
der denn schon vom wahren Leben? Saß sich seinen Hintern
breit und klapperte mit den manikürten Händen auf der Tastatur herum. Jablonski hoffte nur, dass er ihn in Ruhe lassen
würde. Er hatte genug geleistet – Arbeit, Haus, Familie, immer
seine Steuern bezahlt, nie was verlangt. Jetzt hatte er keinen
Bock mehr. Er leerte die Flasche, zog sich an und machte sich
auf den Weg ins »Stübchen«.

6

Das »Stübchen« lag nur zwei Ecken von seiner Wohnung entfernt und war, wenn man ehrlich sein wollte, eine ziemlich heruntergekommene Spelunke. Beides kam Horst Jablonski sehr gelegen. So hatte er es nie weit, wenn ihm nach Gesellschaft und dem einen oder anderen Bier war und außerdem bestand wenig Gefahr, dass sich diese schrecklichen Studenten oder »Ich bin Schauspieler, vor allem experimentelles Theater«-Typen mit ihren schrägen Frisuren und seltsamen Brillengestellen, die alle diesen abwesenden und zugleich überheblichen Blick drauf hatten und sich hier wie eine langsam ausbreitende Krankheit breitmachten, in seine Kneipe verirrten. Und taten sie es doch einmal, sorgte Fred, der Besitzer/Gastwirt/bester Kunde mit seiner unnachahmlichen Ruppigkeit dafür, dass kaum einer von denen länger als auf ein hastig heruntergespültes Glas billigen Weißweins blieb. Um die wenigen, die diesen dezenten Wink zur Tür aus welchen Gründen auch immer nicht verstanden, kümmerte sich dann Jablonski oder einer der anderen Stammgäste. Ausschließlich verbal, versteht sich. Denn jeder, der hier regelmäßig verkehrte, meist schon seit Jahren oder wie der alte Günther seit Jahrzehnten, hatte eine klare Vorstellung davon, was er von seinem »Stübchen« erwartete. Und trendige Zugezogene gehörten nicht dazu. Da waren sich alle einig.

Horst Jablonski öffnete die schwere Holztür und atmete den herben Geruch nach verschüttetem Bier, kaltem Rauch und staubigen Sitzbezügen ein. Die Musikanlage, die bei angedrohter Prügelstrafe niemand außer Fred bedienen durfte, spielte leise die »Eagles«. Hotel California, wie jeden Abend, meist mehrfach. Jablonski blieb kurz an der Tür stehen und sah sich im dämmrigen Licht um. Fred, massiger Typ mit blankpolierter Glatze, stand an seinem Platz hinter dem Tresen und rauchte. Die Tische waren leer, nicht mal Günther war an seinem angestammten Platz in der Ecke, nur an der Bar saß Dieter, wie immer in einem seiner schicken Anzüge, die so gar nicht hierher passen wollten. Man kann nie zu gut gekleidet sein, sagte er immer und vermied es meistens, die Arme zu weit auf den Tresen zu legen, denn wenn Dieter bekannt war für seinen für die Verhältnisse des »Stübchens« extravaganten Bekleidungsstil, so war Fred bekannt für seine notorische Unlust, einen Wischlappen in die Hand zu nehmen.

»Dieter, grüß dich«, sagte Jablonski. Er wuchtete sich auf einen Barhocker neben Dieter Wellenbrink und klopfte ihm auf die Schulter. »Fred«, nickte er dem Wirt zu, der nur kurz mit dem Mundwinkel zuckte und dann ein Bierglas unter den Zapfhahn hielt. Es zischte verheißungsvoll, während das Bier schäumend in das Glas lief.

»Horst. Alles gut?« Dieter nahm einen langen Schluck und wischte sich anschließend den Mund mit dem Handrücken.

»Beschissener Tag«, sagte Jablonski.

»Wem sagst du das.«

Fred schob Jablonski das Bier hin. »Wohl bekomm's, Horst.«

»Danke. Schreib's auf, ja?«

»Was sonst?«, gab Fred mit einem angedeuteten Lächeln zurück.

»Sag mal«, sagte Jablonski nach einem Schluck Bier, »müssen hier eigentlich immer die schrecklichen Eagles laufen?« Er grinste Fred erwartungsvoll an.

»Pass auf, nur weil du zu meinen Stammgästen gehörst, breche ich dir jetzt nicht alle Knochen einzeln. Aber noch ein Wort gegen die Eagles und die Sache sieht ganz anders aus.«

Dieter erhob sein Glas und sagte in feierlichem Tonfall: »Hört, hört. Freds Regierungsansprache.«

Alle lachten und summten dann das Gitarrensolo von »Hotel California« mit. Schließlich sagte Jablonski: »Außerdem, Fred, du weißt, dass ich mal Boxer war.«

»Komisch, hab' nie von dir gehört. Wo war das, Weddinger Schulhof?«

»Das willst du gar nicht wissen, würdest dir nur ins Hemd machen«, gab Jablonski zurück.

Fred hielt sich gespielt ängstlich die Hände vor das Gesicht und widmete sich dann dem CD-Player. Umständlich wechselte er die silbernen Scheiben und kurz darauf plärrte »Smokie« aus den Boxen.

»Immer wenn man denkt, es kann nicht schlechter werden«, sagte Dieter leise zu Jablonski und ahmte das Geräusch von Erbrechen nach.

»Genau dasselbe habe ich mir heute auf dem Amt auch gesagt.« Jablonski stellte das Glas schwungvoll auf den Tresen zurück. »Stell dir mal vor, die haben mir einen neuen Sachbearbeiter zugewiesen.«

»Und?«, fragte Dieter.

»Und? Mensch, ich hatte so einen super Nichtangriffspakt mit dem Neumann. Ich ging ihm nicht auf die Eier und er hat mich dafür so halbwegs angenehm durchgeschleift.«

»Aber mal ehrlich Horst, so gar nicht arbeiten?«

»Damit bin ich durch. Nee, Dieter, ich habe mich jahrzehntelang krumm gemacht. Und wofür? Damit sich ein paar feine Pinkel die Taschen voll machen. Und als das nicht mehr gereicht hat, verkaufen die den Laden und tschüss. Das ist doch keine Art.«

»Ich kann ja verstehen, dass du sauer bist. Aber irgendwie muss es doch immer weiter gehen, oder?«

Jablonski verzog den Mund. »Da weiß ich aber nicht, ob das hier der richtige Ort dafür ist.«

Dieter sah sich um, die Lippen geschürzt, blasierter Blick. »Wieso? Ist doch ein hochwertiges Etablissement mit hervorragender Küche und ausgezeichnetem Weinkeller. Das Borchardt ist schier grün vor Neid.«

Jablonski lachte kurz auf.

»Borchardt?«, fragte Fred.

Bevor Dieter antworten konnte, öffnete sich die Tür. Gewohnheitsgemäß drehten alle die Köpfe zum Eingang.

»Die Sonne geht auf«, rief Jablonski, erhob sich und latschte hinüber.

»Alter Charmeur«, gab Silke Bessin mit rollenden Augen zurück, ließ sich aber von Jablonski den Handrücken küssen und dann an den Tresen geleiten.

»Silke, schön dich zu sehen«, sagte Dieter.

»Wie immer?«, fragte Fred.

Silke nickte, wischte mit einem Taschentuch über das Tresenholz, legte dann ihre Tasche ab und schob sich einen Stuhl zurecht. Dieter grinste: »Musst du doch nicht machen. Nicht wahr, Fred, du wienerst hier alles mehrmals am Tag.«

»So wie ich dir gleich eine wienere«, sagte Fred ohne eine Miene zu verziehen und goss Mineralwasser zu dem Weißwein. »Hier, meine Liebe, deine Weißweinschorle.«

»Danke, Fred.« Silke setzte das Glas an die Lippen und nahm einen kleinen Schluck.

»Heute noch Dienst?«, fragte Jablonski und deutete auf Silkes Uniformjacke.

»Hab noch eine Stunde Zeit.«

Dieter zeigte auf ihr Glas. »Und das?«

Silke zuckte mit den Achseln. »Wozu gibt es Pfefferminzbonbons. Außerdem, die Arbeit ist schrecklich eintönig und die Bezahlung schlecht. Wer will mir also nicht eine kleine Aufmunterung vorher gönnen?«

»Da hat unsere Silke vollkommen recht«, sagte Jablonski und schlug mit der flachen Hand auf den Tresen. »Überall nur Ausbeuter. Ich verstehe sowieso nicht, weshalb du da noch hingehst.«

Silke kniff die Augen zusammen. »Äh, ich brauche das Geld? Miete, Essen, Fahrkarte.«

Jablonski stieß verächtlich die Luft aus.

»Unser Horst hier«, sagte Dieter, »ist damit ja fertig. Dafür lässt er sich jetzt von jemandem, der halb so alt ist wie er, gängeln. Tja, ist natürlich viel besser.«

Jablonski leerte sein Glas und hielt es Fred entgegen. »Noch eins, ja? Und Dieter, das habe ich ja nicht gesagt. Ist alles scheiße. Und unfrei, irgendwie.« Er blickte auf die Reihe von Flaschen mit Korn, Kräuterlikör und billigem Whisky in dem Regal hinter dem Tresen. »Man müsste halt einmal Glück haben, den großen Fang machen. Und dann, adieu ihr Sorgen.«

Silke legt ihm zögerlich eine Hand auf den Arm. »Ach Horst, was soll's, oder?«

»Und außerdem«, warf Dieter ein, »du hattest doch deine Chance. Frau, Kind, Haus. Und hast es vermasselt.« Er strich sich über die Nase und fügte hinzu: »Genau wie ich.«

»Und das Ende vom Lied?«, grummelte Jablonski.

»Kopf hoch«, sagte Silke. »Wenn das nicht passiert wäre, hätten wir uns nie kennengelernt.« Sie suchte unsicher seinen Blick, aber Jablonski starrte immer noch geradeaus. »Also, wir drei«, bemühte sie sich betont locker anzufügen. Silke nahm ihre Hand zurück, drehte das Weinglas am Stiel langsam im Kreis.

»So, Kinder«, rief Fred in die entstandene Stille. »Jetzt mal nicht so traurig hier.« Er dreht die Musik etwas lauter.

Jablonski nickte. »Ich kann ihr ja nicht mal böse sein. Ich meine, es war doch klar, dass sie nicht lange allein bleibt. Sie ist immer noch hübsch, da würde doch keiner denken, dass sie Ende fünfzig ist, eher Anfang vierzig oder so. Schlank, schöne Haare, immer am Lächeln. Aber ganz ehrlich, so einen Sesselpupser von Beamtenarsch?«

»Wo die Liebe hinfällt«, merkte Dieter an.

Silke hatte ihr Glas geleert und schob es Fred hin. Dann kramte sie in ihrer Tasche nach dem Portemonnaie. »Nee, lass mal, meine Liebe« sagte Fred. »Geht aufs Haus. Kleine Motivationshilfe.«

»Danke, das ist lieb von dir. Ich muss dann mal los, Autos bewachen.«

Jablonski dreht sich zu ihr, sah ihr in die blaugrauen Augen. Sie war keine offensichtlich gutaussehende Frau, die Nase etwas zu groß, die Haut an den Wangen von feinen Aknenarben bedeckt, das dunkelbraune, fast schwarze Haar wirkte immer etwas strähnig, aber sie hatte einen sinnlichen Mund und faszinierende Augen, die für Jablonski aussahen wie zwei glattgeschliffene Steine in Milch. Besser hätte er es nicht ausdrücken können. Er mochte diese Augen und er mochte Silke, deren sanfte, ausgleichende Art immer diese beruhigende Wirkung auf ihn hatte. Die an vielen Tagen mitschwingende Melancholie in ihrem Wesen deutete für ihn allerdings darauf hin, dass auch sie ihre Kämpfe ausfocht.

Er nahm ihre Hände in seine. »Ach Silke, du hast echt was Besseres verdient.«

Sie lächelte schwach, Trübsinn schlich sich in ihren Blick. »Haben wir das nicht alle?«

7

Die Tür stand halb offen. Jablonski klopfte.

»Herein«, hörte er eine heisere Stimme.

Er trat in das Büro seines neuen Chefs und blieb an der Tür stehen. Viel Glas und Chrom, schneeweiße Regale, in denen lediglich hier und da ein Ordner stand, sowie einige große gerahmte Fotos, auf denen der Mann hinter dem riesigen Schreibtisch mit der Glasplatte von der Größe einer Tischtennisplatte mit wechselnden, ausnahmslos ebenso blonden wie hübschen Damen im Arm zu sehen war. Er grinst wie jemand in die Kamera, dem alles am Arsch vorbeigeht, dachte Jablonski und wahrscheinlich konnte man es auch nur mit dieser Einstellung zu einem Büro wie diesem bringen. Winterfeld Digital Services, hatte sein Vermittler im Jobcenter zu ihm am Telefon gesagt und die Worte ausgesprochen, als würden sie die letzten Geheimnisse der Welt erklären. Dieser verdammte Herr König hatte doch tatsächlich ernst gemacht und ihm in Rekordzeit eine Arbeit vermittelt. Facility Manager in einem der Top-Unternehmen unserer schönen Metropole, waren seine Worte gewesen und Jablonski hatte bei dem schleimigen Tonfall den Mund verziehen müssen. Und natürlich weit darüber hinaus, hatte sich der Herr König sofort selbst korrigiert. Jablonski konnte sein blasiertes Lächeln förmlich durch die Leitung höre. Arbeitsantritt bereits am übernächsten Tag.

»Stefan, ich meine der CEO Herr Winterfeld, braucht jemanden für die Sicherstellung des alltäglichen Geschäftsablaufs. Und zwar prontamente.«

»Prontamente?«, fragte Jablonski.

»Genau. Ich habe schon alles in die Wege geleitet, die Bürokratie geht ihren gewohnt langsamen Gang, aber sie, Herr

Jablonski, sind doch einer von der flexiblen Sorte, dynamisch sowieso. Sie dürfen schon in zwei Tagen anfangen.«

Jablonski schwieg, lange. Schließlich sagte Herr König hörbar genervt: »Freuen Sie sich denn gar nicht?«

»Also, eigentlich passt mir das gerade gar nicht. So spontan, meine ich.« Horst Jablonski lief in seiner kleinen Küche auf und ab, Schweiß auf der Stirn, in den Achselhöhlen.

»Verstehe«, entgegnete sein Vermittler kühl. »Dann werde ich wohl einen entsprechenden Aktenvermerk machen müssen. Ausschlagen einer zumutbaren Arbeit ohne schwerwiegenden Grund.« Königs Stimme hatte ihren begeisterten Tonfall verloren und war jetzt trocken wie altes Brot.

»Na ja, ganz so ist es ja nicht. Es ist nur ... ich habe ... also, ich wollte...«

»Ich kann natürlich nicht sagen, wie das Verfahren ausgehen wird, aber glauben Sie mir, wohlwollend wird meine Position Ihrem Fall gegenüber kaum mehr sein.«

Jetzt war er also wieder nur ein Fall, dachte Jablonski.

König fuhr fort: »Aber von einer entsprechenden Kürzung der Leistungsbezüge können Sie mit Sicherheit ausgehen. Ihre Schonfrist ist ja streng genommen auch schon seit Jahren vorbei.«

Leistungsbezüge, Schonfrist. Jablonski war kein ängstlicher Mensch, aber diese Beamtenheinis und das ganze Amtsdeutsch machten aus ihm gegen seinen Willen jedes Mal ein vom zähnefletschenden Wolf in die Ecke getriebenes kleines Nagetier.

Er seufzte tief. »Also gut, was macht denn so ein Facility Manager?«

»Ach Herr Jablonski, wie schön, dass Sie Interesse an dieser abwechslungsreichen Tätigkeit haben. Hier die Details...«

Und so stand Jablonski jetzt hier in dem protzigen, aber irgendwie vollkommen leblosen Büro und versuchte, die bronzefarbene Frauenbüste mit den enormen Brüsten zu ignorieren, die er in einer Ecke neben dem Schreibtisch entdeckt hatte.

»Gefällt Sie Ihnen?«, fragte der Mann hinter dem Tisch, der seinen Blick bemerkt haben musste. Er stand auf, strich sich die gegelten, nach hinten gekämmten blonden Haare in Form. »Cassidy«, sagte er und ließ ein saugendes Geräusch mit den Lippen hören. »Ja, ja«, sagte er mit leiser Stimme und blickte ins Nirgendwo. Dann ging ein Ruck durch seinen Körper, er zupfte an seinen Anzugärmeln und ließ sich in den Schreibtischsessel fallen, der mit seiner dicken lederbezogenen Polsterung so gar nicht zum modernen, fast schon filigranen Rest der Einrichtung passen wollte.

»Kommen Sie doch rein«, rief er lauter als nötig, schwang die Beine auf die Tischplatte und lächelte geschäftsmäßig.

»Danke«, sagte Jablonski und trat an den Tisch.

»Jablonski, richtig?« Die stahlblauen Augen zeigten nichts von dem Lächeln auf seinen Lippen.

»Richtig. Herr König schickt mich.«

»Der gute Christian. Auf den ist halt Verlass, wie?«

Jablonski musterte den sicher zwanzig Jahre jüngeren Mann mit dem teuer aussehenden Anzug, der sich den nackten Oberkörper seiner Frau oder Freundin oder wem auch immer in Bronze in sein Büro stellte und eine Firma leitete, die angeblich zu »einem der Top-Unternehmen unserer schönen Metropole« und natürlich weit darüber hinaus gehörte, und sehnte sich mit einem Mal danach zu sagen, tut mir leid, habe mich in der Tür geirrt, um sich dann umzudrehen und diesen Kotzbrocken hinter seinem viel zu großen Schreibtisch, auf dem lediglich ein Laptop lag, dünn wie ein Briefumschlag, in Ruhe weitergrinsen zu lassen. Mit einem Mal kam ihm selbst seine schäbige Hinterhofwohnung wie ein wunderschöner Ort vor.

Stattdessen sagte er mit einem Nicken: »Denke schon.«

»Absolut. Aber hey, wo habe ich meine Manieren. Ich habe mich ja noch gar nicht vorgestellt. Stefan Winterfeld, Founder und CEO von Winterfeld Digital Services.« Er machte keine Anstalten, die Beine vom Tisch zu nehmen. Stattdessen zog er sich den Laptop in den Schoß und begann, auf der Tastatur zu klappern.

»Horst Jablonski«, sagte Jablonski und überlegte kurz, ob er seine Hand ausstrecken sollte. Auch wenn ihm dieser Winterfeld auf Anhieb mit jeder Faser seines Körpers unsympathisch gewesen war, so wusste er dennoch, was sich gehörte. Aber nach kurzem Zögern entschloss er sich dagegen. Winterfeld schien ihn auch schon gar nicht mehr wahrzunehmen.

Jablonski räusperte sich.

»Was?«, sagte Winterfeld. »Ach ja, den Rest übernimmt Wegner. Wartet bestimmt schon draußen.«

»Gut. Also dann ... danke.« Es klang eher wie eine Frage.

Winterfeld brummte nur unverständlich und Jablonski verließ sein Büro. Im Gang vor der Tür lehnte an der Wand ein schlaksiger Mann mit unreiner Haut und einem fusseligen Oberlippenbart.

»Tach, Thorsten Wegner. Kannst Thorsten zu mir sagen.«

Er roch stark nach Tabak und hatte schmutzige Hände. Schmieröl, vermutete Jablonski.

»Horst Jablonski.« Sie schüttelten sich die Hände und Jablonski sagte leise: »Der Neue.«

»Na dann, willkommen bei uns.« Wegner klopfte ihm auf die Schulter. »Ich führe dich mal rum und erkläre dir, was du als Hausmeister hier so zu tun hast.«

»Hausmeister?« Jablonski runzelte die Stirn.

»Hast du gedacht, du wirst hier als Vertreter vom Chef eingestellt?« Wegner lachte und musste dann heftig husten. Als er sich wieder erholt hatte, sagte er, noch immer nach Luft japsend: »Der war gut. Aber lass mal, Hausmeister ist doch auch ne feine Sache. Und so besonders viel ist hier auch nicht zu tun.

Das meiste läuft ja vollautomatisch, also diese ganzen Computer und so. Da dürfen wir Normalsterblichen eh nicht ran.«

Sie gingen einen weißgestrichenen Gang entlang, links und rechts Glastüren, dahinter waren jeweils Büros mit mehreren boxenähnlich abgetrennten Arbeitsplätzen, an denen größtenteils Männer in Anzügen saßen und auf ihre Computerbildschirme starrten oder telefonierten.

»Du musst nur dafür sorgen, dass alle Lichter funktionieren. Glühlampen sind im Lager im Keller. Außerdem die Kühlschränke auffüllen. Und die Kaffeemaschinen in Gang halten. Wenn die«, er wackelte mit dem Daumen in Richtung eines Büros, »ihre Energydrinks oder ihren Kaffee nicht bekommen, hast du ein Problem.«

»Aha«, konnte Jablonski nur sagen.

»Na ja, und ansonsten halt dies und das reparieren. Kleinigkeiten. Ne kaputte Stuhllehne hier, eine zerfledderte Jalousie da. Ist eigentlich leicht verdientes Geld.« Wegner sah Jablonski missmutig an. »Auch wenn's nicht viel ist«, sagte er leise.

»Wird hier nicht nach Tarif bezahlt?«, fragte Jablonski. Sie hatten die Küche am Ende des Ganges erreicht.

»Tarif?« Sein Gegenüber bekam wieder einen Lachanfall, gefolgt von einer Hustenattacke. »Ein echter Witzbold bist du. Tarif, der war gut. Ganz ehrlich«, wieder senkte Wegner seine Stimme, »ich vermute mal stark, dass der Winterfeld unsereins nur anstellt, um die Prämie zu kassieren und sich die ersten Monate vom Amt bezahlen zu lassen. So schnell, wie die Leute hier kommen und gehen.«

Jablonski nickte. »Verstehe. Und was ist mit dir, wie lange bist du schon hier?«

»Das ist eine andere Geschichte«, gab Wegner achselzuckend zurück. »Komm, ich zeige dir den Raum mit dem Reinigungszeugs.«

»Reinigungszeugs?«, fragte Jablonski und stieß sich von dem schmalen Tisch in der Teeküche ab.

»Ja, für deine Putzrunde jeden Abend.«

»Du machst Witze.«

»Nee, niemals.« Thorsten Wegner grinste ihn über die Schulter an.

»Sag mal, was machen die vielen Leute hier eigentlich?«, fragte Jablonski, nachdem ihm Wegner die Kammer mit den Putzmitteln und das Lager im Keller, in dem sich die Getränkekisten, Glühbirnen, Werkzeuge und vieles andere, von dem Jablonski sich nicht vorstellen konnte, inwiefern es wichtig für seine Arbeit wäre, gezeigt hatte und sie durch den Gang mit den vielen Büros zurückliefen.

Thorsten Wegner blieb stehen und linste in eines der Zimmer. »Ehrlich gesagt, keine Ahnung. Irgendwas verkaufen wahrscheinlich? Aber es muss sich lohnen, zumindest für den Chef.«

»Wie meinst du das?«

»Schniekes Haus in Dahlem, zwei Sportwagen, regelmäßig Urlaub und«, er senkte die Stimme und zwinkerte Jablonski zu, »eine super sexy Freundin, die bestimmt nicht wegen seiner tollen poetischen Ader mit ihm das Bett teilt. Wenn du verstehst.«

»Denke schon.«

Sie hatten den Ausgang erreicht und schüttelten sich die Hände. »Na dann, wir sehen uns morgen.«

»Sieht wohl so aus.« Jablonski zuckte die Achseln. »Nichts gegen dich.«

»Keen Ding.« Wegner gab ihm noch einen Klaps auf die Schulter, dann schlurfte er zurück in das Gebäude.

Jablonski blickte an der glänzenden Fassade des zweistöckigen Gebäudes empor. Dort im ersten Stock musste das Büro dieses Kotzbrockens Winterfeld sein. Tatsächlich konnte er ihn sehen, er stand mit dem Rücken zum Fenster und hielt das Telefon ans Ohr. Man musste kein Großmeister im Gestenlesen sein, um zu erkennen, dass es kein angenehmes Gespräch war. Er fuhr sich immer wieder hektisch mit der Hand durch sein

Haar, das seine gegelte Form verloren hatte. Mit der linken Hand fuchtelte er durch die Luft, einmal fuhr sie schnell nach unten. Hoffentlich bleibt die Glasplatte heil, dachte Jablonski, wandte sich ab und machte sich auf den Weg zur S-Bahn.

8

Er hatte schon immer ein Geschäft führen wollen. Kaufen. Verkaufen. Der Tausch von Waren gegen Geld. Als Kind hatte Dieter Wellenbrink den Herrn Fricke drei Häuser weiter ehrfürchtig beobachtet, wie er in seinem kleinen Drogerieladen die Kunden bediente. Stets in einen strahlend weißen Kittel gekleidet, stolzierte er die engen Gänge zwischen den mit den verschiedenen Waren vollgestopften Regalen entlang und wirkte auf Dieter wie ein König in seinem kleinen Reich. Die zwei Damen, die in dem Geschäft arbeiteten, behandelte er korrekt, wenn auch immer so ein wenig von oben herab, es war ganz klar, wer der Herr im Haus war. Dieter konnte stundenlang in dem Laden stehen und Herrn Fricke, den Inhaber des »Drogeriehaus Fricke«, bei der Arbeit zusehen. Wie er die riesigen Pakete öffnete, die ihm der Lieferant brachte, mit kritischem Blick, die Brille fast auf der Nasenspitze, die Unterlippe vorgeschoben, die Ware prüfte und schließlich mit sicheren Handgriffen in die Regale sortierte, dabei stets leise summend, das kam Dieter vor wie der großartigste Beruf der Welt.

Sein Vater war Arbeiter in einer Fabrik, die wer weiß was herstellte, kam immer müde nach Hause und schien nicht einen Tag Spaß an seiner Tätigkeit zu haben. Damit fiel er als Vorbild für Dieter aus und Herr Fricke übernahm unwissentlich diese Rolle.

»Na, Dieterchen«, rief er ihm zu, wenn Dieter sich mal wieder in seinem Laden die Beine in den Bauch stand. »Willste auch mal so nen Laden haben, was?«

Dieter nickte dann immer. »Ja, Herr Fricke. Sehr gern.«

»Dit beste watte machen kannst. Biste dein eigener Chef, vastehste?«

»Ja, Herr Fricke.«

»Braver Junge. Jetzt aber mal ab nach Hause.«

Herr Fricke gab ihm dann meistens noch eine kleine Süßigkeit und Dieter träumte auf dem Nachhauseweg davon, wie er in einem weißen Kittel zwischen den Regalen seines eigenen Geschäfts entlanglaufen würde. Natürlich würde er seine Mitarbeiterinnen genauso gut behandeln wie Herr Fricke. Zuhause erwartete ihn dann sein von der Arbeit griesgrämig gewordener Vater, der mit einer Flasche Bier am Küchentisch saß und der schweigsamen Mutter bei der Zubereitung des Abendessens zusah.

Einmal wurden sie in der Schule vom Lehrer gefragt, was sie »denn mal werden wollen«. Ursula sagte Tierärztin, Olaf wollte Polizist werden, Bert Arzt. Als Dieter an der Reihe war und sagte: »Kaufmann«, lachten einige, andere sahen ihn fragend an. Ihr Lehrer zog die Augenbrauen hoch und warf ihm einen seltsamen Blick zu. Dieter sah diesen Blick immer noch vor seinem geistigen Auge, bis heute fragte er sich, was er bedeuten sollte. Anerkennung? Zweifel? Spott? Aber irgendwie war ihm dieser Blick immer Ansporn gewesen, denn er wollte daran glauben, dass der alte Herr Dräger mit dem fürchterlichen Mundgeruch ihm für seinen außergewöhnlichen Berufswunsch Respekt zollte.

In der Schule wurde er danach immer mehr zum Außenseiter. Er war nicht unbeliebt bei seinen Klassenkameraden, ganz im Gegenteil. Durch seine offene, freundliche und begeisterungsfähige Art war er durchaus gern gesehen. Er vermied es auch, bei den täglichen Streits auf dem Schulhof und der wechselnden Lagerbildung mitzumachen, so dass er selten das Opfer entsprechender Feindseligkeiten wurde. Vielmehr war es so, dass Dieter sich selbst zum Außenseiter machte, weil ihm der Kontakt mit Gleichaltrigen schlicht und einfach zu langweilig war. Er hatte schon immer die Nähe von Erwachsenen gesucht, vor allem zu jenen, von denen er sich wohl unterbewusst

Impulse für sein Leben erhoffte. Die normalen Spiele der Kindheit, das Gekicher, das Herumgebrülle, all das übte kaum einen Reiz auf ihn aus. Aber wenn er Onkel Heinz, dem Bruder seiner Mutter, der sie ein oder zwei Mal im Jahr besuchte, mit großen Augen und halboffenem Mund zuhörte, wie er von seinen langen Reisen als Außendienstmitarbeiter erzählte, von seiner Firma für Spezialwerkzeuge, die er später erfolgreich aufgebaut hatte und seinen Häusern im Taunus und am Tegernsee, dann war er Feuer und Flamme. Und wenn er in dessen Mercedes einstieg, in dem es so angenehm erwachsen nach Lederpolitur und Zigarren roch, dann wusste Dieter eines ganz sicher: So wollte er auch sein. Der Mercedes hatte sogar einen Safe im Kofferraum, konnte man mehr Erfolg im Leben haben?

Als er zwölf Jahre alt wurde, in seinem ersten Jahr auf der Oberschule, fragte ihn Herr Fricke, ob sich Dieter nicht »ein paar Mark dazuverdienen« wolle. Dieter zögerte keine Sekunde und arbeitete nach der Schule im »Drogeriehaus Fricke«. Regale einräumen, Waren sortieren, die Gänge sauber halten. Nach einer Woche rief ihn Herr Fricke zu sich in das kleine Büro im hinteren Teil des Ladens. Dies war das Reich des Besitzers, niemand durfte diesen Raum ohne Erlaubnis betreten – das Allerheiligste. Ein Durcheinander von Aktenordnern, Bestellscheinen, Testartikeln, Plastiktüten auf und um den wackeligen Schreibtisch. So sieht Erfolg aus, dachte Dieter ehrfürchtig, fast schon ängstlich.

»Na, komm mal rin, Dieter«, sagte Herr Fricke freundlich. »Setz dich.« Er räumte einen Stapel Papiere von einem Stuhl und wies darauf.

»Danke, Herr Fricke.«

Herr Fricke lächelte ihn an. »Na denn, erzähl mal, wie hat dir die erste Woche jefalln?«

Dieter blickte auf seine Schuhe. Obwohl er Herrn Fricke schon sehr lange kannte und eigentlich keine Scheu vor ihm hatte, war ihm die Situation doch etwas unangenehm. »Gut, Herr Fricke.«

»Gut also.«

Dann gab sich Dieter einen Ruck, blickte auf und lächelte. »Nee, Herr Fricke. Nicht nur gut, es war richtig geil.«

Herr Fricke lachte donnernd. »Na, dit Wort jefällt mir zwar nisch, aber wat zählt, is die Einstellung. Sehr jut, meen Junge. Und weil de so fleißig warst«, er griff hinter sich, es raschelte, »bekommst du dit hier von mir.«

In seiner großen Hand hielt Herr Fricke etwas, das für Dieter wie ein Packen weißen Stoffs aussah. Herr Fricke schüttelte einmal die Hand und der weiße Stoff entfaltete sich zu einem Kittel wie ihn Herr Fricke und seine Angestelltinnen bei der Arbeit trugen.

»Willkommen in der Familie«, sagte Herr Fricke halb im Scherz. Aber eben nur halb, so dass Dieter schlucken musste.

»Also, das ist ... danke, Herr Fricke.«

»Probier mal an.«

Der Kittel passte genau, etwas unbeholfen schloss Dieter die Knopfleiste, sogar sein Name war auf die Brust gestickt worden. Er konnte sich nicht erinnern, wann er jemals ein großartigeres Geschenk bekommen hatte.

»Passt jenau«, konstatierte Herr Fricke. »Na denn, jeh mal wieder zurück an die Arbeit.« Er lächelte Dieter noch einmal zu, dann widmete er sich wieder seinen Unterlagen. Voller Stolz ging Dieter zurück in die Haustierabteilung und stopfte die Packungen mit Heu und gepressten Sägespänen in das Regal.

Es waren schöne Monate im »Drogeriehaus Fricke« gewesen. Der Laden machte guten Umsatz, Herr Fricke war immer gut gelaunt und spendabel. Regelmäßig stand er bei Dieter und klärte ihn über die Geheimnisse eines erfolgreichen Geschäftsmannes auf.

»Die Lieferanten, mein Junge, die sind dit A und O. Mit denen musste dich justellen. Janz wichtig, die persönliche Beziehung, vastehste?« Seine Augen glänzten immer bei diesen Monologen und Dieter hörte gern zu, nahm alles wissbegierig auf, auch mit der Ahnung, dass ihm irgendwann diese Tricks und Kniffe nützlich sein könnten. »Also, mit denen quatschen, dann und wann wat zustecken, Parfüm für die Frau, ne Flasche Eau de Cologne, sowat halt. Zu Weihnachten och mal zehn Mark. So läuft dit. Dann kriegste die besten Preise, immer pünktliche Lieferungen, bei jedem Wetter. Die wissen dann, der Fricke, dit is meen Freund, den lass ick nich hängen, wa?« Dieter nickte und ließ die Auspreismaschine rattern. »Dit gleiche natürlich mit den Stammkunden. Und immer freundlich, immer lächeln. Denn Treue, die spült dir dit Jeld in die Kasse. Also, ejal, ob du nen richtig bescheidenen Tag hast, hier im Laden, sobald du die Tür uffschließt, da musste lächeln. Der Kunde ist König, wa?«

»Ja, Herr Fricke.«

»So is recht, Dieter. So is recht.«

Als dann der große Supermarkt nur zehn Minuten entfernt eröffnete, war es bald vorbei mit dem Lächeln. Herr Fricke gab sich zunächst wenig interessiert an dem Konkurrenten, zu dem die Nachbarn nach anfänglicher demonstrativer Loyalität zu ihrem »Drogeriehaus Fricke« immer häufiger gingen, weil man da eben »alles unter einem Dach« fand. Die Stammkunden kamen schließlich auch seltener – da half alles Lächeln nichts – und blieben irgendwann ganz weg. Herr Fricke wurde schweigsamer, das Geschäft unordentlicher, dann musste er erst eine, dann die andere Mitarbeiterin entlassen. Schließlich machte er den Laden zu. Das Schild mit der Beschriftung »Betriebsferien« hing noch Monate an der Tür. Immer wenn Dieter in der nächsten Zeit Herrn Fricke sah, schien der wieder um Jahre gealtert. Dreißig Jahre später wusste Dieter noch besser als damals, wie ihm zumute gewesen sein musste.

Alles, was Dieter von seinem Geschäft für Herrenbekleidung übrig blieb, waren eine Handvoll Anzüge und einige gerahmte Fotos an der Wand, die ihn stolz hinter dem Tisch mit
der Kasse zeigten oder wie er einem Kunden eine Anzugjacke
präsentierte. Fotos aus besseren Zeiten.

9

Die Schärfe des Pfefferminzbonbons trieb ihr die Tränen in die Augen. Alkohol war am Arbeitsplatz streng verboten und Herr Nieburg sollte auf keinen Fall die Weißweinschorle in ihrem Atem riechen. Selbst wenn es ein offenes Geheimnis bei Secu4U war, dass sich die Angestellten der Nachtschicht mit allerlei Mitteln durch die schwierigsten Stunden zwischen Mitternacht und vier Uhr morgens brachten, wollte Silke lieber kein Risiko eingehen. Die Arbeitszeiten waren zwar hart und die Tätigkeit wenig erfüllend, aber sie brauchte den Job, egal wie bescheiden der Lohn sein mochte.

»Frau Bessin, guten Abend. Heute allein?«

Der Besitzer des Mercedes-Autohauses blickte kurz von seinen Unterlagen auf, als Silke den Verkaufsraum betrat.

»Der Kollege musste sich leider kurzfristig krankmelden.«

»Verstehe. Nun gut, sie kennen sich ja aus.« Er hatte schon wieder den Kopf gesenkt und blätterte in einem Aktenordner.

»Sicher, Herr Nieburg.«

Das Mercedes-Center Nieburg lag in Zehlendorf, gute, wenn auch keine exklusive Lage. Der Verkaufsraum selbst war vergleichsweise klein, lediglich vier oder fünf Fahrzeuge waren hier ausgestellt. Die wahren Werte standen draußen. Sportwagen, monströs anmutende SUV, eine Handvoll Klassiker. Von der kleinen Kabine auf dem Hof hatte Silke einen guten Blick auf diese Autos. Die Hoffnung von Herrn Nieburg – und ihre – war es, dass ihre bloße Anwesenheit mögliche Diebe abschrecken würde. Falls das nicht reichte, gab es einen Knopf unter dem schmalen Tisch, der einen Alarm im zwei Kilometer entfernten Polizeirevier auslöste. Silke hatte bisher keinen Gebrauch davon machen müssen und hoffte in jeder Schicht, dass es so blieb. Jede Nacht fragte sie sich, ob das Glas der Kabine schusssicher war, hatte sich aber bisher nicht getraut zu fragen. Normalerweise verbrachte sie die Dienste hier ja mit Gregor. Auch wenn sie ihm kaum zutraute, einen Kampf mit Verbrechern, die zu allem bereit sind, in irgendeiner Weise zu seinen Gunsten zu entscheiden, gab ihr die Anwesenheit seines massigen Körpers doch immer ein sicheres Gefühl.

Heute hatte sie die Kabine für sich. Silke stellte die Wasserflasche und die Tupperdose auf den Tisch und nahm auf dem durchgesessenen Polster des Drehstuhls Platz. Durch das Glas konnte sie Viktor Nieburg hinter seinem Tresen beobachten. Er war attraktiv, braunes Haar mit peniblem Schnitt, glattrasierte Wangen, feste, schön geschwungene Lippen, eine männliche Nase, teurer Anzug, Manschettenknöpfe. Alles an ihm strahlte Selbstbewusstsein aus, aber auf eine natürliche, lockere Art. Erfolg. Selbsterarbeiteter Wohlstand. Er besaß mit Sicherheit ein schönes Haus in Kleinmachnow. Eine attraktive Frau, zwei ebenso gut erzogene wie hübsche Kinder, einen Labrador, mit dem er an den Wochenenden in den Grunewald zum Joggen fuhr. In allen Belangen spielte er in einer anderen Liga als die wenigen Männer, die es bisher in ihrem Leben gegeben hatte. Michael zum Beispiel, ihre erste Beziehung. Groß, mager, eine wahre Bohnenstange. Und damit in einem fast schon lachhaften Gegensatz zu ihrer damaligen Statur. Sie war Anfang zwanzig, lebte nach dem Tod ihres Vaters allein mit der Mutter, hatte die verhasste Ausbildung zur Bürokauffrau wenig bravourös gemeistert und wusste immer noch nicht, was sie mit ihrem Leben anfangen sollte. Jeder Tag schien gleich, sie lag meistens in ihrem Zimmer auf der durchgelegenen Matratze und starrte an die Wand, an der immer noch die Poster mit den Boygroups hingen, die sie als pummeliger Teenager angehimmelt hatte. Sie aß zu viel, vor allem diesen süßen Mist und natürlich nagten die breiter werdenden Oberschenkel und ihr unförmiger Hintern weiter an ihrem ohnehin unterentwickelten

Selbstbewusstsein. Michael sprach sie im Supermarkt an, vor der Tiefkühltruhe mit den Familienpackungen Eiscreme. Ob sie mal mit ihm einen Kaffee trinken würde. Zuerst war sie unsicher, stand mit auf den Boden gerichtetem Blick und einem XXL-Becher Ben & Jerry's in der Hand vor ihm und brachte kaum ein Wort über die Lippen. Doch dann fühlte sie sich irgendwie geschmeichelt, auch wenn Michael nicht der blonde Thomas mit dem breiten Oberkörper und den selbstbewussten blauen Augen aus der 10 a war, den sie monatelang aus der Ferne angeschmachtet hatte, selbst als er schon mit der Schulschönheit Kathi ging, aber immerhin, eine Verabredung mit einem Mann. Das war doch ein Erfolg, oder nicht? Mit ihm verlor sie dann auch endlich ihre Unschuld. Eine verkrampfte, von Unsicherheit auf beiden Seiten geprägte Angelegenheit. Er beteuerte immer wieder, dass er ihre Figur lieben würde, aber sie fühlte sich dennoch jedes Mal unwohl, wenn sie sich vor ihm entkleidete. Nach einem Jahr zogen sie zusammen. Zwei Jahre später verließ er sie. Sie behielt die Wohnung, stürzte in ein Loch. Auch wenn die Sache mit Michael nicht die große Liebe gewesen war, nach der sie sich gesehnt hatte – und letztlich immer noch sehnte –, war der Stich, den ihr die Trennung versetzte, tief. Die Erfahrungen mit dem anderen Geschlecht, die auf Michael folgten, waren vor allem dazu geeignet gewesen, schnell wieder vergessen zu werden.

Herr Nieburg hatte sein Aktenstudium beendet, streckte sich und sortierte die Ordner in das Regal hinter sich. Dann ging er durch den Verkaufsraum, prüfte einige Schalter, rüttelte an den Türen zu den hinteren Räumen und stellte das Alarmsystem scharf. Silke wusste, dass er danach dreißig Sekunden Zeit hatte, das Gebäude zu verlassen. Kurz bevor er in seinen Sportwagen stieg, hob er die Hand lässig zum Gruß in ihre Richtung. Sie erwiderte den Gruß und lächelte, nicht zu sehr, weil sie sich für ihre gelben Zähne schämte, auch wenn Nieburg sie auf die Entfernung sicher nicht sehen konnte. Und

selbst wenn, was machte es für einen Unterschied? Herr Nieburg war immer freundlich zu ihr, das schon, aber es war diese
Art von professioneller Freundlichkeit, die in ihrer Unaufrich-
tigkeit letztlich bedeutungslos war. Der Mann verkaufte
schließlich teure Autos. Hatte neben dem Geschäft in Zehlendorf zwei oder drei andere Salons. War reich, gut aussehend.
Sobald er sein schnittiges, cremefarbenes Auto vom Grundstück gelenkt hatte, würde er keinen Gedanken mehr an die
Frau mit der großen Nase und der schlechten Haut verschwen-
den, die in dem Plexiglaskasten saß und seine Autos bewachte,
sein Kapital. Autos, die sie nie besitzen würde. Nein, er würde
die Musikanlage einschalten – sie tippte auf Mainstreamrock,
AC/DC oder Status Quo –, mit den starken Händen auf das
Lenkrad trommeln, vielleicht mitsingen und die im Alltag unterdrückte Rockerseele streicheln und sich auf den Abend
freuen, die Kinder liegen im Bett, er macht es sich mit einem
Glas Rotwein auf der wunderbar weichen Couch bequem, seine
Frau geht langsam die zwei Stufen zum Wohnzimmer herab
und sieht umwerfend aus mit ihren langen blonden Haaren,
der schmalen Taille und diesem bestimmten, vielversprechen-
den Blick in den Augen, der ihm zu verstehen gibt, dass sie den
ganzen Tag nur auf ihn gewartet hat und sie ihn jetzt richtig
verwöhnen will.

Was sollten ihre Zähne daran ändern?

Silkes Handy piepste. Gregor.

- Alles ok?

- Klar. Wie immer.

- Sorry noch mal, aber heute ging es echt nicht!!!!!!

- Kein Problem. Dann habe ich mal Zeit, meine Serie zu gucken. <Zwinkersmiley>

- Gemein.

- Rache muss sein.

- Aber du musst mir genau sagen, was passiert ist.

- Na klar.

- Mach's gut. Meld dich, wenn dir langweilig wird.

Silke öffnete die Wasserflasche und trank. Natürlich würde ihr langweilig werden. Der Mensch war nicht dafür gemacht, zehn Stunden in einem klaustrophobisch kleinen Kasten zu sitzen und in die Dunkelheit hinauszustarren. Sie rückte auf der Sitzfläche nach vorn, legte die Beine auf die Tischplatte und nicht zum ersten Mal in ihrem Leben fragte sie sich, ob das hier schon alles gewesen sein sollte. Das Ende vom Lied, die höchste Stufe in ihrem Dasein? Dabei machte sie sich keine Illusionen. Sie würde nie so leben wie die Nieburgs dieser Welt, aber etwas mehr als ihre kleine Wohnung in Neukölln und dieser Job bei Secu4U müsste doch drin sein. Ein kleines Haus, mit Blumen im Garten, umgeben von würzig duftendem Wald, Vogelgezwitscher, das Rauschen der Bäume. Ein liebevoller Mann. Zuneigung. Sie hob die Schultern und ließ sie wieder fallen, seufzte laut, dann klickte sie sich auf dem Handy durch den neuesten Klatsch und Tratsch der Schönen und Reichen. Auch diese Nacht würde enden.

Alles in allem war die Arbeit besser als befürchtet. Die meiste Zeit saß Jablonski in der geräumigen Teeküche, trank den hervorragenden Kaffee aus der chromglänzenden Espressomaschine und sah aus dem Fenster in den blauen Sommerhimmel. Wurde ihm das zu langweilig, stöberte er im Lager herum, sortierte, fertigte Bestellungslisten an oder befüllte den Schiebewagen und schlurfte durch die Gänge und Büros, wechselte Glühbirnen, legte die angeforderten Kabel oder Adapter auf die entsprechenden Schreibtische, befüllte die Kühlschränke mit Energydrinks, Cola und Wasser. Insgesamt ein überschaubares Tätigkeitsspektrum. Die Mitarbeiter waren in Ordnung, die meisten nahmen kaum Notiz von ihm, sondern glotzten wie hypnotisiert auf den Bildschirm vor sich, auf dem endlose Reihen von Zahlen, rot oder grün hinterlegt, sich in wilder Geschwindigkeit veränderten. Dazu Linien, von denen Jablonski annahm, dass es sich um Aktienkurse handelte. Aber was die Leute genau machten, konnte er sich nicht zusammenreimen und eigentlich interessierte es ihn auch nicht besonders. Es hatte sicherlich etwas mit Geld zu tun, das von hier nach dort verschoben wurde (hatte es das nicht immer?). Eine geheimnisvolle Welt, aus der seiner Erfahrung nach selten etwas Gutes erwuchs. Spätestens mit dem Einstieg des sogenannten Investors in die Firma, in der er zuletzt gearbeitet hatte, und dem ziemlich bald danach erfolgten Verkauf nach Asien, hatte er für sich entschieden: Diese Finanztypen bringen nur Unheil. Aber immerhin, mindestens einer schien von dem Geschäft zu profitieren – der Chef kam im Sportwagen angebraust, immer schick gekleidet, es hieß, er hätte eine Villa in Dahlem und eine Finca auf Mallorca, ein großes Segelboot am Wannsee und so weiter. Immer wenn Jablonski ihn in gespielt wichtiger Eile durch die Gänge hasten sah, kurze Befehle in die Büros rufend oder im verglasten Sitzungsraum sitzend, die Beine auf dem Tisch, die Hände hinter dem Kopf verschränkt, gelangweilter Blick, musste er unwillkürlich daran denken, dass dieser eitle Fatzke nur deshalb diesen Lebensstil pflegen konnte, weil so viele andere Menschen in dunklen Hinterhofwohnungen lebten und sich in der schmierigen Eckkneipe den ganzen Abend an einem Bier zu zwei Euro fünfzig festhalten mussten, nur um sich nach einem langen Arbeitsleben sagen zu lassen, dass sie nicht mehr gebraucht wurden, weil die Firma jetzt in Osteuropa oder Asien billiger produzierte. Und dann spürte er diesen Groll. Warum nur musste es so ungerecht zugehen im Leben? Er brauchte sich ja nur selbst anschauen. Vom Schichtleiter mit Eigenheim zum Hausmeister in einer schäbigen Mietwohnung. War das der Lohn?

Aber meistens waren die Arbeitstage in Ordnung. Er konnte am Tisch sitzen und Kaffee trinken. Mal abgesehen vom Wischen der Gänge an jedem zweiten Tag – für die Toiletten war zum Glück ein Reinigungsdienst zuständig –, hätte er es durchaus schlimmer treffen können. Und dennoch, wenn Herr Neuman noch da wäre, hätte er es bestimmt verhindert.

»Hallo Horst.«

Jablonski nickte Uwe Dirksen zu. »Hallo Uwe. Machst du Pause?«

»Nur schnell einen Kaffee holen.«

Uwe war Anfang vierzig, groß und sehr schlank, was ihn irgendwie noch größer aussehen ließ. Im Gegensatz zu den anderen Mitarbeitern, die immer im Anzug zur Arbeit kamen, trug er Jeans und ein schlabbriges T-Shirt. Seine leicht hervorstehenden braunen Augen wirkten stets traurig, so als hätte er gerade geweint oder wäre kurz davor. Dabei war er eigentlich ganz humorvoll, nur, dass sich das nie in seinem hageren Gesicht widerspiegelte. Uwe war für die IT zuständig, so hatte er es ihm bei ihrer ersten Begegnung in der Teeküche erzählt. Jablonski hatte nur genickt und nicht weiter gefragt. IT, das hatte was mit Computern zu tun, so viel wusste er und das genügte ihm. Er mochte Uwe, vielleicht gerade, weil er hier so fremd am Platz wirkte wie Jablonski selbst.

»Ja, mach mal«, sagte Jablonski und nippte an seiner Tasse. Die Espressomaschine rauschte, die Sonne schien durch das Fenster, Jablonski fühlte sich mit einem Mal so entspannt wie lange nicht mehr. Vielleicht war ja doch nicht alles schlecht. Uwe schob sich einen Stuhl an den Tisch und setzte sich dazu.

»Und, wie läuft's?«, fragte Jablonski.

»Wie immer viel zu tun. Irgendein Computer streikt immer. Aber du weißt ja, wie es heißt: das Problem sitzt meistens davor.«

»Der ist gut«, sagte Jablonski grinsend.

»Und bei dir?«

»Ach, das Übliche. Kaffeetrinken und aus dem Fenster schauen. Ab und zu mache ich meine Runde.« Jablonski zuckte mit den Achseln. »Passt schon.«

Uwe nickte langsam. »Auf jeden Fall schön, dass hier noch ein normaler Mensch arbeitet«, sagte er. Seinem Lächeln sah man an, dass er wenig Übung damit hatte.

»Stichwort normaler Mensch«, sagte Jablonski. »Was hältst du eigentlich von dem Winterfeld?«

Uwe Dirksen schob die Unterlippe vor. »Ich weiß nicht.« Dann senkte er die Stimme. »Ich meine, ich habe schon viel gesehen, komme ja ein bisschen rum in den Unternehmen. Aber der ist schon speziell.«

»Aber hallo«, bestätigte Jablonski und verzog den Mund. »Ich frage mich immer, wie so ein Chaot den Laden hier erfolgreich führen kann.«

»Was heißt schon erfolgreich«, entgegnete Dirksen und schlürfte die Reste seines Espressos aus der Tasse.

»Na ja, das Haus in Zehlendorf, die Autos, und was weiß ich nicht noch alles. Das kostet doch.«

Uwe sah ihn über den Rand der kleinen Tasse an, stellte sie dann langsam auf den Tisch und lehnte sich zurück. Mit einem vielsagenden Lächeln sagte er: »Ach, und du meinst, das Geld hat er sich alles brav zusammengespart?«

Jablonski zog die Augenbrauen hoch. »Nicht?«

»Mensch Horst, wach auf.« Uwe schlängelte seine langen Beine unter der Tischplatte hervor und erhob sich. »Na, ich muss mal wieder.«

»Klar.« Jablonski nickte zum Abschied und sah dann wieder aus dem Fenster. Nachdenklich dieses Mal.

»Hallo Papa.«

Die Nachmittagssonne schien Jablonski ins Gesicht. Er kniff die Augen zusammen, das Handy am Ohr stiefelte er über den Hermannplatz.

»Gabi, das ist ja eine Überraschung. Lange nichts von dir gehört.« Er wartete an der roten Ampel, Autos rasten vorbei, neben ihm schrie ein Jugendlicher in einer zerrissenen Jacke in sein Telefon, in der Hand eine zu lange Leine, an der ein kläffender Hund zerrte. Jablonski trat zwei Schritte zur Seite, um sich aus der Reichweite des Hundegebisses zu bringen.

»Ja, tut mir leid. Du weißt doch, die Arbeit.«

Schlich sich da etwa ein Akzent in ihr Deutsch ein? War seine Tochter denn schon so lange in England? Vielleicht hatte er sich aber auch nur verhört, schwer zu sagen bei dem Straßenlärm.

»Hm«, brummte er.

»Was? Wo bist du denn, das ist so laut im Hintergrund.« Gabi schrie jetzt ins Telefon. Die Ampel schaltete auf Grün und Jablonski überquerte mit schnellen Schritten die Kreuzung, um in eine ruhigere Seitenstraße zu kommen.

»Warte mal kurz. So, hier ist es ruhiger.«

»Ganz schön was los bei dir.«

»Tja, weißt du, das ist eben das turbulente Neukölln. Immer was los. Wie geht's dir denn, mein Äffchen?«

Er konnte förmlich spüren, wie sie sich bei diesem alten Kosenamen verkrampfte. Sie hatte ihn wiederholt gebeten, sie nicht so zu nennen, aber es konnte nicht davon ablassen.

Schon klar, Eltern sollten loslassen, den Kindern Raum geben in ihrer Entwicklung, ihre Wünsche respektieren und das alles, aber seit dem Tag, an dem sie beide sich im Zoo stundenlang die Nase am Glas des Schimpansengeheges plattgedrückt hatten, würde sie immer sein Äffchen bleiben. Sie war vier, Susanne lag mit einer Sommergrippe im Bett und er hatte mit Gabi einen der wenigen Ausflüge zu zweit unternommen. Sie hatte nicht aufhören können zu lachen über die wilden Raufereien der Affen und er hatte mitgelacht, so sehr, dass er doch wirklich am nächsten Tag Muskelkater hatte. Ich wäre auch gern ein Äffchen, hatte sie gesagt und ihn angestrahlt. In diesem Moment war in ihm ein solch intensives Gefühl der Liebe explodiert, dass er für einen Moment nicht atmen konnte. Du bist mein Äffchen, hatte er schließlich geantwortet und sie fest an sich gedrückt. Zu schnell war dieser magische Moment wieder vorüber gewesen. Aber seit diesem Tag war sie sein Äffchen. Gabi würde sicher nicht verstehen, was dieses alberne Wort für ihn bedeutete und weswegen er ihre Bitten, sie Gabriele zu nennen, normalerweise ignorierte.

»Mensch Papa, du sollst mich doch nicht so nennen.«

»Ich weiß. Wie läuft es in London?«

»Sehr gut. Die Firma hat Maggie eine Teilhaberschaft angeboten. Das war aber auch echt überfällig.«

»Das freut mich. Wie geht es ihr?«

Wahrscheinlich sind die meisten Väter froh, wenn ihre Töchter nicht allzu früh mit den Jungs anfangen. Und so hatte er das Thema nie angesprochen. Irgendwann war da mal für ein paar Wochen ein Peter oder Paul gewesen. Ein ruhiger Typ, scheu wie ein Reh und wenig attraktiv. Insgeheim war Jablonski froh gewesen, dass es mit ihm »nicht gezündet« hatte, wie sich Gabi ausdrückte. Dann war sie in ihre eigene Wohnung gezogen, eine WG in Kreuzberg, hatte Volkswirtschaftslehre studiert und bei jedem Besuch waren ihre Haare kürzer, das Auftreten männlicher geworden. Schließlich hatte sie ihm und Susanne Maggie vorgestellt. Ihre Freundin. Jablonski hatte zunächst nicht verstanden, oder vielleicht auch nicht verstehen wollen, was seine Tochter mit Freundin meinte. Wie sich herausstellte, wohnte Maggie bereits in Gabis WG-Zimmer und die beiden würden zusammen nach London gehen, wenn Maggie ihr Auslandssemester in Berlin beendet hatte. So schnell, so einfach. Jablonski war an dem Abend sehr schweigsam gewesen. Sie saßen am Tisch und er stocherte noch lustloser als sonst, wenn Gabi sie besuchte, in seinem gebratenen Tofu. Den »Fleisch ist Mord«-Aufnäher hatte sie zwar nicht mehr an ihrem Rucksack, war aber immer noch radikal in ihren Ansichten, was Fleisch auf dem Teller anging, so dass Susanne dem Hausfrieden zuliebe immer Gemüse, Tofu, Sprossen und solche Sachen zubereitete. Radikal war Gabi auch in ihrer Meinung über das kapitalistische Finanzsystem gewesen, das ein Mittel des Westens sei, die Entwicklungsländer auszubeuten und überhaupt alles und jeden zu versklaven. Immerhin, in der Hinsicht hatte Jablonski ihr in vielem zugestimmt. Er hatte ja selbst erfahren, wie sich die Bedingungen in den Fabriken änderten, wenn die Anzugtypen einmarschierten. Diese gegelten Akademiker, die nie in ihrem Leben ein Werkzeug in die zarte Hand genommen, geschweige denn eine laute, staubige Fabrikhalle von innen gesehen hatten.

»Deshalb studiere ich VWL, Papa«, hatte Gabi ihm einmal erklärt. Mit glänzenden Augen, das Kinn kämpferisch nach vorne gereckt. »Ich will etwas ändern. Global. Dafür muss aber dieses System überwunden werden. Und durch etwas Neues, etwas Besseres ersetzt werden.«

Es hatte wie die Bewerbungsrede für eine sozialistische Partei geklungen. Er hatte mit diesem Parteidings zwar nie etwas am Hut gehabt, war aber in dem Moment unglaublich stolz auf sie. Allein, dass sie etwas hatte, wofür sie kämpfen wollte. Ein Ziel.

Umso irritierter war er, als ihre Freundin Maggie schon bald nach ihrem Umzug nach London bei einer diesen windigen Investmentgesellschaften anheuerte. Waren die nicht eigentlich der erklärte Feind? Oder hatte Jablonski da etwas falsch verstanden? Hieß es zuerst noch von Gabi, man könne das System auch von innen bekämpfen oder auch Teile des Gehalts würden sie selbstverständlich wohltätigen Organisationen spenden, um so einen Beitrag zur Verbesserung der Welt zu leisten, war davon nach einigen Jahren des angenehmen Lebens in einem schicken Apartment, mit regelmäßigen Reisen an die schönsten Orte und gutem Essen in teuren Restaurants nichts mehr zu hören. Seine Tochter, die nach dem Studium ein, zwei Jahre für eine Ökobank gearbeitet hatte, folgte Maggie schließlich in die ehemals böse Finanzwelt. Nicht ohne schlechtes Gewissen, wie Jablonski vermutete, denn immer, wenn er sie darauf ansprach, wechselte Gabi schnell das Thema.

»Maggie geht es gut. Danke.«

»Wie laufen die Geschäfte?«, fragte Jablonski gedehnt.

»Können wir das mal sein lassen?«

»Was denn? Ich habe doch nur gefragt, wie die Geschäfte laufen. Wie viele kleine Sparer habt ihr denn wieder so ruiniert?« Er wusste, dass er unsachlich wurde. Aber er war in dieser Stimmung, die ihn immer undiplomatisch werden ließ. Vielleicht lag es an dem Gespräch mit Uwe, diese Andeutung, dass sein Chef krummen Geschäften nachging. Es waren doch alles dieselben elenden Hunde. Und er, Jablonski, immer eine ehrliche Haut gewesen, konnte sehen, wo er blieb.

»Echt jetzt?« Gabis Stimme klang frostig. Und sie hatte allen Grund dazu. Jablonski atmete tief durch. »Tut mir leid. Das war dumm von mir. Ich verstehe nur nicht, wieso du ...«

»Papa, lass gut sein.« Ihre Stimme war jetzt wieder milder. »Du, ich habe gestern mit Mama telefoniert.«

Jablonski blieb stehen, ein Sonnenstrahl kämpfte sich durch die Krone eines Baumes und erhitzte seine linke Wange. »Aha.«

»Ich soll dich schön grüßen.«

»Hm, danke. Wie geht es ihr?«

»Ach, sehr gut. Sie haben sich jetzt einen Hund angeschafft.«

»Na großartig. Noch ein Kläffer mehr, der die Stadt zuscheißt.«

»Mensch Papa, warum musst du immer so negativ sein? Mama und Norbert können doch echt nichts dafür, dass du ...«

»Dass ich so ein armseliges Leben führe?« Jablonski kickte eine Plastikverpackung weg, die der sanfte Wind die Straße entlang bis zu ihm getragen hatte. Eine Frau mit einem verdreckten Kinderwagen lief an ihm vorbei und sah ihn grimmig an.

»Das wollte ich doch gar nicht sagen. Ich wünsche mir für dich doch auch, dass du wieder auf die Beine kommst. Also vor allem mental. Vielleicht kannst du ja auch wieder jemanden kennenlernen? Ach, keine Ahnung. Und falls du Geld brauchst ...«

»Nein.« Er schrie es fast ins Telefon. »Entschuldige, ich weiß ja, du meinst es gut.«

Es folgte eine kurze Pause, dann hörte er Gabi mit auffallend guter Laune sagen: »Ach übrigens, ich werde heiraten.«

Jablonski wurde kurz schwindlig, dann sagte er: »Das ist ja toll. Und wen?«

»Das ist jetzt ein Witz, oder?« Gabi kicherte ins Telefon. »Maggie natürlich.«

»Natürlich war das ein Witz«, antwortete Jablonski wenig überzeugend. »Wann, äh, wann ist es denn so weit?«

»Das wissen wir noch nicht genau, wahrscheinlich nächstes Jahr im Frühling. Du bist natürlich eingeladen.«

»Lieb von dir.«

»Na hör mal. Na ja, Mama und Norbert würden natürlich auch kommen«, sagte sie zögerlich.

»Klar. Ist doch deine Hochzeit. Aber sag mal, ist das denn, nun ja, erlaubt in England?«

»Mensch Papa, wir leben doch nicht mehr im Mittelalter.« Sie lachte. Es klang so unbeschwert wie früher. Wie hatte er ihr Mädchenlachen geliebt.

»Dann ist ja alles klar. Im Frühling also. Großartig.« Jablonski wischte sich den Schweiß von der Stirn und trabte weiter den Gehweg hinunter. Da hinten war sein Haus.

»Das wird toll, Papa. So, ich muss mal wieder, noch ein bisschen Geld verdienen.«

»Sicher, mach's gut, Äffchen.«

»Papa«, drohte sie spielerisch. »Pass auf dich auf. Bye.«

»Ja, tschüss.«

»Was hast du eigentlich gegen Hunde?«

»Wieso soll ich etwas gegen Hunde haben, Fred?«

Der Wirt des »Stübchens« zuckte schwerfällig mit den Achseln. »Ich mein ja nur, hast du doch eben gesagt.«

Jablonski kniff die Augen zusammen. »Hab ich doch gar nicht. Ich hab nur gesagt, dass sie sich jetzt auch einen blöden Hund angeschafft haben.«

»Siehste?« Fred zeigte mit dem Finger auf Jablonski. »Da war es schon wieder.«

»Horst will doch nur sagen«, mischte sich Dieter in die Diskussion ein, »dass er es seltsam findet, wie schnell das jetzt bei Stefanie geht.«

»Susanne.«

»Was?«

»Meine Exfrau heißt Susanne.«

»Was habe ich gesagt?«

»Stefanie.«

»Oh.«

»Ich bin ja sowieso eher der Reptilientyp«, sagte Fred leise, wie zu sich selbst, mit einem versonnenen Lächeln auf den Lippen. »Diese Anmut, dieses Selbstbewusstsein. Milliarden Jahre schon hier auf der Erde und bleiben trotzdem immer cool.«

Dieter rieb sich mit Daumen und Zeigefinger das glatt rasierte Kinn. »Bist du dir sicher mit den Milliarden Jahren? Ich würde denken, dass die erst ...«

»Wie auch immer«, unterbrach ihn Jablonski. »Gerade mal ein paar Monate rechtskräftig geschieden, dann zieht erst dieser Norbert in mein Haus und jetzt so ein sabbernder Hund.«

»Ach Horst«, sagte Silke, die bisher schweigend ihr Wasser getrunken hatte. »Nimm es nicht persönlich.«

Jablonski schüttelte den Kopf. »Wie soll ich das nicht persönlich nehmen? Nee, Leute, ich bereue immer mehr, dass ich Susanne so sehr entgegengekommen bin. Mal ehrlich, was habe ich denn davon gehabt?« Er breitete die Arme aus und sah die anderen herausfordernd an.

»Noch ´n Bier, Horst?«, fragte Fred schließlich. Horst nickte und Fred war sichtlich erleichtert, sich wieder seinem Zapfhahn widmen zu können.

»Aber jetzt wirklich«, sagte Jablonski, nachdem alle für einen Moment den weißen Schaum beobachtet hatten, der sich auf der bernsteinfarbenen Flüssigkeit in dem Glas in Freds Hand bildete. »Habt ihr nicht auch manchmal das Gefühl, dass ihr so richtig verarscht werdet vom Leben?« Er blickte fragend zuerst zu Dieter, dann zu Silke. »Mann, Jahrzehnte gearbeitet, Steuern gezahlt, ein Haus gekauft, eine Familie ernährt. Und jetzt? Die Frau schnappt sich einen anderen und genießt mit ihm und einem verlausten Köter das Leben in meinem Haus. Das Haus, in dem ich meine Tochter habe aufwachsen sehen.« Er schlug mit der Faust auf den Tresen. Fred schob ihm schnell das Bierglas hin und Jablonski nahm einen großen Schluck, wischte sich mit dem Handrücken den Schaum von der Oberlippe.

»Wisst ihr übrigens, wo sie sich kennengelernt haben?«

»Nee«, sagte Fred.

»Bei Karstadt. In der Bücherabteilung. Ist das zu fassen?«

»Bei Karstadt gibt es Bücher?«, fragte Fred.

»Hat mir meine Tochter erzählt. Apropos, Gabi wird übrigens heiraten.«

»Glückwunsch«, versuchte es Fred. Es klang wie eine Frage.

»Von wegen. Sie wird eine Frau heiraten.«

Silke zuckte mit den Achseln. »Na und, da ist doch nichts dran.«

»Nein, so meine ich das nicht.« Er schüttelte den Kopf. »Ach, ich weiß nicht, irgendwie passt es in das ganze große Bild. Bei allem, was gerade schief läuft, werde ich wohl auch nie Opa werden.«

»Ist ja nicht gesagt«, warf Dieter mit erhobenen Händen ein. »Heutzutage ...«

»Ja, ja. Schon klar«, sagte Jablonski. »Und dann muss ich sehen, wie so ein aufgeblasener Typ wie dieser Stefan Winterfeld ohne Ende Kohle scheffelt mit irgendwelchen unsauberen Geschäften. Ist das alles denn fair?«

»Na ja«, sagte Dieter und musterte den Rest Bier in seinem Glas.

»Nee, ist es nicht. Schau dich doch mal an, Dieter.« Dieter brummte leise. »Du arbeitest in einem zweitklassigen Autohaus. Du hasst deinen Job. Doch, doch. Dein Geschäft damals, viel Geld investiert, Herzblut und das alles. Und schwupps, klebt der Kuckuck an allem. Und weißt du warum?« Dieter forderte ihn mit einer Handbewegung zum Weiterreden auf. »Weil du ehrlich warst. Nicht so wie Winterfeld und Konsorten. Und jetzt siehst du mal, wer es weiter gebracht hat.«

»So gesehen«, stimmte Dieter nachdenklich zu.

»Und du, Silke.«

Sie lächelte ihn schief an. »Jetzt bin ich an der Reihe.«

Jablonskis Blick wurde milder. »Ich meine es doch nicht böse. Aber sieh doch mal, du sitzt da jede Nacht und bewachst die Autos von so einem reichen Kerl. Und was bekommst du dafür? Mindestlohn. Während er sich im Urlaub auf den Seychellen den durchtrainierten Körper bräunen lässt.«

»Ein schönes Bild«, sagte Silke mit gespielt schmachtendem Tonfall.

»Und warum kann er sich das leisten? Weil du beschissen bezahlt wirst und in einer kleinen Wohnung in Neukölln leben musst. Und ihm dafür unterbewusst noch dankbar bist.«

Silke zuckte wieder mit den Achseln. »Hast ja Recht, Horst. Aber was soll man machen. Ich kann ja froh sein, überhaupt einen Job zu haben.«

Jablonski erhob sich so ruckhaft, dass der Barhocker umfiel. »Hah«, rief er mit geballten Fäusten. »Das ist doch genau das, was ich meine. Dankbar, wofür denn? Wir verdienen etwas Besseres, jawohl. Jeder von uns.« Er beschrieb mit dem Zeigefinger einen Halbkreis in der Luft.

»Also ich bin eigentlich ganz zufrieden mit meiner Kneipe«, sagte Fred mit vor der Brust verschränkten Armen. »Das Stübchen gibt es immerhin seit 25 Jahren.«

»Na gut, dann eben dich ausgenommen.« Jablonski legte seine Hände auf Silkes Schultern und schüttelte sie sanft. »Aber du, Silke.« Dann drehte er sich zu Dieter und zupfte am Revers seines Sakkos. »Und du, Dieter. Ihr habt es doch wirklich auch verdient, hier herauszukommen. Eure Träume zu erfüllen. Ein anderes Leben.«

»Was willst du machen?«, fragte Dieter schmunzelnd. »Eine Bank überfallen.«

Jablonski sackte in sich zusammen, als hätte jemand die Luft aus ihm gelassen. »Ach, keine Ahnung.« Er stellte den Barhocker zurück an den Tresen, setzte sich und nippte an seinem Bier. »Aber irgendwie muss es doch gehen«, sagte er nachdenklich. »Einfach auch mal Glück haben.«

Heute war einer dieser Tage, an denen überhaupt nichts los war. Ein Mittwoch am Ende des Monats, noch dazu in der Ferienzeit und die Regierung hatte auch schon länger kein finanzielles Unterstützungspaket mehr angekündigt. Dieter hätte also in Ruhe in dem klimatisierten Verkaufsraum hinter dem Schreibtisch sitzen, Espresso aus der Maschine, die eigentlich für den Einsatz in Kundengesprächen vorgesehen war, trinken und auf die staubigen Felder hinter den Panoramascheiben blicken können. In der Ferne die startenden und landenden Flugzeuge des Hauptstadtflughafens am Himmel. Er musste immer wieder daran denken, was Horst vor ein paar Tagen im »Stübchen« gesagt hatte. Einfach auch mal Glück haben, mit diesen Worten hatte er eine Saite in ihm zum Schwingen gebracht, die seitdem leise vibrierte. Letztlich hatte er ja Recht. Dieter hatte wirklich immer versucht, ein anständiges Leben zu führen, niemandem zur Last zu fallen. Und was hatte er bekommen? Räumungsverkauf wegen Insolvenz nach nur drei Jahren. Sein Lebenstraum, futsch. Danach hatte er noch viele Jahre seine Mutter gepflegt, bis zum Ende. Und jetzt saß er hier. Sollte das wirklich alles gewesen sein? Autos verkaufen bis zur Rente? Und dann? Ja, ihm ging in der Tat viel durch den Kopf und er sehnte sich nach Ruhe, um seine Gedanken ordnen zu können.

Stattdessen wuselte Herr Klauß ständig um ihn herum. Er konnte trotz seines gewaltigen Umfangs nie stillsitzen, musste immer irgendwo ein Schild verrücken, Prospekte zum hundertsten Mal auf Kante klopfen, Autotüren öffnen und wieder schließen, mit nervös an die Oberschenkel klopfenden Fingern an der Scheibe stehen und die Außenfläche inspizieren – es könnte sich ja doch unbemerkt ein Kunde dorthin verirrt haben, der sofort Ansprache benötigte – oder einfach nur wie ein Puma im Käfig vor Dieter auf und ab laufen.

»So, Dieter, dann wollen wir die Ruhe mal nutzen, wie?« Er schlug die Hände lautstark gegeneinander. »Planung für den nächsten Monat.«

Dieter seufzte innerlich und nickte mit einem schmalen Lächeln. »Klar, Herr Klauß.«

»Wunderbar.« Sein Chef rieb sich die Hände. »Ich habe da schon einige hervorragende Ideen.«

»Sicher«, sagte Dieter. Es würde wohl auf eine Rabattaktion hinauslaufen. Servicegutscheine waren im letzten Quartal an der Reihe. Eines von beiden war es immer, wenn Herr Klauß das Bedürfnis nicht mehr unterdrücken konnte, die insgesamt mittelmäßigen Verkaufszahlen (ein Mal mehr mittelmäßig) positiv zu verändern. Sein Chef zog sich einen Stuhl heran und ließ sich schnaufend nieder, beugte sich dann vor und sagte, aufgeregt wie ein kleiner Junge vor dem ersten Schultag: »Rabattaktion.« Die erhoffte Begeisterung legte sich wohl nicht auf Dieters Gesicht, der tatsächlich mit größter Anstrengung den schier übermächtigen Drang bekämpfen musste, aufzuspringen und wegzurennen, deshalb legte er den Kopf schief und fragte leicht gekränkt: »Alles in Ordnung, Dieter?«

»Bitte?«

»Du siehst gar nicht begeistert aus.«

Dieter rieb sich die Augen. »Doch, doch. Nur ein wenig müde.«

»Na, na«, erwiderte Herr Klauß mit erhobenem Zeigefinger in gespielt tadelndem Tonfall. »Für die Rabattaktion brauche ich aber wache Geister hier.«

»Keine Sorge«, sagte Dieter nickend. »Ich bin ganz da.«

»So lobe ich mir das.« Herr Klauß tätschelte Dieters Hand, dann nahm er sein Referat über die Rabattaktion – Internetseite, Flyer, E-Mails – auf.

Horst hatte Recht, dachte Dieter, es musste etwas geschehen.

Jablonski musste sich entscheiden. Er hatte das Büro von Stefan Winterfeld aufgeschlossen, um die Neonröhre der Deckenlampe zu wechseln. Die flackert wie verrückt, hatte Winterfeld ihm vorgejammert, davon bekomme ich Kopfschmerzen. Dann hatte er sich frühzeitig in den Feierabend verabschiedet. Kopfschmerzen bekommst du wahrscheinlich eher von den vielen illegalen Substanzen, die du dir einpfeifst, hatte Jablonski gedacht und war ins Lager gegangen, um eine Leuchtstoffröhre und die Leiter zu holen.

Und jetzt stand er hinter dem Schreibtisch, die Hand an der offenen Schublade des Rollcontainers unter der Glasplatte, die er hatte schließen wollen, um die Leiter aufzustellen, und musste sich entscheiden.

Sollte er den Zettel ignorieren? Eine dieser kleinen, gelben Haftzettel, auf der in der krakeligen Handschrift von Winterfeld das Wort »Safe« stand und darunter eine sechsstellige Zahl. Sollte er die Schublade schließen und die Ziffernfolge aus seinem Gedächtnis verbannen, in das sie sich, ohne dass er etwas hätte dagegen tun können, schon eingebrannt hatte?

Safe, welcher Safe?

Jablonski schaute an die Decke. Die Leuchtstoffröhre war vollkommen in Ordnung. Da flackerte nichts. Kein Wunder, er hatte sie auch erst vor einer Woche gewechselt. Aber Winterfeld bekam natürlich Kopfschmerzen davon. Dieser weinerliche, arrogante, schnöselige Kerl! Mensch Horst, wach auf. Das waren Uwes Worte gewesen. Uwe, der durch seine Tätigkeit bestimmt einen gewissen Einblick in die Geschäfte des schleimigen Herrn Winterfeld hatte.

Safe. Das Wort schwamm auf seinem Bewusstsein wie Fett auf der Suppe. Safe. Aber welcher Safe? Und was befand sich darin?

Winterfelds krumme Geschäfte, die ihm ein Leben auf der Sonnenseite ermöglichten.

Safe. Sechs-Null-Drei-Sieben-Null-Zwei.

Würde es dem Typen nicht recht geschehen?

Nur mal schauen, was sich darin so finden würde. Das eine oder andere mitnehmen. Einfach auch mal Glück haben.

Safe. Vier Buchstaben.

Jablonski blickte mit leicht geöffnetem Mund wie hypnotisiert auf den gelben Zettel. Vielleicht war die Nummer ja auch alt, der Code längst geändert. Ziemlich wahrscheinlich sogar. Doch was, wenn nicht?

Er wurde durch Geräusche auf dem Flur aus seinen Gedanken gerissen. Gesprächsfetzen, Stimmen, die lauter wurden. Jablonski zog sein Handy aus der Gesäßtasche und machte ein Foto von dem Zettel. Nur für den Fall, dass ihn sein Gedächtnis doch im Stich lassen sollte. Entscheiden konnte er immer noch, obwohl er das Gefühl hatte, dass die Entscheidung schon getroffen war. Hastig schob er die Schublade zu, stellte die Leiter auf und kletterte die Stufen hinauf. Er hatte soeben den Kunststoffkasten der Lampe gelöst, da klopfte es an der Tür und einer der Anzugträger, dessen Namen Jablonski in dem Moment nicht einfiel, steckte den Kopf herein.

»Stefan?« Er zog die Augenbrauen hoch, als er Jablonski auf der Leiter stehen sah. »Herr Winterfeld nicht da?«

»Der Herr Winterfeld ist schon gegangen«, antwortete Jablonski in bemüht loyalem Tonfall und war darauf bedacht, auf der wackeligen Leiter das Gleichgewicht zu halten.

»Verstehe.« Der Angestellte betrat den Raum und musterte Jablonski kritisch. »Bronski, richtig?«

»Jablonski.«

»Jablonski, klar. Pole?«

»Nicht, dass ich wüsste.« Seine Beine begannen zu schmerzen.

»Sie sind hier das Mädchen für alles?« Es klang in Jablonskis Ohren mehr wie eine Feststellung als eine Frage.

»Könnte man so sagen.«

»Gut, gut. Ich brauche nämlich einen neuen Bürostuhl. Der, auf dem ich jetzt sitze, ist eine Qual für meinen Rücken.« Er fixierte Jablonski immer noch mit diesem seltsamen Blick. Unwillkürlich fragte sich Jablonski, ob er ihn gesehen hatte, wie er den gelben Zettel fotografierte. Aber nein, versuchte er sich zu beruhigen, das war unmöglich. Doch warum schaute er ihn dann so komisch an? Und plötzlich kam ihm die Erkenntnis: Es war Verachtung. Jablonski war der alte Typ im Blaumann, mit grauen, etwas zu langen Haaren, einem kleinen Bierbauch und schwieligen Händen, der auf einer wackeligen Leiter stand, um eine Neonröhre auszutauschen. Der andere hingegen war der sportliche Uniabsolvent im teuren Anzug mit dem gutaussehenden kantigen Gesicht, der jeden Tag Millionen Euros um die Welt schickte oder was auch immer er genau tat in seinem Büro, zweite Tür links.

Und wie Jablonski auf der Leiter stand und sich ein Krampf im linken Oberschenkel andeutete, weil er das Bein gegen die Aluminiumstrebe der Leiter presste, um nicht das Gleichgewicht zu verlieren, da musste er an das Foto denken, das sich seit zwei Minuten auf der Speicherkarte seines Telefons befand. Safe. Sechs-Null-Drei-Sieben-Null-zwei. Blaue Tinte auf gelbem Papier.

Er traf eine Entscheidung und die lautete: Ihr könnt mich mal!

Etwas mühsam stieg er von der Leiter, legte die Kunststoffabdeckung auf die Glasplatte des Schreibtischs und lächelte den Mann ohne Namen übertrieben freundlich an: »Aber natürlich, Herr äh?«

»Du bist doch verrückt!«

»Nicht so laut. Muss ja nicht jeder hier mitkriegen.« Jablonski blickte über die Schulter. Das »Stübchen« war wie immer fast leer, außer ihm und Dieter saß noch der alte Günther an seinem Tisch in der Ecke, die Hände um ein Glas Bier gelegt, sein Kinn lag auf der Brust, er schlief oder war tot, das konnte man nie so genau sagen. Am Billardtisch mit dem zerschlissenen Tuch versuchten sich zwei andere Stammgäste mit den schiefen Queues, beide in ausgebeulten Jeans und schlabbrigen Hemden, die Zigaretten im Mundwinkel, eine Reihe leerer Schnapsgläser auf dem Regalbrett an der Wand. Dirk und Erwin. Oder Ernst?

»Du bist doch verrückt«, wiederholte Dieter leise und schüttelte den Kopf.

Jablonski zuckte mit den Achseln. »Wieso?« Er wischte das Kondenswasser von seinem Bierglas, dann nahm er einen großen Schluck.

Dieter legte den Kopf schief. »Also, du willst in das Haus deines Chefs einbrechen, dessen Safe öffnen –«

»Sofern einer da ist.«

»Ach ja, das hatte ich vergessen, du weißt noch gar nicht, ob es sich bei dem Safe überhaupt um seinen Safe handelt.«

»Aber wahrscheinlich ist es«, entgegnete Jablonski.

»Und dann nimmst du mit, was in dem Safe ist und spazierst wieder raus. Habe ich das soweit richtig zusammengefasst?«

»Stimmt alles, bis auf eine Kleinigkeit.«

»Da bin ich aber gespannt.«

Jablonski grinste und bohrte Dieter den Zeigefinger in die Brust. »Nicht ich allein. Du machst natürlich mit.«

Dieter sah ihn mit unbewegter Miene an, dann lachte er prustend. »Der war gut, ein echt guter Witz. Das war doch ein Witz, oder?«

»Ganz und gar nicht. Mensch Dieter, überleg mal. Der Dämlack hat doch bestimmt ordentlich Bargeld da drin. Vielleicht Schmuck, eine Rolex-Uhr oder Ringe, was weiß ich. Vielleicht ja auch Goldbarren.«

»Rein hypothetisch, falls es sein Safe ist.«

»Warum sollte es nicht sein Safe sein? Im Büro gibt es keinen, das habe ich überprüft.«

»Vielleicht steht der auch in irgendeiner Bank.«

»Ach Mensch, jetzt hör doch mal auf mit deiner Nörgelei«, rief Jablonski und warf die Arme in die Luft.

Fred kam aus dem Keller zurück, wo er ein neues Bierfass angeschlossen hatte.

»Na, was habt ihr zwei Hübschen denn?«

»Nichts, Fred. Kümmer dich mal um die beiden dahinten, die brauchen Schnapsnachschub.«

Der Wirt ging mit beleidigter Miene in Richtung Billardtisch. Jablonski wandte sich wieder Dieter zu.

»Also, ich weiß nicht«, gab Dieter erneut zu bedenken. »Klingt für mich nach einer ziemlich blöden Idee.«

Jablonski ignorierte den Einwand. Er rieb sich die Hände »Und die Silke, die macht auch mit.«

»Silke, wieso denn?«, fragte Dieter mit aufgerissenen Augen.

»Weil sie sich mit Alarmanlagen und dem Kram auskennt. Winterfelds Villa ist doch bestimmt geschützt.«

»Oh Gott«, flüsterte Dieter.

Jablonski legte den Arm auf seine Schultern. »Mensch Dieter. Jetzt beruhige dich. Das ist unsere Chance, auch mal das große Los zu ziehen. Denk doch drüber nach. Du könntest mit einem Schlag wieder den Lebensstil führen, der dir Spaß macht. Ein paar neue Anzüge. Schicke Schuhe. Vielleicht ein neues

Geschäft aufmachen. Die verlorenen Jahre nachholen. Was auch immer.«

Dieter blickte gedankenverloren vor sich hin, dann nickte er langsam. »So gesehen ...«

»Eben.« Jablonski schlug ihm auf die Schulter.

Dieter setzte langsam sein Bierglas an die Lippen und trank in ruhigen Schlucken. Dann stellte er das Glas wieder ab, drehte es auf dem Bierdeckel, schließlich drückte er die Hände durch, dass die Gelenke knackten.

»Also gut«, sagte er dann. »Spielen wir das mal durch. Also, rein theoretisch.«

Jablonski grinste. »Genau, rein theoretisch.«

Silke hatte Jablonski mit großen Augen angesehen. Sie war eine Stunde später ins »Stübchen« gekommen, da waren Dieter und er nach drei weiteren Gläsern Bier bereits in gelöster Stimmung und hatten sie euphorisch zum Tresen gewunken. »Das ist ja ein Ding«, sagte sie. Die beiden blickten sie schweigend an. Schließlich zuckte Silke mit den Schultern. »Wenn Horst sagt, das ist eine sichere Sache, bin ich dabei. Hey, dann ist dieser ganze Sicherheitskram wenigstens mal zu etwas Nütze. Wann soll die Aktion denn steigen?«

»Der Winterfeld sollte natürlich nicht zu Hause sein«, überlegte Jablonski. »Ich werde versuchen herauszubekommen, ob er mal auf Dienstreise ist oder so was.«

Jetzt saßen sie zu dritt in Jablonskis Wohnung an dem kleinen Tisch in der Küche und besprachen den Plan. Er hatte Kaffee gemacht und ein paar Schnittchen, das Bier stand im Kühlschrank.

»Nett hast du es hier«, sagte Silke, hinter sich die kahle Küchenwand.

»Falls du das ernst meinst, spricht es nicht gerade für deinen Geschmack«, meinte Jablonski und zwinkerte ihr zu.

»Wenn wir das Ding erst mal durchgezogen haben, wird sich alles ändern«, sagte Dieter, scheitelte sich umständlich das Haar, inspizierte skeptisch den Kaffeebecher vor sich und sagte: »Horst, hast du vielleicht eine saubere Tasse für mich?«

»Da ist das Waschbecken, Spülmittel steht daneben«, antwortete Jablonski achselzuckend.

»Nicht so wichtig«, erwiderte Dieter, goss sich umständlich aus der Glaskanne ein und pustete in die braune Flüssigkeit.

»Wir ziehen das echt durch, oder?«, fragte Silke. »Ich meine, ein Risiko ist ja schon dabei.«

»Nicht nur eines, meine Liebe«, sagte Dieter. »Ich zähle mal auf. Erstens, der Alarm könnte losgehen.«

»Darum kümmerst du dich«, unterbrach ihn Jablonski und deutete mit dem Finger auf Silke.

»Bin dran«, antwortete sie, eine für Jablonski und Dieter ungewohnte Begeisterung schwang in ihrer Stimme mit. »Das Haus von diesem Stefan Winterfeld wird praktischerweise von einer Sicherheitsfirma betreut, bei der mein Kollege Gregor vorher beschäftigt war. Vielleicht hat er da noch Kontakte, damit wir wissen, womit wir es zu tun haben.«

»Das ist mein Mädchen«, rief Jablonski und warf ihr spielerisch einen Kuss zu. Dieter blickte von ihm zu Silke und versuchte zu ignorieren, dass sich ihre Wangen leicht rot färbten. Dann zählte er weiter auf: »Zweitens, er könnte zu Hause sein.«

»Negativ«, sagte Jablonski. »Ich habe euch doch von dem Mann erzählt, der sich unter anderem um die Autos von meinem Chef kümmert.« Er rieb sich das Kinn. »Hm, vielleicht sollten wir ihn Zielperson nennen? Klingt doch professioneller, oder?«

Silke und Dieter grinsten verschwörerisch. »Super.«

»Jedenfalls, dem habe ich irgendwas von Reparaturen erzählt, die anstehen würden in den Büros und wann der Chef mal länger weg wäre, um da in seinem Büro in Ruhe arbeiten zu können.«

»Und?«, fragte Dieter.

Jablonski schwieg und zupfte eine Fluse von der Hose.

»Jetzt sag schon.« Silke rutschte unruhig auf ihrem Stuhl hin und her.

»Na gut. Also, in einer Woche ist der feine Herr Winterfeld auf Dienstreise in den USA. Er fliegt am Freitagabend los.«

»In einer Woche schon?« Dieter zog eine Augenbraue hoch. »Reicht uns das denn für die Vorbereitung?«

»Klar, was brauchen wir denn schon? Silke besorgt uns die Informationen zu Alarmanlage, Türschloss und so weiter, ich habe den Code für den Tresor. Wir gehen rein, räumen das Ding aus und weg sind wir. Eine Sache von zwanzig Minuten.«

»Und falls er doch da ist. Oder jemand anderes?«

»Mensch Dieter, langsam nervst du mit deinem ewigen was wäre wenn.« Jablonski strich sich mit der Hand über das Gesicht und seufzte. »Tut mir leid, war nicht so gemeint. Was hast du noch auf deiner Bedenkenliste?«

Dieter räusperte sich. »Tja, der Safe könnte leer sein.«

»Oder wir finden nur sein Tagebuch«, sagte Silke und lachte. Die Planung des Einbruchs machte ihr offensichtlich Spaß. Sie schien regelrecht aufzublühen.

»Schaut sie euch an, hätte gar nicht gedacht, dass du so viel Humor hast«, sagte Jablonski und lächelte sie an. »Aber gut, ja, der Tresor könnte leer sein. In dem Fall gehen wir wieder, vergessen das Ganze und leben weiter wie bisher.«

»Wir hätten also nichts verloren«, ergänzte Silke mit nach oben gekehrten Handflächen.

Dieter nickte. »So gesehen. Also was soll's. Mehr habe ich erst mal nicht auf meiner Liste.«

»Bestens«, sagte Jablonski. »Alles wird gutgehen und in einer Woche sind wir reich.«

»Und dann kaufst du dir bitte als erstes eine anständige Kaffeemaschine«, sagte Silke mit leidendem Blick. »Dieser Kaffee ist nämlich ungenießbar.« Sie stellte die Tasse zurück auf den Tisch.

»Ist gebongt. Und was machst du mit dem Geld?«

Silke blickte zur Decke und dachte nach. »Ich weiß nicht«, sagte sie schließlich, »vielleicht mache ich noch das Abi und studiere. Arbeiten müsste ich dann ja erst mal nicht. Und schon gar nicht für diesen kümmerlichen Lohn.«

»Moment mal, Leute.« Dieter hob abwehrend die Hände. »Wir wissen doch noch gar nicht, wieviel wir da finden werden.«

»Er wieder. Der alte Miesepeter. Mensch, wer nicht wagt, der nicht gewinnt. Das Glück ist mit den Tüchtigen, und dieses Mal sind wir damit gemeint.« Jablonski verschränkte die Arme hinter dem Kopf und lehnte sich zurück. »Also ich werde erst mal raus hier. Eine lange Reise machen, die Welt sehen.« Er nickte in Richtung Küchenfenster. »Den Anblick kann ich nämlich nicht mehr ertragen.«

»Klingt toll, Horst«, sagte Silke und lächelte ihn an.

»Kannst ja mitkommen«, gab Jablonski trocken zurück.

»Ich?« Ihre Finger griffen nach ihrem Haar und zwirbelten nervös darin herum.

Dieter klatschte sich auf die Schenkel. »Also gut, dann hätten wir ja erst mal alles besprochen. Ich muss los. Die Aufgaben sind verteilt. Ich schlage vor, dass wir uns in drei Tagen noch mal zusammensetzen. Aber nicht mehr im Stübchen, das ist zu auffällig.«

Er verabschiedete sich und Jablonski und Silke saßen danach schweigend am Tisch. Schließlich fragte Silke: »Vermisst du sie manchmal?«

»Wen?«

»Deine Frau.«

»Exfrau.« Jablonski goss sich Kaffee nach, schüttete Kaffeesahne hinterher und rührte mit einem Löffel um, bis die dunkelbraune Flüssigkeit fast sandfarben wurde. »Ach weißt du, manchmal schon. Obwohl vermissen vielleicht ein zu starkes Wort dafür ist. Vielleicht ist es eher diese Sehnsucht nach einer Zeit, in der alles einfacher zu sein schien, geordneter, irgendwie klarer.« Er lächelte müde. »Obwohl sie das wohl gar nicht war. Jede Zeit ist halt, wie sie ist, oder?«

»Das ist wohl so.« Silke nickte.

»Und ehrlich gesagt, hatten wir uns wohl schon seit längerer Zeit, na ja, auseinandergelebt. Mein Gott, wir haben jung geheiratet, vielleicht zu jung. Und nach so vielen Jahren, wahrscheinlich ist es da normal, dass man eher so nebeneinander lebt. Hätte ich etwas ahnen müssen? Ich weiß es nicht. Und am Ende ist es wohl auch einerlei. Ein paar Jahre habe ich noch vor mir, und die will ich genießen. Adieu Jobcenter, ich bin dann mal weg.« Er lachte auf, wurde dann wieder nachdenklich, nickte mehrmals langsam. »Und du«, sagte er dann, »warum bist du eigentlich allein?«

Silke presste die Lippen zusammen. »Ach, weißt du, ich und die Männer, das ist keine richtige Erfolgsgeschichte.« Sie lachte nervös auf. »Und ich kann es ihnen nicht mal verübeln. Bin nicht gerade das, was man einen guten Fang nennen würde.« Silke lächelte gequält, wich Jablonskis Blick aus, fixierte ihre ineinander verschlungenen Hände im Schoß. »Na ja, was soll's.«

Jablonski wartete, ob sie noch etwas sagen würde. Dann sagte er leise, fast flüsternd: »Was auch immer passiert ist, ich finde, du verkaufst dich da unter Wert. Mach dich nicht selbst so fertig.«

Sie atmete tief durch, drückte ihren Rücken durch, legte eine Hand auf seine. »Wie auch immer. Das muss einfach klappen mit dem Winterfeld. Dann wird alles anders.«

Jablonski blickte auf ihre Finger, der rote Nagellack war an einigen Stellen rissig, die Haut blass, ein kleiner Leberfleck an der Basis des Ringfingers. Kurz nur strich er mit seinem schwieligen Daumen über ihre Haut. Sie zog ihre Hand zurück, als hätte sie sich verbrannt.

»Entschuldige, ich wollte nicht ... es sollte nicht«, stotterte Jablonski.

»Nein, ich ... das war ... ich werde dann mal gehen.« Sie erhob sich, legte ihm eine Hand auf die Schulter. »Danke für den Kaffee.«

»Klar, gerne. Wir sehen uns, richtig?«

»Unbedingt.«

Die Tür fiel ins Schloss, Jablonski saß allein in der Küche und schaute wieder auf die graue Hauswand gegenüber.

Letzte Fetzen von Sonnenlicht wurden von der einbrechenden Dunkelheit aus ihren Winkeln vertrieben. Die schmale Straße in Dahlem war ruhig, nur der melodische Gesang einer Amsel war aus der Krone der majestätischen Kastanie zu hören, unter der sie standen und das Haus gegenüber mit der Nummer zwölf beobachteten. Es war eine alte zweistöckige Villa mit vielen kleinen Erkern und einem zierlichen Türmchen zur Straßenseite. Insgesamt wirkte das Gebäude, als hätte es schon bessere Zeiten gesehen. Der einstmals vermutlich weiße Putz war grau angelaufen, hier und da zeigten sich feine Risse. Die dicken Bohlen des Fachwerks wirkten glanzlos und spröde. Der Garten war nicht ungepflegt, aber erweckte auch nicht gerade den Eindruck, dass sich jemand mit Herzblut um ihn kümmerte. Das Gras zeigte gelbe Flecken, die Blumenrabatten waren lieblos zusammengestellt. Vor der Garage stand ein weißer Porsche.

»Ich dachte, er ist auf Dienstreise«, flüsterte Dieter und wies auf das Auto.

»Er wird ja kaum mit dem Porsche zum Flughafen fahren«, entgegnete Jablonski. »Der ist weg, keine Frage. Wir stehen jetzt hier seit einer Stunde, das Haus ist leer. Leerer geht gar nicht.« Er wollte über die Straße gehen, aber Dieter hielt ihn am Arm zurück.

»Lass uns lieber noch ein paar Minuten warten und das alles noch mal durchgehen.«

»Echt jetzt, Dieter? Das haben wir doch schon mindestens zehn Mal gemacht, seitdem wir uns hier die Beine in den Bauch stehen.«

Silke legte ihm eine Hand auf die Schulter. »Lass mal, Horst. Wir haben doch Zeit. Gehen wir das Ganze also noch mal durch.«

Jablonski brummte genervt, blieb aber unter der Kastanie stehen. »Also gut. Silke?«

»Laut Informationen von Gregors Kollegen hat Stefan Winterfeld ein vergleichsweise geringes Sicherheitspaket gebucht. Also, keine Kameras, was gut ist, keine Bewegungsmelder, auch super, lediglich ein digitales Schloss am Tor mit sechsstelligem Code, dasselbe an der Tür ins Haus. Sollte eine der Türen geöffnet werden, ohne dass vorher der richtige Code eingegeben wurde, wird ein Alarm ausgelöst. Nach zwei Minuten geht dann der Notruf bei der Polizei ein. So weit dazu.«

»Bleibt immer noch die Frage, wie der Code lautet«, sagte Dieter.

»Wir probieren es erst mal mit dem für den Safe«, schlug Jablonski vor. »Die meisten Menschen sind doch Gewohnheitstiere. Und so wie ich den Winterfeld einschätze, ist der ziemlich bequem. Und falls die Nummer nicht klappt, nehmen wir sein Geburtsdatum. Im Notfall steigen wir über den Zaun und verschaffen uns irgendwie Zutritt zu dem Haus.«

»Und der Alarm?« Dieter drehte nervös an einem seiner Anzugknöpfe.

»Wir haben doch die Kombination für den Safe. Ist dann nur eine Sache von ein paar Minuten und zack sind wir wieder in der U-Bahn.«

»Na hoffentlich.«

»So, wer aussteigen will, hat jetzt noch die Gelegenheit.« Jablonski blickte in die Gesichter von Dieter und Silke, beide schüttelten den Kopf, er nickte und musterte seine Uhr. »Es ist gleich halb zehn. In fünfzehn Minuten legen wir los. Dann sollte es dunkel sein. Zum Glück ist das Haus durch die hohen Bäume von den angrenzenden Grundstücken nur schwer einsehbar. Außerdem scheint hier insgesamt nicht viel los zu sein. Eine Kleinigkeit.«

»Hoffentlich«, sagte Dieter leise.

Silke legte ihm die Hand auf die Schulter. »Das klappt schon.«

Das letzte Sonnenlicht war verschwunden, die alten Straßenlaternen warfen ein matt-gelbes Licht, das mehr Schatten erzeugte als vertrieb. Eine alte Dame war vor fünf Minuten auf der anderen Straßenseite mit ihrem kleinen Hund vorbeigelaufen, seitdem lag die Straße genauso verlassen da wie schon den gesamten bisherigen Abend.

»Dann los jetzt«, sagte Jablonski nach einem weiteren Blick auf die Uhr. Er schaute nach links und rechts, nichts zu sehen, überquerte die Straße und winkte die anderen beiden heran. Sie pressten sich kurz an die Steinmauer, dann schlichen sie zum Eisentor.

»Ich muss gleich kotzen«, sagte Dieter weinerlich.

»Reiß dich zusammen«, zischte Jablonski nach hinten. Er war schon am Tor und begutachtete die Tastatur zur Eingabe des Zifferncodes, die in einer Nische der Mauer daneben befestigt war. »Fast vergessen.« Aus der Tasche seines schwarzen Anoraks zog er zwei Lederhandschuhe und streifte sie über. »Zieht mal lieber Handschuhe an.«

»Alles klar«, sagte Silke und zwängte sich in ein Paar Latexhandschuhe.

»Handschuhe?«, fragte Dieter.

Jablonski seufzte leise, dann sagte er zu Silke: »Ich versuche es jetzt mit dem Code von dem Zettel.«

»Gut.«

»Du bist dir sicher mit dem Alarm?«

»Sicher? Nein.«

»Hervorragend.«

Jablonski Finger zitterte leicht, als er die erste Taste drückte. Es piepte leise. Langsam gab er die restlichen Zahlen ein.

Nachdem er die letzte Taste gedrückt hatte, färbten sich die Zifferntasten kurz rot, begleitet von einem leisen, blechernen Ton.

»Mist.«

»Mist?«, fragte Dieter, der von einem Fuß auf den anderen trat und unentwegt die Straße beobachtete.

»Das war die falsche Kombination.«

»Die falsche Kombination?«

»Bist du mein verdammtes Echo, oder was?«

»Tut mir leid.«

»Was jetzt?«, fragte Silke. Ihre Unterlippe zuckte nervös.

»Probier doch noch mal. Vielleicht hast du dich ja verdrückt«, sagte Dieter.

»Habe ich nicht«, maulte Jablonski.

»Mach doch einfach«, drängelte Dieter. Seine Stimme überschlug sich beinahe.

»Also gut, wenn es dir dann besser geht.«

»Wohl kaum«, flüsterte Dieter.

Jablonski wiederholte die Eingabe und erneut ertönte das blecherne Geräusch und die Zifferntasten färbten sich kurz rot. An Silke gewandt fragte er: »Wie oft darf man denn einen falschen Code eingeben?«

»Keine Ahnung«, sagte Silke achselzuckend.

»Keine Ahnung?«

»Bist du jetzt das Echo.« Sie musste schmunzeln, auch Jablonskis harte Gesichtszüge wurden etwas weicher.

»Hast Recht«, sagte er. »Also, wir folgen dem Plan. Als nächstes probiere ich das Geburtsdatum. Habe ich von dem Kalender in der Teeküche.« Er drückte die entsprechenden Tasten. Wieder trötete es leise und blitzte rot auf. »Auch nichts.«

»Mist«, sagte Silke.

»Doppelmist«, sagte Dieter. »Was jetzt?«

»Ich war mir eigentlich sicher, dass es eine der beiden Nummern sein muss«, sagte Jablonski mit zerknirschtem Gesicht.

»Was soll das heißen?«, fragte Dieter.

»Das soll heißen, mein lieber Dieter«, Jablonski wendete sich vom Ziffernblock ab und sah ihn wütend an, »dass ich keine Idee habe, welche Zahlen wir jetzt probieren können.«

Dieter hob beschwichtigend die Hände. »Ist ja gut. Mal nachdenken. Das Nummernschild von seinem Porsche?«

»Man kann aber nur Zahlen eingeben«, gab Silke zu bedenken.

»Ach ja, richtig. Dann nehmen wir die Zahlen doppelt oder so.« Dieter nickte eifrig.

»Oder wir probieren deine Anzuggröße«, sagte Jablonski genervt. »Was ich dich sowieso fragen wollte, wieso gehst du im Anzug zu einem Einbruch?« Er fuhr mit dem Zeigefinger in der Luft vor Dieter auf und ab.

»Ich trage immer Anzüge. Warum sollte ich da heute eine Ausnahme machen?« Dieter schob stolz das Kinn vor.

»Tja, warum bloß?«, antwortete Jablonski leise und schüttelte den Kopf. »Na gut, weitere Vorschläge?«

Sie schwiegen kurz, dann sagte Silke: »Geburtsdatum der Freundin?«

»Kenne ich nicht.«

»Geburtsdatum der Mutter?«, fragte Dieter.

»Echt jetzt?«, sagte Horst Jablonski.

»Postleitzahl? Eins, zwei, drei, vier, fünf, sechs? Sechs mal die Null?«, zählte Silke auf.

Jablonski kniff die Augen zusammen. »Das bringt doch alles nichts.«

Dieter trat neben ihn. »Kann man da wirklich nur Zahlen eingeben? Denn was lieben Männer am meisten? Klar, ihr Auto.«

Horst Jablonski zeigte auf den kleinen Kasten. »Hier, du Schlaumeier, nur Zahlen.«

»Kein Grund unhöflich zu werden.«

Jablonski atmetet tief durch. »Hast recht. Ich bin nur frustriert. Das war es also. Gehen wir zurück zum U-Bahnhof.«

»Schade«, sagte Dieter, stützte sich mit der Hand gegen das eiserne Tor und hätte fast das Gleichgewicht verloren, als sich dieses öffnete. Alle schauten für einen Moment mit großen Augen die halboffene Eisentür an. Dann fragte Silke: »Sag mal Horst, hast du etwa nicht überprüft, ob das Tor überhaupt verschlossen ist?«

Jablonski steckte die Hände in die Hosentaschen und kratzte mit der Fußspitze auf dem Boden. »Ähm, na ja. Also ... nein.«

»Wir sind schon drei Profis, was?« Silke grinste und dann lachten alle drei leise.

»Aber wirklich«, sagte Dieter.

»Dann mal weiter zur Eingangstür.« Jablonski deutete auf das Haus. Sie hielten sich im Schatten der ausgelaugt wirkenden Bäume entlang des mit dunkelgrauen Steinen gepflasterten Weges zum Haus, das im Zwielicht der Straßenlaternen vor ihnen lag.

»Lasst uns lieber den ehemaligen Dienstboteneingang nehmen«, flüsterte Silke.

»Copy that«, erwiderte Dieter in fast vergnügtem Tonfall. Die Tatsache, dass sie die erste Hürde gemeistert hatten – wenn auch nicht ganz problemlos, aber immerhin –, schien ihn zu beflügeln. Schon einige Meter, bevor sie die Tür erreichten, die in die frühere Bedienstetenwohnung führen musste, sahen sie zu ihrem Erstaunen, dass diese nur angelehnt war. Sie gruppierten sich vor der massiven Holztür, durch das kleine vergitterte Fenster sah man in einen dunklen Flur, in dem schemenhaft ein Schrank oder ein Regal zu erkennen war.

»Das ist jetzt aber wirklich merkwürdig, oder?«, fragte Silke leise. »Erst das unverschlossene Tor und jetzt das hier.«

»Absolut. Vielleicht sollten wir doch schnell abhauen.« Dieters gute Laune war schon wieder verflogen.

»Unsinn«, sagte Jablonski kopfschüttelnd. »Das kann hunderte Gründe haben.«

»Einer würde mir reichen«, sagte Dieter. »Vor allem, wenn er bedeutet, dass wir kein Problem haben.«

»Warum sollten wir ein Problem haben? Ganz im Gegenteil. Das ist doch eine Einladung. Und zur Not können wir sagen, dass beide Türen offen standen. Dann ist es nicht mal ein Einbruch.«

»Danke, Herr Anwalt«, sagte Dieter wenig überzeugt.

»Wahrscheinlich war Herr Winterfeld so in Eile, dass er einfach vergessen hat, die Türen zu überprüfen. Das Taxi hupt, er kann sein Handy nicht finden, das Taxi hupt wieder, der Flieger geht in einer Stunde, Stau auf der Stadtautobahn, das Taxi hupt wieder, dann rennt er genervt raus, denkt, die Tür würde von allein ins Schloss fallen und zack, der Rest ist Geschichte.«

»Bisschen viel Zufall, findest du nicht?«

Jablonski presste sein Gesicht an die Glasscheibe in der Tür. »Scheint alles ruhig zu sein.« An Dieter und Silke gewandt sagte er dann: »Wollen wir das etwa beenden, jetzt, wo wir schon so weit gekommen sind?«

»Also, ganz wohl ist mir bei der Sache nicht, immerhin ...«, sagte Dieter.

»Los, wir gehen rein«, unterbrach ihn Silke. »Unser Anwalt hat ja in einem Recht. Genau genommen ist es kein Einbruch und wir sind schon weit gekommen.«

»Das sind zwei Sachen, Silke«, sagte Dieter gedehnt.

»Umso besser«, antwortete Silke und gab der Tür mit der Zehenspitze einen leichten Tritt. Sie öffnete sich geräuschlos. »Taschenlampen nach unten halten, das habe ich mal in einem Film gesehen.«

»Taschenlampen?«

»Mensch Dieter, hast du eigentlich zugehört bei unserem letzten Treffen?«, sagte Jablonski und zog aus der Innentasche seiner Jacke eine schmale Taschenlampe. »Du bleibst hinter uns.«

Er drückte die Tür mit dem Fuß auf, dann betrat er den Flur. »Na kommt, der letzte macht die Tür zu.«

Als alle im Haus waren, schaltete Jablonski die Taschenlampe an und ließ den Lichtkegel auf den Boden strahlen. Silke hatte aus ihrer Jackentasche ebenfalls eine kleine Taschenlampe geholt und tat es ihm gleich.

»Da wären wir also«, sagte sie und sah sich im schwachen Licht um. Ein Schrank stand an einer Wand, auf dem Boden vor der anderen lagen ungeordnet Dutzende Paar Schuhe. Männerschuhe vor allem, aber auch einige Stöckelschuhe in den verschiedensten Farben und Formen. Silke knuffte Jablonski in die Seite, wies auf die Damenschuhe und zuckte mit den Achseln. »Hat der Winterfeld eine Frau?«, flüsterte sie.

»Getrennt, glaube ich«, antwortete Jablonski leise. »Vielleicht hat sie die hier vergessen.«

»Ich weiß nicht«, sagte Silke und rümpfte die Nase. »Da sind tolle Schuhe dabei. Die lässt eine Frau doch nicht zurück.«

»Komm, wir müssen weiter«, sagte Jablonski und zog sie sanft am Arm. Zwei Türen gingen von dem Flur ab, weiter hinten führte eine Treppe nach oben.

»Da lang.« Jablonski deutete auf die Treppe. »Der Safe ist bestimmt oben. Arbeitszimmer oder so was.«

Silke und Dieter nickten und sie schlichen ungelenk in Richtung Treppe. Die Holzstufen knarrten leise, während sie nach oben stiegen. Schließlich erreichten sie einen holzvertäfelten Raum.

»Hier muss es in den Garten hinausgehen«, sagte Silke und deutete auf eine Tür mit vergitterten Fenstern.

»Dann probieren wir die hier.« Jablonski hatte seine Hand schon auf die Messingklinke einer wuchtigen Doppeltür gelegt.

»Warte«, zischte Dieter, hielt sein Ohr an das glatte, kühle Holz und lauschte. »Alles klar, nichts zu hören.«

»Na dann.« Horst Jablonski drückte die Klinke langsam herunter und öffnete die Tür Zentimeter für Zentimeter, bis er seinen Kopf durch den Spalt stecken konnte. »Die Luft ist rein«, sagte er und betrat den Raum. Er pfiff leise durch die Zähne. »Nicht schlecht.« Selbst im schwachen Licht der Taschenlampen konnte man erkennen, wie riesig das Zimmer war. »Hier passt bestimmt meine ganze Wohnung rein.«

»Ein Mahagonitisch von diesen Ausmaßen hat mit Sicherheit ein Vermögen gekostet, dazu die Stühle. Nicht von schlechten Eltern.« Dieter fuhr mit dem Zeigefinger über die Tischplatte. »Ein schönes Stück.«

»Von mir aus, aber dafür sind wir nicht hier.«

»Man wird ja wohl noch eine hervorragende Handwerksarbeit würdigen dürfen«, erwiderte Dieter beleidigt.

»Dieter, komm weiter.« Silke stieß ihn sanft. »Wir suchen den Safe.«

»Welche Tür?«, fragte Jablonski.

»Die da.« Silke deutete auf die gegenüberliegende Seite.

»Der Teppich ist auch eine ganz feine Arbeit«, sagte Dieter leise.

»Also los.« Jablonski war schon an der Tür am Ende des Esszimmers.

»Wartet mal«, hörte er Dieters Stimme hinter sich. »Habt ihr das auch gehört?«

Er drehte sich zu Dieter um, dessen rechte Handfläche immer noch auf der Tischplatte lag. Er sah aus wie ein Makler bei der Hausbesichtigung, der die Vorzüge der Immobilie anpries, fand Jablonski. Eine Hausbesichtigung nach einem Stromausfall allerdings.

»Gehört, was denn?«

Dieter legte sich die linke Hand hinter die Ohrmuschel, als würde er entfernten Klängen einer Musik lauschen, die nur er hörte. Die rechte Hand schien geradezu mit dem Tisch verwachsen. »Ich weiß nicht, ich hätte schwören können, da waren gerade Schritte.«

»Also, ich habe nichts gehört«, sagte Silke, die eine seltsam gebogene Skulptur musterte, die auf dem Sideboard an der Wand stand. »Wer stellt sich so was in sein Esszimmer?«

»Reiche Leute, die nichts Besseres anzufangen wissen mit ihrem vielen Geld«, antwortete Jablonski achselzuckend.

»Gut, dass ich nicht reich bin«, sagte Silke.

»Noch nicht«, gab Jablonski zurück und widmete sich wieder der Tür. Er öffnete sie ein wenig, das Zimmer dahinter schien zur Straße hinaus zu gehen. Das Licht der Straßenlaternen warf ein bizarres Muster von Schatten auf den Parkettboden. Jablonski konnte einen breiten Schreibtisch erkennen, dahinter die Rückenlehne eines dieser opulent gepolsterten Chefsessel. Er zog den Kopf zurück und sagte leise: »Das scheint das Arbeitszimmer zu sein. Wir müssen mit den Taschenlampen aufpassen, man könnte die von der Straße aus sehen. Am besten schalten wir sie aus, da drin sieht man genug durch die Straßenlaternen.«

Sie löschten die Lichter, dann betraten die drei vorsichtig, einer nach dem anderen, das Zimmer. Es roch nach Holz und Zigarettenrauch. Sie standen nebeneinander vor dem Schreibtisch und sahen sich um.

»Wo ist der Safe?«, fragte Dieter.

»Wir sollten vielleicht doch Licht machen«, sagte Silke.

»Nee, zu auffällig.« Jablonski schaute zum Fenster. »Aber Moment, da sind Vorhänge dran. Wirken ziemlich dick. Lasst uns die schließen und dann schalten wir die Schreibtischlampe an.«

»Alles klar, ich mach das«, sagte Dieter, der es langsam leid war, im Dunkeln zu stehen. Er ging um den Schreibtisch herum und wollte den ersten Vorhang greifen und zur Seite ziehen, da sah er aus dem Augenwinkel etwas in dem Schreibtischsessel, was sein Unterbewusstsein zunächst nicht eindeutig zuordnen konnte. So fühlte er sich gezwungen, ein weiteres Mal hinzuschauen und erschrak so sehr, dass er für einen Moment das Gefühl hatte, er müsste auf der Stelle ohnmächtig werden.

»Horst«, krächzte er kaum hörbar. Und dann etwas lauter: »Horst, ich glaube, das solltest du dir anschauen.« Er konnte den Blick nicht von dem Mann nehmen, der da mit offenen Augen zusammengesunken im Stuhl saß, die Haut gelb im Licht der Straßenbeleuchtung. »Horst, komm doch bitte mal.« Seine Stimme zitterte und bevor sie ganz versagte, fügte er mit so viel Druck, wie ihm noch möglich war, hinzu: »Jetzt.«

»Was ist denn? Brauchst du etwa Hilfe mit den Vorhängen?« Jablonski war um den Tisch gekommen, jetzt sah er den Mann. »Scheiße.«

»Was denn?« Silke hatte sich dazu gestellt. »Oh.«

»Meine Lieben«, sagte Jablonski mit leichter Theatralik in der Stimme, »darf ich vorstellen: Stefan Winterfeld. Wie es aussieht – mausetot.«

»Scheiße«, presste Dieter heraus. »Scheiße, scheiße, scheiße.«

»Du sagst es.« Silke starrte auf den toten Winterfeld. Er trug einen Anzug, die Krawatte locker gebunden, auf dem hellblauen Hemd war ein Fleck zu erkennen, Speichel vielleicht. Der Kopf war zur Seite gekippt, die Augen schauten in die Unendlichkeit. »Sieht irgendwie ganz friedlich aus.«

»Ganz friedlich, sagt sie.« Dieter lief vor dem Fenster auf und ab. »Der ist tot, Silke. Und wir sind in seinem Haus. Verdammt, meine Fingerabdrücke sind doch überall.«

»Warum musstest du auch die Handschuhe vergessen«, sagte Jablonski und beugte sich zu dem toten Körper, legte sein Ohr an dessen Brust. »Kein Herzschlag. Nee, der ist hinüber.« Er richtete sich wieder auf, dann zog er die Vorhänge vor das Fenster und knipste die Schreibtischlampe an. »So, jetzt machen wir erst mal Licht.«

»Schaut mal.« Silke deutete auf den Tisch. Auf einem goldfarbenen Plättchen klebten Reste eines weißen Pulvers.

»Was ist das?«, fragte Jablonski.

»Könnte Kokain sein?«, antwortete Silke.

»Dann ist der Fall wohl klar. Zu viel geschnupft, Herzinfarkt. Wundert mich bei dem nicht.« Jablonski winkte ab.

»Und was machen wir jetzt?«, fragte Silke.

Jablonski stützte sich mit beiden Händen auf den Tisch und sagte mit hochgezogenen Augenbrauen: »Dem ist nicht mehr zu helfen. Wir können also ebenso gut mit dem weitermachen, weshalb wir hier sind.«

»Du willst was?« Dieter sah ihn entgeistert an.

»Wir müssen doch nur noch den Safe finden und dann sind wir auch schon wieder weg.« Er nickte in Richtung des leblosen Körpers. »Der wird frühestens in zwei Tagen oder so vermisst. Die Konferenz sollte Montag starten. Wir haben also genug Zeit, uns hier in Ruhe umzusehen.«

»Ich finde, Horst hat Recht«, sagte Silke. »Was hat sich schon groß geändert? Und so können wir wenigstens sicher sein, dass uns Herr Winterfeld nicht überrascht.« Sie musste grinsen.

»So gesehen.« Auch Jablonski grinste.

Dieter hob abwehrend die Hände. »Na schön. Wir suchen diesen Safe und dann sind wir weg hier. Keine Sekunde länger.«

Jablonski stieß sich vom Tisch ab. »Dann los. Wo würdet ihr einen Safe verstecken?«

Sie sahen sich in dem Raum um. »Da«, sagte Silke und zeigte auf ein Regal mit Büchern. »Hinter den Büchern.«

»Versuchen wir es.« Jablonski wedelte mit den Händen in Richtung des Regals.

Silke ging hinüber und wollte eines der Bücher herausziehen. »Das ist ja ein Ding«, sagte sie und hatte eine ganze Bücherreihe in der Hand. »Attrappen.«

»Ja, das passt«, sagte Jablonski und musste schmunzeln. »Mit dem Lesen hat der es sicher nicht so.«

»Hatte«, verbesserte ihn Dieter leise. »Hatte.«

Silke war schon dabei, die Buchattrappen aus dem Regal zu entfernen. Schließlich hielt sie inne. »Bingo.«

In der Wand kam eine silberglänzende Schließfachtür zum Vorschein, auf der sich in der Mitte ein kleiner Ziffernblock befand. »Das muss es sein«, sagte sie. »Horst, du bist dran.«

Jablonski trat an das Regal. Er ließ spannungssteigernd die Finger knacken und tippte dann die Kombination aus Winterfelds Büro ein. Vor der letzten Zahl schaute er erst Silke, dann Dieter an und sagte mit leicht bebender Stimme: »Drückt die Daumen.«

»Oh Mann, bin ich aufgeregt«, jammerte Dieter, seine Finger spielten ein nervöses Stakkato.

»Sesam, öffne dich«, sagte Jablonski und drückte die letzte Taste. Es klickte leise in der Wand, der Ziffernblock blinkte grün auf und die schmale Tür öffnete sich ein wenig.

»Dann mal her mit den Moneten«, sagte Jablonski mit Gaunerstimme. Er zog die Tür auf, Silke und Dieter hatten jetzt die Köpfe neben seinem und so schauten sie alle in den Safe. Leer. Sekundenlang verharrten sie so. Silke fand zuerst wieder Worte: »Das ist ja ein Ding.«

»Leer?«, fragte Dieter.

»Leer«, sagte Jablonski.

»Wieso leer?«

»Ich weiß es nicht.«

Sie richteten sich auf und blickten wieder schweigend auf das Schließfach. Keiner hatte bemerkt, wie sich hinter ihnen die Tür geöffnet hatte.

»Kann ich euch helfen?«, hörten sie eine Frauenstimme und das Deckenlicht wurde angeschaltet.

»Die Bronzebüste«, sagte Jablonski mit zusammengekniffenen Augen.

»Was sagst du da, Horst?«, fragte Dieter leise.

»Na, diese Büste aus Winterfelds Büro, die mit den riesigen Brüsten.« Er deutete auf die junge, schlanke Frau mit den blonden, zu einem Pferdeschwanz gebundenen Haaren, die in engen Jeans und einem ebenso engen weißen T-Shirt in der Tür stand und sie mit einer hochgezogenen Augenbraue skeptisch betrachtete.

»Na ja, da hat Stefan wohl etwas übertrieben.« Sie schüttelte langsam den Kopf. »Und nicht nur damit«, ergänzte sie mit einem Blick auf den Schreibtischsessel. »Der Arme, er war kein schlechter Mensch.« Sie zögerte kurz, dann fuhr sie fort: »Na ja, vielleicht ein bisschen. Nun, was soll's? Aber zurück zu euch. Was wird das hier?«

Dieter trat einen Schritt vor, hob beschwichtigend die Hände. »Ich kann das erklären. Also ... die Tür stand offen. Und wir wollten sowieso gerade wieder gehen.« Es klang mehr wie eine Frage.

»Diese blöde Tür. Ich habe ihm tausend Mal gesagt, dass sie nicht mehr richtig einrastet.«

»Wir wollen auch ganz sicher keinen Ärger«, sagte Silke mit einem unsicheren Lächeln.

»Natürlich nicht.« Die blonde Frau erwiderte ihr Lächeln. Es wirkte in Anbetracht der kaum alltäglichen Situation erstaunlich freundlich. »Ihr wolltet nur kurz die Wertgegenstände aus dem Safe nehmen und dann wieder verschwinden, richtig? Ich nehme an, dass du«, sie zeigte auf Jablonski, »der, ich zitiere Stefan, alte Sack von Hausmeister bist und dass Stefan den

Post-it mit der Kombination immer noch in der obersten Schublade aufbewahrt, obwohl ich ihn auch darauf schon tausend Mal hingewiesen habe, und ich nehme weiterhin an, dass du deine Freunde hier davon überzeugt hast, dass das eine leichte Sache wird, wo du doch genau wusstest, dass er weg sein würde.«

»So ungefähr«, sagte Jablonski mit heiserer Stimme.

»Na gut, wie ihr euch selbst überzeugen konntet, der Safe ist leer. Ist er übrigens schon eine ganze Weile.« Die Frau setzte sich in den Sessel, der in einer Ecke stand, schlug die Beine übereinander und strich sich eine Haarsträhne hinter das rechte Ohr. »Ich bin Cassidy, also eigentlich Laura, aber die meisten kennen mich unter meinem Künstlernamen.«

»Künstlername?«, fragte Dieter.

»Erotische Tanzperformances. Aber das ist vorbei.« Cassidy zwinkerte ihm zu.

»Erotische was?«

»Stripperin, Dieter«, sagte Silke trocken.

»Ach so.«

»Wie auch immer.« Jablonski hatte sich aus seiner Starre befreit, klatschte in die Nähe und machte einen Schritt auf Cassidy zu. »Es war schön, dich kennenzulernen, Cassidy oder Laura oder wie auch immer, aber wir werden dann mal gehen.«

»Tatsächlich?«

»Ja, tatsächlich. Oder willst du uns etwa daran hindern? Immerhin sind wir zu dritt.«

Cassidy lachte kurz auf. »Ach Horst, glaubst du, ihr drei hättet eine Chance gegen eine Stripperin, wie es die Dame eben so treffend formuliert hat, die sich regelmäßig gegen etwas zu forsche männliche Wesen durchsetzen musste?« Sie erhob sich in einer eleganten, fließenden Bewegung, stemmte die Arme in die Hüften und stellt sich breitbeinig vor Jablonski auf. »Aber darum geht es hier auch gar nicht.«

»Nicht?« Jablonski sah sie fragend an.

»Nicht?«, fragten Silke und Dieter wie aus einem Mund.

»Nein«, sagte Cassidy gut gelaunt. »Seht mal, wir haben doch ein gemeinsames Ziel.«

»Ach so? Und das wäre?«, fragte Jablonski.

Cassidy ging langsam zum Schreibtisch und drehte den Stuhl herum. Durch die Bewegung sackte der Kopf von Stefan Winterfeld nach vorn und für einen Moment drohte der gesamte Oberkörper auf die Tischplatte zu knallen. Dieter entfuhr ein gequältes Stöhnen. Cassidy wies mit beiden Händen auf den Leichnam, als würde sie einen Fernseher im Teleshop anpreisen.

»Sein Geld«, sagte sie.

Silke, Dieter und Jablonski starrten die Frau an. Schließlich deutete Silke auf den geöffneten Tresor hinter ihr. »Aber der ist leer.«

»Silke, lass das«, zischte Jablonski.

»Silke also.« Cassidy lächelte sie an. »Damit hätten wir uns dann also alle vorgestellt.« Sie blickte kurz hinab auf den reglosen Körper, zuckte mit den Achseln und lief zum Bücherregal. Sie schloss die Tresortür. »Wie ich bereits sagte, der ist schon lange leer.« Nach einer kurzen Pause, in der sie an einem ihrer lilafarben lackierten Fingernägel kratzte, sagte sie leise: »Aber ich weiß, wo das Geld zu finden ist.«

»Also mir wird das hier zu dumm«, sagte Dieter und fuhr sich fahrig durch die Haare. »Wir sollten jetzt wirklich weg.«

Jablonski hob die Hand, ohne ihn anzusehen. Er fixierte mit seinen Augen Cassidy, die Unterlippe vorgeschoben. »Warte mal. Wir können uns doch kurz anhören, was sie zu sagen hat.«

»Wie bitte?«, rief Dieter mit zittriger Stimme. »Das ist jetzt nicht dein Ernst, oder?«

Jablonski drehte sich zu Dieter. »Du hast es doch selbst gesehen«, sagte er flüsternd. »Hier ist nichts im Safe. Und vielleicht sagt sie ja die Wahrheit. Was haben wir zu verlieren?«

»Und vielleicht hat sie auch schon längst die Polizei gerufen«, raunte Dieter zurück.

»Glaub ich nicht«, erwiderte Jablonski. »Lass uns mal hören, was sie zu sagen hat. Danach können wir immer noch verduften.« Er gab Dieter einen freundlichen Klaps auf die Schulter. »Dann leg mal los«, sagte er zu Cassidy und verschränkte die Arme vor der Brust.

Cassidy blies Rauchkringel in die Luft, die sich unter der modernen, chromblitzenden Lampe über dem Esstisch als wabernder Nebel sammelten, in dem sich das warme Licht der gedimmten Halogenstrahler brach. Sie saßen in der Küche, die durch die Entfernung einer Wand zwischen zwei Räumen großzügige Ausmaße angenommen hatte. Ein freistehender Herd mit sechs Gaskochfeldern dominierte die eine Hälfte, in der anderen stand der runde, grün lackierte Tisch, an dem sie auf mit weißem Leder bezogenen Stühlen saßen und Cassidy dabei beobachteten, wie sie die dünne Zigarette an ihre geschminkten Lippen führte, den Rauch inhalierte und, den Kopf leicht in den Nacken gelegt, wieder ausatmete. Durch die jetzt geöffnete Schiebetür konnte Jablonski das Esszimmer erkennen, durch das sie zu Beginn gestolpert waren. Seitdem war so viel geschehen, dass es ihm vorkam, als wäre es gestern gewesen, dabei war kaum eine Stunde vergangen. Beim Anblick des riesigen Esstischs, der es Dieter so angetan hatte, fragte er sich, warum jemand noch einen Tisch brauchte, der groß genug war, dass acht Personen bequem daran Platz fanden. Unwillkürlich zuckte er mit den Schultern. Reiche Leute halt, dachte er.

»Wollen wir die ganze Nacht so sitzen oder erzählst du uns jetzt, was du vorhast?«, hörte er Silke in ungewohnt selbstbewusstem Ton sagen. Cassidy lächelte ihr halb belustigtes Lächeln, die Zigarette steckte zwischen dem abgespreizten Zeige- und Mittelfinger. »Aber sehr gern, meine Liebe.«

Jablonski schaute zu Dieter, der auf der anderen Seite des Tisches saß. Er schwitzte, fuhr sich immer wieder mit der Hand über das Gesicht, während er unruhig auf seinem Stuhl herumrutschte. Er schien kurz davor zu sein, die Nerven zu verlieren.

Das war nicht gut. So wenig es Jablonski gefiel, aber sie würden Cassidy zuhören müssen und ihr Spiel mitspielen. Zumindest noch eine Weile. Denn wenn man sich ihre Lage so anschaute, so saß die Blondine mit dem fast schon unerhörten Selbstbewusstsein am längeren Hebel. Und wer weiß, vielleicht hatte sie ja wirklich einen brauchbaren Vorschlag zu machen, wie sich dieser Reinfall doch noch in einen Erfolg verwandeln konnte.

»Wie schon gesagt, ich weiß, wo das Geld ist«, sagte Cassidy.

»Und wo?«, fragte Jablonski, legte die Arme auf den Tisch und lehnte sich leicht vor.

»In der Firma«, antwortete Cassidy nach einer theatralischen Pause und drückte die Zigarette in dem großen Kristallaschenbecher vor ihr aus, wo der leicht qualmende Zigarettenrest wie eine Anklage wirkte. »In seiner Firma.«

»Komisch, in seinem Büro steht aber gar kein Tresor oder ähnliches«, sagte Jablonski mit zusammengekniffenen Augen. »Ich kenne jeden Raum, bin schließlich der«, er stockte kurz, »tja, Hausmeister.«

»Das mag sein, aber du weißt nicht, wie paranoid Stefan war. Oder geworden ist. Deswegen hat er sich im Untergeschoss einen privaten kleinen Raum einrichten lassen.«

»Einen privaten Raum?«, fragte Jablonski mit hochgezogener Augenbraue. »Von dem niemand weiß?«

»Genau.«

»Unglaubwürdig«, brummte Jablonski und verschränkte die Arme vor der Brust.

»Und dort bewahrt er das Geld auf?«, fragte Silke, ohne auf Jablonski Einwand einzugehen. »Oder vielmehr«, sie schaute leicht gequält, »bewahrte.«

»Davon gehe ich aus, ja.«

Jablonski rieb sich nachdenklich das Kinn. »Ich weiß nicht. Ein geheimer Raum. Vielleicht mit Geld. Ist ziemlich vage.«

»Findest du? Ich denke, das ist eine todsichere Sache.« Cassidy lehnte sich vor. »Ich habe Stefan vor drei Jahren kennengelernt. Da war er ein erfolgreicher Geschäftsmann. Gutaussehend dazu. Charmant. Er hatte dieses tolle Haus, überschüttete mich mit Geschenken. Wir reisten viel. Na ja, das ganze Programm eben. Er war entspannt. Klar, hat immer viel gearbeitet, aber dennoch, wenn wir zusammen waren, dann war alles gut.« Sie stockte, biss sich auf die Unterlippe. Schließlich setzte sie fort: »Aber vor ein paar Monaten hat er sich dann extrem verändert. Ich meine, er hat immer schon ab und zu dieses Zeug genommen. Aber es wurde immer mehr. Und seine Persönlichkeit ... Na ja, er wurde seltsam. Abwesend, gehetzt, manchmal regelrecht aggressiv. Ich würde nicht sagen, dass die Sache mit Stefan die große Liebe war.« Sie lachte kurz auf und zuckte mit den Achseln. »Aber was dann kam, war echt scheiße. Wie sich ein Mensch so verändern kann. Er redete oftmals wirres Zeug, er würde verfolgt, bedroht, was weiß ich. Wenn ich ihn fragte, von wem, dann blickte er mich nur an mit seinen leeren Augen und schüttelte den Kopf. Besser, ich wüsste nichts, war immer seine Antwort.«

Sie schwieg und Jablonski wechselte einen Blick mit Silke, die ihn stirnrunzelnd ansah. »Und was ist jetzt mit dem Geld?«, fragte er dann.

»Hast du mir zugehört?«, blaffte Cassidy ihn an. »Er hat sich in seinem Verfolgungswahn diesen Raum eingerichtet. Mit einem Geldschrank. Da ist es sicher, hat er immer gesagt.«

»Was ist da sicher?«, fragte Dieter leise, der scheinbar endlich wieder zu sich gekommen war.

Cassidy drehte die Handflächen nach oben und sah Dieter an, als wäre er ein begriffsstutziges Kind. »Die Kronjuwelen, was denkst denn du? Mensch, sein Geld natürlich. Oder glaubst du, er hat dies alles«, ihr rechter Arm beschrieb einen Halbkreis in der Luft, »mit Sockenstricken verdient?«

»Sicher nicht«, sagte Jablonski. »Aber unser Dieter hier hat einen entscheidenden Punkt angesprochen. Hat er, also dein Stefan, jemals genau gesagt, dass Geld in dem Safe ist?«

Cassidy stieß ihren Rücken in die Stuhllehne und verschränkte die Arme vor der Brust. Sie warf Jablonski einen giftigen Blick zu. »Was soll denn bitteschön sonst darin sein?«

»Wertpapiere?«, schlug Jablonski vor.

»Das ist doch heute alles digital«, sagte Dieter.

»Goldbarren?«, fragte Jablonski.

»Wäre doch auch gut, oder?«, sagte Silke.

»Nee, Stefan war nicht so der Goldtyp«, sagte Cassidy.

»Dann vielleicht sein Tagebuch? Nacktfotos? Klopapier? Ist doch auch egal. Fakt ist, wir haben keine Ahnung, was drin ist. Gehen dafür aber ein ziemliches Risiko ein. Und überhaupt, wie wollen wir das Ding eigentlich aufkriegen?«

Cassidys Augen blitzten auf. »Ach, das ist einfach«, sagte sie und lächelte breit. »Man muss nur den Finger auf den Sensor drücken.«

»Den Finger?«, wiederholte Dieter.

»Den Finger«, sagte Cassidy. »Fingerabdrucksensor, das hat Stefan immer ganz stolz erzählt. Absolut sicher eben.«

»Welchen Finger?«, fragte Jablonski.

»Genau, welchen Finger?«, fragte Silke, obwohl der ängstliche Ausdruck auf ihrem Gesicht verriet, dass sie eine Ahnung hatte, welchen Finger sie meinte. Cassidy rieb sich mit der Hand über die Stirn. Dabei spiegelten sich die Lichter der Lampe in ihrem Nagellack. Sie seufzte schwer. »Also, manchmal habe ich echt das Gefühl, hier sitzt eine Bande von Idioten.« Sie sprang auf, war mit drei schnellen Schritten an der geöffneten Tür zum Arbeitszimmer und deutet mit dem ausgestreckten Zeigefinger in den Raum dahinter. »Seinen Finger natürlich.«

Dieters schrilles Lachen ließ einen bevorstehenden Nervenzusammenbruch erahnen. »Seinen Finger«, presste er schließlich hervor, sein Blick hetzte von Jablonski zu Silke. »Jetzt sagt doch auch mal was. Das ist doch ein Witz, Leute.« Seine Augen weiteten sich, man hörte fast den fallenden Groschen. »Oder?«, sagte er dann leise, nahezu flehentlich.

»Ich fürchte nicht, Dieter-Schätzchen.« Cassidy war an ihn herangetreten, legte ihm die Hände auf die Schultern und beugte sich zu seinem Gesicht herunter, bis ihr Mund ganz nah an seinem linken Ohr war. »Ich fürchte nicht«, flüsterte sie. Dieter musste schwer schlucken. Cassidy richtete sich auf. »Der Sensor reagiert nur auf seinen Fingerabdruck. Kann man nichts machen. Und genau dafür brauche ich euch, also vor allem die zwei Männer. Ich kann das wohl kaum allein durchziehen. Vor allem kann ich nicht einfach so in die Firma stolzieren, da würden viele Fragen kommen. Sagen wir es so, Stefans Privatleben war kompliziert. Du hingegen«, sie zeigte auf Jablonski, »bist da bekannt. Wenn du dich in den Kellerräumen rumtreibst, ist das nicht weiter auffällig. Also, ihr helft mir und ich helfe euch. Klingt doch gut, oder?« Sie zwinkerte Jablonski neckisch zu.

Dieser erhob sich von seinem Stuhl, stampfte durch den Raum und strich sich dabei immer wieder das graue Haar nach hinten. »Und wie stellst du dir das vor? Wir werfen uns deinen Stefan über die Schulter, marschieren da rein, fragen nach dem ach so geheimen Raum und halten dann seine Hand dagegen. Bitte Leute, weitergehen, es gibt nichts zu sehen. Also, außer euren toten Chef natürlich. Aber ihr könnt uns glauben, wir haben nichts damit zu tun. So, nur noch rasch das Geld in die Tasche und schon sind wir wieder weg. Es macht euch doch nichts aus, euch um die Leiche zu kümmern?« Jablonski lachte höhnisch.

»Das wäre natürlich ein grandioser Auftritt, mit dem ihr sicher ganz groß in die Zeitung kommt. Und dann in den Knast. Aber wer sagt denn, dass wir ihn dafür brauchen. Als Ganzes, meine ich.«

»Du meinst ...?«, fragte er.

»Ganz genau. Ihr nehmt nur die Hand mit.«

»Oh Gott.« Dieter war kreidebleich geworden. »Das heißt ja ...«

Cassidy ahmte mit ihren Fingern die Bewegungen einer Schere nach. »Das heißt es. Schnipp, schnapp.«

»Aber warum die ganze Hand?«, fragte Jablonski.

»Um sicherzugehen«, sagte Cassidy achselzuckend. »Wir wissen ja nicht, welcher Finger der richtige ist.«

Jablonski nickte nachdenklich. »Das stimmt. Guter Gedanke«, stimmte er zu. Dann schlug er mit der Faust in die flache Hand und sagte mit fester Stimme: »Also gut, machen wir es.«

Jetzt war es an Dieter, von seinem Stuhl aufzuspringen. »Was?«, schrie er. »Das willst du doch nicht wirklich tun?«

»Was hast du denn? Der ist doch eh schon tot.«

»Das ist Leichenfledderei, mindestens.«

»Dieter«, sagte Silke sanft. »Horst hat doch recht. Der Winterfeld ist tot. Der spürt nichts mehr. Und da sein Herz nicht mehr schlägt, dürfte es auch eine einigermaßen unblutige Sache sein. Habe ich zumindest mal in einem Film gesehen.«

»Ach bitte, hör auf.« Er schlug mit der Faust auf den Tisch. »Das wird hier immer verdrehter. Der Plan war ein leeres Haus mit einem vollen Tresor. Horst hat die Geheimzahl und alles ist gut. Rein, raus, reich. Das war der Plan, und nicht, einer Leiche die Hand abzuhacken, um damit durch die halbe Stadt zu fahren und in einem Bürogebäude einen Tresor zu öffnen, von dessen Inhalt wir nichts, aber auch gar nichts wissen.«

»Sind ganz sicher Geldscheine drin«, sagte Cassidy.

Dieter fuhr herum. »Das weißt du nicht!«

»Muss so sein«, entgegnete sie trotzig.

»Ach leckt mich doch.« Er trat gegen den Stuhl, hob ihn dann aber wieder auf und stellte ihn sorgsam zurück an den Tisch. Er warf Cassidy einen entschuldigenden Blick zu. »Tut mir leid. Aber das ist doch alles Wahnsinn.«

»Andererseits irgendwie doch auch ... super spannend.« Silke rieb sich lächelnd die Hände. »Filmreif, sozusagen.«

Jablonski klatschte in die Hände. »Nachdem wir uns also alle geeinigt haben.«

»Einspruch.« Dieter hob kraftlos die Hand, ohne Jablonski anzusehen.

»Na gut, mit Ausnahme von diesem Herrn, der sich noch kurz in seinem Weltschmerz suhlen will, bevor er dann auch zur Vernunft kommt und einsieht, dass dies die große Chance ist, aus seinem beschissenen Leben zwischen Autocenter und Stübchen herauszukommen.«

»Wow, ich wusste gar nicht, dass du dich so gewählt ausdrücken kannst«, sagte Silke, die Unterlippe anerkennend vorgeschoben.

»Ehrlich gesagt, ich auch nicht.«

»Fast wie ein Politiker.«

»Danke.«

»Gern geschehen.«

Cassidy schnipste mit den Fingern »Habt ihr zwei Turteltäubchen es dann endlich?«, fragte sie.

»Sorry.« Jablonski räusperte sich. »Dann lasst uns zu den Details kommen. Frage Nummer eins, wer macht es?«

»Macht was?«, fragte Dieter.

»Also, ich kann kein Blut sehen«, sagte Cassidy und schaute demonstrativ weg.

»Da braucht man bestimmt viel Kraft. Einer der Männer sollte es machen«, sagte Silke.

»Dann du, Dieter. Ich habe doch seit dem Arbeitsunfall damals eine etwas steife Hand.«

»Das ist mir aber vollkommen neu«, sagte Dieter und hob abwehrend die Hände. »Ich mache es auf keinen Fall. Das kannst du nicht verlangen. Auf keinen Fall.«

Jablonski stieß Luft aus. »Menschenskinder. Na gut, dann mache ich es eben. Habt ihr Werkzeug da? Eine gute Axt?«

Cassidy zuckte mit den Schultern. »Sehe ich aus, als ob ich mich mit Werkzeug auskennen würde. Wenn, dann irgendwo im Keller.«

»Dann lasst uns den lieben Herrn Winterfeld erst mal runterschaffen.« Jablonski krempelte sich die Ärmel hoch. »Dieter, hilfst du mir oder soll das die arme Silke machen?«

Dieter sah aus, als würde er zu seiner eigenen Hinrichtung gehen. »Aber nur nach unten tragen, den Rest erledigst du.«

»Schon klar. Vielleicht willst du lieber dein Sakko ausziehen. Nicht, dass Schweißflecken reinkommen.

Dieter zeigte ihm den Mittelfinger. Jablonski lachte und sagte: »So gefällst du mir schon besser. Dann mal angepackt.«

Stefan Winterfeld, oder vielmehr sein lebloser Körper, saß immer noch mit dem Kinn auf der Brust in dem Ledersessel. Er schien auf die Tischplatte unter sich zu starren, so als hätte er dort etwas Interessantes entdeckt, das es galt, einer intensiven Inspektion zu unterziehen. Jablonski lehnte im Türrahmen.

»Willst du vorne oder hinten?«, fragte er Dieter, der schwer atmend hinter ihm stand.

»Was ist denn vorne und was ist hinten? Müsste das nicht eher oben und unten heißen?« In Dieters Stimme schwang jetzt Fatalismus mit, er schien sich in sein Schicksal ergeben zu haben. Ein Schicksal, das von ihm verlangte, einen schätzungsweise einen Meter achtzig großen Mann mit recht kräftiger Statur, noch dazu tot, in einem fremden Haus in den Keller zu tragen, damit diesem mit einer noch zu findenden Axt die Hand abgetrennt wurde.

»Jetzt mach hier mal nicht den Gelehrten. Gut, dann nehme ich die Achseln und du die Füße.«

»Wieso muss ich denn die Füße nehmen?« Dieter hatte sich an Jablonski vorbeigedrängt und duckte sich, um unter den Schreibtisch gucken zu können. »Der hat nur Socken an. Nein, ich möchte nicht die Füße nehmen.«

»Echt jetzt? Weil er nur Socken trägt?« Jablonski stöhnte genervt.

»Die riechen vielleicht unangenehm.«

»Dieter, wenn wir hier nicht bald aus dem Knick kommen, fängt die ganze Bude an zu stinken. Ich darf dich darauf aufmerksam machen, dass wir Hochsommer haben. Hitze und toter Körper ergibt Gestank. Also los.«

»Dann nimm du doch die Füße.« Dieter verschränkte die Arme vor der Brust.

»Manchmal bist du echt eine Heulsuse. Na schön, dann nehme ich halt die Füße. Jetzt mach aber.«

Jablonski ging zum Schreibtisch und schob den Stuhl zum Fenster. Er zögerte kurz, dann legte er eine Hand unter Winterfelds Kinn und drückte den Kopf nach oben.

»Schneeweiß«, sagte er und nickte in Richtung des Gesichts des Toten.

»Leichenblässe. *Pallor mortis*«, sagte Dieter leise.

»Und ich dachte, du verkaufst Autos«, entgegnete Jablonski. »Jedenfalls ist der immer noch tot.«

Silke war dazugekommen. »Was hast du denn gedacht? Dass er wieder aufsteht und sagt: Reingelegt?«

»Sehr witzig.«

Jablonski schob seine Arme unter die Achseln des leblosen Körpers und wuchtete ihn aus dem Stuhl.

»Komm Dieter. Hilf mir mal.«

»Ich dachte, du nimmst die Füße«, sagte Dieter mit zusammengekniffenen Augen.

»Jetzt mach hier keinen Aufstand. Der liebe Herr Winterfeld ist nicht gerade leicht.« Auf Jablonskis Stirn stand der Schweiß und er atmete schnell. Dieter brummte etwas Unverständliches, dann zog er sich das Sakko aus, faltete es ordentlich und legte es über die Lehne des Sessels, in dem vor, wie ihm schien, endlos langer Zeit Cassidy gesessen und sie herausfordernd angesehen hatte. Seitdem war so viel geschehen, dass ihm bei dem Gedanken daran fast schwindlig wurde. Und wenn er überlegte, was noch vor ihnen lag, musste er ein drängendes Bedürfnis bekämpfen, sich an Ort und Stelle zu übergeben.

»Wird das bald was?«, motzte Jablonski.

»Schon gut«, sagte Dieter, krempelte sich die Hemdsärmel hoch und griff nach den in dunklen Anzughosen steckenden Unterschenkeln.

»Feiner Stoff«, sagte er anerkennend.

»Was?«, fragte Jablonski.

»Das ist ein guter Anzug.«

»Echt jetzt?« Jablonski warf ihm vom anderen Ende der Leiche einen bösen Blick zu.

»Ich meine ja nur«, gab Dieter kleinlaut zurück. Er wuchtete die Beine von Stefan Winterfeld in die Luft und stöhnte unter dem Gewicht. »Wohin also?«

»Wohin, Cassidy?«, schrie Jablonski nach hinten.

»Hier lang«, sagte Cassidy mit ruhiger Stimme. »Ich gehe voraus.«

Cassidy ging am Kopf der seltsamen Prozession, die sich durch das große Esszimmer bewegte, gefolgt von Jablonski und Dieter, die unter Ächzen und Stöhnen den Toten trugen, dessen Hinterteil ab und zu über den Boden scheuerte. Den Schluss bildete Silke, die sich nervös die Lippen leckte und immer wieder zur Ruhe mahnte, wenn Jablonski fluchte.

»Du musst dein Ende höher halten«, schnauzte er Dieter an, während sie sich die Treppe ins Untergeschoss hinabquälten. »Ich will hier nicht die ganze Arbeit allein machen.«

Dieter sagte nichts, er keuchte und sein Kopf hatte die Farbe einer reifen Tomate angenommen.

»Am besten hier rein. Legt ihn da auf den Tisch.« Cassidy wies ihnen den Weg in einen Raum, der wie eine Vorratskammer aussah. Zwei monströse Kühlschränke beherrschten eine Wand, während an der anderen zwei Tiefkühltruhen von den Ausmaßen eines Kleinwagens vernehmlich brummten. An der Stirnseite stand ein alter, stabil wirkender Tisch, auf dem alte Kartons und Zeitungen lagen.

»Silke, sei doch so lieb und räum das mal weg, ja?«, flötete Cassidy.

»Äh ... ja klar.« Silke begann, das Altpapier sauber zu stapeln.

»Wie wäre es, wenn du die Zeitungen noch nach Datum ordnest?«, stieß Jablonski mit gepresster Stimme hervor.

»Was? Ach so, tut mir leid. Ich mach ja schon.«

»Komm, einfach runter mit dem Zeug.«

»Na gut.« Silke fegte das Papier mit zwei kräftigen Armbewegungen vom Tisch und schob den Stapel anschließend mit dem Fuß unter den Tisch.

»Na endlich.« Jablonski und Dieter wuchteten mit letzter Kraft den Körper auf den Tisch. Es gab ein dumpfes Geräusch, als der Kopf ungebremst auf die Tischplatte schlug. Silke zuckte zusammen und flüsterte: »Der Arme.«

Nach Luft ringend und mit von Schweiß durchnässtem Hemd lehnte sich Jablonski gegen die Kühltruhe. Er spürte das Vibrieren des Kompressors in seinen Beinen.

»Na also, das ging doch gut«, sagte Cassidy. Sie schien bester Laune zu sein und wirkte frisch wie der Frühling. Dieter, der sich nach der Anstrengung entgegen seiner festen Überzeugung, dass sich ein erwachsener Mensch niemals, wirklich niemals auf den blanken Boden setzen sollte, genau darauf hatte plumpsen lassen, blickte auf und fragte: »Lässt dich das denn vollkommen kalt? Ich meine, ihr wart doch ein Paar und so.«

Cassidy wedelte mit der Hand. »Mein Lieber, Sentimentalitäten bringen dich nicht weit im Leben. Und außerdem, die kleine Flamme der Zuneigung war schon länger erloschen.« Sie wirkte cool oder wollte so wirken. Doch Dieter meinte in ihrem Blick Unsicherheit zu erkennen, Verletzlichkeit.

»Eine echte Poetin«, sagte Silke kopfschüttelnd.

»Nenn es, wie du willst. Was wir jetzt aber brauchen, ist eine professionelle Einstellung. Echten *gangster spirit*.«

Dieter lachte auf. »Professionelle Einstellung. Ich verkaufe Autos, verdammt.«

Jablonski, der wieder einigermaßen zu Luft gekommen war, massierte sich die schmerzenden Arme. »Ich stimme ihr zu. Wir ziehen das jetzt durch. Und danach sind wir alle Probleme los.« Er drehte sich zu Cassidy um. »Wo ist das Werkzeug?«

Cassidy schob die Unterlippe vor. »Keine Ahnung.«

»Keine Ahnung?«, sagte Jablonski. »Keine Ahnung«, wiederholte er, an Silke und Dieter gewandt. »Verdammt!«, schrie er und haute so fest mit der Faust auf den Tisch, dass die Füße des toten Körpers in die Luft hüpften, was Dieter mit einem leisen Stöhnen quittierte. »Hast du nicht eben etwas von professioneller Einstellung gefaselt?« Jablonski bohrte seinen Zeigefinger in die Haut über Cassidys rechtem Schlüsselbein.

Sie sah ihn unbewegt an und sagte vollkommen ruhig, so als wäre es für sie alltäglich, neben einer Leiche zu stehen, während ein älterer Herr im durchgeschwitzten Hemd, der kurz davor war, die Kontrolle über sich zu verlieren, ihr seinen schwieligen Zeigefinger schmerzhaft in den Oberkörper zu bohren: »Erstens, du nimmst sofort, und wenn ich sofort sage, dann meine ich sofort, nicht in zwei Sekunden oder zehn, sondern das sofort wie in jetzt, deinen Finger von meinem Körper. Zweitens, Stefan war nicht so der Typ Handwerker. Aber hier unten gibt es eine Kammer, in der der Gärtner seinen Kram lagerte, bevor Stefan ihn letztes Jahr gefeuert hat. Da könntest du dich mal umschauen. Alles klar?«

»Alles klar«, sagte Jablonski kleinlaut und zog seinen Finger zurück. An der Stelle war ein kleiner weißer Fleck auf Cassidys makellos gebräunter Haut zu sehen, der rasch wieder die braune Färbung der übrigen Haut annahm. Ohne ein weiteres Wort stapfte er aus dem Zimmer und sie hörten ihn geräuschvoll Türen öffnen, untermalt von Gemeckere und Gefluche. Dann wurden Schubladen herausgeschoben und knallend wieder geschlossen, bis er schließlich rief: »Na also.« Kurz darauf stand er in der Tür zum Vorratsraum und hielt in der einen Hand eine Säge und in der anderen eine kleine Axt. Dabei grinste er triumphierend.

»Bin ich die einzige, die gerade an Jack Nicholson in Shining denken muss?«, fragte Silke leise.

»Jetzt, wo du es sagst«, entfuhr es Dieter.

»Tata«, dröhnte Jablonski. »Baumsäge und Axt. Damit wird es gehen.«

»Na wunderbar«, sagte Cassidy. »Dann lassen wir dich mal allein.« Sie deutete auf den Stapel Papier unter dem Tisch. »Leg dir Zeitungspapier unter, okay? Wer will Kaffee?« Damit lief sie geschmeidig an Jablonski vorbei, sie hörten ihre Schritte auf der Treppe und dann war außer dem Atmen aus drei Lungen nichts mehr zu hören. Schließlich stemmte sich Dieter hoch, gab Jablonski einen Klaps auf die Schulter und sagte: »Du schaffst das schon.« Dann ging er ebenfalls nach oben.

»Ich beneide dich echt nicht, Horst.« Silke versuchte ein aufmunterndes Lächeln. Dann legte sie ihm eine Hand auf den Arm, der die Baumsäge mit den kräftigen Zähnen hielt. »Du weißt, du musst das nicht tun«, sagte sie fast liebevoll. »Wir könnten gehen und vergessen, was passiert ist. Ich meine, was kann sie schon tun?«

Jablonski verzog den Mund zu einem angestrengten Lächeln. »Danke, Silke. Aber das ziehen wir jetzt durch. Ich habe keinen Bock mehr auf dieses Leben. Ich denke einfach an die viele Kohle, die auf uns wartet.« Er blickte zuerst auf die Axt, dann auf die Leiche. »Außerdem, wie schwer kann das schon sein?«

»Wie du meinst. Ich ... gehe dann auch mal lieber.«

»Mach mal.« Er sah nachdenklich in Richtung Tisch. »Wenn das der Herr König sehen könnte.«

»Wer?«

»Ach, der Lackaffe vom Jobcenter.« Jablonski grinste schief. »Wer hätte wohl gedacht, dass ich mal meinem toten Chef die Hand amputieren würde, oder? Wie verrückt ist das denn bitteschön?«

»Vollkommen verrückt, Horst.« Silke musste lachen.

»Ja, vollkommen verrückt. Na dann, Herr Winterfeld, bereit, wenn Sie es sind.«

»Schweigen der Lämmer.«

»Ein guter Film«, sagte Jablonski und näherte sich mit Säge und Axt dem Tisch.

»Ein guter Film«, bestätigte Silke, bevor sie das Zimmer verließ und die Tür schloss.

Dieter blies vorsichtig in die braune Flüssigkeit. Auf der Oberfläche bildeten sich zitternde Ringe. Er nahm einen Schluck und beobachtete über den Tassenrand die beiden Frauen. Cassidy hatte den Kaffee vor sich nicht angerührt, sie rauchte eine ihrer dünnen Zigaretten und blickte auf eine Stelle an der Wand hinter ihm, ihre Hand zitterte kaum wahrnehmbar. Silke starrte in ihren Kaffee, als würde sie dort eine Zeitmaschine vermuten, die sie alle in eine Zukunft bringen würde, in der es nicht mehr nötig wäre, einem Toten die Hand abzuhacken, um an sein Geld zu kommen. Wieder hörten sie von unten ein lautes Poltern, dann war es ruhig.

»Ich hoffe nur, die Nachbarn rufen nicht die Polizei wegen der seltsamen Geräusche aus dem Keller«, sagte Silke mit belegter Stimme.

»Glaub mir, die sind ganz anderes gewohnt.« Cassidy klopfte die Asche von ihrer Zigarette. »Wenn Stefan seine, nun ja, Phasen mit dem weißen Pulver hatte, war hier manchmal der Teufel los. Ich persönlich hab das nie verstanden mit den Drogen. Prosecco ja, Champagner, keine Frage. Aber dieser ganze andere Mist, nein danke.«

»Tja«, sagte Silke nur und pustete in ihre Tasse. Dabei bildete sich ein kleines Grübchen in ihrer linken Wange, das Dieter bisher nie aufgefallen war.

»Wie hast du es dann mit ihm ausgehalten?«, fragte Dieter vorsichtig.

Cassidy legte die Zigarette auf dem Rand des Aschenbechers ab. Sie wirkte jetzt müde, rieb sich mit Daumen und Zeigefinger die Augen und seufzte. »Ich weiß es nicht«, sagte sie dann. »Ich meine, er war ja nicht immer so. Aber zum Schluss, nee, da war er einfach nur ein Arsch.«

Dieter nickte mitfühlend.

»Und deshalb habe ich ein Recht auf dieses Geld«, sagte Cassidy und zog heftig an ihrer Zigarette.

»Sozusagen als moralische Wiedergutmachung?«, fragte Dieter.

Sie schaute ihn an und für einen Moment wirkte sie unglaublich verletzlich. Sie warf ihm einen Blick zuwarf, in dem Dieter meinte so etwas wie Dankbarkeit zu erkennen. Doch kurz darauf legte sich wieder die professionelle Coolness auf ihr Gesicht. »Wenn du so willst.«

In diesem Moment öffnete sich die Tür zum Esszimmer und Jablonski betrat den Raum. Sein Haar war zersaust, Schweiß lief die Schläfen hinab, die grauen Augen wirkten stumpf, fast leblos. Sein dunkelblaues Hemd war gesprenkelt mit dunklen Flecken, auf Unterarmen und Händen klebte Blut.

»Das war schwieriger als ich dachte«, ächzte Jablonski. »Aber es ist geschafft.«

»Verdammt, Horst. Du siehst grauenvoll aus«, sagte Dieter. »Oh Mist, ich glaube, ich muss kotzen.« Er sprang auf und sah sich hektisch um.

»Im Flur die erste Tür rechts«, sagte Cassidy, deren feine Bräune einen Hauch heller geworden war. Dieter stürmte aus der Küche. »Und wie siehst du überhaupt aus?«, fragte sie Jablonski.

»Weißt du, was das für eine Scheißarbeit ist, eine Hand abzusägen? Mit einer Baumsäge? Hat sich gleich mal im Knochen verhakt, das Mistding. Da musste ich dann die Axt nehmen. Eine echte Scheißarbeit. Übel.« Er keuchte schwer.

»Danke, Horst.« Silke nahm ihn am Arm und führte ihn zum Tisch. »Jetzt setz dich erst mal.«

Doch bevor sich Jablonski auf einem Stuhl niederlassen konnte, sprang Cassidy auf und rief: »Warte. Du schmierst ja alles mit dem Blut voll.« Jablonski rollte mit den Augen, blieb aber stehen.

Dieter kam zurück, er torkelte leicht und war kreidebleich. Er stammelte etwas von einem empfindlichen Magen. »Schon gut, Dieter. Jetzt ist es ja geschafft«, sagte Jablonski. »Die Hand ist ab.«

Dieter kniff die Augen zusammen, strich sich mit der Fingerspitze über die Nasenwurzel. »Welche eigentlich?«

»Welche?« Jablonski stemmte die blutverschmierten Hände in die Hüften.

»Na, welche Hand? Die rechte oder die linke?«

»Was tut das denn zur Sache?«

»Vielleicht gar nichts, aber gerade kam mir ein Gedanke.«

Cassidy nickte. »Ich glaube, ich weiß, worauf du hinauswillst.«

»Mist«, sagte Silke und ließ sich in einen Stuhl fallen. »Daran habe ich gar nicht gedacht.«

»Ich auch nicht«, sagte Cassidy.

»Kann mir mal jemand sagen, wovon ihr redet?«, rief Jablonski.

»Tja.« Dieter rieb sich nervös die Hände an den Hosenbeinen. »Wir wissen ja gar nicht, welcher Finger der richtige ist.«

»Eben. Und deshalb auch die ganze Hand«, sagte Jablonski.

»Schon, aber woher wissen wir, dass es die richtige ist?« Dieters Stimme wurde immer leiser. Er musterte Jablonski vorsichtig. Dann fragte er Cassidy: »War er Rechts- oder Linkshänder?«

Bevor sie antworten konnte, polterte Jablonski: »Ist das nicht vollkommen egal? Ich meine, gibt es da einen Unterschied mit den Fingerabdrücken?«

»Soweit ich weiß, ist jeder Fingerabdruck einmalig. Also, ja«, antwortete Silke und presste die Lippen zusammen.

»Ihr wollt damit doch nicht etwa sagen, dass ich noch mal ...?«

»Nur, um sicherzugehen«, sagte Cassidy. »Wäre doch irgendwie doof, wenn es daran scheitern sollte, oder?«

Jablonski atmetet tief ein und ließ die Luft langsam entweichen. »Okay, darauf kommt es jetzt auch nicht mehr an. Aber ich will mal hoffen, dass es auch wirklich ein Finger ist und nicht ein anderer Körperteil. Denn dann darf jemand von euch Hand anlegen. Scheiße noch mal!«

Er schüttelte heftig den Kopf und schlug die Tür hinter sich zu, dass die Wände erzitterten. Wenig später hörten sie erneut die dumpfen Schläge aus dem Keller.

Dieter schloss die Augen und seufzte: »Oje, was für ein Tag.«

»Und er ist noch nicht zu Ende«, sagte Cassidy. Sie erhob sich, begab sich in die Küche und zog eine Schublade auf. »Irgendwo hier müssten doch ... ah ja, hier.« Sie wedelte mit einer Rolle in der Hand. »Gefrierbeutel. Extra stark.«

»Wofür brauchen wir die denn?«, fragte Dieter.

Cassidy kam zurück an den Tisch und warf ihm die Rolle in den Schoß. »Willst du die Hände etwa so in deiner Tasche spazieren fahren?«

»Lieber nicht.«

»Dachte ich mir. Dann geh doch jetzt bitte runter und hilf ihm.«

»Wobei?«, fragte Dieter. Seine Augen blinzelten nervös.

Cassidy griff sich die Rolle wieder, riss zwei Tüten ab, zögerte kurz und ließ dann zwei weitere folgen. »Zwei für die Hände und zwei für die Stümpfe. In der Werkzeugkammer findet ihr sicher auch Klebeband.«

Sie hielt Dieter die Tüten entgegen, der aber keine Anstalten machte sie zu nehmen.

»Die Stümpfe?«, flüsterte er und seine Gesichtsfarbe wurde noch ein wenig heller.

»Ich will nicht, dass die mir die Tiefkühltruhe versauen.« Cassidy legte den Kopf leicht schief. »Andererseits, wer braucht die Truhe noch? Dann vergiss die Stümpfe. Und jetzt los. Danach können wir uns alle ausruhen und besprechen, wie es weitergeht.«

Dieter erhob sich zögerlich. »Also gut.« Er nahm die Gefrierbeutel und schlurfte leicht gebückt zur Treppe. Es war mittlerweile still geworden im Keller. Dieter setzte seinen Fuß auf die erste Stufe und rief nach unten: »Horst? Ist alles in Ordnung?« Die Gefrierbeutel knisterten leise in seiner Hand. »Horst?«

»Klar, alles in Ordnung«, hörte er Jablonski rufen. Stufe um Stufe stieg er die Treppe hinab und hielt sich dabei angestrengt mit der freien Hand am Geländer fest. Aus dem Raum, in dem Jablonski seine Arbeit verrichtet hatte, fiel ein Streifen Licht in den ansonsten dunklen Kellergang. Er ärgerte sich, dass er vergessen hatte, das Licht einzuschalten, konnte jetzt aber keinen Schalter mehr entdecken. Das hier hatte entschieden zu viel von einem Horrorfilm, in dem der neugierige Ermittler in den dunklen Keller des Serienkillers hinuntergeht. Dieter presste die Lippen zusammen, als er sich der Tür näherte. Kurz davor schloss er die Augen und streckte die Hand, in der er die Tüten hielt aus. »Hier Horst, Gefrierbeutel für die ... also die ...«

»Hände«, sagte Jablonski. Er klang müde.

Dieter drückte sich gegen die Wand neben der Tür und vermied es, die Augen zu öffnen. Aus dem Raum hörte er Jablonski mit den Tüten hantieren, dann ging die Tür eines Kühlschranks auf und wieder zu.

»Und jetzt hilf mir mal.«

»Was?«, stammelte Dieter.

»Der Junge hier muss in die Tiefkühltruhe.«

»Was?«, sagte Dieter.

»Deine Schallplatte hat einen Sprung. Komm jetzt gefälligst rein und hilf mir. Ich mach hier nicht alles allein, klar?«

Die Augen noch immer geschlossen, tastete sich Dieter in den Raum. Ein widerlicher süßlich, metallischer Geruch lag in der Luft, bei dem ihm wieder übel wurde. Aber er riss sich zusammen, atmete tief durch den Mund ein. Den Gedanken, dass er gerade möglicherweise feinste Tröpfchen von Winterfelds Blut einatmete, versuchte er sofort wieder zu verdrängen. So stand er mit zusammengekniffenen Augen und weit geöffnetem Mund vor Jablonski, der sich ein Grinsen nicht verkneifen konnte.

»Willst du mich veräppeln? Mach die Augen auf und los geht's.«

»Niemals«, sagte Dieter kläglich.

»Doch.«

»Nein.«

»Aber hallo.«

»Nein.«

Jablonski seufzte. »Wie du willst. Dann geh ich jetzt nach oben und du kannst dich allein darum kümmern, dass der liebe Herr Winterfeld auf Eis gelegt wird.«

»Nein, bitte nicht«, rief Dieter und fuchtelte mit geschlossenen Augen nach Jablonski. »Bleib hier. Ich mach ja schon.« Wie in Zeitlupe öffnete er erst das linke, dann das rechte Auge. Winterfelds Leiche wurde halb von Jablonskis Oberkörper verdeckt, so dass Dieter die Arme nicht sah, wofür er unendlich dankbar war. Nicht zu übersehen war allerdings das Blut, das den Boden und die Wand hinter dem Tisch bespritzt hatte. Und natürlich Jablonski selbst. Dieter hatte noch nie einen Schlachter nach der Arbeit gesehen, aber so in etwa würde er ihn sich vorstellen.

»Auweia Horst.«

»Ich weiß.« Jablonski nickte. Er deutete mit einem blutverschmierten Daumen hinter sich. »So, mein Lieber, nimmst du oben oder unten?«

»Passt es?«, fragte Cassidy. Horst Jablonski war nach einer schier endlos langen, heißen Dusche, bei der er es vermied, das rot gefärbte Wasser zu beachten, das sich zu seinen Füßen sammelte und als roter Fluss in Richtung Abfluss lief, in die Küche gekommen. Er knöpfte sich das Hemd zu, das ihm Cassidy gegeben hatte. Eines von Winterfelds Kleidungsstücken, mit Monogramm. Die Buchstaben waren sauber auf den Rand der Brusttasche genäht worden. Es spannt leicht am Bauch, aber der Stoff fühlte sich gut an, weich und teuer. Kein Vergleich zu seinen Hemden, die er meist im Schlussverkauf erstand. Auch die dazugehörige Anzughose saß gut, wenngleich die Beine etwas zu lang waren und auf dem Boden schleiften.

»Ganz gut«, sagte Jablonski. »Danke.«

»Maßanzug«, attestierte Dieter mit Kennerblick.

»Er wird die Sachen nicht vermissen«, sagte Cassidy achselzuckend und schenkte Dieter ein Lächeln. Dieter nickte automatisch.

»Dann schlage ich vor, dass wir uns etwas Schlaf gönnen«, sagte Cassidy und blickte in die Runde. »Ich denke, es ist das Einfachste, wenn ihr hierbleibt. Oben sind genug Schlafzimmer.«

»Hierbleiben?«, fragte Dieter. »Wie lange denn?«

»Ihr könnt erst am Montag in die Firma gehen«, antwortete Cassidy. »Alles andere wäre auffällig.«

»Heute ist Samstag.«

»Dann machen uns morgen einen schönen Tag zusammen.« Cassidy drehte die Handflächen nach oben. »Es sei denn, ihr habt etwas Besseres vor.«

Jablonski hatte den riesigen Kühlschrank geöffnet und pfiff beim Anblick des Inhalts durch die Zähne. »Verhungern werden wir jedenfalls nicht.«

Cassidy grinste. »Unten gibt es auch noch ein gut gefühltes Weinlager.«

Jablonski nahm einen Teller mit Aufschnitt aus dem Kühlschrank und steckte sich eine Scheibe Salami in den Mund. »Köstlich«, sagte er schmatzend.

»Wie kann der jetzt Salami essen?«, sagte Dieter leise zu Silke.

»Ich sage, wir bleiben hier«, sagte Jablonski und schob sich eine Scheibe Schinken hinterher. »Cassidy, zeig mir doch bitte den Weinkeller.«

»Aber gern.«

Dieter warf Silke einen drängenden Blick zu. Sie zuckte mit den Achseln. »Vielleicht ist es ja wirklich das Beste. Und außerdem: ist doch nett hier.«

»Nett hier«, wiederholte Dieter. »Nett hier, mit einer zerstückelten Leiche im Keller.«

»Jetzt gib dir doch einen Ruck.« Cassidy strich ihm sanft über das Haar. »Wir sind doch jetzt, wie nennt man das, Komplizen.« Sie lachte auf und es klang unbefangen und wundervoll, wie Dieter fand, der bei ihrer Berührung ein Prickeln bis in die Fußspitze gefühlt hatte.

»Tja, ja dann.«

»Klasse, also erst den Wein, dann zeige ich euch die Zimmer.«

Silke konnte sich nicht erinnern, wann sie zuletzt in einem fremden Bett geschlafen hatte. Die letzten Jahre hatte sie zurückgezogen gelebt, abgesehen von ihrer Arbeit und den gelegentlichen Besuchen im »Stübchen«. Keine Männerbekanntschaften, keine Urlaube, nichts, was dazu führen würde, dass sie sich in ein anderes als das eigene Bett in ihrer kleinen Wohnung legen würde. Es war ein bequemes Bett in einem hübschen kleinen Zimmer unter dem Dach in Winterfelds Villa. Durch das geöffnete Gaubenfenster fiel Mondlicht auf die Wand gegenüber. Laken und Bettwäsche dufteten und schmiegten sich angenehm an ihre nackten Beine. Trotz der bizarren Situation, in der sie sich befand, fühlte sie sich gut. Fast behaglich. Silke gähnte herzhaft und seufzte wohlig. Dann schmiegte sie sich noch tiefer in ihr Lager. Sie hatten vorzüglich gegessen und leckeren Wein getrunken, der ihr einen leichten Schwips beschert hatte. So lag sie angenehm schwer und müde in dem Bett und blickte gedankenverloren in das Halbdunkel, als es an der Tür klopfte.

Silke dachte kurz daran, sich schlafend zu stellen, aber dann sagte sie: »Herein.«

Die Tür öffnete sich einen Spalt und Jablonski steckte seinen Kopf ins Zimmer. »Schläfst du schon?«

»Fast«, sagte Silke.

»Ah, dann will ich gar nicht ... ich dachte nur ... also ...«

»Komm doch rein, Horst.«

»Ja, danke.«

Er betrat das Zimmer, schloss die Tür und blieb vor ihrem Bett stehen. Selbst in dem Zwielicht erkannte Silke, dass der

Schlafanzug um den Bauch herum mindestens eine Nummer zu klein war.

»Ich ...«, begann Jablonski. Seine Stimme klang brüchig, kraftlos. Wie er da so stand, musste Silke an ein verwundetes Tier denken, und eine Welle von Mitleid, vermischt mit Zuneigung, durchfloss sie. Zuerst erschrak sie, denn diese Art von tiefer Empfindung hatte sie lange nicht mehr gefühlt, doch dann hob sie die Bettdecke und sagte mit sanfter Stimme: »Möchtest du herkommen?«

»Ich weiß nicht. Also, eigentlich schon.«

»Na dann.«

Jablonski legte sich neben sie auf die Matratze, das Bett quietschte leise unter seinem Gewicht und Silke deckte sie beide zu. Sie spürte den Stoff seiner Pyjamahose an ihrem Oberschenkel, roch seinen würzigen Duft und ihre Muskeln spannten sich an. So lagen sie steif nebeneinander und für einen Moment hörte man nur den leichten Wind in den Bäumen.

»Ich bin nur froh, dass es dunkel ist. Meine Schenkel sehen in diesem Nachthemd Marke Hauch-von-nichts noch breiter aus.« Sie lachte angestrengt.

»Ich mag deine Beine«, sagte Jablonski ernst.

Silke stieß Luft aus. »Glaub mir, das tust du nicht.«

»Du bist viel zu hart zu dir. Außerdem, nichts kann schlimmer sein als dieser Schlafanzug. Ich sehe aus wie ein Wurst in der Pelle.«

Jetzt lachten beide, ausgelassen dieses Mal. Lachten, bis das angespannte Gefühl einer lockeren Gemütlichkeit gewichen war. »Das tut gut«, sagte Jablonski. »So zu lachen, meine ich.«

»Ja, nach diesem Tag.«

»Man hackt ja schließlich nicht jeden Tag einem Toten die Hände ab.«

Silke ergriff seine Hand und drückte sie sanft. »Ich kann mir echt nicht vorstellen, wie das für dich war. Aber ich bin dir sehr dankbar, dass du es getan hast.«

Jablonski atmete tief durch und sagte dann leise und mit ernster Stimme: »Weißt du, ich bin sicherlich kein Weichei. Hab so einiges gesehen im Leben. Kollegen, denen eine Hand plattgewalzt wurde,«, er hob seine rechte Hand, »hab ja selbst auch einen Teil von meinem Daumen verloren. Ich erinnere mich noch, wie wir als Kinder mal heimlich dem Nachbarn beim Schlachten seiner Kaninchen zugeschaut haben. so was eben. Das heute ... war aber schon was anderes.«

Sie schwiegen, nur ihre Atemgeräusche waren zu hören. Schließlich fragte Jablonski: »Warum machst du das eigentlich mit? Diese Aktion, meine ich.«

Silke zuckte mit den Achseln. »Weißt du, ich habe seit langer Zeit endlich mal wieder das Gefühl, über mich selbst zu bestimmen. Ich habe diese Entscheidung getroffen und werde das durchziehen. Mit euch. Wenn man bedenkt, wie sehr wir uns vom ursprünglichen Plan entfernt haben, hört sich das vielleicht etwas schräg an, aber ich fühle mich so gut wie lange nicht. Vielleicht habe ich mich noch nie so gut gefühlt.«

Jablonski stieß ein heiseres Lachen aus. »Das klingt tatsächlich etwas schräg.«

Silke grinste in die Dunkelheit. »Absolut. Nur weißt du, mein Leben war bisher nicht so gut. Das hat viel mit mir selbst zu tun, klar. Ich bin oft einsam gewesen, bin es noch immer, habe, nun ja, schlechte Gedanken. Und oft frage ich mich dann, ob mein Leben nicht irgendwie schon lange vorbei ist, oder irgendwie nie richtig angefangen hat. Und diese Sache hier ... ich weiß nicht ... ich spüre alles ganz intensiv, das Kribbeln, die Aufregung, die Vorfreude, fast so etwas wie Macht. Alles so stark, dass ich erst mal verstehe, wie dumpf alles in mir war.« Sie stockte, drehte ihren Kopf auf dem Kissen und betrachtete Jablonski Profil. Die prägnante Nase zeichnete sich deutlich ab. »Kannst du das verstehen?«

Jablonski nickte langsam. »Ja. Ja, ich denke schon. Weißt du, mir geht es ähnlich. Endlich wieder, wie sagt man, den Hebel des Handelns in der Hand haben?«

»Genau.« Sie lächelte, streckte langsam ihren Arm nach ihm aus, strich ihm zögerlich über die stoppelige Wange. »Geht es dir besser?«

»Viel besser.« Er entzog seine Hand sanft ihrer und wuchtete sich aus dem Bett.

»Ich wollte dich nicht verjagen«, sagte Silke.

»Das tust du nicht. Ich denk nur ... also, es ist besser ... Ähm, gute Nacht, Silke.«

»Okay. Gute Nacht, Horst.«

Silke hörte, wie die Tür ins Schloss fiel, lauschte noch Jablonski schweren Schritten auf dem Flur nach und drehte sich dann zum Fenster.

»Das Heft des Handelns«, flüsterte sie und lächelte. »Aber du hast Recht.« Sie schloss die Augen und war kurz darauf eingeschlafen.

Dieter hatte schlecht geschlafen. Nachdem er sich lange in seinem Bett hin- und hergewälzt hatte, war er endlich in einen unruhigen Schlaf gefallen. Er hatte von blutüberströmten Gestalten geträumt, die ihn durch dunkle Kellergänge verfolgten. Seine Mutter kaum auch in dem Traum vor. Sie erschien plötzlich neben ihm, das Gesicht abgemagert, die Augen lagen tief in ihren Höhlen, so hatte sie kurz vor ihrem Tod ausgesehen. Sie ergriff seinen Arm, zerrte mit unglaublicher Kraft an ihm, so dass er nicht mehr weiterrennen konnte. Die jammernden Gestalten schlurften weiter auf ihn zu, bald hatten sie ihn, doch seine Mutter lockerte ihren bemerkenswert festen Griff nicht. Was machst du nur für Sachen, krächzte sie, wieder und wieder. Kurz bevor die blutige Hand einer seiner Verfolger ihn packte, wachte er keuchend und schweißgebadet auf. Fahles Dämmerlicht hatte die Umrisse seines Zimmers skizziert. Er hatte wach im Bett gelegen, bis die Sonne aufgegangen war, dann zog er sich an und trat mit dem Wunsch nach einer warmen Dusche in den Flur.

Cassidys Zimmer war direkt nebenan und als Dieter an der halboffenen Tür vorbeiging, konnte er aus dem Augenwinkel sehen, wie sie einen großen Koffer auf das ungemachte Bett hob.

»Dieter? Komm doch bitte mal kurz rein.«

»Äh, ja, sicher. Was gibt es denn?«

Cassidy trug wieder eine hautenge Jeans, dazu ein cremefarbenes Oberteil, das den Großteil ihres Rückens zeigte, wie Dieter sah, als sie sich umdrehte und in einem Schrank Kleidungsstücke an einer Stange von rechts nach links schob, dass die Bügel nur so ratschten.

»Du kannst mir beim Packen helfen?«, rief sie fröhlich über die Schulter.

»Packen?«, fragte Dieter und musterte den offenen Koffer. »Willst du denn verreisen?«

Cassidy drehte sich um und warf ihm einen fragenden Blick zu. »Denkst du, ich bleibe hier?«

Er zuckte mit den Schultern. »Wahrscheinlich keine gute Idee.«

»Genau. Morgen haben wir das Geld und dann bin ich weg.«
»Und wohin?«

»Erst mal über die Grenze und dann vielleicht nach Griechenland. Da wollte ich schon immer hin.« Sie widmete sich wieder dem Kleiderschrank. »Warst du schon in Griechenland?«

»Nein«, sagte Dieter kopfschüttelnd. »Ich bin nur selten rausgekommen. Ich ... na ja, wegen meiner Mutter.«

Cassidy hatte sich einige Kleider über den Arm gelegt, drehte sich wieder um und fragte: »Deiner Mutter?«

Dieter blickte auf den Fußboden. »Na ja, sie war krank und hatte ja sonst niemanden«, sagte er leise.

Behutsam legte Cassidy die Kleider auf dem Bett ab, legte dann Dieter eine Hand auf den Arm und sagte: »Das finde ich ganz toll von dir.«

Er blickte auf, direkt in ihre klaren, blauen Augen, die ihn mitfühlend, fast liebevoll anschauten. »Ehrlich?«

»Ehrlich.« Sie lächelte.

»Danke.« Er lächelte zaghaft zurück. »Wie kann ich dir denn jetzt helfen?«

Das freche Blitzen kehrte in ihre Augen zurück, der Moment war vorbei. »Pass auf, ich suche die Sachen raus und du legst sie ordentlich in den Koffer.« Sie bohrte ihm spielerisch den Finger in die Brust. »Ich habe das Gefühl, dass du da ein Händchen für hast. Ich und Ordnung, das ist nicht so die Erfolgsstory.«

Dieter nickte, faltete die Kleider auf dem Bett penibel zu gleichgroßen Vierecken und legte sie vorsichtig in den mit weißem Stoff ausgeschlagenen Koffer. Cassidy öffnete derweil Schubladen und summte vor sich hin. Sie reichte ihm Hosen, Shirts, einige Paar Schuhe.

»Was ich nicht verstehe«, sagte sie nach einer Weile, »wie jemand wie du bei einer solchen Aktion mitmacht. Ich habe doch gleich gemerkt, dass du anders bist.«

»Wenn du damit ängstlicher meinst, dann ...«

»Es ist keine Schande, Angst zu haben«, unterbrach sie ihn. »Aber ich meinte eher, na ja, weicher.«

Dieter hatte eine Jeans in den Koffer gelegt, richtete sich auf und sagte mit müdem Blick: »Ich weiß auch nicht. Ich habe mich von Horst mitreißen lassen. Es klang ja auch alles so gut – und einfach. Und genau wie du wünsche ich mir wahrscheinlich auch ein anderes Leben.« Er setzte sich auf die Bettkante. »Auch wenn ich nicht so genau sagen kann, was ich mir darunter vorstelle.« Dieter hob kraftlos die Hände. »Ich meine, ich verkaufe Autos in einem dieser nichtssagenden Geschäfte am Stadtrand. Die Arbeit ist in Ordnung, irgendwie, aber eigentlich habe ich mir immer etwas anderes gewünscht.«

Cassidy setzte sich neben ihn. »Und was?«

»Ich wollte mein eigenes erfolgreiches Geschäft haben.« Er sah an die Wand vor sich. »Tja, zu mehr als einem insolventen Herrenausstatter hat es nicht gereicht. Dann kam die Sache mit meiner Mutter und letztendlich kann ich wohl froh sein, dass ich in meinem Alter noch mal eine Chance bekommen habe.«

»Es ist ja nie zu spät«, sagte Cassidy. »Man kann sich immer neu erfinden, das ist keine Frage des Alters. Glaubst du denn, ich wollte das ewig machen mit dem Tanzen?« Sie lachte auf. »Ich bin ja nicht doof, natürlich weiß ich, dass mein Aussehen mir gewisse Vorteile verschafft im Leben. Und weiß Gott, die nutze ich auch. Warum auch nicht? Aber das kann es ja nicht gewesen sein, oder? Und deswegen kommt mir das alles wie ein Wunder vor. Ihr stolpert hier rein, gerade als ich mich frage, wie ich den Scheiß in etwas Positives verwandeln kann.« Sie strahlte in an. »Ist das nicht toll? Wenn das kein Schicksal ist. Und ich werde beide Hände ausstrecken, nehmen, was mir zusteht und die Gelegenheit nutzen, mein Leben neu zu starten. Und du kannst das auch.«

Dieters Hände lagen verschränkt in seinem Schoß. Er rieb die Daumen aneinander, setzte zum Reden an, verstummte wieder, dann gab er sich einen Ruck, sah scheu auf und sagte leise zu ihr: »Ich finde dich nicht dumm oder so. Ganz im Gegenteil.«

Sie legte den Kopf schief, ihr Blick war leicht neckend, aber Dieter vermeinte, auch Dankbarkeit darin zu sehen. »Das ist lieb von dir«, sagte sie. »Wollen wir weitermachen?«

»Sicher.«

Cassidy ging zu einer Kommode, zog die oberste Schublade auf und hielt Dieter einen Stapel Unterwäsche entgegen. »Die noch, dann sollte ich alles haben.«

Er starrte auf die Textilien aus hauchfeinen Stoffen mit Spitze und schluckte schwer. Zögerlich streckte er die Hand aus. »Ähm.«

Mit hochgezogener Augenbraue sah sie ihn leicht belustigt an. »Keine falsche Scheu.«

»Nein, natürlich nicht. Es ist nur …«

»Wird ja wohl nicht das erste Mal sein, dass du die Unterwäsche einer Frau in die Hand nimmst.« Sie stutzte, als Dieter hochrot anlief. »Oder doch?«

»Nein, nein«, beeilte er sich zu sagen. »Natürlich nicht. Es war nur in letzter Zeit … also … es ist zugegebenermaßen schon etwas länger her.« Er riss ihr die Unterwäsche aus der Hand, dabei fiel eines der Kleidungsstücke zu Boden. Dieter bückte sich rasch und stieß sich dabei den Kopf an der Kommodenschublade. Er stöhnte vor Schmerz, rieb sich die Stirn, und richtete sich mühsam wieder auf.

»Ich ...«

Weiter kam er nicht, denn Cassidy hatte ihren Mund auf seinen gelegt. Ihre Lippen waren weich und auf seltsame Weise gleichzeitig angenehm kühl und sinnlich warm. Als wäre ihr Mund eine Art von Stromquelle fuhr ein Kribbeln durch Dieters gesamten Körper und in seinen Eingeweiden schienen glühende Kohlen zu liegen.

Dann war es vorbei. Cassidys Lippen lösten sich wieder, sie lächelte und leckte sich mit der Zungenspitze kurz über die Oberlippe – nicht auf die verführerische Art, sondern als unbekümmerte Geste einer selbstbewussten Frau.

»Wow«, entfuhr es Dieter und sofort schämte er sich für die platte Reaktion. »Ich meine natürlich ... also ...« Es wurde nicht besser und so hielt er es für das Beste, nichts mehr zu sagen. Er schenkte Cassidy ein schiefes Lächeln. Sie legte wieder auf diese bestimmte Art ihren Kopf leicht schief, schaute hier hin und dort hin, rieb mit den glänzend weißen Schneidezähnen auf ihrer Unterlippe. Wenn Dieter dieses Verhalten deuten müsste, würde er sagen, sie war verlegen. Sicher bereut sie den Kuss bereits, dachte er. Obwohl er sie andererseits nicht für die Art von Frau hielt, die ihre Zeit mit so etwas wie Reue verschwendete. Um die Situation aufzulösen, räusperte er sich und sagte in bemüht lockerem Tonfall: »Kann ja mal passieren, was?«

Cassidy zögerte kurz, dann warf sie den Deckel des Koffers so schwungvoll zu, dass dieser beinahe vom Bett gerutscht wäre. »Klar.« Ihre Stimme klang trotzig, fast giftig.

»Tut mir leid, ich wollte dich nicht verärgern, ich dachte nur ...«, stammelte Dieter. Sie fuhr herum.

»Was dachtest du nur?«, fragte sie laut. »Dass ich ja so eine bin, was?«

»So eine?«, fragte Dieter. »Ach so, nein. Ich wollte sagen ... also eher, dass ich ja nicht unbedingt, nun ja, du weißt schon.«

»Ach so, die Leier.« Sie stemmte die Hände in die Hüften. »Wie kann eine Frau wie ich einem Typen wie dir nur einen Kuss geben?« Ihre Stimme beruhigte sich und sie ergänzte leiser, fast sanft: »Mensch, Dieter, was weißt du schon?«

Er fuhr sich mit der Hand über das Gesicht, stieß einen Schwall Luft aus und zuckte mit den Achseln. »Jetzt bin ich total verwirrt.«

»Und das«, sie zog spielerisch am Revers seines Sakkos, »macht dich zu einem besonderen Mann.« Der Zug am Revers wurde stärker und Dieter trat einen Schritt nach vorn. Ihre Körper berührten sich jetzt fast.

»Es ist verrückt«, sagte Cassidy leise. »Ich kenne dich ja eigentlich gar nicht, aber irgendwie ... ich weiß nicht, irgendwas ist da. Und wer weiß, unter anderen Umständen ...«

»Aber du gehst ja nach Griechenland.«

»Das stimmt. Zu schade.«

Und dann tat Dieter etwas, was er selten in seinem Leben getan hatte: Er war mutig. »Ich könnte mitkommen. Griechenland soll ja toll sein.«

Cassidy kniff leicht die Augen zusammen und bedachte ihn mit einem Blick, den Dieter nicht deuten konnte. »O ja, Griechenland ist schön.« Sie waren einander jetzt so nah, dass Dieter den Druck ihrer Brüste auf seinem Oberkörper spürte. Gerade als er sie küssen wollte, donnerte von unten Jablonskis Stimme zu ihnen: »Alle Mann in die Küche. Lagebesprechung.«

Dieter verharrte in der Bewegung. Er brummte missmutig. »Das gilt wohl uns.«

»Fortsetzung folgt?«, fragte Cassidy.

»Unbedingt.«

Sie saßen am Küchentisch und aßen. Aus einer Kanne in der Mitte des Tisches strömte der würzige Duft von Kaffee. Silke hatte eine große Portion Rührei zubereitet, dazu gab es Wurst, Käse und Aufbackbrötchen.

»Fast wie in einer Studenten-WG«, sagte Cassidy strahlend.

»Wobei du wohl die einzige im glaubhaften Alter bist«, antwortete Silke.

»Kommt ja stark auf die Fachrichtung an«, entgegnete Dieter. »Philosophie würde man sogar Horst noch abnehmen. Fehlt zum Anzug nur noch der schwarze Rollkragenpullover.«

Jablonski streckte ihm grinsend den Mittelfinger entgegen. »Nix da Philosophie. Wir sind die Gangster-WG.«

Alle lachten, die Sonne tauchte den Raum in honiggelbes Licht, es war warm und die Erinnerungen an den gestrigen Abend weit weg.

»Na gut«, sagte Jablonski schließlich. »Jetzt aber mal losgelegt.«

»Horst, der Schinder«, feixte Silke. »Es ist Sonntag, Herr Fabrikvorsteher«, ergänzte sie im Gewerkschaftertonfall.

»Und morgen ist Montag«, antwortete Jablonski ungerührt. »Ihr wisst alle, was das heißt. Wir brauchen einen Plan.«

Cassidy, Dieter und Silke stöhnten, wollten sich die ausgelassene Stimmung nicht schon wieder nehmen lassen, doch dann sagte Cassidy: »Also gut, Horst hat Recht.«

»Hab ich das nicht immer«, entgegnete Jablonski grinsend. »Alle Mann nachschenken und dann wird überlegt.«

Nachdem sie sich ihre Tassen mit Kaffee gefüllt hatten, lehnte sich Jablonski auf seinem Stuhl zurück, verschränkte die

Arme vor der Brust und sagte: »Punkt eins, wir brauchen ein Auto?«

»Ein Auto?«, fragte Dieter.

»Wolltest du etwa mit der Bahn fahren?«, fragte Jablonski.

»Wie auch immer: Ich habe kein Auto mehr. Zu teuer.«

»Ich auch nicht«, sagte Silke.

»Nehmen wir halt den Porsche von ... ihm«, sagte Dieter stotternd und warf Cassidy einen scheuen Blick zu. Sie nickte ihm augenzwinkernd zu, als wollte sie sagen, schon in Ordnung, das ist Vergangenheit.

»Würde ich nicht machen«, sagte sie dann. »Wenn euch jemand in dem Wagen sieht, wirft das eine Menge Fragen auf.«

»Stimmt«, sagte Jablonski. Stirnrunzelnd trank er einen Schluck Kaffee, wischte sich mit dem Handrücken den Mund ab und deutete dann auf Dieter: »Aber unser Herr Verkäufer hier arbeitet doch schließlich in einem Autosalon.«

Dieter bekam große Augen. »Ja, und?«

»Wir nehmen eine der Karren von dort«, sagte Jablonski achselzuckend.

»Was? Nein.« Dieter war aufgesprungen. »Ich kann doch nicht ... wie stellst du dir das vor?«

»Ganz einfach.« Jablonski biss in ein Salamibrötchen und sagte kauend: »Planänderung: Wir ziehen das heute durch. Du gehst gleich in den Laden und nimmst dir eine von den Tageszulassungen oder was immer ihr da stehen habt. Heute Abend bringst du den Wagen zurück. Das merkt kein Mensch.« Er wischte sich mit dem Daumen Brötchenkrümel aus dem Mundwinkel. »Vollkommen easy.«

»Vollkommen easy«, sagte Dieter nervös. »Das ist doch dann ein Tatfahrzeug oder wie man das nennt. Und wenn es doch jemand bemerkt?«

»Wer sollte das denn bemerken? Da ist heute tote Hose.«

»Ich finde die Idee gut«, schaltete sich Silke ein. »Und im Übrigen ist es wahrscheinlich wirklich besser, wenn ihr das heute macht, wo das Büro leer ist. Falls dich jemand sieht, Horst, sagst du eben, du musst irgendwas Technisches vorbereiten oder so.«

»Gut«, sagte Jablonski.

»Gut sagt er«, murmelte Dieter.

»Hey«, sagte Cassidy sanft. »Du kannst das.«

Dieter rieb sich nervös die Hände. »Also schön. Ich mach's.« Erschöpft ließ er sich wieder auf den Stuhl fallen. »Wenn das nur schon alles vorbei wäre«, sagte er leise und schob den halbvollen Teller von sich.

»Wunderbar«, sagte Jablonski gut gelaunt. Seine grauen Augen blitzten und ein Lächeln umspielte seinen Mund. »Das läuft doch wie am Schnürchen.« Er leerte seine Tasse, dann warf er einen Blick auf die altmodische Uhr an seinem Handgelenk. »Jetzt ist es fast zehn. Ich schätze, du brauchst zwei Stunden. Dann starten wir hier nach dem Mittagessen. Cassidy, was gibt es?« Er grinste in ihre Richtung.

Sie zog eine Augenbraue hoch. »Bin ich hier die Köchin?«

Dieter runzelte die Stirn, als er versuchte, mit der flachen Hand die Falten aus dem Sakko zu klopfen. Auch sein Hemd war vollkommen zerknittert, wie er beim Blick in den Spiegel feststellte. Er war nach dem Frühstück mit wackeligen Beinen nach oben gegangen und hatte minutenlang mit geschlossenen Augen auf dem schmalen Bett gesessen. Wollte er das wirklich machen? Was hielt ihn ab, leise das Haus zu verlassen, während die anderen noch am Tisch saßen und sich ihre Millionärsträume erzählten? Über den gepflasterten Weg, durch das Tor, fünf Minuten bis zur U-Bahn und weg wäre er. Auch wenn sich Jablonski, Silke und er regelmäßig im »Stübchen« trafen, so wusste keiner der beiden, wo er wohnte. Ihre Freundschaft, wenn man das, was sie miteinander verband, so nennen wollte, hatte sich bisher auf die Plaudereien am Tresen, das gegenseitige Leidklagen in bierseliger Stimmung, aber auch die vielen schönen Momente mit mehr oder weniger tiefgründigen Gesprächen beschränkt. Es wäre nicht ganz einfach, aber andererseits auch nicht unmöglich, Silke und Jablonski nie wiederzusehen, wenn er das plante. Berlin war schließlich riesig, fast vier Millionen Menschen, irgendwo würde er etwas finden, Arbeit, eine Wohnung und die letzten zwei Tage wären irgendwann nur noch eine verschwommene Erinnerung. Ein unterschwelliges Jucken. Aber etwas hinderte ihn und er brauchte sich nicht in übermäßiger Selbstreflexion üben, um zu wissen, was es war: Cassidy. Ihre weichen Lippen, ihr warmer Körper, der seinen berührte, ihr Geruch nach Gesichtscreme und darunter etwas leicht Würzigem. Die Erinnerung daran weckte ihn ihm nur einen Wunsch: Er wollte mehr. Mehr von ihr.

Dieter band sich mit zittrigen Händen die dunkelblaue Krawatte. Er hatte sie aus einer umfassenden Sammlung von hochwertigen Krawatten ausgesucht, die Stefan Winterfeld in einer breiten Kommodenschublade in einem kleinen begehbaren Kleiderschrank aufbewahrte. Dieter war überrascht, dass der Gedanke an den Besitzer des Hauses kein Mitleid mehr in ihm auslöste, Mitleid darüber, dass er gestorben war und noch mehr darüber, dass Jablonski ihm die Hände abgehackt hatte, auch wenn Winterfeld das ja nicht mehr mitbekommen konnte, sondern eine Empfindung, die Dieter nicht anders deuten konnte als Eifersucht.

Aber worauf? Sicher, Cassidy hatte ihn geküsst und vielleicht wäre es dabei nicht geblieben, wenn Jablonski nicht gerufen hätte. Dennoch, die Vorstellung, dass eine Frau wie Cassidy, selbstbewusst, intelligent, ausgesprochen attraktiv und dazu wahrscheinlich zehn Jahre jünger, sich für jemanden wie ihn interessieren sollte, war doch absolut lächerlich. Er musterte sich im Spiegel. Das etwas langgezogene Gesicht mit dem markanten Kinn, die prägnante Nase, die hohe Stirn. Manchmal wurde ihm gesagt, er hätte Ähnlichkeit mit dem jungen Jeff Bridges. Er hatte im Internet nachgesehen und fand den Vergleich zuerst lächerlich, dann aber gar nicht so abwegig. Nun ja, mit viel Wohlwollen könnte er vielleicht als drittklassiges Double in der deutschen Provinz auftreten, zumal seine Augen nicht diesen Hey-ich-kann-es-einfach-Blick hatten. Diese US-amerikanische Zufriedenheit. Und einmal davon abgesehen, was hätte er Cassidy schon zu bieten? Einer Frau, die mit Sicherheit andere wirtschaftliche Verhältnisse gewohnt war als Dieters Zweizimmerwohnung und den Job als Autoverkäufer.

Da war er also angekommen in der Mitte seines vierten Lebensjahrzehnts. Autoverkäufer mit kleiner Mietwohnung. Dabei hatte es doch alles anders kommen sollen in seinem Leben. Was war aus seinen großen Plänen geworden? Nach der Schule hatte er sich ganz bewusst gegen ein Studium entschieden. Er wollte doch Kaufmann werden genau wie Herr Fricke. Zumindest wie der Herr Fricke in seinen besten Jahren. Eine Lehre zum Einzelhandelskaufmann war da nur logisch gewesen. Während die meisten seiner Schulkameraden ihr Leben an den Universitäten genossen oder sich eine Auszeit nahmen, um »sich zu finden«, und die Welt bereisten, drückte er wieder die Schulbank. Belächelt wurde er von einigen, aber das machte ihm nichts. Er hatte ja einen Plan, und darauf kam es schließlich an im Leben. Er blieb zu Hause wohnen. Der Vater trank immer häufiger schon vor der Arbeit sein erstes Bier, die Mutter ertrug auch das schweigend. Nach der Lehre arbeitete er in verschiedenen Einzelhandelsgeschäften – Lebensmittel, Elektronik, Drogerie –, bis er schließlich seine Bestimmung fand: Herrenbekleidung. Wilkens Mode, geführt von dem kleinen, untersetzten Gerhard Wilkens, der ununterbrochen redete und sich dabei die Hände rieb, als würde er immer und überall ein Geschäft wittern, was im Grunde genommen auch so war, weckte seine bis heute anhaltende Begeisterung für einen gut sitzenden Anzug mit farblich abgestimmter Krawatte und glänzenden Lederschuhen. Nach dem ersten Tag bei Wilkens Mode beschloss er, nie wieder in etwas anderem als einem mindestens passablen Anzug auf die Straße zu gehen. Ein Entschluss, den er bis zum heutigen Tag wohl höchstens ein halbes Dutzend Mal missachtet hatte. Nach einem Jahr in Wilkes Geschäft war er sich sicher, dass er genauso erfolgreich sein konnte – wenn nicht sogar erfolgreicher –, hatte er doch den umtriebigen Geschäftsführer penibel beobachtet. Und so eröffnete er mit großer Euphorie sein erstes eigenes Einzelhandelsgeschäft: Modehaus Wellenbrink. Die Lage der Geschäftsräume war nicht gerade gut, aber sein Budget hatte ihm keine Wahl gelassen. Er würde sich einfach die Straßen entlang arbeiten, bis er in einer Toplage angekommen war, so hatte er sich gesagt. Alle paar Jahre eine Neueröffnung, größer, schicker, teurer, oder warum nicht hier und da eine Filiale? Seine Vorstellungskraft, angetrieben von dem Hochgefühl eines neuen Lebensabschnitts, kannte keine Grenzen. Sein gesamtes Geld und noch einen nicht unbeträchtlichen Betrag von der Bank steckte er in den Laden – Miete für ein Jahr im Voraus, Inneneinrichtung, Lieferantenverträge, erste Kollektion und so weiter und so fort. Er wohnte weiterhin in der kleinen Wohnung, die er drei Jahre zuvor bezogen hatte, nachdem er endlich bei seinen Eltern ausgezogen war.

Das Geschäft lief von Anfang an nicht besonders gut. Startschwierigkeiten, ganz normal, hatte er sich gesagt. Das erste Jahr ist nun mal schwer. Leider wurde das zweite Jahr nicht viel besser und auch nicht das dritte. Aber er kam über die Runden und das wichtigste: Er war zufrieden. Mit Marion hatte er seine erste richtige Freundin gefunden. Keine Schönheit, aber liebevoll. Sie zog zu ihm in die kleine Wohnung, es war schön, alles in allem. Die Geschäfte allerdings, die liefen immer schlechter. Dieter schob es auf das Internet, wie alle Einzelhändler. Aber die Wahrheit, die er sich zu spät eingestand, war, dass er die eine essentielle Fähigkeit, die Gerhard Wilkens meisterhaft verkörperte, nicht besaß: so lange zu palavern, bis der Kunde etwas kaufte. Dieter war einfach zu lieb. Investierte viel Zeit in Beratung von Kunden, an deren Ende ebenjener sich durchaus gut beraten fühlte, aber nicht das Bedürfnis verspürte, im Modehaus Wellenbrink zu kaufen. Eine Krawatte hier, ein Einstecktuch da vielleicht. Peanuts, die den Schuldenberg, den Dieter mittlerweile angehäuft hatte, nur unwesentlich ankratzten. Letztendlich musste er das Geschäft schließen. Insolvenz. Das Ende des Modehauses Wellenbrink war auch gleichzeitig das Ende seiner Beziehung zu Marion, die die finanziell schweren und materiell entbehrungsreichen Jahre an Dieters Seite bewundernswert stillschweigend ertragen hatte, dann aber verständlicherweise keine große Lust verspürte, auch noch mit ihm in die Insolvenz zu gehen. Alles, was ihm von seinem Geschäft, auf das er einst so stolz gewesen war, blieb, war ein halbes Dutzend wertvoller Anzüge, die er seitdem akribisch pflegte, um auch weiterhin stets gut gekleidet auf die Straße gehen zu können.

Sein Vater, der alte Griesgram, war ein Jahr zuvor gestorben und seiner Mutter ging es gesundheitlich schlechter. Sie hatte all die Jahre an der Seite seines Vaters gestanden – schweigend, treu, duldsam –, nach seinem Tod hatte sie offenbar keinen Grund mehr zu leben und verfiel in zunehmendem Tempo. Er zog zurück in die elterliche Wohnung, die sich so gut wie nicht verändert hatte. Immer noch die schrecklichen Mustertapeten in Küche und Wohnzimmer, die alten, durchgesessenen Möbel, der Mief ungelüfteter Zimmer. Der Arzt erklärte ihm, dass sie eine rasch voranschreitende Diabetes habe, dazu Herzprobleme. Er kümmerte sich um sie, so gut er konnte. Sie beklagte sich auch weiterhin nie, das machte es ihm einfacher. Aber als er das erste Mal ihre nasse Bettwäsche wechseln musste, spürte er, was auf ihn zukommen würde. Sie das erste Mal zu waschen, kostete ihn viel Überwindung, das erste Mal ihre Windeln zu wechseln, war kaum zu ertragen. Aber er tat es. Der Mensch gewöhnt sich schließlich an alles, oder? Dadurch wurde ihm bewusst, wie ähnlich er im Prinzip seiner Mutter war, auch er beklagte sich nie, oder viel zu selten. Außerdem, in ein Pflegeheim wollte er sie nicht geben, mal abgesehen von den Kosten fühlte er sich ihr moralisch verpflichtet. Er bekam die Arbeit im Autohaus, vermittelt über irgendwelche alten Kontakte der Familie. Zusammen mit der kleinen Betriebsrente seines Vaters reichte das Geld, um die Miete zu bezahlen und alles andere. An eine neue Beziehung war unter diesen Umständen nicht zu denken, er lebte zwischen Arbeit und Pflege seiner Mutter. Sie starb, so wie sie gelebt hatte – still und unauffällig, der Mund geschlossen, nicht friedlich, aber auch ohne Anspannung, irgendetwas dazwischen. Dieter löste die Wohnung auf, der gesamte Krempel landete auf dem Sperrmüll. Er behielt nur ein paar Fotos, den Schmuck seiner Mutter, das eine oder andere, mit positiven Erinnerungen besetzte Andenken – zugegebenermaßen war die Anzahl überschaubar. Dann mietete er die kleine Wohnung in Nord-Neukölln. Den Job behielt er, auch wenn er alles andere als eine Erfüllung war und er kein guter Autoverkäufer. Er hatte es nie ernsthaft bereut, für seine Mutter dagewesen zu sein, das nicht, aber unterbewusst fühlt er sich doch um Jahre seines Lebens betrogen. Jahre, in denen er es vielleicht noch einmal hätte versuchen können mit einem eigenen Geschäft, kleiner dieses Mal, bescheidener, mit gänzlich verschiedener Strategie. Jahre, in denen er sich hätte beweisen können, dass er mehr war als der Verlierer mit dem Job als Autoverkäufer. Und schließlich Jahre, in denen er keinerlei weitere Erfahrungen mit dem weiblichen Geschlecht gemacht hatte. So war seine Liste der intimen Erfahrungen sehr übersichtlich.

Dieser Gedanke brachte ihn zurück zu Cassidy. Auch auf diesem Gebiet hatte er ihr also wenig zu bieten. Nein, sagte er sich, rieb sich mit den Händen über das Gesicht und warf dann einen letzten prüfenden Blick in den Spiegel, diese Sache sollte er sich am besten sofort aus dem Kopf schlagen. Und überhaupt, wahrscheinlich hatte sie ganz andere Motive. Ihn bezirzen und dazu bringen, seinen Anteil mit ihr zu teilen zum Beispiel. Schließlich war sie eine ehemalige Stripperin, die sich von gutbetuchten Männern hatte aushalten lassen, nicht wahr? Bei diesem Gedanken krampfte sich sein Magen zusammen und er fühlte sich elend, als hätte er einen guten Freund verraten.

Dieter schüttelte den Kopf, darum konnte er sich jetzt nicht kümmern. Er hatte einen Auftrag und den würde er erfüllen. Er versuchte, einen grimmigen Gesichtsausdruck aufzusetzen, wendete aber rasch den Blick vom Spiegel ab, als er das fast schon lächerliche Ergebnis sah. Dann entnahm er der Nachttischschublade Schlüsselbund und Brieftasche, atmete tief durch und machte sich auf den Weg.

»Ist das dein Ernst? Ein Skoda Fabia?« Jablonski stand am Fenster des Arbeitszimmers in Stefan Winterfelds Villa und schaute kopfschüttelnd auf die Straße.

»Was hast du gegen das Auto?«, fragte Dieter.

Jablonski schloss den Vorhang und drehte sich um. »Konntest du nicht ein größeres Auto organisieren?«

»Auf die Schnelle war nur der verfügbar. Jetzt hör mal auf zu meckern.« Dieter macht eine wegwerfende Handbewegung und ging in die Küche. Cassidy stand gegen den Herd gelehnt und rauchte. Sie lächelte ihm zu.

»Ich wusste, du schaffst das.«

Dieter strich sich nervös durch das braune Haar, wodurch die leichten Geheimratsecken sichtbar wurden. »Ja, äh, danke.« Er starrte auf den Boden und eilte an ihr vorbei.

»Alles okay?«, hörte er sie hinter sich fragen.

»Sicher«, murmelte er, bevor er den Raum verließ.

»Was hat er denn?«, fragte Cassidy, als Jablonski in die Küche kam und sich am Hahn Wasser eingoss.

»Keine Ahnung. Dieter halt.«

»Wenn du meinst.« Sie rauchte stirnrunzelnd weiter und schaute zur Tür, durch die Dieter die Küche verlassen hatte.

»Wie auch immer«, sagte Jablonski. »Wir sollten dann mal starten.« Er stellte das Glas neben den Herd. »In zwei Stunden wissen wir, was dein Freund in seinem geheimen Raum gelagert hat.«

»Ex«, sagte Cassidy mit unbewegter Miene.

»Dann eben Ex. Bis dass der Tod uns scheidet, was?«

»Sehr witzig.«

»Sollte es gar nicht sein.« Er schnalzte mit der Zunge, dann rief er: »Dieter, Silke! Kommt mal runter!«

»Ach so«, sagte Cassidy. Sie bückte sich und zog an einem Plastikbügel eine blaue Kühltruhe aus einem Schrank. »Die habe ich noch gefunden.«

»Oh nett, machen wir ein Picknick?«, fragte Jablonski grinsend.

»Für die Hände natürlich«, antwortete sie. »Im Gefrierfach müssten Kühlakkus sein.«

Dieter betrat die Küche, er vermied es, ihr in die Augen zu sehen. Er stand am Tisch und klopfte mit der Schuhspitze auf das blanke Parkett, feiner Schweiß stand ihm auf der Stirn. »Sollen wir?«, fragte er leise.

»Lasst uns noch mal an den Tisch setzen und alles durchsprechen«, sagte Jablonski. »Da ist auch Silke.«

Sie nahmen wieder einmal um den Tisch Platz. Dieter starrte seine Hände an, die er flach vor sich auf die Tischplatte gelegt hatte. Silke kaute auf ihrer Unterlippe. Cassidy steckte sich eine weitere Zigarette an und versuchte Dieter mit der Kraft ihrer Gedanken dazu zu bringen, sie anzusehen. Was war denn nur in ihn gefahren, überlegte sie. Warum verhielt er sich so seltsam? Schließlich sagte sie sich, dass es sicherlich die Nervosität war, weil er sich gleich mit diesem Horst in das nach dessen Meinung viel zu kleine Auto setzen musste, im Kofferraum eine Kühlbox mit zwei Händen in Gefrierbeuteln. Aber ganz ehrlich, was musste dieser Horst auch immer maulen? Dieter tat ihr Leid und das war schon wieder eine Empfindung, die sie im Hinblick auf Männer bisher nie gehabt hatte. War das nicht total verrückt? Sie lächelte unwillkürlich, hätte sie doch nie gedacht, dass ein Typ wie Dieter – hey, allein schon der Name! – sie gefühlsmäßig auf eine ganz neue Reise schicken würde. Aber das tat er und es fühlte sich gut an. Aber vielleicht hatte sie ihn mit ihrer etwas stürmischen Art auch überfordert. *Anyway*, sagte sie sich. Jetzt muss das hier erst mal über die

Bühne gehen und dann wäre sie sowieso weg. Ab ins schöne Griechenland, oder wer weiß, vielleicht ja noch weiter. Sollte sie sich unter diesen Umständen mit solchen Gedanken belasten? Bleib cool, Cassidy. Das war noch stets die beste Strategie, oder?

»Also«, unterbrach Jablonski ihre Gedanken. »Jetzt wird es ernst.« Er verschränkte die Hände und legte seine kräftigen Unterarme auf die Tischplatte. Die Ärmel des Hemds hatte er hochgekrempelt, so dass die graue Behaarung zu sehen war. »Ich und Dieter fahren gleich zu Winterfelds Firma und versuchen unser Glück.«

»Der Esel immer zum Schluss.« Cassidy warf ihm durch den aufsteigenden Zigarettenrauch einen spöttischen Blick zu.

»Witzig, Cassidy, wirklich. Wie auch immer, aus dem, was mir unsere verehrte Gastgeberin beschrieben hat, kann ich mir jetzt zusammenreimen, wo dieser angeblich geheime Raum sich befinden muss. Der Rest wird ein Kinderspiel. Überlegt euch schon mal, was ihr dann macht.« Jablonski schaute noch einmal in die Runde, dann erhob er sich und ging mit der Kühlbox nach unten. »In fünf Minuten am Auto, Dieter«, rief er aus dem Flur.

Dieter stand seufzend auf. »Na dann«, sagte er kläglich. »Bringen wir es hinter uns.«

Silke nickte ihm aufmunternd lächelnd zu. »Wir stellen schon mal den Champagner kalt. Heute Abend beginnt ein neues Leben.«

Dieter brummte unverständlich und schlurfte aus der Küche. Im Flur spürte er eine Hand auf seiner Schulter. Cassidy war ihm hinterhergegangen, strich langsam seinen Arm entlang und ließ die Hand kurz vor seinem Handgelenk mit wunderbar leichtem Druck auf seinem Arm liegen. Wenn Dieter ihren Blick beschreiben müsste, wäre ihm spontan das Wort »Einladung« eingefallen. Sie war offen, bereit, zugewandt.

Cassidy sagte nichts, sah ihn nur mit diesen glänzenden, tiefblauen Augen an.

»Ich, äh«, sagte Dieter schließlich und ärgerte sich, dass seine Stimme so brüchig klang. »Ich weiß nicht, was ich ...«

Sie bewegte ihren Kopf langsam von links nach rechts. »Du musst nichts sagen. Ich wollte dir nur viel Glück wünschen. Und, na ja, wir können ja hinterher mal ... also ... reden?«

Dieter merkte, wie sich ein riesiger Kloß in seinem Hals bildete. Er schluckte schwer und versuchte ein Lächeln: »Klar, das wäre, also das wäre schön.«

Mit einem strahlenden Lächeln auf den Lippen zog sie ihn sanft zu sich und gab ihm einen scheuen Kuss. »Und jetzt rock die Party.« Sie zwinkerte ihm zu.

Sie fuhren über die Stadtautobahn in Richtung Osten. Dieter griff das Lenkrad so fest, dass sich die Fingerknöchel weiß färbten, der Blick lag starr auf der Straße vor ihm.

Jablonski hatte seit ihrem Aufbruch wenig gesagt. Er hatte sich im Wesentlichen noch einmal über das Auto beschwert, das Dieter besorgt hatte. Zu eng, zu laut, zu langsam. Danach war er in ein grüblerisches Schweigen verfallen. Die Kühlbox, in der die linke und die rechte Hand von Stefan Winterfeld lagen und auf ihren Einsatz warteten, stand auf der Rückbank. Unnötigerweise, wie Jablonski fand, hatte Dieter noch eine Decke darüber gebreitet. Zugegeben, es war beklemmend, durch die Stadt zu fahren mit dem Wissen, dass hinter einem eine Kühlbox mit gekühlten Körperteilen stand. Selbst Jablonski konnte sich dem nicht gänzlich entziehen und knipste nervös mit den Fingernägeln. Und es war ja nicht nur die Autofahrt dahin. Was würde sie vor Ort erwarten? Was sollten sie tun, wenn sie dabei beobachtet wurden, wie sie mit der Hand von Winterfeld versuchten, einen Sensor zu bedienen?

Um sich abzulenken, fragte er Dieter etwas, das ihm seit dem Morgen durch den Kopf ging. »Sag mal, was läuft denn da mit dir und dieser Cassidy?«

Dieter versteifte sich. »Wieso, was soll da laufen? Nichts.«

Jablonski sah ihn an, zog eine Augenbraue hoch. »Danach sieht mir das aber nicht aus.«

»Ist aber so.«

»Hör mal.« Jablonski dreht sich so weit zum ihm, wie der enge Sicherheitsgurt es zuließ. Er ruckelte daran. »Scheißding«, fluchte er leise. »Klar, sie ist hübsch, sexy und das alles. Nicht auf den Kopf gefallen, muss man schon zugeben. Aber, Dieter, hey, sie ist nicht unsere Freundin, klar?« Er wartete auf eine Reaktion von Dieter und als dieser sich ungerührt zeigte, setzte er fort: »Silke, du und ich. Wir sind das Team. Richtig? Die Cassidy, die hat nichts mit uns zu tun. Okay, wir sind so was wie Komplizen auf Zeit, aber wenn das Ding hier durch ist, trennen sich unsere Wege wieder. Und das ist auch gut so. Mein Gott, Dieter, denkst du denn, dass sich so eine mit Typen wie uns abgibt. Die ist doch ganz anders drauf. Nee, das passt nicht.« Jablonski schürzte die Lippen und schüttelte den Kopf.

»Ach, und was macht dich da so sicher?«, fragte Dieter und Jablonski entging nicht der leicht gereizte Unterton.

»Mensch, ist doch gar nicht böse gemeint. Ich will nur nicht, dass du dich da in etwas reinsteigerst oder so. Solche Frauen, ja, die bringen nichts als Ärger.«

Dieter stieß Luft durch die Nase. »Das sagt der Frauenkenner Horst Jablonski. Hat ja bei dir auch alles so wunderbar funktioniert.«

»Was soll denn das jetzt?«

»Deine Ehe mit Stefanie war zumindest nicht so erfolgreich.«

»Susanne. Sie heißt immer noch Susanne, verdammt.« Jablonski schrie jetzt fast, aber Dieter zeigte sich ungerührt.

»Dann eben Susanne. Das Ergebnis bleibt dasselbe. Und ausgerechnet du willst mir etwas über Frauen erzählen.«

»So war das doch gar nicht gemeint, aber dir fehlt da einfach die Erfahrung.«

Dieters Hände kribbelten und in seiner Brust wurde es glühend heiß. »Halt doch einfach mal die Klappe, Horst. Warum spielst du dich eigentlich immer so auf?«

Jablonski hob beschwichtigend die Hände. »Jetzt beruhige dich mal, Dieter. Du bist doch sonst nicht so ...«

»Wie bin ich denn sonst? Oder vielmehr, wie hättest du mich denn gern? Und alle anderen natürlich. Die große Horst-

Jablonski-Show, wie immer.« Er schlug auf das Lenkrad und hätte dabei fast die Lenkung verzogen.

»Pass doch auf!«, rief Jablonski. Danach schwiegen beide. Nur der Motor und das Rollen der Reifen auf dem Asphalt war zu hören. Die Sonne stand gleißend hell am Himmel. Immerhin hat der Wagen eine Klimaanlage, dachte Jablonski. Graue Gebäude zogen an ihnen vorbei, Staub wehte durch die Luft. Es war nicht viel los auf der Autobahn. Ferienzeit. Und die Wochenendausflügler waren schon vor einigen Stunden ins Grüne aufgebrochen und würden erst am späten Abend wieder die Straßen verstopfen.

»Tut mir leid«, sagte Jablonski schließlich leise. »Alles, was ich sagen wollte, war, dass sie halt eigene Ziele verfolgt. Ich finde sie ehrlich gesagt etwas seltsam. Ich meine, ihr Freund liegt da tot im Schreibtischstuhl und sie bleibt so cool. Kommt dann gleich mit so einem Plan. Ich meine, das ist schon seltsam, oder?«

»Zugegeben«, sagte Dieter achselzuckend. »Aber wir wissen doch gar nicht, was sie vorher alles durchgemacht hat. Schau mal, sie hätte uns ja auch ganz einfach bei der Polizei melden können. Hat sie aber nicht.«

»Weil sie uns braucht«, entgegnete Jablonski mit erhobenem Zeigefinger.

»Na und? Wir brauchen sie ja auch. Ist doch also alles in Butter.«

Jablonski tätschelte seine Hand. »Wie auch immer. Pass einfach auf, okay? Da vorne abfahren.«

Sie fuhren durch den vor einigen Jahren gebauten Technologiepark am Rand der Autobahn. Die Straßen waren reißbrettartig angelegt, auf den quadratischen Grundstücken dominierten weiße Gebäude mit großzügigen Glasfassaden, davor Metallschilder mit Namen von Unternehmen. Keine Menschenseele war auf den Bürgersteigen zu sehen, hier und da parkte ein Auto.

»Wie eine Geisterstadt«, sagte Dieter, der die Augen gegen die grelle Sonne zusammenkniff.

»Sonntag und gutes Wetter eben. Da hinten das Haus mit der geschwungenen Fassade ist es. Fahr erst mal dran vorbei.«

Dieter lenkte den Wagen die Straße hinunter, Jablonski beugte sich zum Beifahrerfenster und linste hinaus. »Scheint nichts los zu sein. Da vorne links, wir machen noch einmal die Runde. Dieses Mal aber langsamer.«

»Ja, der Herr. Gibt es hier eigentlich Kameras?«

Jablonski zuckte mit den Schultern. »Glaube nicht. Ist ja vom Gesetz her nicht so einfach, denke ich. Aber ich weiß, dass hier ein Sicherheitsdienst regelmäßig langfährt.«

»Ein Sicherheitsdienst? Na toll. Wenn der den Wagen sieht.«

»Wir parken hinter dem Gebäude. Das fällt kaum auf.«

»Hoffentlich«, sagte Dieter leise. Er spürte, wie ihm trotz der Klimaanlage, die auf Hochtouren lief, der Schweiß den Nacken herunterrann, auch seine Achselhöhlen waren schweißnass. Wie er das hasste. Fast freute er sich, endlich aus dem Auto herauszukommen.

»Was genau macht eigentlich diese Winterfeld Digital Services?«, fragte er, während er das Auto um die Kurve steuerte.

»Keine Ahnung, irgendwas mit Börse, glaube ich.«

»Komischer Name dafür.«

Jablonski schnaufte nur zustimmend. »Ich glaube, die Luft ist rein. Fahr hier rauf. Hinter dem Gebäude sind noch Parkplätze, die von der Straße kaum zu sehen sind.«

Dieter atmete tief durch, dann fuhr er den weißen Skoda Fabia in die Einfahrt und weiter nach hinten. Die Parkplätze lagen im Schatten, immerhin. Er schaltete den Motor aus, schloss die Augen und rieb sich die Schläfen. Jablonski gab ihm einen freundschaftlichen Klaps auf die Schulter. »Bis hierhin war es doch ein Kinderspiel.«

»Und wie kommen wir jetzt rein?« Dieter hatte die Augen wieder geöffnet und nickte in Richtung der gläsernen Hintertür.

»Du hast wohl vergessen, dass ich hier arbeite.«

»Eigentlich nicht.«

»Alright, dann mal los.« Jablonski stieg aus dem Auto, öffnete die Hintertür und zog die Kühlbox heraus. Ein rappelndes Geräusch war zu hören und Dieter versuchte, sich einzureden, dass es die Kühlakkus waren, die da im Inneren herumkugelten. Nicht zwei verdammte Hände! Jablonski winkte ihn durch die Windschutzscheibe heran. »Kommst du?«, rief er.

Dieter ließ das Fenster herunter. »Ich soll mit rein?«

»Was denn sonst?« Die Kühlbox baumelte an Jablonskis rechter Hand.

»Na ja, ich dachte, dass ich hier, ähm, Schmiere stehe?«

»Jetzt beweg endlich deinen Hintern da raus. Vier Augen sehen schließlich mehr als zwei.«

Dieters Hände verkrampften sich kurz um das Lenkrad, dann öffnete er die Autotür und stieg aus. »Na schön, aber keine Abenteuer. Wir gehen rein, nehmen das Geld und sind weg.«

»Was denn sonst? Sehe ich aus, wie ein Mann, der ein Abenteuer sucht«, sagte Jablonski lachend und hielt die Kühlbox am langen Arm in die Luft.

»Lass das«, zischte Dieter. »Öffne lieber die Tür.«

Cassidy sah dem Skoda nach, bis er am Ende der Straße links abbog. Wie gern wäre sie jetzt in einem leichten Sommerkleid hinausgegangen, hätte die Sonnenstrahlen auf ihrer Haut gespürt, diesen typischen Geruch eines Berliner Hochsommertages eingesogen, eine Mischung aus in der Sonne trocknender Wäsche und würzigen Autoabgasen. Aber sie sollte besser im Haus bleiben, die Kontrolle behalten, warten, bis Dieter und Horst zurückkamen. In Griechenland würde sie noch genug Sonne abbekommen, dachte sie und lächelte sehnsüchtig.

Cassidy wandte sich vom Fenster ab und ihr Blick fiel auf den Ledersessel am Schreibtisch, auf dem gestern Abend Stefan gesessen hatte. Fast meinte sie noch die Abdrücke im Leder zu sehen, aber das war natürlich nicht möglich. Sie strich über die angenehm kühle Oberfläche. Armer Stefan, dachte sie, du warst zwar letztlich ein Arsch, aber so musste es ja auch nicht enden.

»Fehlt er dir?«, hörte sie hinter sich Silkes Stimme. Ohne sich umzudrehen, sagte Cassidy: »Nein, also doch, nein, na ja, irgendwie. Ach, ich weiß nicht.«

Sie hörte Silkes Schritte auf dem Parkett, dann spürte sie eine Hand auf ihrer Schulter. »Keine Ahnung, was da zwischen euch war, aber muss schon krass sein für dich. Ich meine, ihr habt immerhin zusammen gelebt. Hier. Und jetzt, na ja, liegt er da unten und ...«

Cassidy nickte. »Ja. Es ist seltsam, aber ich versuche, das nicht so an mich ranzulassen.« Sie drehte sich um und sah Silke in die Augen. »Im Gegenteil, ich sehe das als große Chance. So, als wären meine Gebete erhört worden. Das Universum meint es gut mit mir.« Sie verzog das Gesicht. »Klinge ich arg wie eine ätzende Bitch?«

Silke unterdrückte ein Lachen. »Dieses Wort hätte ich jetzt nicht von dir erwartet. Aber nein, ich finde nicht. Ich kann dich schon verstehen.« Sie setzte sich auf die Schreibtischkante. »Wie habt ihr euch eigentlich kennengelernt?«

Cassidy sah kurz an die Decke, dann auf ihre Hände. Sie strich sich eine Haarsträhne hinter das Ohr. »Er war mit ein paar anderen Männern in dem Laden, in dem ich damals gearbeitet habe. Vor allem hinterm Tresen, hab zu der Zeit nicht mehr so viel getanzt.« Sie warf Silke einen schnellen Blick zu. »Das war übrigens ein guter Laden, edel, keiner dieser üblen Ostblockschuppen. Der Besitzer, Henno, immer korrekt, freundlich, hat auf uns aufgepasst. Gutes Publikum, na ja, kein Wunder, bei den Preisen.«

»Schon okay, Cassidy.« Silke machte eine unbestimmte Handgeste. »Du hast ja immerhin die Figur und das Aussehen für sowas.« Sie lächelte unsicher.

»Kann schon sein. Das heißt aber nicht, dass dadurch automatisch alles einfacher ist.«

»Denke ich schon.« Silke verschränkte die Arme vor der Brust.

Cassidy schwieg kurz, ging dann zu Silke und legte ihr eine Hand auf den Arm. »Weißt du, Schönheit ist ja immer das, was der andere in dir sieht. Und letztlich muss es von dir kommen, aus dir heraus. Und das kannst du auch.« Silke stieß einen Schwall Luft aus. »Doch«, beharrte Cassidy. »Man muss sich selbst lieben, das wirkt dann auch auf die anderen.«

Silke zog die Mundwinkel nach unten. »Kalendersprüche.«

»Aber auch an denen ist mal was dran. Wirklich, Silke, du machst es dir selbst viel zu schwer. Schau doch mal, was du in den letzten zwei Tagen geschafft hast. Ich meine, du bist mit Horst und Dieter hier eingebrochen. Wer kann das schon von sich sagen?«

»Na ja.«

»Eben. Und du wirst sehen, das war erst der Anfang. Wenn wir das Geld haben, fängst du auch neu an. Vergiss die ätzenden Typen, diese Idioten, die dir sagen wollen, wer du bist oder wie du zu sein hast. Die können dich mal, oder? Du bist eine starke, intelligente und wie ich finde gleichzeitig sanfte Frau.«

»Ich weiß nicht«, sagte Silke mit herunterhängenden Schultern. Nach kurzem Zögern fügte sie hinzu: »Aber vielleicht hast du Recht.«

Cassidy drückte freundschaftlich Silkes Arm. »Auf jeden Fall.« Dann klatschte sie in die Hände »Weißt du was, wir machen es uns jetzt hier richtig gemütlich. Champagner?«

»Das klingt gut«, sagte Silke.

»Geh doch schon mal ins Wohnzimmer. Da durch die Tür. Ich hol nur schnell die Flasche und Gläser.«

Das Wohnzimmer war lichtdurchflutet, Staubteilchen tanzten in den Sonnenstrahlen. Eine riesige, gemütlich aussehende Sitzgruppe inklusive obszön großem Flachbildfernseher auf der einen Seite, schneeweiße Regale an den Wänden und, mein Gott, ein schwarzer glänzender Konzertflügel in der Ecke, dahinter die fast deckenhohen Fenster mit unzähligen Fensterkreuzen. Die Fensterputzer waren nicht zu beneiden. Silke nahm auf einem Sofa Platz, versank fast in dem weichen Stoff und hatte nichts dagegen, nie wieder aufzustehen, so wohl fühlte sie sich. Kein Vergleich zu ihrer Couch aus zweiter Hand, die bei feuchtem Wetter immer ein wenig nach Hund roch.

»Und hier kommt der Schampus«, trällerte Cassidy. Sie hielt zwei schlanke Gläser in der einen Hand und eine geöffnete Flasche in der anderen. An dem kalten Glas bildeten sich Wassertropfen. Sie goss ein, weißer Schaum rannte die Wände der Gläser empor, feine Champagnerperlen schossen darüber in die Luft.

Silke nahm einen Schluck und seufzte wohlig. »Lecker. Ich habe noch nie Champagner getrunken.«

»Noch nie?«

»Nö, aber ich könnte mich daran gewöhnen.« Sie kicherte. »Aber sollten wir nicht damit warten, bis Horst und Dieter zurück sind?«

»Ach was«, sagte Cassidy und wedelte mit der Hand. »Ist genug da. Und warum sollen wir uns die Wartezeit nicht etwas schön machen, oder?«

»Da hast du auch wieder Recht.«

»Meine ich doch.« Cassidy schenkte nach. Sie tranken schweigend, Silke ließ ihren Blick durch den Raum schweifen. »Spielst du?«, fragte sie und deutete auf den Flügel.

»Ach der. Nein. Stefan auch nicht. Hat das Ding gekauft, um anzugeben, denke ich. Ebenso wie die vielen Bücher da. Ich kann mich nicht daran erinnern, ihn jemals ein Buch lesen zu sehen. Wahrscheinlich wusste er gar nicht, wie man das macht, so ohne mit dem Daumen zu wischen.«

»Männer«, sagte Silke achselzuckend.

»Apropos«, sagte Cassidy und lehnte sich zurück. »Dieser Horst. Wie gut kennst du ihn eigentlich?«

»Wieso?«, fragte Silke stirnrunzelnd.

»Ich weiß nicht, ich finde ihn etwas seltsam. Sicher, er war uns eine große Hilfe. Ist ja auch nicht gerade zimperlich«, sie machte mit ihrer freien Hand eine hackende Geste, »aber irgendwie finde ich ihn, nun, unberechenbar.«

Silke stellte ihr Glas auf dem Couchtisch ab und schüttelte den Kopf: »Nee, Horst ist okay, wirklich. Klar, manchmal kommt er etwas … grob rüber, aber im Grunde seines Herzens ist er ein lieber Mensch. Tja, dem hat das Leben auch nicht immer gut mitgespielt.«

»Verstehe. Na, ich hoffe, du hast Recht. Wäre ja echt blöd, wenn er auf den letzten Metern irgendeinen Blödsinn macht.«

»Was ich dich mal fragen wollte, Cassidy. Warum hast du nicht einfach den Tod deines ... also von Stefan gemeldet? Du hättest doch sicher eine schöne Erbschaft bekommen.«

Cassidys Blick verfinsterte sich, sie trank den Rest in ihrem Glas in einem großen Schluck aus. »Leider nicht. Weißt du, Stefan war nämlich noch verheiratet. Ja, doch. Keine Ahnung, was er da mit ihr für ein schräges Ding am Laufen hatte, aber das Wort Scheidung durfte in seiner Gegenwart nicht mal gedacht werden. Nein, auf dem Weg wäre nichts zu holen gewesen. Das ist übrigens auch ein Grund, warum ich mich nicht in den Firmenräumen blicken lassen darf. Offiziell existiere ich gar nicht. Was natürlich Quatsch ist, denn immerhin steht ein Bronzeguss von mir für alle sichtbar in seinem Büro und der eine oder andere *work buddy* war auch schon bei uns. Aber da war er immer sehr deutlich, er würde sich nie von Maja scheiden lassen. Tja.« Sie zuckte mit den Achseln.

»Männer«, sagte Silke wieder und schmunzelte.

Cassidy sah sie an, strich sich das blonde Haar hinter die Ohren und sagte pathetisch: »Darauf trinken wir, meine Liebe.«

Die Glastür zu den Firmenräumen der Winterfeld Digital Services öffnete sich. Jablonski und Dieter traten in den langen Flur, der fast dämmrig war, da die geschlossenen Türen der Büroräume nur durch die bullaugenartigen Fenster etwas Tageslicht einließen.

Jablonski blieb nach zwei Metern stehen und lauschte angestrengt. Außer der Lüftung, die leise irgendwo über ihnen blies, war nichts zu hören.

»Scheint niemand da zu sein. Kaum ist die Katze aus dem Haus, was?«

»Katze?«, fragte Dieter und streckte die Hand nach einem Lichtschalter an der Wand aus.

»Nicht einschalten«, zischte Jablonski. »Wir bleiben lieber unter dem Radar, so gut es geht. Los, weiter.«

Sie schlichen den Flur entlang, wobei sie sich an jeder Bürotür mit einem vorsichtigen Blick durch das eingelassene Fenster davon überzeugten, dass der Raum leer war.

»Da hinten ist die Treppe«, flüsterte Jablonski. Er öffnete eine Tür und schob Dieter in das schmale Treppenhaus. »Wir gehen in das Untergeschoss. Da müsste der Raum sein, den wir suchen.«

Ihre Schritte hallten von den glatten Wänden wieder, als sie langsam die Treppe hinabstiegen. Die Notbeleuchtung erhellte das Treppenhaus nur unzureichend, ein Stockwerk tiefer war eine der kleinen Lampen an der Wand ausgefallen.

»Na toll, hätten wir nicht den Fahrstuhl nehmen können?«, wisperte Dieter.

»Jetzt stell dich nicht so an«, maulte Jablonski. In dem Moment entglitt ihm der Griff der Kühlbox und der Kasten fiel mit einem lauten Knall auf die Betonstufen und rutschte die Stufen hinab. Dabei öffnete sich der Deckel und gab den Inhalt frei. Kühlakkus und zwei Gefrierbeutel mit jeweils einer menschlichen Hand darin polterten über die Stufen und schließlich unter dem Geländer hindurch in den Schacht. Mit vor Entsetzen aufgerissenen Augen hörte Dieter das trockene Knallen der Akkus und den dumpfen Aufschlag von menschlichem Gewebe auf Beton.

»Scheiße«, flüsterte Jablonski.

»Große Scheiße«, stotterte Dieter. »Riesengroße Scheiße.«

»Na los, lass uns nachsehen.«

Mit schnellen Schritten arbeiteten sie sich die restlichen zwei Stockwerke nach unten. Keuchend erreichten sie den Fuß der Treppe. Als er die Bescherung sah, wimmerte Dieter: »Nein, oh nein.«

Drei der Kühlakkus waren aufgeplatzt und hatten ihre Flüssigkeit auf dem Boden verteilt, wo sie sich mit Blut und zermantschtem Gewebe zu einem undefinierbaren Brei vermischt hatten. Die Hände waren im Flug aus den Plastikbeuteln gerutscht und lagen mit den Handflächen nach oben – fast als würden sie predigen – in der Suppe.

»Das ist nicht gut«, sagte Jablonski kopfschüttelnd.

Dieter blickte ihn über die Schulter an. »Nicht gut? Das ist ein Fiasko. Warum hast du die Kiste nicht richtig festgehalten?«

»Ach, jetzt bin ich schuld, oder was?« Jablonski verschränkte die Arme vor der Brust. Dieter schnellte herum. Seine Augen waren Schlitze. »Ja, wer denn sonst?«, schrie er, warf die Hände in die Luft, dann bohrte er Jablonski einen Finger in die Brust. »Du, du, du, du. Allein du. Mist!«

»Jetzt reiß dich mal zusammen. Ohne mich würde das ganze Ding doch gar nicht laufen. Wer hatte denn die Idee, den Code für den Safe und das alles, hm?«

»Du hast Recht, ohne dich wäre ich nicht hier. Und das, Horst, wäre allemal besser als das.« Er fuchtelte mit der Hand in der Luft.

»Weißt du was?« Jablonski sah ihn scharf an. »Dann geh halt. Ich schaff das auch allein. Aber glaub ja nicht, dass du dann etwas von der Kohle siehst. Ich bin dein ewiges Gejammer sowieso leid.«

»Und ich dein ständiges Herumkommandieren.«

Sie standen sich mit verschränkten Armen gegenüber und warfen sich böse Blicke zu. Da ertönte das metallische Geräusch einer sich öffnenden Tür von oben. Jablonski reagierte zuerst. »Mist. Schnell, unter die Treppe.« Er zog Dieter am Arm mit und sie duckten sich unter die Treppenstufen. Jablonski legte einen Zeigefinger auf seine Lippen. Dieter nickte schwach, er war kreidebleich im Gesicht und atmete heftig. Sie hörten scharrende Geräusche wie von Schuhen auf Stein. Jablonski rümpfte die Nase: »Zigarettenrauch«, flüsterte er. Jetzt hustete jemand lautstark, kurz darauf landete ein Schleimklumpen von enormer Größe knapp vor Dieter auf dem nackten Beton. Angewidert betrachtete er den Auswurf. Die hockende Position schmerzte in seinen Knien, er verzog das Gesicht, versuchte, sich bequemer hinzusetzen. Jablonski griff nach seinem Arm und schüttelte den Kopf. Nach einem weiteren Hustenanfall, der eine vorangeschrittene Lungenerkrankung vermuten ließ, wurde die Tür wieder geschlossen und es war still im Treppenhaus.

»Puh, das war knapp«, schnaufte Jablonski.

»Was für ein Ekel«, sagte Dieter mit verächtlichem Blick auf den Schleimfleck. Er streckte stöhnend seine Glieder. Jablonski lachte leise.

»Was gibt es denn da zu lachen?«

»Du findest das eklig? Du bist echt eine Nummer. So, jetzt komm, lass uns nicht weiter streiten und das hier durchziehen.«

Dieter blickte mit erhobenem Kinn und geschürzten Lippen hinter Jablonski an die graue Wand.

»Bitte?«, fragte Jablonski.

»Na gut, aber ab jetzt keine Belehrungen mehr, keine Befehle.«

»Ich werde es versuchen.« Jablonski betrachtete wieder die Matschlache mit den zwei Händen.

»Wie kann denn da noch so viel Blut rauskommen?«, fragte Dieter, der sich zwang hinzusehen. Er würde Jablonski schon beweisen, aus welchem Holz er geschnitzt war. Oder zumindest, welches Holz er anzukleben vermochte.

»Blutwurst«, sagte Jablonski leise.

»Blutwurst?«, fragte Dieter mit hochgezogener Augenbraue.

»Die Kälte verhindert die Blutgerinnung. So wie bei der Herstellung des Blutbreis für die Wurst.«

»Na lecker«, sagte Dieter mit angewidertem Blick.

Jablonski klatschte in die Hände und zuckte leicht zusammen, als der Knall durch das Treppenhaus fuhr. »Wie auch immer.«

Er hob die Gefrierbeutel auf, ging auf Zehenspitzen durch die rote Flüssigkeit, die langsam anzutrocknen begann, griff mit spitzen Fingern eine der Hände und ließ sie in den Beutel gleiten.

»Hier, nimm mal.« Er hielt Dieter die Tüte hin. Dieser atmete tief durch, streckte die Hand aus und nahm den Beutel entgegen. Er war unerwartet schwer. Bei dem Gedanken, dass er einen Teil eines menschlichen Körpers hielt, wurde ihm für einen Moment schwindlig. Das einzige Mal, dass er es mit einem toten Körper zu tun gehabt hatte, war die Beerdigung seines Vaters gewesen. Und da auch nur sehr indirekt, denn der Sarg aus glänzendem Holz war geschlossen gewesen. Seine Mutter war im Krankenhaus gestorben und er hatte es vorgezogen, sie vor der Einäscherung nicht noch einmal zu sehen. Er zwang sich, ruhig zu bleiben und legte die Tüte auf eine Treppenstufe.

Jablonski hatte die zweite Hand in den Gefrierbeutel geschoben und legte ihn daneben.

»Jetzt müssen wir die Sauerei wegmachen, bevor hier alles trocken ist. In dem Gang hinter der Tür gibt es einen Putzraum. Ich hol mal alles.«

»Lass doch«, sagte Dieter. »Wir wollten doch das Geld holen.«

»Dieter, diese Treppe wird jeden Tag benutzt. Da hinten ist die Tiefgarage. So ein riesiger, roter Fleck wird Fragen aufwerfen, denkst du nicht?«

»Das kann uns doch egal sein. Wir sind dann doch weg.«

»Vielleicht, aber ich will lieber auf Nummer sicher gehen.«

»Und wenn der hustende Raucher wiederkommt? Oder jemand in die Tiefgarage fährt?«

Jablonski knetete seine Unterlippe. »Okay, aber lass uns wenigstens die Plastikteile einsammeln. Und dann schütte ich einen Eimer Wasser darüber, dann verteilt sich die Suppe wenigstens noch ein bisschen.«

»Gute Idee.«

Jablonski grinste ihn an. »Na siehst du, wir können doch gut zusammenarbeiten.«

Dieter lächelte zurückhaltend. »Anfängerglück.«

Nachdem er zaghaft, stets darum bemüht, die Flüssigkeit mit den undefinierbaren Teilchen nicht mit den Fingern zu berühren, die größeren Kunststoffsplitter eingesammelt hatte, schüttete Jablonski schwungvoll einen Schwall Wasser aus einem Blecheimer über den Fleck. Die undefinierbaren Teilchen wurden mitgerissen.

»Das sollte reichen«, sagte Jablonski. »Ich lege noch die restlichen Kühlakkus in die Box und dann lass uns endlich das machen, wofür wir hergekommen sind.«

Der Gang hinter der massiven Eisentür war ebenfalls nur durch Notlichter beleuchtet. Ein Schild wies nach rechts zur

Tiefgarage. Der Pfeil in die andere Richtung war mit »Versorgungsraum« bezeichnet.

»Wo lang?«, fragte Dieter leise.

»Ich denke, dass wir in den Versorgungsraum müssen.« Jablonski wandte sich nach links, die Gefrierbeutel in seiner Hand tanzten knisternd hin und her. Dieter trug die Gefrierbox.

Ein Gewirr von Rohren führte durch den Versorgungsraum, Lämpchen blinkten, ein kaum wahrnehmbares Brummen setzte sich in der Magengegend fest.

»Da hinten.« Jablonski deutete auf eine dunkle Nische. »Das könnte es sein.«

Am Ende des Raums sah Dieter eine Art Ecke in der Wand, so als würde dort ein Gang abgehen. »Dann los«, sagte er und seine Stimme bebte vor Aufregung. Sie durchquerten den Versorgungsraum. Tatsächlich erstreckte sich hinter der Ecke ein Gang, der nach etwa fünf Metern an einer Tür endete.

»Jetzt bin ich aber mal gespannt.« Jablonski ging mit energischen Schritten voran. Wie er da durch den dämmrigen Gang stampfte, die Beutel mit den abgetrennten Gliedmaßen in der Faust, dachte Dieter spontan an einen psychopathischen Massenmörder. Er verdrängte den Gedanken und folgte Jablonski. Der hatte sich leicht vorgebeugt und musterte etwas an der Wand neben der solide wirkenden Tür.

»Ein Sensorfeld. Ich würde sagen, wir haben ihn gefunden.« Er ballte die freie Hand zur Faust und schwang sie jubelnd nach hinten durch. »Dann wollen wir doch mal sehen.« Über die Schulter fragte er: »Rechts oder links?«

»Der Anteil von Linkshändern liegt um die fünfzehn Prozent«, sagte Dieter. »Also rechts.«

»Gut. Seltsam nur, dass Cassidy nicht sagen konnte, ob ihr Lebensgefährte Links- oder Rechtshänder war.«

Dieter nickte bedächtig. »Das stimmt allerdings.«

»Warum haben wir eigentlich keine Handschuhe mitgenommen? Ich bin es langsam leid, die Dinger immer mit der bloßen Hand anzufassen.« Jablonski zog die rechte Hand aus der Tüte. »Welcher Finger?«

»Nimm den Zeigefinger.«

Jablonski hielt Stefan Winterfelds rechte Hand nach oben. Die Finger klappten nach vorn. »So geht es nicht. Du musst den Finger auf den Sensor drücken.«

»Ich?« Dieter schluckte schwer. Manchmal war es wirklich schwierig, aus einem anderen Holz geschnitzt zu sein.

»Ja du. Ich habe nur eine Hand frei.«

Dieter trat näher heran, streckte langsam seine Hand aus und ergriff pinzettenartig fein mit Zeigefinger und Daumen den schlaff herunterhängenden Finger von Winterfeld. Er fühlte sich unnatürlich kalt an. Dieter spürte, wie er würgen musste, sein Magen verkrampfte sich.

»Mach mir jetzt nicht schlapp«, sagte Jablonski.

Und so standen sie nebeneinander in einem Kellergeschoss eines Bürogebäudes in einem Technologiepark im Berliner Osten und hielten die kalte Hand beziehungsweise den kalten Zeigefinger eines beim Konsumieren illegaler Drogen verstorbenen Geschäftsführers einer dubiosen Firma, in der Hoffnung, so die Tür zu einem geheimnisvollen Raum öffnen zu können, von dem sie sich nicht weniger erhofften, als dass sich darin große Mengen an Bargeld befanden.

Ein kurzes Summen war zu hören, dann ein Klacken und die Tür öffnete sich einen Spalt.

Jablonski, immer noch die schmierige Hand von Stefan Winterfeld hochhaltend, grinste Dieter an.

»Bingo. Gleich beim ersten Versuch.«

Dieter wischte sich seine Finger am Hosenbein ab. »Dann hätte es die andere Hand gar nicht gebraucht.«

»Wann soll denn das jetzt? Kannst du dich nicht einfach mal freuen?« Er blickte leicht angewidert auf seine blutverschmierte Handfläche. »Ich muss mir dringend die Pfoten waschen«, sagte er. »Aber jetzt schauen wir erst einmal, was in der Kammer ist.« Er zog mit der Fußspitze die Tür auf, Dieter lief es eiskalt den Rücken hinab, als er sah, mit welch augenscheinlicher Selbstverständlichkeit Jablonski mittlerweile die abgetrennte Hand hielt und sogar leicht damit schlenkerte. Er folgte ihm zögerlich in den dunklen Raum.

»Mach mal Licht«, sagte Jablonski.

Dieter suchte neben der Tür nach einem Schalter, fand ihn und schaltete die Deckenbeleuchtung ein. Sie standen in einem etwa drei mal drei Meter großen Raum, die Wände aus rohem Beton, Kabelstränge verliefen an der Decke entlang, in die in zentraler Position eine kopfgroße Belüftungsklappe eingelassen war. Es roch nach Staub und kaltem Stein. An der Wand gegenüber der Tür stand ein hüfthoher Geldschrank aus kaltglänzendem Metall, die Füße schienen in den Boden einbetoniert zu sein. An der Front war ein weiteres Sensorfeld zu erkennen.

»Na also. Gleich haben wir es«, sagte Jablonski leise, fast feierlich. »Sind wir nicht die Besten?«

Dieter stand neben ihm und starrte auf den massiven Metallblock. In der Tat, sie hatten es fast geschafft. Da stand der

Geldschrank. Ihr Plan, oder streng genommen Cassidys Plan, hatte funktioniert. Und dennoch, irgendetwas in ihm sträubte sich, die zwei, drei Schritte dahin zu gehen. Ganz so, als hätte der Tresor ein Eigenleben und würde ihn argwöhnisch beobachten. Fast erwartete Dieter, dass sich die eisernen Füße vom Boden lösten und der Schrank sich auf ihn stürzte. Er bemerkte, wie seine rechte Hand leicht zu zittern begann.

»Dann wollen wir mal sehen, was das Schätzchen uns zu bieten hat«, hörte er Jablonski neben sich mit kaum verhohlener Gier sagen.

»Bitte, nach dir.« Dieter machte eine einladende Bewegung mit der Hand.

»Vielen Dank, der Herr«, trällerte Jablonski. Er stellte sich vor das Sensorfeld und presste den Zeigefinger von Winterfelds rechter Hand dagegen.

Nichts geschah.

»Ach was?«, entfuhr es Jablonski.

»Versuch es noch mal.«

Jablonski zog den Zeigefinger zurück und drückte ihn dann wieder gegen die glatte Oberfläche des Sensors.

Nichts.

»So ein Mist.«

»Nimm den Daumen.«

»Okay.« Jablonski presste den Daumen gegen das Feld.

Der Tresor blieb verschlossen.

»So eine Scheiße!«, rief Jablonski und seine Stimme hallte in dem Raum bedrohlich von den glatten Wänden wieder. Dann hatte er sich wieder gefangen. »Ich versuche die linke Hand.«

»Gute Idee«, sagte Dieter, der schon ganz verdrängt hatte, dass Horst am Abend zuvor zwei Mal Axt und Säge bemüht hatte.

»Wenn das jetzt nicht klappt, flippe ich aber aus«, sagte Jablonski durch zusammengepresste Lippen. Er versuchte es mit dem Zeigefinger. Sie hörten ein erstaunlich lautes Klicken, gefolgt von einer Art hydraulischem Schnaufen. Schließlich öffnete sich die Tür des Geldschranks so weit, dass man hineingreifen konnte.

»Hah«, rief Jablonski aus und ließ die Gliedmaßen achtlos in die Kühlbox fallen, die Dieter mit geöffnetem Deckel auf den Boden gestellt hatte. »Mach dich bereit. Ich öffne jetzt das Ding.«

Dieter stellte sich neben Jablonski, während dieser vorsichtig die massive Tür aufzog. »Schwerer als ich dachte«, keuchte er. Dann war der Geldschrank weit offen und sie schauten mit vor Anspannung verzerrten Gesichtern hinein. Der Tresor war bis auf einen dicken Briefumschlag und ein schwarzes Kunststoffkästchen von der Größe eines Mobiltelefons leer.

Dieter glotzte mit offenem Mund auf die drei mit rotem Stoff bezogenen Einlegeböden. Jablonski kniff die Augen zusammen, bückte sich dann, ließ sich auf die Knie hinab, um jeden Winkel des Schranks zu inspizieren. Unsinnigerweise linste er sogar unter den Tresor. Er hätte wahrscheinlich auch noch dahinter gesehen, wenn der Metallklotz nicht direkt an der Wand gestanden hätte.

Er stemmte sich ächzend wieder hoch. »Soll das ein Witz sein?« Sein Kopf war hochrot, eine Ader pulsierte bedrohlich an der linken Halsseite. »Soll das ein verdammter scheiß Witz sein?«, rief er.

Dieter griff nach dem Briefumschlag. Er war unverschlossen. »Hier ist Geld drin«, sagte er zu Jablonski.

»Zeig mal.« Jablonski riss ihm den Umschlag aus der Hand und schüttete den Inhalt auf die Oberseite des Geldschranks. Ein schmales Bündel Euroscheine, einige Dollarnoten sowie vier Reisepässe und ein silberfarbener Autoschlüssel an einem kurzen roten Band fielen auf das Metall. Jablonski griff die Banknoten und blätterte sie wie ein Daumenkino durch.

»Das sind schätzungsweise zehntausend Euro und fünftausend US-Dollar«, sagte er zerknirscht und warf das Geld zurück. »Lächerlich.« Er verschränkte die Arme vor der Brust und starrte missmutig auf die Geldscheine.

»Besser als nichts«, sagte Dieter vorsichtig.

»Besser als nichts«, äffte Jablonski ihn nach. »Aber rechnen kannst du, ja? Was bleibt denn da für jeden übrig, wenn wir das durch vier teilen?«

Dieter schwieg kurz, dann sagte er: »Wenn wir einen Kurs von eins zu eins annehmen, dreitausendsiebenhundertfünfzig Euro für jeden.«

Jablonski warf ihm einen finsteren Blick. »Na wunderbar, davon kann ich dann immerhin ein halbes Jahr meine Miete bezahlen. Und für ein paar Bier im Stübchen reicht es auch noch. Ist doch also alles halb so schlimm. Verdammte Kacke!« Jablonski lief wütend im Raum auf und ab und murmelte vor sich hin.

»Schau dir das mal an«, sagte Dieter über die Schulter. Er hielt die Reisepässe in der Hand. »Sind das nicht Cassidy und der Winterfeld?«

Jablonski schlurfte wenig interessiert herüber, zog dann aber beide Augenbrauen hoch. »Das ist ja mal ein Ding.«

Cassidy lächelte sie kokett von der ersten Seite eines der beiden deutschen Reisepässe sowie von einem US-amerikanischen Pass an. Ihre Haare waren kürzer, sie trug eine Brille, aber es war unverkennbar Cassidy.

»Diane Richter, geboren in Köln. Und hier: Amy Hershel aus Illinois, USA.«

»Und der Winterfeld mit Hornbrille und Schnauzbart. Lars Kluge aus Hannover beziehungsweise Frank Devon aus New Jersey. Was soll das denn?«

»Ist doch ganz logisch.« Jablonski fächelte mit einem er Pässe in der Luft. »Die haben Vorkehrungen getroffen, sich inkognito abzusetzen.«

»Aber warum?«, fragte Dieter und fügte leise hinzu: »Und warum auch Cassidy?«

»Weil deine tolle Cassidy genauso eine Betrügerin ist, wie der Winterfeld einer war. Darum. Ich habe dir doch gesagt, die ist nicht sauber.«

»Ich weiß nicht. Vielleicht ist es auch ganz anders, als es aussieht.« Dieter blickte geistesabwesend auf den Stapel Geldscheine und die Dokumente. Jablonski tappte ihm mit dem Reisepass gegen die Stirn. »Jetzt wach mal auf, Dieter. Die Dame ist eine Verbrecherin. Warum sollte sie sonst gefälschte Reisepässe haben?«

Dieter zuckte nur traurig mit den Schultern. »Keine Ahnung.«

»Das hier sieht aus wie ein Autoschlüssel. Älteres Modell, würde ich schätzen, noch ohne Funkentriegelung. Vielleicht ja ein Klassiker?« Jablonski knetete mit Daumen und Zeigefinger die Unterlippe. »Vielleicht ja was von Wert? Wir schauen mal in der Tiefgarage nach. Möglicherweise kommen wir ja so doch noch an Geld.« Er steckte alles zurück in den Briefumschlag. »Und dann fahren wir nach Dahlem und stellen die liebe Cassidy gründlich zur Rede«, sagte er dann grimmig. Er warf wieder einen Blick in den offenen Geldschrank: »Sag mal, Dieter, was ist das eigentlich?«, fragte er und zog das schwarze Kästchen hervor. »Da hängt noch ein Kabel dran.«

»USB-Anschluss. Das ist eine kleine Computerfestplatte, so eine bewegliche«, sagte Dieter nach einem prüfenden Blick.

»Du meinst, da sind Computerdateien drauf?«

»Denke ich mal, ja.«

Jablonski machte ein schmatzendes Geräusch. »Warum ist so ein Gerät hier in dem Tresor? Kann sich ja nur um wichtige Dateien handeln. Irgendwas, das nicht in fremde Hände gelangen soll. Etwas, das so wichtig ist, dass Winterfeld es hier einschließen musste.«

»Aber was?«, fragte Dieter.

»Keine Ahnung, aber wir nehmen den Kasten auch mit. Ich habe so ein Gefühl, dass er uns noch nutzen wird.«

Jablonski stopfte die externe Festplatte in seine Jackentasche. »Und jetzt raus hier.«

Er drückte die Tür des Geldschranks zu, wischte mit einem Hemdzipfel das Sensorfeld ab, dann löschten sie das Licht und stießen die Tür von außen zu. Auf dem Weg zur Tiefgarage murmelte Jablonski: »Lass es einen Porsche sein.«

Die Garage war leer, nur in einer Ecke links von der Tür stand ein tannengrüner Opel Corsa. Eine dicke Staubschicht deutete darauf hin, dass der Wagen lange nicht benutzt wurde.

»Warum, zum Teufel, kann ich nicht einmal Glück haben«, rief Jablonski halb zornig, halb verzweifelt. »Ein Opel Corsa, natürlich. Und noch in so einer grässlichen Farbe.«

»Nun ja«, entgegnete Dieter achselzuckend, »falls die beiden wirklich etwas Illegales vorgehabt haben, dann ist so ein Auto sicher unauffälliger als ein Porsche, findest du nicht?« Er konnte sich ein Grinsen nicht verkneifen.

»Ach, leck mich«, grunzte Jablonski. Er kramte den Schlüssel hervor. »Passt. Hör zu, ich mache noch einen Schlenker über meine Wohnung, ein paar anständige Anziehsachen holen. Ich habe so das Gefühl, dass sich unser Aufenthalt in der Villa Winterfeld noch etwas verlängern wird und ich kann ja schlecht in diesem Anzug morgen hier antanzen.«

Er streckte Dieter die Kühlbox entgegen. »Du bringst den Skoda zurück und entsorgst die hier irgendwo in der brandenburgischen Steppe. Aber tief einbuddeln, am besten noch Steine drauf.«

»Was?« Dieter sah ihn entgeistert an. »Warum ich?«

»Darum«, sagte Jablonski nur, riss die Tür des Corsas auf und zwängte sich hinter das Lenkrad. »Wir treffen uns in drei Stunden vor der Villa, dann heizen wir Cassidy mal ordentlich ein.« Er knallte die Tür zu, ließ den Motor an und setzte den Wagen rabiat zurück. Beim Vorbeifahren hob er müde die Hand zum Gruß, dann war er weg und Dieter stand mit der Kühlbox allein in der schummrigen Tiefgarage.

»Na prima«, murmelte er.

Als er sich in dem geliehenen Skoda dem großen Glaskasten mit den aufmontierten gelben Buchstaben »Autohaus Klauß« näherte, hatte Dieter Wellenbrink ein seltsames Gefühl in der Magengegend. Ein Kribbeln, das sich seine Brust hocharbeitete und schließlich bis in die Arme ausstrahlte. Und da sah er es: Im Büro von Herrn Klauß waren die Jalousien hochgezogen und das Fenster stand weit offen.

Das ist gar nicht gut, dachte er und war für einen Moment versucht, das Gaspedal durchzutreten und vorbeizufahren. Er hatte das Auto zurück auf seinen Platz stellen und dann mit der Kühlbox über das sandige Feld in das hundert Meter entfernt beginnende Kiefernwäldchen gehen wollen, um die Körperteile dort zu vergraben. Er überlegte noch fieberhaft, wie er den ursprünglichen Plan anpassen könnte, da sah er zu seinem Schrecken den massigen Herrn Klauß am Zaun stehen, der das Verkaufsgelände umgab. Er blickte in Dieters Richtung und hatte ihn – oder den Wagen – jetzt erkannt, denn er winkte mit seiner fleischigen Hand. Zu spät, dachte Dieter und seufzte schwer. Er lenkte den Wagen durch das offenstehende Tor zurück auf den Platz, von dem er ihn heute Morgen heruntergefahren hatte.

Im Rückspiegel konnte er seinen Chef erkennen, der zwischen den ausgestellten Autos hindurchwackelte. Ehrliche Freude lag in seinem Gesicht, wie Dieter fand. Eine Freude, die er nicht teilen konnte. Was nicht daran lag, dass er den Klauß nicht mochte, sondern vielmehr dem Umstand geschuldet war, dass im Kofferraum des Autos, das er sich heute morgen ohne Wissen seines Chefs geliehen hatte, immer noch die Kühlbox mit zwei abgetrennten Händen stand, die sicher langsam in der sommerlichen Hitze anfingen, unangenehm zu riechen. Daran konnten auch die drei, vier verbliebenen, halb angetauten Kühlakkus nichts mehr ändern. Dieter schaltete den Motor aus, strich sich das Haar in Form und öffnete mit einem aufgesetzten Lächeln die Wagentür.

»Dieter«, rief ihm Herr Klauß entgegen. »Das ist ja eine Überraschung. Ist doch Sonntag, mein Junge.« Er schaute Dieter an, dann den Skoda Fabia. Erst jetzt schien ihm aufzufallen, dass Dieter einem der Autos, die für Probefahrten vorgesehen waren, entstiegen war. »Und wie ich sehe, hast du dir einen Wagen genommen«, kommentierte er das Offensichtliche. Dann legte sich ein Grinsen auf seinen Mund. »Ah, verstehe«, sagte er mit schelmischem Lächeln und winkendem Zeigefinger. »Eine kleine Spritztour am Sonntag. Kleines Stelldichein, wie?« Er knuffte Dieter verschwörerisch mit der Ellbogenspitze in die Seite.

»Wie?«

»Die Liebste zur Spazierfahrt ausgeführt?«

Da verstand Dieter, worauf Herr Klauß hinauswollte und hielt es für das Beste, mitzuspielen. »Ach so, ja genau«, sagte er und versuchte, ebenfalls irgendwie verschwörerisch zu wirken. »Ich weiß, ich hätte es Ihnen sagen sollen, bevor ...«

»Ach Papperlapapp«, grunzte Herr Klauß und warf den Oberkörper gespielt empört zurück. »Solange du immer wieder auftankst. War es denn schön?«

»Schön?«

»Na, du weißt schon, der Ausflug mit der Angebeteten. Wer ist denn überhaupt die Glückliche?«

Dieter merkte, wie ihm der Schweiß auf die Stirn trat, was nicht nur an den heißen Temperaturen lag. »Ach so, ähm, kennen Sie nicht. Also, noch nicht«, setzte er schnell hinzu.

»Na, da bin ich aber gespannt. Ich freue mich jedenfalls für dich. Immer allein, das ist ja nicht gut. So, dann will ich dich gar nicht länger aufhalten. Du willst sicherlich schnell nach Hause.« Er zwinkerte Dieter zu.

»Also, ehrlich gesagt ... wollte ich ... was machen Sie eigentlich hier?«

»Ich? Ach, ein bisschen Buchhaltung. Ilona macht heute Hausputz, da störe ich doch nur.« Herr Klauß lachte meckernd. »Na ja, ist mal wieder notwendig. Die Bücher sind ein wenig zurück.«

»Ja, ich weiß. Tut mir leid.«

»Ach was, hier gibt es wenigstens eine Klimaanlage.« Herr Klauß fächelte sich theatralisch mit der Hand Luft zu. Dieter sah nervös zum Kofferraum des Skodas. Da drin war es mittlerweile locker fünfzig Grad heiß. Ihm musste etwas einfallen, jetzt.

»Das könnte ich doch übernehmen«, bot er an. »Wo ich doch eh schon hier bin. Ich habe auch gar nichts weiter vor heute. Sie, also, ähm, Erika, hat heute Abend schon ... also, sie hat keine Zeit.« Erika? Ein dämlicherer Name war ihm wohl nicht eingefallen? Als ob er seine Großmutter daten würde.

»So so, Erika also.« Herr Klauß wischte sich den Schweiß von der Stirn. Unter den Achseln hatten sich riesige dunkle Flecken auf seinem blauen, kurzärmligen Hemd gebildet. »Danke für das Angebot, Dieter. Aber ich mach das schon.« Mit diesen Worten klopfte er ihm auf die Schulter und machte sich auf, wieder hineinzugehen, doch Dieter hielt ihn am Arm fest.

»Nein, ganz ehrlich. Gehen Sie doch nach Hause oder viel besser, setzen Sie sich in einen schönen Biergarten und genießen Sie den Nachmittag.« Er tätschelte Herrn Klauß innerlich widerstrebend den schwabbeligen Arm, fühlte die feine Schweißschicht auf der nahezu haarlosen Haut. »Das haben Sie sich wirklich verdient«, sagte er in gönnerhaftem Tonfall.

»Das ist wirklich ganz nett von dir«, erwiderte Herr Klauß mit gerunzelter Stirn. »Aber wo ich das doch schon angefangen habe. Bin gerade so gut drin.«

Dieter seufzte leise. »Tja, wenn Sie nicht wollen, dann ... na gut, aber machen Sie nicht mehr so lange.«

»Ach weißt du, Ilona will ja Sonntags immer den Tatort gucken. Kann ich nicht ausstehen, da habe ich heute doch mal eine gute Entschuldigung, länger zu machen.« Herr Klauß grinste. »Die Freuden der Ehe. Wirst du schon auch noch mitbekommen.« Er wandte sich ab und watschelte den gekiesten Weg zurück in den Glasblock. »Erika, der Lenz ist da«, sang er leise vor sich hin.

»Veronika«, brummte Dieter, stemmte die Hände in die Hüften, sein Blick ging vom Kofferraum des Skodas zur Glastür, durch die Herr Klauß verschwunden war und wieder zurück. Unmöglich, dass er die Kühlbox herausnehmen und unbemerkt über das vertrocknete Feld bis zu den Kiefern gelangen konnte. Er presste mit dicken Wangen einen Schwall Luft durch die geschlossenen Zähne. Na gut, sagte er sich, würde er sich eben morgen darum kümmern müssen. Vielleicht ergab sich dann ja eine Möglichkeit. Er konnte nur hoffen, dass die Kühlakkus noch ein wenig durchhielten.

Die Parkplatzsuche hatte eine halbe Stunde gedauert. Wieder und wieder hatte sich Jablonski durch die engen, hoffnungslos zugeparkten Straßen rund um seine Wohnung gequält. Hatte zwei Mal minutenlang hinter demselben Pakettransporter warten müssen, bis der Mann in Uniform mit der lächerlichen kurzen Hose seelenruhig aus einem der Altbauten spazierte, den kleinen Computer zur Paketregistrierung lässig am Handgelenk wirbelnd. Als Jablonski ihn genervt anhupte, grinste der ihn nur an und tippte sich mit zwei Fingern salutierend an die Stirn. Was für ein Idiot, dachte Jablonski, als er endlich seine Parkplatzsuche fortsetzen konnte. Die Parklücke, die er schließlich fand, war eng und er musste fünf Mal ansetzen, bis er den Corsa halbwegs gerade eingeparkt hatte.

Vollkommen durchgeschwitzt und mit vor Erregung zitternden Händen betrat er den schummrigen, angenehm kühlen Hausflur und schloss seine Wohnung auf. Der bekannte Geruch nach alter Frau schlug ihm entgegen. In der Küche stand die ausgespülte Kaffeetasse neben dem Waschbecken, auf dem Abtropfgestell der Teller, von dem er gestern Nachmittag ein Schinkenbrot gegessen hatte. Er wusste nicht, was er erwartet hatte. Vielleicht, dass sich nach allem, was er in den letzten vierundzwanzig Stunden erlebt hatte, seine Wohnung irgendwie verändert haben müsste. Ausdruck der bis gestern unvorstellbaren Dinge, die er getan hatte. Aber dasselbe muffige Zwielicht umgab ihn, dieselben Möbel standen an denselben Stellen, selbst der Staub auf den Regalbrettern war unverändert. Mit einem Mal fühlte er sich unendlich müde. Er strich sich mit der großen Hand langsam über das Gesicht und ließ geräuschvoll die Luft aus seiner Lunge entweichen, setzte sich auf den klapprigen Küchenstuhl und stütze das Kinn auf die Hand. Dann starrte er minutenlang aus dem schlierigen Fenster an die gegenüberliegende Hauswand, wie er es schon so oft getan hatte. In der Wohnung über ihm polterte es kurz, irgendwo wurde eine Tür geschlagen, ein Kind schrie, von der Straße die Hupe eines Autos. Normale Geräusche der Großstadt. Die Menschen lebten ihr Leben zwischen Arbeit, Familie und Kneipe. Fuhren hierhin, dann dorthin und wieder zurück. Lachten, weinten, schlugen sich, liebten sich. Und er? Saß an seinem Tisch in der düsteren Küche, nachdem er einem toten Menschen beide Hände abgetrennt hatte, mit ihnen durch die Stadt gefahren war, um einen Safe zu öffnen, in dem sich – ja was? – lumpige zehntausend Euro befanden. Sah so ein Neuanfang aus? Würde er so von diesem Küchentisch, aus dieser Wohnung im Erdgeschoss eines heruntergekommenen Nordneuköllner Altbaus wegkommen? Wohl kaum. Wofür also das alles? Wofür hatte er dieses Risiko auf sich genommen, bestimmt ein Dutzend Gesetze übertreten? Was hatte er sich bloß dabei gedacht? Was war nur aus ihm, Horst Jablonski, ehrlicher Malocher mit Reihenendhaus, geworden?

Er dachte an Susanne, seit längerer Zeit mal wieder. Was würde sie denken, wenn sie erfahren würde, was er getan hatte? Mit Axt und Säge zwei Hände abgetrennt. Sie wäre sicherlich entsetzt und, viel schlimmer noch, hätte Mitleid mit ihm. Diese Art von Mitleid, die man mit angefahrenen Hunden hat. Sie würde nicht denken, Mensch toll, mein Horst, der nimmt die Sache in die Hand, macht etwas gegen die Ungerechtigkeit in der Welt. Nein, bedauern würde sie ihn, bedauern, wie tief er gesunken war. Und sich dann an ihren Beamten kuscheln, leicht erschaudernd vor Erleichterung darüber, dass sie nicht mehr mit Jablonski zusammenleben musste.

Und seine Tochter? Gabi wäre noch mehr angeekelt von ihm als sie es jetzt schon war, auch wenn sie immer versuchte, es hinter einer Fassade von professionellem Tochterverhalten zu verstecken. Letztlich verachtete sie ihn doch für seine Einfachheit, die immer ins leicht Grobe abzudriften drohte. Und na also, sie hatte es ja schon immer gewusst, dass in ihm etwas Bedrohliches steckte und sowieso gut, dass sie ihr Leben in England hatte, weit weg von ihm. Ihre Lesbenfreundin würde ihr verständnisvoll mit wohldosiertem Druck über den Rücken streichen, sie dann sanft am Arm noch weiter in ihr Leben ziehen. Beide würden sich nicht nur symbolisch abwenden.

Jablonski seufzte schwer. Er war nie ein übertriebener Grübler gewesen, auch das nagende Gefühl der Einsamkeit war ihm bisher weitestgehend fremd gewesen, war er doch gern für sich, aber in diesem Moment fühlte er sich schlicht allein, von allen verlassen.

Dann schüttelte er abrupt den Kopf, haute mit der flachen Hand auf die Tischplatte und streckte seinen Rücken durch. Sollten sie ihn doch alle mal gern haben. Er würde sich die Kohle von Winterfeld holen, irgendwo musste der sie haben und Cassidy wusste bestimmt, wo. Die würde er sich jetzt mal schön zur Brust nehmen, die Zeit der Samthandschuhe war vorbei. Und dann würde er sich davonmachen, weit weg. Irgendwohin, wo ihn niemand kannte. Hier vermisst ihn doch sowieso niemand, seine Exfrau nicht, seine Tochter nicht, was hielt ihn also noch?

Nee, dachte er, erhob sich mit einem schiefen Grinsen, ging in das handtuchgroße Schlafzimmer und zog einen altmodischen kleinen Koffer unter dem Bett hervor, ich fang noch mal ganz neu an. Ohne Jobcenter, ohne Gängeleien, ohne diesen ganzen Scheiß. Sonne, Strand, Cocktails.

Jablonski öffnete den schiefen Kleiderschrank – den würde er auch nicht vermissen – und schmiss ein paar Anziehsachen in den Koffer. Kurz überlegte er, ob er seine persönlichen Dinge – Reisepass, Fotos, Dokumente – dazulegen sollte, entschied sich dann aber dagegen. Wenn alles über die Bühne gegangen war, würde er noch einmal herkommen. Ein letztes Mal.

»Du hast was?«, schrie Jablonski, biss dann aber die Zähne zusammen und wiederholte leiser, aber nicht weniger zornig: »Du hast was?«

Er stand neben Dieter an der Stelle unter dem Baum, von der aus sie gestern zusammen mit Silke die Villa von Stefan Winterfeld beobachtet hatten. Jablonski hatte hier, den Koffer neben sich stehend, auf Dieter gewartet, nachdem er den Opel am Ende der Straße geparkt hatte. Als er Dieters schuldbewussten Blick sah, wusste er sofort, dass etwas schief gegangen sein musste. Dieter hatte auch nicht lange um den heißen Brei herum geredet und Jablonski die missglückte Aktion im Autohaus gebeichtet.

»Was hätte ich denn machen sollen?«, fragte Dieter gequält. »Der Klauß hätte doch alles gesehen.«

»Oh Mann«, presste Jablonski hervor. »Das gibt eine riesige Sauerei bei der Hitze, das ist dir schon klar, oder?«

Dieter wurde bleich und verzog angeekelt das Gesicht. »Was hätte ich denn machen sollen?«, wiederholte er kläglich. »Aber immerhin steht der Wagen draußen.«

Er warf Jablonski einen schnellen Blick zu. Der knetete seine Unterlippe, die grauen Augen fixierten einen Punkt irgendwo in der Ferne. Schließlich zuckte er mit den Achseln: »Na gut, kann man jetzt nichts mehr machen. Aber morgen beseitigst du Schweinerei, klar?«

»Ja, ja.«

Jablonski musterte Dieter, der mit gesenktem Blick und herunterhängenden Schultern vor ihm stand wie ein Schüler, der gerade eine Fensterscheibe eingeworfen hat und dabei vom Direktor erwischt wurde. »Mensch, jetzt lass dich nicht so hängen«, sagte er freundlich und legte ihm eine Hand auf die Schulter. »Wird schon alles gut gehen. Okay?«

Dieter sah auf, die braunen Augen müde, die Gesichtshaut fahl. »Okay«, sagte er und lächelte leicht.

»Dann unterhalten wir uns mal mit unserer bezaubernden Gastgeberin«, sagte Jablonski, nahm den Koffer auf und überquerte mit energischen Schritten die Straße. Bereits im Garten hörten sie durch das halb offene Fenster über sich Gelächter, dann rief Silke mit schwerer Zunge: »Das hat er nicht getan.«

»Doch, glaub mir«, gackerte Cassidy. Dann lachten beide wieder.

Jablonski sah nach oben, schüttelte den Kopf: »Da scheint aber jemand Spaß zu haben.«

»Hoffentlich hört das hier niemand«, erwiderte Dieter mit unruhigen Blicken nach links und rechts.

»Das, mein lieber Dieter, dürfte unser geringstes Problem sein.«

»Wie meinst du das?« Sie waren bereits an der Hintertür.

»Verbrüderung mit dem Feind«, sagte Jablonski mit grimmigem Blick. »Na ja, eher Verschwesterung.«

»Aber Cassidy ist doch nicht unser Feind.«

Jablonski, die Hand am Türgriff, drehte sich um. »Ich weiß, dass du einen Narren an ihr gefressen hast, aber ich möchte dich gern daran erinnern, was wir in dem Safe gefunden haben. Gefälschte Pässe von ihr. Da ist etwas ziemlich faul und so lange ich nicht weiß, was das ist, müssen wir vorsichtig sein. Kapier das doch endlich.«

»Und da ist er wieder«, sagte Dieter giftig.

»Wer?«

»Der Horst Jablonski, der allen vorschreibt, was sie zu tun und zu denken haben.«

»Fängst du jetzt schon wieder damit an?«

»Machst du doch auch.«

»Jetzt klingst du wie ein kleines Kind.«

»Und du wie ein Tyrann.«

Sie sahen sich schweigend an, schließlich schüttelte Jablonski den Kopf. »Für so einen Kinderkram habe ich jetzt keinen Nerv. Ich versuche, aus diesem ganzen Irrsinn noch etwas Gutes für uns herauszubekommen, und was macht ihr? Du zickst die ganze Zeit rum und Silke feiert lautstark mit dieser Cassidy. Apropos, die nehme ich mir jetzt vor. Mach du doch, was du willst.«

Er riss die Tür auf und stampfte in das Halbdunkel des Flurs dahinter. Dieter seufzte, strich sich einige Male durch das Haar, dann folgte er ihm.

Jablonski öffnete die Flügeltür. Zigarettenrauch waberte in der Luft. Der leicht saure Geruch von verschüttetem Sekt stieg ihm in die Nase. Silke lag ausgestreckt auf dem Sofa, eine Zigarette im Mundwinkel, die Hände locker hinter dem Kopf verschränkt. Sie schreckte hoch und warf ihm einen Blick zu, der leicht schuldbewusst wirkte, doch dann legte sich wieder der typische Glanz eines vorangeschrittenen Schwipses auf ihre Augen und sie grinste ihn an, ohne die Zigarette aus dem Mund zu nehmen.

»Hey Horst, unser Held«, rief sie ihm zu und klatschte in die Hände. »Na, sind wir reich?«

Er ignorierte sie und ging langsam auf Cassidy zu. Sie saß im Schneidersitz, der ihre wohlgeformten Waden zur Geltung brachte, am anderen Ende des Sofas, hielt eine rauchende Zigarette in der Hand und nippte an ihrem Glas. Sie sah ihn aus wachsamen Augen an.

»Horst, was ist denn los?«, fragte Silke, richtete sich etwas mühsam auf. »Jetzt sag doch mal, wie es gelaufen ist.«

Dieter war zwischen Jablonski und Cassidy getreten, streckte die Arme aus und sagte beschwichtigend: »Wir reden in Ruhe darüber. Horst?«

Jablonski fixierte immer noch Cassidy, seine Kiefer malmten, mit kaum verhohlener Wut brummte er: »Geh zur Seite. Wir machen das jetzt auf meine Art.«

»Horst, was hast du denn?« Silke hatte ihr Glas abgestellt, drückte hastig die Zigarette im Aschenbecher aus und erhob sich dann leicht schwankend. »Horst, was soll das?«

Ohne sie anzuschauen, deutete er mit einem Zeigefinger in ihre Richtung. »Du bist jetzt mal still. Und setz dich wieder, bevor du umfällst.«

»Wie redest du denn mit mir?« Die Empörung ließ sie noch stärker lallen. Jetzt wandte sich Jablonski ihr zu, die Augen zusammengekniffen, die Fäuste geballt. »Während ich und Dieter unseren Arsch riskieren, habt ihr nichts Besseres zu tun, als euch hier zu besaufen«, schrie er und hämmerte eine Faust in seine Handfläche. »Verdammt, da müsste ich eher dich fragen, was das soll. Und im Übrigen«, er fummelte den Briefumschlag aus der Innentasche des Sakkos, zog die Reisepässe heraus und warf sie neben Silke auf das Sofa, »solltest du dir mal überlegen, mit wem du da überhaupt einen feucht-fröhlichen Mädchennachmittag verbringst.«

Silke schaute von Jablonski zu den Dokumenten, dann ließ sie sich zurück auf das Sofa fallen und begutachtete die Reisepässe. Ihr entwich ein verblüfftes Stöhnen, wieder und wieder blätterte sie sich durch die Seiten. Im Zimmer war es still, nur das schnaufende Atmen von Jablonski war zu hören. Schließlich sah Silke auf, einen der Pässe in der Hand. Sie hielt ihn hoch wie eine Reliquie und fragte Cassidy: »Was ist das?«

Cassidy hatte die Arme vor der Brust verschränkt. Mit zusammengepressten Lippen musterte sie erst Jablonski, dann sah sie Silke an, atmete tief durch. »Er wollte alles vorbereiten, damit wir das Land verlassen können.« Sie zuckte mit den Achseln. »Falls es nötig werden würde.«

Jablonski machte einen Schritt auf sie zu, so dass Dieter ihm beschwichtigend die flache Hand gegen die Brust drückte. »Ruhig bleiben.«

»Du hast uns benutzt«, sagte Jablonski grimmig. »Um an die Sachen heranzukommen. Und dann wolltest du abhauen.«

Cassidy sah ihn mit festem Blick an. »Du hast Recht. Ich wollte abhauen. Stefans Tod erschien mir wie ... wie ein Zeichen. Und ich wusste ja, dass er alles geplant hatte. Keine

Details natürlich, das hätte er mir nie gesagt. Aber ich dachte mir, dass in diesem Geldschrank die notwendigen Dinge sein würden. Damit ich irgendwo neu anfangen könnte. Aber hey«, sie machte eine ausholende Geste mit den Armen, »ihr habt doch auch davon profitiert. Bekommt euer Geld und könnt machen, was ihr wollt.«

»Von wegen«, entgegnete Jablonski missmutig.

»Leider nicht«, sagte Dieter leise und setzte sich behutsam neben Cassidy. Er roch ihre Creme und dachte an den Kuss, ein erregendes Kribbeln zog durch seinen Körper. Doch er verbot sich jeden weiteren Gedanken in der Richtung, jetzt mussten hier erst einmal ein paar Dinge geradegezogen werden. Schließlich war es auch immer noch möglich, dass sie ihn nur benutzt hatte, um ihre Ziele zu erreichen. Ganz so, wie Jablonski es die ganze Zeit gesagt hatte. Aber irgendetwas in ihm ließ ihn hoffen und glauben, dass es alles ganz anders war. Und so genoss er für einen Augenblick die Nähe zu ihr, meinte, die Wärme ihrer Haut zu spüren, die die zehn Zentimeter Luft zwischen ihnen überwand und durch den Stoff seiner Anzugjacke drang.

Dann hörte er Silke fragen: »Was meint ihr damit?« Er warf Cassidy einen raschen Seitenblick zu, sie schien ehrlich verblüfft zu sein. Entweder war sie eine hervorragende Schauspielerin oder sie war wirklich davon ausgegangen, dass die finanzielle Freiheit in dem Geldschrank am Ende des Versorgungsraums lag. Dieter entschied für sich, dass Letzteres der Fall war und ließ das aufkommende Gefühl tiefer Zuneigung für sie zu, genoss es, wie die Wärme durch seine Adern floss und seine Magengrube sich angenehm verkrampfte.

»Der scheiß Geldschrank war leer«, brachte es Jablonski schließlich auf den Punkt. Er schmiss den Briefumschlag auf den Couchtisch, so dass einige Geldscheine hinausglitten. »Leer bis auf ein paar tausend Euro und die gefälschten Reisepässe.«

»Na ja, immerhin«, sagte Silke und klang dabei wenig überzeugend.

»Ach komm, Silke. Das ist doch ein Witz. Dafür der ganze Aufwand? Da kann ich doch gleich weiter von der Stütze leben.« Jablonski stampfte durch den Raum und stellte sich an eines der Fenster. Er starrte in den Garten. Die Vögel zwitscherten, ein Auto fuhr vorbei, irgendwo in der Ferne brummte ein Rasenmäher.

Cassidy beugte sich nach vorn, stützte die Ellenbogen auf ihre Oberschenkel. »Ehrlich, ich hatte keine Ahnung. So, wie er immer von diesem geheimen Safe sprach und dass alles geregelt sei für den Fall der Fälle, da musste ich doch davon ausgehen, dass er größere Mengen Bargeld oder was weiß ich für wertvolle Sachen da lagerte.«

»Schon gut«, sagte Dieter leise und legte ihr sanft eine Hand auf den Rücken. Dabei berührte er ihre warme Haut an den Schultern. Sie ließ es zu, er meinte sogar zu spüren, dass sich ihre Muskeln entspannten, aber vielleicht bildete er sich das auch nur ein. »Du konntest es ja nicht wissen.«

»Na gut«, sagte Jablonski seufzend, kam vom Fenster zurück und ließ sich ächzend neben Silke auf das Sofapolster nieder. »Na gut«, wiederholte er. »Ab jetzt keine Geheimnisse mehr. Und für den Anfang schlage ich vor, dass du uns mal genau erzählst, was der Winterfeld da so am Laufen hatte.« Er zeigte auf die zwei leeren Flaschen, die auf dem Tisch standen. »Aber vorher möchte ich gern wissen, ob noch etwas von dem edlen Gebräu da ist.«

»Ich habe ihn in einer Kneipe kennengelernt, in der ich als Studentin gejobbt habe. Er war da mit ein paar Anzugtypen, wollten wohl mal das Berliner Nachtleben abseits vom Savignyplatz kennenlernen.« Cassidy hatte die Beine übereinandergeschlagen, das halbvolle Sektglas drehte sie am Stil zwischen den Fingern.

»Studentin?«, fragte Dieter.

»Würde man mir gar nicht zutrauen, was?«, sagte Cassidy müde lächelnd.

»So meinte ich das nicht.«

»Ist schon gut. Ja, ich habe Psychologie studiert. Einser-Abi. Dann kamen die Partys, irgendein Typ hat mir angeboten, ein bisschen in seinem Laden zu tanzen, nichts schmieriges, gutes Ambiente. Und vor allem, gutes Geld. Einfach verdient. Bin dann irgendwie da hängengeblieben, hab mehr Zeit in Bars als im Hörsaal verbracht. Schließlich war ich weit zurück. Hab's dann geschmissen. Ich hatte ja auch so ein gutes Einkommen und auf eine gewisse Art und Weise mochte ich die Arbeit auch. Ich habe viel Bestätigung bekommen. Das alles eben. Hab mir dann aus Spaß oder Verrücktheit oder was weiß ich diesen Namen zugelegt, Cassidy. Mich neu erfunden.« Sie zuckte mit den Achseln und setzte nachdenklich fort: »Oder zumindest habe ich das geglaubt. Vielleicht habe ich mir auch nur etwas vorgespielt, so wie allen anderen auch.« Sie sah Jablonski in die Augen. »So wie euch.« Jablonski schwieg, nickte nur vielsagend. »Und dann habe ich Stefan getroffen. Er war anders, klar, auch ein Großkotz wie die meisten der Typen da, aber darunter war noch mehr. Verletzlichkeit, Humor, irgendetwas hat mich angezogen. Drei Wochen später bin ich hier eingezogen. Ich habe nicht viele Fragen gestellt, habe einfach in den Tag hinein gelebt. Aber als er dann immer gereizter wurde, abwesend, launisch, da habe ich ihn oft gefragt, was los ist. Das musst du nicht wissen, war immer seine Antwort.« Sie nahm einen großen Schluck aus ihrem Glas, blickte dann starr in die im Sonnenlicht fast golden glänzende Flüssigkeit, in der feine Bläschen aufstiegen. Dann stellte sie das Glas ab, verschränkte die Hände ineinander. »Ich habe alles für uns arrangiert«, sagte sie dann leise. »Das waren seine Worte. In einer seiner seltsamen Launen hat er mir dann von dem Geldschrank erzählt und dass sich darin alles befindet, was wir brauchen würden, um schnell das Land zu verlassen.«

Cassidy blickte in die Runde. Dieter nickte verständnisvoll, Jablonski leerte gerade sein zweites Glas Champagner, Silke wirkte immer noch etwas erschöpft von dem mittäglichen Besäufnis.

»Das alles hat mir schon etwas Angst gemacht, aber ich habe es weggeschoben und mir gesagt, er übertreibt wahrscheinlich. Na ja, das mit dem Koksen kam ja auch noch dazu. Ach, ich weiß nicht.« Sie seufzte und lehnte sich zurück, massierte sich mit zwei Fingern die Stirn.

Silke beugte sich vor, legte ihr eine Hand auf den Oberschenkel. »Danke, dass du ehrlich zu uns warst.«

»Falls das jetzt die Wahrheit war«, brummte Jablonski und hob abwehrend die Hände, als Dieter und Silke ihm einen ärgerlichen Blick zuwarfen »Ich meine ja nur. Na gut, Fakt ist, dass dieser tolle Geldschrank nicht viel hergegeben hat. Wir sind also quasi wieder am Anfang.«

»Worin bestanden eigentlich die Geschäftsaktivitäten von ... also von Herrn Winterfeld?«, fragte Dieter.

»Ehrlich gesagt, keine Ahnung. Irgendwas mit Börse, nehme ich an. Spekulationen?« Cassidy drehte fragend die Handflächen nach oben.

»Wie dem auch sei, das Geld aus dem Tresor hätte vielleicht gereicht, damit ihr den Abflug machen könnt, aber irgendwo musste er doch noch mehr haben. Denn was hättet ihr danach gemacht? Gebettelt? Er musste also über mehr verfügen. Geheime Konten im Ausland, Wertgegenstände.« Jablonski sah Cassidy erwartungsvoll an. Sie schüttelte langsam den Kopf. »Tut mir leid, ich weiß es nicht. Ich habe ein Konto, klar, darauf hat er regelmäßig Geld überwiesen. Aber das ist nicht viel, vielleicht zweitausend Euro. Für die alltäglichen Ausgaben eben.«

»Alltägliche Ausgaben. Zweitausend Mäuse.« Jablonski rümpfte die Nase. »Na ja, in dem geheimen Schrank war jedenfalls nichts weiter drin.« Er lehnte sich zurück, legte den Kopf in den Nacken und schloss die Augen.

»Doch«, sagte Dieter. »Doch, Horst. Etwas war noch in dem Geldschrank. Die Festplatte.«

Jablonski Kopf schwang wieder nach vorne. »Mensch, du hast Recht. Das habe ich in der ganzen Aufregung vollkommen vergessen.« Er nestelte die externe Festplatte aus der Innentasche des Sakkos, legte sie auf seine Handfläche und begutachtete sie wie einen seltenen Vogel. »Vielleicht finden sich hier ja Kontodaten oder sonstige Informationen, die uns zu dem Geld führen.«

»Wir nehmen den Laptop drüben«, sagte Cassidy, sprang enthusiastisch auf und war schon durch die Doppeltür verschwunden.

»Na dann, Daumen drücken«, sagte Silke mit schwerer Zunge.

Das Firmenlogo der Winterfeld Digital Services, ein kantiges W in einem stilisierten Pfeil, erschien nach dem Starten des Laptops in Winterfelds Arbeitszimmer auf dem Bildschirm.

»Was jetzt?«, fragte Jablonski, der die externe Festplatte in der Hand hielt. Das Sakko hatte er abgelegt, die Hemdsärmel hochgekrempelt. Seine Stimme bebte leicht.

»Das Kabel muss hier eingesteckt werden«, sagte Dieter und deutete auf den USB-Anschluss an der linken Seite des flachen Gehäuses.

»Mach du mal, Dieter.« Jablonski reichte ihm die Festplatte. Feuchte Abdrücke seiner Finger glänzten auf dem schwarzen Kunststoff. Silke und Cassidy standen hinter dem Ledersessel. Silke trommelte mit den Fingern auf der Rückenlehne.

»Gut, gib her.« Dieter presste den Stecker in den Anschluss, auf dem Bildschirm erschien ein Fenster. »Mist, Passwort.«

Jablonskis Anspannung entlud sich mit einem Schlag seiner Faust auf die Tischplatte. »Scheiße! Immer ist irgendwas.«

»Wann hast du Geburtstag, Cassidy?«, fragte Dieter über die Schulter.

»Am fünfzehnten Mai.«

Dieter tippte das Datum in die Tastatur und bestätigte. Das Fenster verschwand. »Na also.«

»Was?«, rief Jablonski. »So einfach?«

»Die meisten Menschen benutzen Zahlenkombinationen, die sie sich gut merken können. Geburtstag des Partners ist wohl eine der häufigsten Kennwörter. Habe ich mal gelesen.«

»Spitze, Dieter.« Jablonski haute ihm auf die Schulter. Cassidy drückte sanft seinen Arm. »Gut gemacht«, sagte sie leise. »Siehst du mal.«

Ein weiteres Fenster erschien auf dem Bildschirm, darin fand sich eine lange Liste von kryptischen Dateinamen.

»Klick mal eins an«, sagte Jablonski, der sich weit nach vorn gebeugt hatte, um die Buchstaben und Zahlen erkennen zu können. Dieter öffnete die erste Datei, eine wirre Abfolge von Zahlen, Buchstaben und Zeichen wurde dargestellt.

»Was soll denn das sein? Versuch das nächste. Verdammt, auch hier nur dieser Buchstabensalat. Lass mich mal.« Jablonski klickte wahllos auf die Dateinamen, immer mit demselben Ergebnis. »Das bringt doch nichts«, sagte er schließlich. »Das ist Müll. Vielleicht ja irgendein Computerschaden oder so.«

Dieter schob die Lippen vor und machte schmatzende Geräusche. »Ich weiß nicht«, sagte er nachdenklich. »Das hier war ihm immerhin so wichtig, dass er die Daten in den Safe gelegt hat. Vielleicht eine Art Verschlüsselung?«

Cassidy war an seine Seite gekommen. »Ich stimme Dieter zu. Die Dateien müssen wichtig sein. Wenn wir nur wüssten, wie man die richtig lesen kann.« Sie setzte sich auf die Tischkante und blickte nachdenklich auf ihre Hände. »Ich kenne mich mit so was leider überhaupt nicht aus.«

»Ich auch nicht«, sagte Silke. »Bin froh, wenn ich halbwegs mit meinem Handy klarkomme.«

»Dann war es das wohl«, sagte Dieter bekümmert.

»Vielleicht nicht«, flüsterte Jablonski, bedächtig nickend. »Ich kenne jemanden, der uns bestimmt helfen kann.«

Die Mikrowelle piepte drei Mal. Uwe Dirksen presste den wackeligen Knopf zur Öffnung tief in das Gehäuse, bis sich die Tür mit dem Glasfenster endlich einen Spalt breit öffnete. Er brauchte wirklich eine neue Mikrowelle. Wasserdampf stieg aus dem Inneren des schwarzen Geräts heraus, als er die Tür weit öffnete. Er zog das Fertiggericht heraus, fluchte, weil er sich an dem heißen Aluminium die Finger verbrannte, dann ließ er die Verpackung auf einen Teller plumpsen. Er lehnte sich gegen die weiße Arbeitsplatte und summte ein Lied, das er gestern im Radio gehört hatte. Wie hieß es doch gleich? Er erinnerte sich nicht. Egal, die Melodie war auf jeden Fall flott. Uwe Dirksens Küche war spartanisch eingerichtet, wie die gesamte Wohnung in einer Nebenstraße des Tempelhofer Damms. Ein roter Resopaltisch mit zwei Metallrohrstühlen, ein kleiner Kühlschrank, die schmale Einbauküche mit Herd und Dunstabzugshaube, die er nie einschaltete, da sie weniger die Bratenluft abzog, als vielmehr laut dröhnte wie ein startendes Flugzeug. Mal ganz abgesehen davon, dass Uwe den Herd sowieso fast nie benutzte und seinen Nahrungsbedarf fast ausschließlich mit Mikrowellengerichten stillte, die in hohen Stapeln in einem der Küchenschränke lagerten.

Er pulte die Aluminiumfolie von der Schale, auf der sich eine Wasserpfütze gebildet hatte, und warf sie in die Spüle. Schon lange machte er sich nicht mehr die Mühe, den Inhalt auf einen Teller zu schaben, sondern aß direkt aus der Packung. Er schnappte sich noch eine Cola Zero aus dem Kühlschrank – Inhalt: geschnittenes Brot, Margarine, Salami, Käse, Ketchup und diverse zuckerhaltige Getränke – und schlurfte dann in sein kleines Wohnzimmer. Den Teller stellte er auf den gläsernen

Couchtisch, schüttelte den Kopf über seine Vergesslichkeit und holte noch eine Gabel aus der Küche. Dann setzte er sich auf die Kunstledercouch, zappte durch das Fernsehprogramm, bis er bei einer Tierdokumentation landete und betrachtete dann leicht missmutig den roten Schleim, der auf der Umverpackung als »schmackhafte, fein gewürzte Spaghetti Bolognese« angepriesen wurde, natürlich nicht ohne den Hinweis, dass das Gericht schmecken würde »wie in Italien«. Ergeben zuckte er mit den Achseln und stach die Gabel in die aufgequollenen Nudeln. Da klingelte sein Mobiltelefon mit der Titelmelodie von Akte X. Uwe grunzte genervt, legte die Gabel ab, die vom Rand der Aluminiumschale rutschte und mitsamt der »fein gewürzten« Tomatensoße auf dem Teppichboden landete.

»Scheiße!«, fluchte Uwe. Er schaute vom Telefon zu dem roten Fleck mit gelben Nudeln, die wie fingerlange Würmer aussahen. »Wenn das nicht wichtig ist ...«, brummte er und griff nach dem Handy.

»Dirksen«, blökte er.

»Hallo Uwe. Na, wie geht's?«

»Wer, bitte schön, ist da?«

»Äh, ja, ach so. Horst Jablonski, hier.«

Uwe runzelte die Stirn, dann hellte sich sein Gesicht auf. »Ach ja, Horst. Wie geht's?«

»Das ist eine gute Frage. Hast du kurz Zeit?«

Uwe musterte wieder den Soßenfleck auf seinem Teppich. Er schien schon fast eingetrocknet zu sein, da war eh nichts mehr zu retten. »Klar«, sagte er, stellte den Fernseher leiser und schraubte, das Handy zwischen Wange unter Schulter gepresst, die Cola-Flasche auf. Zischend stieg bräunlicher Schaum auf und spritzte über den Couchtisch. »Mist«, schimpfte Uwe, stellte die Flasche zurück auf den Tisch und wedelte mit den Händen, um die klebrige Flüssigkeit abzuschütteln.

»Alles in Ordnung?«, hörte er Jablonski an seinem Ohr.

»Was? Ja, ja, mir ist nur die Flasche … ach, egal. Was gibt es denn?«

»Ich … tja … ich brauche deine Hilfe, also eigentlich wir.«

»Wir?« Uwe beobachtete die kleinen Schaumblasen, die sich zwischen Deckel und Flasche hindurchquetschten, kurz größer wurden und dann platzten, um als Rinnsal am Flaschenhals hinabzufließen. Auf dem Tisch hatte sich rund um die Flasche ein glänzender Cola-Kreis gebildet.

»Das ist ein bisschen schwer zu erklären. Aber du kennst dich doch mit diesem ganzen Computerkram aus, oder?«

»Das will ich doch meinen.«

»Wenn ich dir jetzt sagen würde, dass wir da an einige Computerdateien gelangt sind und die sind irgendwie verschlüsselt, nun ja, könntest du da was machen?«

»Computerdateien?«

»Genau«, sagte Jablonski gedehnt. »Auf einer externen Festplatte.«

Auf dem Fernsehbildschirm lief ein Chamäleon mit zuckenden Bewegungen über einen Ast. Was für hässliche Augen, dachte Uwe spontan. »Und wo habt ihr das *drive* her?«

»Drive?«, fragte Jablonski.

»Die Festplatte«, antwortete Uwe mit einem nachsichtigen Lächeln. Nicht in Betracht zu ziehen, dass wahrscheinlich achtzig Prozent der Mitbürger keine Kenntnisse von Computern, Internet, Datenbanken und so weiter hatten, die über das Ein- und Ausschalten, Öffnen einer Word-Datei oder dem Kauf von Pullovern im *Sale* bei Zalando hinausgingen, geschweige denn etwas mit dem Vokabular anzufangen wussten, das er so selbstverständlich benutzte, war eine typische ITler-Krankheit.

»Ach so«, sagte Jablonski. »Die, also die haben wir … gefunden.«

»Gefunden, so so.«

In der Leitung war jetzt das Gemurmel von weiteren Stimmen aus dem Hintergrund zu hören. »Warte mal kurz«, sagte

Jablonski, dann war es ruhig, wahrscheinlich hatte er die Hand um das Telefon gelegt. Kurz darauf raschelte es, dann hörte er wieder Jablonski Stimme: »Was würdest du sagen, wenn ich dir anbieten würde, eine größere Summe Geld zu verdienen.«

Uwe lehnte sich zurück. »Eine größere Summe Geld? Du?« Er lachte kurz auf. »Na gut, was soll's. Dann erzähl mal. Warte, ich trinke nur kurz was.« Er legte das Handy zur Seite, schraubte vorsichtig den Deckel von der Cola-Flasche, saugte den Schaum und die süße Flüssigkeit von der Flaschenöffnung, dann nahm er einen großen Schluck und rülpste leise. »Kann losgehen«, sagte er, nachdem er die klebrigen Hände an seiner Jeans abgewischt und das Telefon wieder aufgenommen hatte.

»Wir sind da zufällig an Informationen gekommen, wo Stefan Winterfeld eine Menge Bargeld gelagert hat.«

»Moment«, unterbrach ihn Uwe. »Der Stefan Winterfeld? Dein Chef?«

»Und deiner.«

»Ich bin *freelancer*«, stellte Uwe Dirksen resolut klar. »Mein eigener Chef sozusagen.«

»Ach so.«

»Welche Informationen denn?«, fragte Uwe »Und überhaupt, wer ist wir?«

Jablonski zögerte, Uwe hörte seine Atemgeräusche, wieder Getuschel aus dem Hintergrund. »Jetzt lasst doch mal«, zischte er. »Also gut, aber du musst das wirklich für dich behalten. Ich hätte es dir, also ich hätte dich auch nicht angerufen, wenn wir nicht wirklich jemanden brauchen würden, der sich mit gesicherten Dateien ...« »Verschlüsselt«, rief eine tiefe Frauenstimme dazwischen. »Verschlüsselt, von mir aus«, sagte Jablonski genervt.

»Moment mal«, sagte Uwe. »Der Reihe nach. Also, wer ist wir?«

»Und du kannst schweigen?«

Uwe erhob sich und wanderte mit dem Telefon am Ohr durch das Wohnzimmer. Instinktiv stellte er sich ans Fenster und schaute auf die Straße mit den riesigen Kastanienbäumen, deren Blätter bereits braun gesprenkelt waren, so als würde er Agenten mit Sonnenbrillen und maßgeschneiderten Anzügen erwarten, die ihn beobachteten.

»Mensch, Horst, was ist denn das für eine Geschichte?«

»Also, kannst du schweigen oder nicht?«

Uwe nickte. »Ja, kann ich.«

»Schön. Ich bin mit zwei Freunden in Winterfelds Villa.«

»Was? Ich dachte, der Winterfeld ist in Amerika.«

»Nee, ist er nicht. Ihm, äh, kam etwas dazwischen.«

»Und was machst du da? Er wird ja wohl kaum seinen Hausmeister eingeladen haben. Oder reparierst du da etwas für ihn? Aha, Schwarzarbeit?«

»Quatsch. Der Winterfeld weiß gar nicht, dass ich hier bin? Sozusagen.«

Uwe wechselte den Hörer auf das andere Ohr. Das Chamäleon hatte einen dicken Falter gefangen und verspeiste diesen jetzt langsam. Die zappelnden Beine ragten noch aus dem Maul, die Augen des Chamäleons glotzten dumm in die den Himmel. »Jetzt kapier ich gar nichts mehr. Wo ist denn Winterfeld dann?«

»Im Keller. In der Tiefkühltruhe«, sagte Jablonski sehr leise.

»Horst, du musst lauter reden. Gerade habe ich verstanden, in der Tiefkühltruhe.« Uwe Dirksen lachte.

»So ist es ja auch«, hörte er Jablonski sagen. Uwe hätte fast den Hörer fallengelassen, ihm wurde erst heiß, dann kalt. »Was?«, flüsterte er tonlos.

»Das ist eine lange Geschichte. Glaub mir, wir haben nichts getan. Also, fast nichts. Jedenfalls war er schon tot, als wir hergekommen sind, um den Safe zu leeren.« Es sprudelte jetzt geradezu aus Jablonski heraus. »Ich hatte ja die Kombination in seinem Büro gefunden. Zufällig, als ich eine Lampe wechseln wollte. Aber da war gar kein Geld drin. Leer. Nichts. Und dann wurden wir von seiner Freundin überrascht, ach so, Winterfeld saß in seinem Drehstuhl am Schreibtisch, tot, wohl zu viel von dem weißen Pulver geschnupft. Jedenfalls hat sie uns von dem Geldschrank in der Kammer hinter dem Versorgungsraum erzählt. Also haben wir uns, äh, seine Fingerabdrücke besorgt wegen Sensor und so und sind da rein. Aber da war wieder kein Geld, beziehungsweise nur ein bisschen. Und sonst nur dieser Kasten mit dem Kabel. Externe Festplatte, meinte Dieter dann und zurück hier in der Villa Winterfeld haben wir den Kasten an den Computer angeschlossen. Aber wenn wir die Dateien öffnen, erscheint nur so ein Kauderwelsch auf dem Bildschirm. Verschlüsselt wahrscheinlich.« Uwe hörte, wie Jablonski tief durchatmete. »Ja, so war das.«

Es folgte ein längeres Schweigen. Schließlich fragte Uwe: »Hinter dem Versorgungsraum?«

»Was? Ach so, ja genau.«

»Verrückte Geschichte.«

»Da kann ich nicht widersprechen.« Jablonski lachte müde.

Verrückte Geschichte, dachte Uwe noch einmal. Er begutachtete den mittlerweile mit einer feinen Kruste überzogenen Tomatenfleck, die Nudeln sahen jetzt aus wie hellbraune Regenwürmer, die zu lange in der Sonne gelegen hatten. Dann ließ er seinen Blick durch das schmucklose Wohnzimmer gleiten. Die braune Couch, das billige IKEA-Regal, in dem sich die zerfledderten Computerzeitschriften stapelten, zwei halb vertrocknete Pflänzchen auf dem Fensterbrett. Einzig der Fernseher machte etwas her, was in Anbetracht der Tatsache, dass er immer allein davor saß, letztlich aber fast egal war. Und auch wenn er Jablonski gegenüber so stolz das Wort *freelancer* benutzt hatte, so musste er sich doch eingestehen, dass die Aufträge insgesamt überschaubar waren. Es gab mittlerweile einfach zu viele auf seinem Gebiet. Sicher, er nahm für sich durchaus in Anspruch, gut zu sein in dem, was er machte. Aber er konnte es einfach zu selten unter Beweis stellen, weil er sich nicht gut verkaufen konnte. Auch der Job bei Winterfeld digital Services, dieser Räuberbude, war lediglich auf vier Monate ausgelegt, dann würde die Datenbank fertig sein und er musste sich nach etwas Neuem umsehen. Wieder Klinken putzen, Angebote schreiben. Wie er das hasste. Und so ging es seit Jahren. Dabei wollte er doch eigentlich nur an seinem Rechner sitzen und an seinen Codes feilen, Stück für Stück die Eleganz einer schnörkellosen Programmierung herausmeißeln.

»Wie viel ist für mich drin?«, fragte er dann ohne über die Konsequenzen der Frage oder, noch viel mehr, der Antwort nachgedacht zu haben. Uwe spürte förmlich, wie Jablonski auf der anderen Seite der Leitung - die ja streng genommen schon lange keine richtige Leitung mehr war – grinste.

»Das besprechen wir am besten vor Ort.«

Jablonski winkte Uwe Dirksen von der Seitentür heran.

»Hier, Uwe«, zischte er und beobachtete dabei argwöhnisch das Nebenhaus. Uwe bewegte sich unsicher über die Wegplatten, immer wieder blickte er nach oben zu den Fenstern im ersten Stock. Er trug die übliche knittrige Jeans und ein T-Shirt mit dem Kinoposter des »Tron«-Films aus den 1980ern. Über der Schulter hing eine abgewetzte Ledertasche. Das schulterlange, fettige Haar hatte er zu einer Art Samuraiknoten gebunden.

»Komm rein.« Jablonski zog ihn in den dämmrigen Flur. »Danke, dass du gekommen bist.«

»Mensch, Horst, in was für eine Geschichte bist du denn da reingeraten?« Uwe blickte sich mit großen Augen im Flur um, so als könnte er nicht glauben, dass er tatsächlich in der Dahlemer Villa von Stefan Winterfeld stand. Jablonski schob ihn den Flur entlang zur Treppe. Als sie am Raum mit der Tiefkühltruhe waren, zögerte Jablonski. »Hier ist übrigens ...«

Uwe hob hastig beide Hände und lächelte nervös. »Halt, davon will ich nichts wissen. Ich schau mir diese Dateien an, bekomme mein Geld und morgen werde ich meinen Job für die Winterfeld Digital Services GmbH vorzeitig beenden. Sollen die ihre letzten Kröten doch behalten. Waren sowieso beschissene Vertragskonditionen. Warum nur schaffe ich es nicht, mehr zu verlangen, kannst du mir das sagen, Horst? Es ist nämlich immer dasselbe, weißt du. Die drücken die Sätze bis zum geht nicht mehr, einfach lächerlich, davon kann keiner leben. Aber irgendein anderer macht den Job zu dem Preis, ist ja ein globalisierter Markt. Was soll ich also machen? Miete, Strom, das Leben hat ja auch seinen Preis, oder nicht. Aber wenn ich mal versuchen würde, nur ein einziges Mal, zu sagen, nee, nicht zu dem Preis, aber das trau ich mich einfach nicht. Mein Gott, ich bin Programmierer, und zwar kein schlechter, mein Leben ist die Tastatur, der Bildschirm, der blinkende Cursor, der schwarze Hintergrund der Coding-Software. Ich bin kein Held, kein Macher. Ich, also ...«

»Hey Uwe«, sagte Jablonski und legte ihm beide Hände auf die knochigen Schultern. »Alles gut. Wir sind auf derselben Seite. Wir wollen auch alle nur das Geld und dann weg von hier. Niemand soll Ärger bekommen, okay?«

Uwe Dirksen linste noch einmal an Jablonskis stämmigem Körper vorbei auf die Holztür, nickte langsam und blickte ihn dann mit nervös zuckenden Augenlidern an. »Dann zeig mir mal, was du hast.«

Jablonskis Mund verzog sich zu einem breiten Lächeln, er gab Uwe einen Klaps auf die Schulter und gemeinsam gingen sie die Treppe nach oben. Im Arbeitszimmer warteten die anderen. Cassidy hatte sich wie bei ihrer ersten Begegnung in den Sessel gefläzt, die Beine über der Lehne, eine Zigarette in der Hand. Dieter stand am Fenster und knetete nervös sein Ohrläppchen. Das Sakko hatte er entgegen seiner Überzeugung ausgezogen und an den Griff einer Schranktür gehangen. Silke saß auf der Tischkante, ließ die Beine baumeln und strich Falten aus ihrer Jeans. Jablonski musste spontan an das Brettspiel *Cluedo* denken, das er früher mit Susanne so gern gespielt hatte. In regelmäßigen Abständen hatten sie Freunde eingeladen und bis spät in die Nacht gespielt, Bier und Wein getrunken. Die Männer hatten über die Missstände in ihren Betrieben gemotzt und die Frauen dazu genervt geguckt. Hinter Jablonski betrat Uwe mit gesenktem Blick und sichtlich eingeschüchtert von der ganzen Situation den Raum.

»Uwe, darf ich vorstellen«, sagte Jablonski gutgelaunt und wies mit der Hand auf die anderen Anwesenden, »Cassidy, Silke und Dieter. Ihr Lieben, das ist mein geschätzter Kollege Uwe. Er wird uns mit dem *drive* helfen.«

»Drive?«, fragte Dieter. Das Ohrläppchen hatte vom vielen Reiben schon die Farbe eines Fliegenpilzes angenommen.

»Festplatte«, übersetzte Jablonski mit wegwerfender Handbewegung, so als müsste der Begriff jedermann geläufig sein.

»Freut mich«, sagte Uwe leise. »Ich hoffe, ich kann helfen.«

»Ganz bestimmt.« Jablonski knuffte ihn aufmunternd in den Oberarm. »Da steht das gute Stück. Komm, nimm Platz.«

»Ja, gleich«, sagte Uwe mit heiserer Stimme, räusperte sich vernehmlich und setzte dann mit hochrotem Kopf fort: »Erst müssen wir über das Geschäftliche reden.«

Cassidy lachte leise, Dieter konnte ein Lächeln nicht unterdrücken und Silke schürzte anerkennend die Lippen: »Gefällt mir.«

»Schade, ich hatte gehofft, nachdem, was du mir unten gesagt hast, dass wir dich auch mit ein paar Bröckchen abspeisen könnten.« Jablonski sah Uwe scharf an. Der leckte sich nervös die Lippen.

»Tja, also ... nun ja, ihr braucht mich ja und deshalb ...«

»Mensch, war doch nur Spaß«, rief Jablonski und klatschte laut in die Hände. »Natürlich bekommst du deinen gerechten Anteil. Wir sind hier ja sowas wie eine Kooperative, die Produktionsmittel in den Händen der Arbeiter und so. Also, wir teilen ab jetzt durch fünf. Alles.«

Uwe atmete tief durch. »Großartig«, sagte er dann. »Und wie viel ist eigentlich alles?« Er schaute in die Runde.

»Das ist der springende Punkt«, sagte Jablonski. Er war hinter den Schreibtisch gegangen und hatte den Ledersessel als Einladung an Uwe, sich zu setzen, zurückgeschoben. »Wir wissen es leider nicht.«

»Ihr wisst es nicht?«, wiederholte Uwe.

»Aber es wird nicht wenig sein«, sagte Cassidy. Sie setzte sich im Sessel auf, blies Rauch aus. »Ich bin mir sicher, dass Stefan ordentlich etwas zur Seite geschafft hat. Auf irgendeine Art und Weise. Und das muss auf dieser Festplatte –« »Drive«, unterbrach sie Jablonski mit gespielt überheblichem Blick. »Klugscheißer«, sagte Cassidy grinsend. »Also gut, auf diesem *drive* müssen sich die Informationen dazu finden. Wo, wie viel und wie wir da rankommen.«

Jablonski breitete die Arme aus. »Ist natürlich ein bisschen die Katze im Sack, das ist uns klar. Aber ich bin überzeugt, dass es sich lohnen wird. Also, bist du dabei?«

Uwe schob die Lippen vor, strich sich über die hohe Stirn, dann zuckte er mit den Schultern. »Was soll's. Zeig mal her.«

Jablonski reckte die Faust, klappte den Bildschirm des Laptops auf und machte eine einladende Bewegung. »Bühne frei.«

Silke lachte auf. »Bühne frei?«

»Heißt das nicht Manege?«, fragte Dieter.

»Auf jeden Fall«, pflichtete Cassidy ihm bei. »Manege frei muss es heißen. Oder vielleicht lieber: The floor is yours?«

»Jetzt hört doch mal auf«, meckerte Jablonski. »Und du Uwe, leg los. Wir sind gespannt.«

»Interessant«, sagte Uwe konzentriert. Er betrachtete mit hellwachen Augen den Bildschirm und leckte sich immer wieder mit der Zunge über seine Oberlippe.

»Was denn?«, fragte Jablonski, der hinter ihm stand, eine Hand auf der Lehne des Schreibtischstuhls abgelegt hatte und mit den Fingern der anderen auf dem dunklen Holz des Tisches trommelte und dabei Uwe Dirksen über die Schulter blickte.

»Interessant«, wiederholte Uwe leise.

Jablonski richtete sich auf, drehte sich zu Cassidy, Silke und Dieter, die hinter ihm am Fenster standen, und verzog fragend das Gesicht: »Was meint er damit?«

Die anderen zuckten in nahezu orchestrierter Gleichzeitigkeit die Schultern. Er nahm wieder seine Beobachterposition ein, ruckelte dabei am Schreibtischstuhl, so dass Uwe genervt sagte: »Pass doch auf.«

»Entschuldige. Aber was ist denn jetzt?«

»Also«, Uwe verschränkte die Hände und drückte die Finger durch, die dabei laut knackten. Er lehnte sich zurück, rieb sich kurz die Augen und sagte dann mit einem Siegerlächeln: »So, wie ich das sehe, ist das nur eine einfache Verschlüsselung. Absolut nicht neuester Standard. Lediglich DES.«

»De, e, es?«, fragte Jablonski.

»Data Encryption Standard«, sagte Uwe. Er schwang den Drehstuhl herum und blickte in die fragenden Gesichter von Dieter, Jablonski, Silke und Cassidy. Er lächelte gutmütig. »Der Data Encryption Standard, kurz DES, ist ein symmetrisches Verschlüsselungsverfahren, das in den 1970er Jahren in den USA entwickelt wurde. Hat eine Schlüssellänge von lediglich knapp sechzig Bit, ist also in Anbetracht der heutigen Technik vollkommen veraltet.«

»Aha«, sagte Jablonski mit offenem Mund. »Und was heißt das?«

»Nun, heutzutage ist der Mindeststandard für die Verschlüsselung 128 Bit, also das Doppelte. DES hat einen Schlüsselraum von effektiv 56 Bit. Das entspricht einer Schlüssellänge von zwei hoch 56 Möglichkeiten, also etwa zweiundsiebzig Billiarden.«

»Zweiundsiebzig Billiarden?«, fragte Silke.

»Genau«, sagte Uwe mit einem breiten Grinsen. »Und die müssen alle durchprobiert werden. Das Gute ist, ich vermute, dass jede Datei mit demselben Schlüssel versehen wurde. Es sollte also ausreichend, wenn wir das ein Mal durchexerzieren.«

Jablonski rieb sich das Kinn. »Und wie lange dauert das? Dieses Durchprobieren?«

Uwe stemmte sich aus dem Lederstuhl, streckte die langen Arme und ließ die Nackenknochen knacken. Er tigerte, mit den Händen dozierend, durch das Arbeitszimmer. »Nehmen wir mal den Fall eines einfachen Zahlenschlosses für dein Fahrrad, Horst.«

»Ich habe doch gar kein ...«

»Ist doch jetzt egal. Also, wir gehen davon aus, du hast ein Schloss mit vier Ziffern, die Kombination kann also irgendwas zwischen vier Mal null und vier Mal neun sein. Rein rechnerisch sind das zehn hoch vier mögliche Zahlenfolgen. Macht zehntausend. Nehmen wir an, du hast flinke Finger und schaffst es, jede neue Kombination innerhalb von drei Sekunden einzustellen. Dann brauchst du für alle Zahlenfolgen dreißigtausend Sekunden oder fünfhundert Minuten. Das sind knapp acht Stunden.«

»Wow«, sagte Jablonski.

»Das müsste aber ein sehr wertvolles Fahrrad sein, dass ich mich da acht Stunden davorknie«, sagte Silke lachend.

»Wir reden hier«, Jablonski deutete auf die leise surrende externe Festplatte, »aber nicht von einem Fahrrad, Silke.«

»Außerdem«, sagte Uwe augenzwinkernd, »haben wir es ja auch mit deutlich mehr Möglichkeiten zu tun.«

»Stimmt«, mischte sich jetzt auch Dieter ein, der immer noch am Fenster stand. »Was können wir also tun?«

»Brute Force«, sagte Uwe achselzuckend.

»Brute Force?«, fragte Jablonski und sprach es aus wie Brutforz.

»Bedeutet soviel wie rohe Gewalt«, sagte Cassidy nachdenklich. »Lass mich raten: du willst alle möglichen Kombinationen ausprobieren.«

Uwe strahlte über das ganze Gesicht. »Fast.« Er lief zum Tisch, öffnete die Ledertasche und zog einen klobigen Laptop hervor. »Nicht ich. Sie.«

»Sie?« Cassidy schmunzelte und Uwe lief rot an, so dass seine Gesichtsfarbe der eines gekochten Hummers ähnelte.

»Das, also nun ja ... Trista wird den Job übernehmen.« Plötzlich schien Uwe etwas sehr Wichtiges in seiner Tasche zu suchen.

»Du hast deinem Computer einen Frauennamen gegeben?«, fragte Jablonski grinsend.

»Also, ich find's süß«, sagte Cassidy.

»Ich auch«, schwärmte Silke. »Absolut romantisch.«

Jablonski verdrehte genervt die Augen. »Wie auch immer. Dann zeig mal, was Trista so drauf hat. Sieht ja recht klobig aus, die Dame.« Er lachte kurz auf über seinen Witz.

»Das täuscht«, entgegnete Uwe entschieden. »Diese schicken, superschlanken Laptops sind was für Möchtegernkreative, die den ganzen Tag in Cafés rumsitzen und belanglose Texte schreiben. Das hier,« er hielt das schwarze Gehäuse mit den auffälligen Belüftungsschlitzen in die Luft, »ist ein *powerhorse*.« Er verband Trista durch ein Kabel mit dem Laptop von Winterfeld, dann setzte er sich wieder in den Schreibtischstuhl und tippte in wildem Tempo auf der Tastatur, dazu murmelte er unverständlich vor sich hin.

»Der Meister bei der Arbeit«, flüsterte Jablonski nach ein paar Minuten, in denen sie schweigend Uwe zugesehen hatten, wie er auf einem schwarzen Bildschirm Eingaben tätigte, die ihnen absolut nichts sagten. Einzelne Fenster öffneten sich mit Zahlen und Buchstaben, die wohl eine Programmiersprache darstellten.

»Allerdings«, sagte Uwe konzentriert. »Ich arbeite seit Jahren an einem Algorithmus, der diese Art von Aufgabe schneller macht.« Er spürte die fragenden Blicke der anderen in seinem Rücken und ergänzte: »Eine Art Hobby von mir.«

»Schon klar«, sagte Jablonski.

»Faszinierend«, sagte Dieter.

»So«, sagte Uwe schließlich mit einem letzten, lauten Tippen auf die Eingabetaste. »Das wär's.«

»Schon fertig?«, fragte Jablonski, der von einem zum anderen Bildschirm guckte.

Uwe warf ihm einen missbilligenden Blick zu. »Denkst du wirklich, das geht so schnell?«

»Nun ja.«

»In den neunziger Jahren des letzten Jahrhunderts gab es regelrechte Wettbewerbe, wer DES am schnellsten knacken würde. Die damaligen Rechner mit etwa zweihundert Megahertz Leistung konnten eine Million Kombinationen pro Sekunde berechnen. Das bedeutete, dass sie im Schnitt tausend Jahre gebraucht hätten, um den richtigen Schlüssel zu finden.«

»Tausend Jahre?«, fragte Cassidy. »Ich würde gern bedeutend früher nach Griechenland.«

»Seit damals hat sich die Technik ja zum Glück rasant weiterentwickelt. Ich schätze mal, dass wir bis morgen Mittag ein Ergebnis haben sollten.«

»Morgen Mittag?«, fragte Dieter. »Und was machen wir bis dahin?«

»Wie wäre es mit Essen?«, fragte Cassidy. »Ich sterbe nämlich vor Hunger.«

»Gute Idee«, sagte Jablonski und strich sich wohlig über den Bauch. »Und dazu eine gute Flasche Wein.«

Jablonski zog mit angestrengt rotem Kopf an dem Korken-
zieher. Mit einem lauten Ploppen löste er sich schließlich aus
der Flasche. Jablonski atmete tief durch.

»So ein Biest.«

»Nicht meckern, einschenken«, rief Cassidy und hielt ihm
ihr Weinglas hin. Sie saßen an dem Tisch im Esszimmer, die
Reste von dem, was der Kühlschrank noch hergegeben hatte –
Wurst, Käse, eingelegte Gurken, geräucherter Lachs, Butter,
verschiedene Sorten Marmelade, Artischockenherzen, Oliven –
lag auf Platten und Tellern in der Mitte des Tisches. In dem kleinen Tiefkühlfach hatte Jablonski Steaks gefunden und gebra-
ten. Vier leere Weinflaschen standen auf dem Tisch, Cassidy
und Silke rauchten und füllten den Aschenbecher zwischen
ihnen. Uwe hatte nur wenig von dem Wein getrunken und
blickte immer wieder von einem zum anderen. Dieter fühlte
sich nach dem ersten Glas Wein zunehmend unbeschwert. Er
saß neben Cassidy, die Gesichtszüge entspannt, die verschränkten Hände auf den Bauch gelegt. Jablonski spielte den
großen Zampano, trank den Wein schnell, fast wild, gestiku-
lierte raumfüllend, übertönte mit seiner tiefen, zunehmend
kratzigen Stimme alle anderen. Ihn hielt es kaum auf dem
Stuhl, immer wieder sprang er auf, um sich noch eine Scheibe
Wurst in den gierigen Mund zu schieben, Wein nachzuschen-
ken oder einfach nur, um rastlos um den Tisch zu tigern, Dieter
oder Silke, ja sogar das eine oder andere Mal Cassidy, einen
freundlichen Klaps auf die Schulter zu geben oder das Haar zu
verwuscheln. Er erinnerte Dieter immer mehr an Anthony
Quinn in Alexis Sorbas.

»Prost, auf uns. Die raffiniertesten Gauner des Jahrzehnts«, rief Jablonski lallend.

Sie erhoben ihre Gläser. Uwe trank zögerlich. Jablonski bemerkte es und wandte sich ihm zu. »Mensch Uwe, was ist los mit dir? Läuft doch alles super.«

»Das werden wir morgen wissen«, antwortete Uwe.

»Ach was«, Jablonski machte eine wegwerfende Handbewegung, »du wirst sehen, da sind die Informationen drauf, die wir brauchen. Warum sonst hätte dieses Ding denn da drin sein sollen?«

»Möglich«, entgegnete Uwe achselzuckend. »Vielleicht sind es aber auch nur irgendwelche Nacktfotos.« Dieter und Jablonski schauten automatisch zu Cassidy. Die hob abwehrend die Hände. »Was schaut ihr mich so an?«

»Ist ja auch egal«, polterte Jablonski. »Das werden wir morgen sehen. Und dann entscheiden wir, was als Nächstes zu tun ist. Damit sind wir doch bis jetzt gut gefahren, oder?« Er schaute in die Runde.

»Ich weiß nicht, Horst. Da liegt ein Toter unten in der Tiefkühltruhe«, sagte Uwe mit unbehaglicher Stimme.

»Der schon tot war, als wir ankamen«, stellte Jablonski klar. Dieter bemerkte an dessen angespanntem Gesichtsausdruck, dass sich seine Laune durch Uwes Weigerung, sich in dieselbe gelöste Stimmung zu begeben wie Jablonski, verschlechterte. Er schien überhaupt nur zwei Gefühlswelten zu kennen: übertriebene Lebenslust und latent aggressive Aufdringlichkeit. Dieter verdrängte den Gedanken, dass dies eventuell noch zu einem Problem werden könnte – oder vielleicht auch schon war. Denn hätte er sich im Ernst dazu entschieden, weiter mitzumachen, nachdem der erste Plan, den Safe in einem verlassenen Haus, zu dem sie auch noch die Kombination kannten, zu leeren, gescheitert war, wenn er sich nicht von Jablonski hätte einschüchtern lassen? Hand aufs Herz: höchstwahrscheinlich nicht. Er wäre zurück in seine Wohnung gefahren, hätte eine

Nacht unruhig geschlafen und wäre dann in sein normales, langweiliges und letztlich verhasstes Leben zurückgekehrt. Vielleicht hätte er in den folgenden Tagen die Nachrichten aufmerksamer verfolgt, um zu sehen, ob der Tote in einer Dahlemer Villa darin vorkam. Aber schließlich wäre diese im Grunde dümmliche, pubertäre Idee nur noch eine flippige Anekdote in seinem an Aufregungen ansonsten armem Leben. Von der Insolvenz seines Geschäfts mal abgesehen. Andererseits hätte er dann aber auch nie Cassidy kennengelernt, was – egal wie es weitergehen würde – auf jeden Fall als Verlust zu bezeichnen wäre. Und außerdem hatte ihn diese ganze Geschichte auch verändert. Wie er hier an dem Tisch saß, mit den anderen, angenehm entspannt vom guten Wein, bei ehrlicher Betrachtung ein ganzes Stück entfernt von dem, was sein Leben bisher so ausgemacht hatte – verdammt, er hatte die abgetrennten Hände eines Toten in einer Kühlbox in einem Auto durch die Stadt gefahren, wenn das mal nichts war, was das Attribut »vollkommen durchgeknallt« verdiente –, dann konnte er nicht verhehlen, dass er sich richtig gut fühlte. So gut wie möglicherweise nie zuvor in seinem Leben. Egal, was passieren, wie alles enden würde, für dieses Gefühl würde er ewig dankbar sein. Diese zwei Tage hatten einen anderen Menschen, einen anderen Mann aus ihm gemacht, so viel war sicher.

»Du hast ihm die Hände abgehackt«, sagte Uwe gerade. »Das ist schon ein starkes Stück. Aber gut, wir werden sehen, was sich so enorm Wichtiges auf dem *drive* befindet, dass der Halunke Winterfeld«, er hob entschuldigend eine Hand in Richtung Cassidy, »sorry, also, dass der Winterfeld es in diesem Tresor aufbewahren musste.«

»Du bist doch auch heiß auf die Kohle, Uwe. Sonst wärst du gar nicht hier«, sagte Jablonski in scharfem Tonfall.

»Natürlich.«

»Dann ist doch alles gut«, sagte Silke, die aufgestanden war und Jablonski besänftigend die Hand auf die Schulter gelegt hatte. »Wir wollen alle dasselbe. Vergessen wir also, was geschehen ist und konzentrieren uns auf das, was kommt. Wir haben doch bisher immer eine Lösung gefunden. Ist das nicht großartig? Ich finde, wir sind ein echt starkes Team.«

»Volle Zustimmung«, sagte Cassidy und ließ langsam den Rauch aus ihrem Mund entweichen. »Gestern Abend wart ihr drei hier mit dem sicheren Plan vor Augen. Rein, raus, reich, wie Dieter es nannte. Und heute Abend sitzen wir zusammen an einem Tisch, finden immer wieder einen Weg, weiterzumachen, unserem großen Ziel entgegen. Ich sage euch eins, kaum einer der geschniegelten Typen, die bisher hier so saßen, hatte auch nur ansatzweise so viel Mumm wie wir.«

Jablonski klatschte in die Hände und die anderen setzten ebenfalls ein, es wurde gejohlt und gepfiffen, Jablonski stemmte sich hoch und wirbelte Silke in einem keinen offiziellen Stil zuzuordnenden Tanz um den Tisch, selbst Uwe griff nach der Weinflasche und schien sich vorgenommen zu haben, an der ausgelassenen Stimmung teilzuhaben.

Dieter beugte sich leicht zu Cassidy. »Das hast du schön gesagt.«

Sie lächelte ihn ehrlich gerührt an. »Danke«, sagte sie, legte ihm eine Hand aufs Bein und setzte leise fort: »Ich habe noch vergessen zu sagen, wie schön ich es finde, dass ich dazu noch dich kennenlernen durfte.« Sanft drückte sie seinen Oberschenkel unter dem Tisch. Dieter musste schwer schlucken. »Das ... ja, das finde ich auch. Absolut.«

Cassidy spitzte ihre Lippen zu einem raschen, angedeuteten Kuss, dann ließ sie sein Bein los und wandte sich den anderen zu. Konnte es sein, dass die Stelle, an der gerade noch ihre Hand gelegen hatte, immer wärmer wurde? Fast fühlte sich Dieter dazu verleitet, unter den Tisch zu schauen, ob nicht seine Hose in Flammen stand. Aber er lächelte stattdessen in sich hinein und genoss die Erinnerung an den sanften Druck ihrer schlanken Hand. Er hatte jetzt keinen Zweifel mehr, dass

Cassidy ehrliche Gefühle für ihn hatte. Und diese Überzeugung steigerte seine Stimmung um viele weitere Einheiten. Ohne Zweifel, er, Dieter Wellenbrink, war spätestens seit diesem Abend ein anderer Mensch. Alles würde gut werden, sein Leben neu beginnen.

»Ich finde es wirklich toll, dass ihr so viel Spaß habt, aber lasst uns doch bitte jetzt überlegen, wie es morgen weitergehen soll«, sagte Cassidy.

»Na, wir holen uns die Millionen«, schrie Jablonski, was Silke mit einem schlachtrufähnlichen Geschrei und in die Luft gestreckter Faust kommentierte.

»Leute, ja. Aber wir sollten nicht die Details aus den Augen verlieren. Was ist zum Beispiel, wenn jemand fragt, warum sich Stefan nicht meldet.«

»Der ist doch in Amerika«, sagte Jablonski grinsend. Silke kicherte hinter vorgehaltener Hand.

»Aber würde er sich von da nicht einmal melden?«, fragte Dieter, der verstand, worauf Cassidy hinauswollte.

Uwe nickte bedächtig. »Das stimmt.«

»Ach was«, Jablonski wedelte genervt mit der Hand. »Interessiert doch niemanden, wenn da mal ein paar Tage Funkstille ist. Und wenn wir alles haben, sind wir weg, dann kümmert es uns auch nicht mehr. Obwohl, schade um das schöne Haus. Aber was soll's, ich kauf mir einfach selbst so eine Villa.« Er hob die Hand und Silke schlug ein.

»Horst, jetzt werd nicht übermütig«, sagte Dieter mit fester Stimme. »Bis wir nicht am Ziel sind, sollten wir so unauffällig wie möglich bleiben. Und dazu gehört auch, dass wir unserem normalen Leben nachgehen. Wir machen unsere Arbeit weiter, Alltag eben. Du wirst morgen als Hausmeister zu Winterfeld Digital Services gehen und ich weiterhin versuchen, Autos zu verkaufen.«

»Ach ja«, sagte Jablonski unwirsch, »und vergiss dabei nicht, die, du weißt schon, zu entsorgen.«

Alle Blicke waren auf einmal auf Dieter gerichtet. »Heißt das, die Kühlbox ist immer noch in dem Auto?«, fragte Silke mit weit geöffneten Augen. Dieter leckte sich nervös die Lippen. »Keine Sorge, ich regle das. Gleich morgen. Was ist mit dir, Silke, musst du arbeiten?«

»Erst Dienstag Abend wieder.«

»Leute, wirklich«, sagte Uwe mit leidendem Blick. »Das scheint mir ein ziemliches Chaos hier zu sein.«

»Und genau deswegen hat Dieter Recht. Wir müssen die Risiken minimieren«, mischte sich Cassidy ein.

Jablonski setzte zu einer Antwort an, stockte dann aber, blies die Wangen auf und ließ die Luft geräuschvoll entweichen. »Also gut. Mehr Ordnung in die ganze Sache. Uwe, du bist doch der IT-Typ hier. Könntest du nicht im Namen von Winterfeld eine E-Mail schicken? Alles toll hier, viele wichtige Gespräche, bla bla«

»Genau das wollte ich gerade vorschlagen«, gab Uwe zurück.

»Spitze«, sagte Cassidy. »Das gibt uns sicher ein paar Tage Ruhe in der Firma.«

»Mehr werden wir bestimmt nicht brauchen.« Jablonski setzte sein Glas an die Lippen und leerte es in einem gierigen Schluck. »Ganz sicher nicht.«

Doch es klang nicht mehr so überzeugt wie noch kurz zuvor.

Die gelöste Stimmung hatte sich in nachdenkliche Stille verwandelt. Uwe war in das Wohnzimmer gegangen, er würde auf der Couch schlafen, »in der Nähe von Trista«, hatte er gesagt und sich sofort auf die Zunge gebissen, als er Jablonskis spöttisches Lächeln bemerkt hatte.

Auch Dieter hatte sich bald zurückgezogen und war leicht betrunken nach oben in sein Zimmer gegangen. Dort hatte er sich bis auf die Unterhose entkleidet und sich in das schmale Bett gelegt. Er war aufgeregt, eine Vielzahl von Gedanken ging ihm durch den Kopf und hielt ihn trotz seiner starken körperlichen Müdigkeit wach. Sie hatten bisher immer noch nichts erreicht, bis auf ein paar tausend Euro waren sie nicht wohlhabender als zwei Tage zuvor und selbst diesen Betrag mussten sie mittlerweile durch fünf teilen. Weiterhin blieb nur die Hoffnung, dass der Kessel mit Gold auftauchte, sicher nicht am Ende des Regenbogens, aber irgendwo in den verschlüsselten Dateien. Und warum auch nicht? Denn Cassidy und Jablonski hatten ja Recht, warum hätte Stefan Winterfeld die Festplatte in den Safe schließen sollen, wenn sie nicht irgendetwas von Wert enthalten würde? Allerdings hatte Dieter das ungute Gefühl, dass das Ergebnis, dass sie morgen erhalten würden, nicht dem entsprechen würde, was sie sich alle erhofften. Dafür war bisher zu viel schief gegangen, warum sollte sich das jetzt ändern? Aber vielleicht war es auch nur wieder der alte Dieter, der grüblerische, unzufriedene, ja resignierte Dieter, der da sprach. Wo war das befreiende Gefühl von vorhin, die Gewissheit, dass er ein anderer Mensch war? Möglicherweise doch nur dem Schwips geschuldet? Nein, dachte er und seine Kiefer malmten aufeinander, dahin gehe ich nicht zurück.

»Dahin gehe ich nicht zurück«, sagte er in die Dunkelheit seines Zimmers.

Dann hörte er, wie jemand an die Tür klopfte. Zaghaft, zwei Mal, drei Mal. Und jetzt hörte er ihre Stimme: »Bist du noch wach?«. Gedämpft, heimlich.

Dieter lächelte und zugleich schlug sein Herz vor Aufregung so stark, dass er das Pulsieren bis in seine Ohren spürte. Er erhob sich, zupfte die Unterhose zurecht – warum hatte er nur kein sportlicheres Modell gewählt? – und trat an die Tür. Tief durchatmend drückte er die Klinke herunter und öffnete.

Sie stand im Flur und war wunderschön.

»Ich wollte dich nicht wecken«, sagte sie und sah ihm in die Augen, wofür Dieter sehr dankbar war, denn er kam sich mit einem Mal unglaublich lächerlich vor in seiner altmodischen Unterhose, den käsigen Beinen und dem leichten Bauchansatz. Sie hingegen war eine Göttin.

»Ich ... nein«, stammelte Dieter. Er spürte, wie ihm der Schweiß auf der Stirn stand. »Ich habe gar nicht, also ...«

»Darf ich rein oder soll ich die ganze Nacht hier auf dem Flur stehen?« Sie lächelte verschmitzt.

»Was? Ach so, tut mir leid. Ja, natürlich.«

Dieter trat zur Seite und Cassidy schritt in einer eleganten Bewegung an ihm vorbei ins Zimmer. Er blieb wie angewurzelt im Türrahmen stehen.

»Schließ doch bitte die Tür und komm her«, hörte er ihre Stimme aus dem Halbdunkel. Dieter drehte sich um, sie saß auf dem Bett, die schlanken Beine übereinandergeschlagen, leicht nach hinten gelehnt, die Arme auf die Matratze gestützt. »Na, komm schon. Ich beiße nicht.« Sie kicherte leise und er schloss die Tür.

Sie lagen nackt nebeneinander und sahen an die Zimmerdecke. Von unten drang ab und zu ein Lachen oder das Klirren von Gläsern zu ihnen hinauf, im Baum vor dem Fenster zirpten die Grillen.

»Das war schön«, sagte Cassidy nach einer Weile leise und nahm seine Hand.

»Finde ich auch«, antwortete Dieter. Er roch ihren Schweiß, würzig, mit einer Spur Vanille, spürte ihren aufgeheizten Körper an seinem, die feine Feuchte ihrer Haut. Und war glücklich. Er hatte irgendwo mal gelesen, dass man Glück nur rückblickend fühlen könne, aber was sollte dieses Gefühl des federgleichen Fallens denn anderes sein als Glück?

»Du warst sehr sanft, das hat mir gefallen. Von langer Abstinenz habe ich allerdings nichts gespürt.« Sie richtete sich auf einen Ellbogen, ihr Haar fiel nach vorn und kitzelte seine Schulter, ihre rechte Brust berührte seinen Arm. »Auch auf die Gefahr hin, dass ich jetzt ganz kitschig klinge, ich habe mich mit dir das erste Mal als richtige Frau gefühlt. Ernst genommen, angenommen, respektiert, sexuell wertvoll.« Sie schwieg, ihr Atem strich über sein Gesicht. »Du sagst ja gar nichts?«

»Ich weiß nicht, was ich sagen soll«, antwortete Dieter. »Ich fühle mich gerade ein wenig ... nun ja, überwältigt. Tut mir leid, ich will nur nichts sagen, was dem hier, was dir nicht gerecht werden würde.«

An dem Streichen ihrer Haare über seine Haut merkte er, dass sie nickte. »Und das ist wahrscheinlich das Schönste, was jemals ein Mann zu mir gesagt hat. Du steckst wirklich voller Geheimnisse, Dieter Wellenbrink.«

Auch er richtete sich jetzt auf. »Vielleicht, aber es ist auf jeden Fall so, dass du das alles in mir bewirkst.«

Sie sahen sich lange an, dann lächelte Cassidy und auch Dieter lächelte. »Das ist doch kein schlechter Beginn«, sagte sie.

»Beginn, von was?«, fragte Dieter vorsichtig.

»Von allem, was wir wollen.« Sie gab ihm einen zärtlichen Kuss auf die Nase. »Und so schön es gerade ist und so gern ich hierbleiben würde, ist es wahrscheinlich für den, na ja, Hausfrieden besser, wenn ich jetzt in mein Zimmer gehe.«

Dieter seufzte, nickte dann langsam. »Du hast wahrscheinlich Recht.«

»Fortsetzung folgt?«, fragte sie grinsend, nachdem sie sich angezogen hatte.

»Auf jeden Fall.«

An der Tür warf sie ihm eine Kusshand zu.

Die üblichen Verdächtigen saßen schon in ihren Büros an den Computern und machten, was auch immer ihre Arbeit war. Jablonski schlurfte, die Hände in den Hosentaschen seines lächerlichen, aber scheinbar berufsdefinierenden Blaumanns, den Gang entlang. Er hatte sich vorgenommen, cool zu bleiben, sich so zu geben wie immer – distanziert aber korrekt –, doch er wurde das unangenehme Gefühl nicht los, dass man ihm seine Nervosität ansah. Ansehen musste. Als trüge er ein Schild um den Hals, auf dem steht »Ich habe euren Chef verstümmelt!«. Die Stimmung in der Firma war zum Glück wie immer: eine seltsame Mischung aus Hektik und Lethargie. Wenn sich einer der Anzugträger erhob und aus seinem Kabuff kam, schien er es unglaublich eilig zu haben. Da war ein Huschen in den Fluren, eilige Schritte, die durch den strapazierfähigen, grauen Büroteppich gedämpft wurden, kurzes Grüßen. Sobald sie sich wieder in ihren in jeder Ebene verstellbaren ergonomischen Schreibtischstuhl setzten, schien alle Geschäftigkeit aus ihnen gewichen zu sein und sie starrten stundenlang den Bildschirm an wie Untote, die auf Befehle ihres Meisters warteten. Seltsame Geschöpfe der modernen Arbeitswelt, dachte Jablonski.

Im Pausenraum standen zwei von ihnen, Jablonski meinte sie den Namen Kummer und Gottlieb zuordnen zu können, hielten Espressotassen in ihren schmalgliedrigen Händen und unterhielten sich.

»Hast du den riesigen Fleck im Treppenhaus gesehen? Und wie das stinkt«, sagte gerade Gottlieb (oder Kummer?).

»Wirklich übel«, entgegnete Kummer (oder Gottlieb?). »Da sollte sich mal jemand drum kümmern.«

Sie bemerkten Jablonski, der im Türrahmen stehengeblieben war. »Ah, Kaminski«, sagte Gottlieb. »Das ist doch wohl Ihre Aufgabe.«

»Jablonski«, brummte Jablonski.

»Was?«

»Ich heiße Jablonski. Horst Jablonski. Und das Treppenhaus fällt nicht in meine Zuständigkeit. Tut mir leid.« Er verzog gespielt betrübt das Gesicht.

»Na toll, dann gammelt das da einfach so weiter?«

»Sofern sich nicht die Gebäudeverwaltung darum kümmert, ja.« Jablonski drängte sich an Gottlieb (oder Kummer?) vorbei und bereitete sich an der Maschine einen Espresso zu.

»Und weißt du, was ich heute morgen gesehen habe?«

»Heidi Klum oben ohne?«

»Nee, das leider nicht. Aber ich fahre so in die Tiefgarage und du glaubst es nicht, dieser uralte Corsa ist endlich weg.«

»Im Ernst? Hätte nicht gedacht, dass die alte Mühle noch fährt.«

»Vielleicht wurde der auch abgeschleppt. Wurde auf jeden Fall Zeit, hat da ewig den besten Parkplatz blockiert.«

»Würde mich nur interessieren, wem der Wagen gehört hat?«

»Man munkelt ja, dem Winterfeld. Soll da ab und zu ein Schäferstündchen gehalten haben. Warum auch nicht, ein bisschen Druck abbauen nach der Arbeit hat noch keinem geschadet.«

Sie lachten beide lauthals auf dem Weg zurück in ihre Arbeitshöhlen, Jablonski musste spontan an zwei Esel denken. »Volltrottel«, sagte er leise. Und dann dachte er zu sich: Wenn ihr wüsstet. Bald bin ich euch alle los. Bei dem Gedanken lächelte er und der Espresso schmeckte gleich noch besser.

Dieter saß an seinem Schreibtisch im Verkaufsraum des »Autocenter Klauß«, mit der Fußspitze drehte er sich auf dem

Stuhl langsam hin und her. Er starrte an die Decke und dachte an Cassidy, ihren weichen Mund, den schlanken Körper, die warme Haut. Seit gestern Abend hatte er das Gefühl, durch eine pastellfarbene Traumwelt zu wandeln. Alles war irgendwie fluffiger, ohne Kanten, sein Kopf gewichtslos. Er war früh aufgestanden, hatte ein schnelles Frühstück in der Küche eingenommen. Der Tisch im Esszimmer zeigte dasselbe Schlachtfeld wie am Vorabend. Mit dem Toast in der Hand war er in das Arbeitszimmer geschlichen, die Bildschirme der beiden Laptops waren schwarz, doch es ratterte leise in Uwes Gerät, so dass Dieter davon ausging, dass die Berechnungen andauerten. Aus dem angrenzenden Wohnzimmer hörte er leise Schnarchgeräusche. Nachdem er den trockenen Toast mit einem Schluck kalten Kaffee heruntergespült hatte, war er kurz versucht, an Cassidys Tür zu klopfen. Er entschied sich aber schweren Herzens dagegen, weil er nicht gleich zu Beginn ihrer Beziehung – während er dieses Wort dachte, wurde ihm für einen Moment siedend heiß – aufdringlich wirken wollte. Ihm fehlten außerdem die Erfahrungswerte, was von ihm in dieser Situation erwartet wurde oder erwartet werden konnte, also hielt er es für das Beste, sie schlafen zu lassen. Es würde sich schon alles irgendwie ergeben – später. Mit der U-Bahn war er dann in Richtung Flughafen gefahren, um pünktlich seine Arbeit anzutreten. Kein Abweichen der gewohnten Tagesabläufe, nichts, das verdächtig sein könnte, so hatten sie es vereinbart. Und er würde sich daran halten. Auch wenn er nichts lieber täte, als den ganzen Tag mit Cassidy im Bett zu verbringen.

Dieter lächelte versonnen bei dem Gedanken. Das Quäken der automatischen Tür kündigte die ersten Kunden an. Er erlaubte sich einen letzten Gedanken an Cassidys nackten Körper, seufzte wohlig, dann erhob er sich, richtete seine Anzugjacke – er nahm sich vor, auf dem Rückweg von der Arbeit einen Zwischenstopp in seiner Wohnung einzulegen, um seine Garderobe aufzustocken – und schritt mit professionellem Lächeln durch die Autoreihen. *Business as usual,* dachte er. Aber nicht mehr lange.

Die ersten beiden Kundengespräche waren von der zähen Sorte. Vielleicht lag es an ihm, vielleicht war er heute nicht ganz bei der Sache, aber es entstand kein Rhythmus, kein inhaltlich stimmiger Redefluss. Folgerichtig wollten es sich beide Kunden »noch einmal überlegen«. Hatte er ein erfolgloses Verkaufsgespräch bisher auch immer als einen persönlichen Makel betrachtet, war er heute ungewohnt gleichgültig. Er zuckte innerlich mit den Achseln und war sogar erfreut darüber, dass er sich wieder in seinen Sessel setzen und an Cassidy denken konnte. Griechenland. Sie beide. Warum nicht? Sicher, er war ein paar Jahre älter und im Vergleich zu ihren bisherigen Männern wahrscheinlich körperlich unterlegen, aber er hatte durchaus auch seine Qualitäten. Er war intelligent, gebildet, konnte lustig sein und immerhin hatte man ihm früher eine gewisse Ähnlichkeit mit Jeff Bridges bescheinigt. Das war doch was.

Noch in seine Gedanken vertieft, bemerkte er aus dem Augenwinkel, wie Herr Klauß eine ältere Dame zu einem weißen Skoda Fabia geleitete. Mit beiden Händen deutete er theatralisch auf das nichtssagende Auto, als stünde dort vor ihnen die Bundeslade. Müde lächelnd schüttelte Dieter den Kopf und musterte einen jungen Mann auf der anderen Seite, da durchzuckte es ihn wie ein elektrischer Schlag: die Kühlbox. Er sprang vom Stuhl auf und rannte, so schnell es ging, zu seinem Chef und der Frau.

»Was riecht denn hier so unangenehm?«, fragte die Dame gerade und rümpfte die Nase.

»Also, ich rieche nichts«, antwortete Klauß in gespielter Gelassenheit, doch Dieter konnte an seinem unruhigen Blick erkennen, dass er schon seine Felle davonschwimmen sah.

»Wenn ich kurz unterbrechen dürfte«, sagte Dieter, nach Atem ringend. »Dieses Modell ist ja schon zwei Jahre alt. Schauen Sie doch mal, dahinten, das ist topaktuell und die

Farbe passt doch auch viel besser zu ihnen. Weiß ist doch nichts für eine schicke Dame wie Sie.« Er legte all seinen großmutterbezirzenden Charme in die Worte und lächelte unschuldig. Die Dame begutachtete durch ihre dicke Brille den rot lackierten Wagen, auf den Dieter gezeigt hatte, den Kopf vorgestreckt wie eine Schlange kur vor dem Biss.

»Der sieht schick aus«, war ihr Urteil. »Kommen Sie, wir schauen da mal.« Damit zog sie Herrn Klauß an seinem schwabbeligen Arm mit sich. Der drehte noch einmal den Kopf in Dieters Richtung und zwinkerte übertrieben.

Dieter atmete tief durch, wischte sich den Schweiß von der Stirn. Mit einem mehr als unguten Gefühl betätigte er den Knopf zum Öffnen des Kofferraums. Die Dame hatte Recht gehabt, es roch hier hinten am Wagen unangenehm. Süßlich, aber eine Spur zu penetrant, eine Mischung aus Nagellackentferner und Benzin. Die Klappe schwang hoch und der Gestank nahm Dieter kurz den Atem. Nachdem die Wolke sich etwas verzogen hatte, blieb ein unterschwelliger Geruch nach Tod und Verwesung. Nicht unerträglich, aber irgendwie schmierig setzte er sich in der Nase fest und erzeugte ein unangenehmes Gefühl tief im Bewusstsein. Die Gewissheit der eigenen Sterblichkeit, der Kreislauf des Lebens, Vergänglichkeit.

Dieter zögerte kurz, dann zog er die Kühlbox aus dem Kofferraum, ließ die Klappe offen stehen und ging mit der Box in der Hand langsam zurück in den Verkaufsraum. Was sollte er jetzt tun? Es kamen immer mehr Kunden in das Geschäft, da konnte er wohl schlecht mit dem Kasten über die Brache hinter dem Gebäude stolpern. Was würde der Klauß dabei denken? Er blickte in fragende Gesichter, als er sich seinem Schreibtisch näherte und lächelte bemüht freundlich.

»Bin gleich bei Ihnen«, zwitscherte er. Sein Puls hatte sich beschleunigt, Schweiß rann ihm den Rücken hinab, für einen Moment war sein Kopf erschreckend leer. Er wusste nicht, was er tun sollte. Wie gelähmt stand er neben seinem Schreibtisch, die Kühlbox gegen die Brust gepresst wie ein Baby.

»Na, Dieter«, hörte er Herrn Klauß hinter sich. »Da hast du wohl vergessen, die Lachsreste zu entsorgen, was? Erika ist wohl kein Fischfan.« Er schlug Dieter kumpelhaft auf die Schulter. Der brachte es nicht über sich, sich umzudrehen und ihm in die Augen zu sehen.

»Wer?«, fragte er.

»Erika, deine Angebetete.«

»Ach so. Ja«, sagte Dieter krächzend, »sieht ganz so aus.«

»Ich würde eher sagen«, sagte Klauß gut gelaunt, »riecht ganz so aus.« Er lachte und stellte sich jetzt vor Dieter. »Das mit dem roten Skoda war übrigens ein super Schachzug von dir. Die hat sich sofort in das Auto verliebt. Und damit«, Herr Klauß rieb Daumen und Zeigefinger der rechten Hand aneinander, »der erste Abschluss des Tages. Hach, ich spüre, das wird ein guter Tag. So, dann bring mal deine gammlige Box nach hinten, am besten ins Lager, und widme dich dann den Kunden. Die sehen schon etwas genervt aus, und das, mein lieber Dieter, ist niemals gut, nicht wahr?«

Munter pfeifend zog er ab und ließ Dieter stehen. Der atmete tief durch, stellte die Kühlbox mit dem festen Vorsatz, den unseligen Inhalt in der Mittagspause endlich zu entsorgen, in den kleinen Lagerraum, wusch sich die Hände, bis die Haut rot war und trat dann wieder in den Verkaufsraum. Durchhalten, sagte er sich. Einfach nur durchhalten.

»Mülleimer leeren?«, fragte Jablonski in das Büro hinein? Der Mann mit den blonden Haaren im edel wirkenden dunkelblauen Anzug – das Schildchen an der Tür wies ihn als Günther, Sascha aus – winkte ihn herein, ohne aufzusehen.

Jablonski schob den Wagen mit der blauen Mülltonne ein Stück in den Raum, schlurfte zum Schreibtisch und bückte sich nach dem Papierkorb. Zwei, drei zerrissene Blätter Papier, mehr nicht. So manch einer hier schien so etwas wie einen Leerer-Papierkorb-Fetisch zu haben, dachte Jablonski genervt. Er leerte den Papierkorb in die Abfalltonne. Das Telefon auf dem Schreibtisch von Günther, Sascha klingelte. Er nahm ab, ohne den Blick von seinem Bildschirm zu nehmen.

»Ja, hab ich auch bekommen. Läuft also alles in den Staaten.« Kurze Pause, dann: »Da kannst du drauf wetten. Wie immer, das volle Programm. Luxushotel, Luxusessen, Luxus-duweißt-schon.« Er lachte. »So lange er mit ein paar interessanten Neukunden zurückkommt, ist ja alles gut.« Günther, Sascha beendete das Gespräch, dann warf er Jablonski, der neben seinem Wagen stand, einen abschätzigen Blick zu: »War noch was?«

»Nein, ich mach dann mal weiter.«

Günther, Sascha zuckte nur desinteressiert mit den Schultern. Du Penner, dachte Jablonski. Aber bald bin ich euch alle los. Er grinste, als er das Büro verließ. Da klingelte sein Handy.

»Jablonski?«, meldete er sich.

»Horst, es ist soweit.« Uwes aufgeregte Stimme am anderen Ende.

»Hast du den Code geknackt?«

»Trista hat ganze Arbeit geleistet. Das solltet ihr euch ansehen.«

Jablonski war immer noch irritiert, dass Uwe einer seelenlosen Ansammlung von Kunststoff, Mikrochips und Kabeln einen Frauennamen gegeben hatte, aber so lange das Ergebnis stimmte, war er durchaus bereit, diesen Umstand zu ignorieren. »Wir sind in einer Stunde da. Wartet auf uns.«

»Alles klar.«

Dieter zitterte vor Aufregung. Uwe hatte es geschafft. Sie waren ihrem Ziel wieder ein Schritt näher gekommen. Nach einigen Umwegen würden sie es bald geschafft haben. Und dann: Griechenland mit Cassidy. Ein Bungalow am Strand. Salz auf ihrer Haut, der Geruch der heißen Sonne in ihrem Haar. Er musste sich regelrecht zwingen, wieder ins Jetzt zurückzukehren. Noch war es nicht so weit. Jablonski hatte ihn gebeten, nein, ehrlicherweise hatte er ihm befohlen, in die Dahlemer Villa zu kommen. Sofort.

Er musste sich eine Ausrede einfallen lassen, damit der Klauß ihn frühzeitig gehen ließ. Und dann war da ja noch diese verfluchte Kühlbox. Er hatte einen Kunden nach dem anderen bedienen müssen (zwei Mal erfolgreich), so dass sich keine Gelegenheit ergeben hatte, das Ding und seinen grausigen Inhalt ein für alle Mal loszuwerden. Schicksalsergeben schüttelte er den Kopf und erhob sich von seinem Stuhl. Ein verrückter Gedanke machte sich in seinem Kopf breit wie ein ungebetener Verwandter am Weihnachtstisch. Er würde diese Kühlbox bis an sein Lebensende mit sich tragen müssen. Wie eine Art von Bestrafung würde er an sie gekettet sein, der Gestank würde unerträglich werden und er wäre dazu verdammt, als Ausgestoßener auf einer einsamen Insel auf sein Lebensende zu warten. Ohne Cassidy. Die langsam vor sich hinrottende Kiste neben sich im Dünengras. Nein, das konnte er nicht zulassen. Heute würde dieser Albtraum ein Ende haben. Aber jetzt musste er sich auf den Weg machen, die Kühlbox würde er also noch einmal mitnehmen müssen.

Klauß war gerade in einen Autokatalog vertieft. Vor dem Umblättern befeuchtete er jedes Mal die Spitze seines Zeigefingers. Diese Art, sich durch ein Druckwerk zu blättern, hatte Dieter schon bei seiner Mutter immer abstoßend gefunden, der vor Spucke glänzende Zeigefinger von Klauß war nicht weniger ekelerregend. Er räusperte sich und sein Chef schaute auf.

»Dieter, was gibt's?«

»Tja, also, ich müsste leider dringend weg.«

Klauß schürzte die Lippen und guckte umständlich auf seine goldene Uhr am Handgelenk. »Jetzt schon?«

»Es ist mir ja auch unangenehm. Aber ...«

»Das hat doch bestimmt was mit deiner Erika zu tun, hm?«
Klauß zwinkerte verschwörerisch.

»Was? Ach so, ja, genaugenommen schon. Richtig. Sie hat
mich gebeten, ihr da bei einer Sache zu helfen. Das geht leider
nur jetzt, also sofort, jetzt eben.« Dieter versuchte, eine Un-
schuldsmiene aufzusetzen.

»Eine Sache, wie? Na ja, verstehe schon. Ich war ja schließlich auch mal jung.« Er reckte den Hals, um den Verkaufsraum
überblicken zu können. »Ist ja auch nicht mehr viel los hier. Das
schaffe ich schon allein. Aber die Stunden arbeitest du nach,
nicht wahr?«

»Auf jeden Fall. Und danke, Herr Klauß.«

»Ist doch klar. Dann mal viel Spaß mit deiner Erika.«

Dieter wandte sich zum Gehen, da rief sein Chef ihm nach:
»Und vergiss die Lachsreste nicht. Ich will nicht, dass morgen
der ganze Laden danach stinkt.«

»Ach ja, richtig.« Er seufzte leise. Vielleicht war seine Vision
doch nicht so falsch gewesen, wenn er jetzt sogar schon von seinen Mitmenschen daran erinnert wurde, die Kühlbox nicht aus
der Hand zu legen. Im Lagerraum roch es trotz des geöffneten
Fensters bereits leicht unangenehm. Viel mehr Zeit würde er
nicht haben, um mit der Kiste in der U-Bahn nach Dahlem zu
fahren, wenn er nicht wollte, dass aufgrund des Geruchs her-
beigerufene Polizisten ihn aufforderten, doch einmal den Deckel zu öffnen. Selbst in Berlin war irgendwann die Grenze des
Zumutbaren erreicht. Er schnappte sich die Kühlbox, hob an
der Eingangstür die Hand zur Verabschiedung und mar-
schierte mit schnellen Schritten zum Bahnhof.

Einmal, in einem heißen Sommer, die Luft war schmierig vor
Hitze, das Atmen in der überfüllten S-Bahn nahezu unmöglich,
fuhr ein Mann in einem Rollstuhl in den Waggon. Er bahnte
sich unverständlich brabbelnd einen Weg durch die Menge. Zu
spät hatte Dieter bemerkt, dass die Mitfahrenden versuchten,
großen Abstand zu dem Mann zu bekommen und dabei auch

nicht davor zurückschreckten, die anderen Passagiere noch kräftiger gegen Türen und Wände zu drücken. Sonst wäre er an der nächsten Station ausgestiegen und hätte damit verhindert, dass der Rollstuhlfahrer direkt vor ihm zum Stehen kam. In Berlin war es keine Seltenheit, dass Obdachlose in den Zügen bettelten, einige von ihnen waren in einem zweifelhaften hygienischen Zustand. Dieter hatte immer versucht, dafür Verständnis aufzubringen, legte auch regelmäßig eine Münze in den hingehaltenen Becher oder die dreckige Hand, aber was da an diesem heißen Tag vor ihm zum Stehen kam und keine Anstalten machte weiterzurollen, war in höchstem Maße erschreckend. Ein Mensch in einem weit vorangeschrittenen Stadium der allumfassenden Verwahrlosung. Der Gestank, der von diesem Lebewesen ausging, drang direkt bis in den archaischen Teil von Dieters Gehirn, der über Tod und Leben entschied und alles in ihm schrie danach, die Flucht zu ergreifen, bevor der Hauch des Todes sich auch über ihn legen würde. Der Gestank war unvorstellbar und absolut unerträglich. Dieter konnte sich nicht erinnern, jemals etwas in der Art gerochen zu haben. Er wollte weg, nur weg, doch die S-Bahn fuhr gerade an und er stand mit dem Rücken an die Tür gepresst ohne Aussicht auf ein Entkommen. Er versuchte, durch den Mund zu atmen, aber die Geruchsmoleküle fanden auch so ihren Weg in seine Nase. Es war aussichtslos. Als der Zug den nächsten Bahnhof erreicht hatte, haute er wieder und wieder auf den Knopf für die Türöffnung, bis die Türen endlich auseinanderglitten und er ins Freie stolpern konnte. Noch Tage später meinte er, den Geruch zu riechen, ganz egal, was er auch versuchte. Diese traumatische Begegnung musste sich in sein Gehirn gebrannt haben, denn seitdem hatte er regelmäßig Träume, in denen er durch enge U-Bahntunnel stolpert, auf dem Boden liegen verwahrloste Gestalten, die denen des Mannes im Rollstuhl ähneln, und versuchen nach ihm zu greifen und er weiß, wenn er es nicht schafft, sich aus dem Griff zu befreien, würde er hoffnungslos in diesen Körper gezogen werden und diesen Gestank ertragen müssen – für immer. Auch wenn ihm der Mann leidgetan hatte und er sich fragte, wie es mit einem Menschen so weit kommen konnte, hatte sein eigener Überlebenstrieb und vor allem ein tiefsitzender Ekel verhindert, dass er sich vertieft mit dieser Frage beschäftigen konnte. Und so hatte er sich auch nie wirklich versucht, in die Rolle dieses Mannes im Rollstuhl zu versetzen. Wie es sein musste, von den Mitmenschen nur Abscheu und angewiderte Blicke zu bekommen. Distanz, totale Ablehnung.

Mit der Kühlbox auf dem Boden zwischen seinen Beinen, von der ein immer penetranterer Geruch ausging, bekam Dieter auf der langen Fahrt in den Südwesten von Berlin eine Ahnung davon. Er hatte sich an einem Ende der Sitzbank niedergelassen und so getan, als ob er den üblen Geruch gar nicht wahrnehmen würde. Der Zug war voll, zunächst hatten sich noch andere Passagiere neben ihn gesetzt, doch waren sie schon bald wieder aufgestanden, hatten ihm einen angeekelten Blick zugeworfen und waren dann weitergegangen. So saß er schließlich fast allein auf der Bank, auch gegenüber war eine Lücke entstanden. Nahezu jeder, der zustieg, rümpfte die Nase, es wurde getuschelt und, für Berlin ganz normal, unverhohlen in seine Richtung gezeigt. Es wurden die längsten fünfundvierzig Minuten in Dieters bisherigem Leben, bis er endlich, tief durchatmend, in Dahlem an die Oberfläche kam.

Der Vormittag kam ihr endlos vor, zog sich wie klebriger Kaugummi. Sie hatte nichts zu tun, die leeren Flaschen und dreckigen Teller vom Vorabend hatte sie schon vor Stunden weggeräumt, den Esstisch geputzt, die Aschenbecher geleert, aufgeräumt. Und noch immer lag fast der ganze Tag vor ihr. Silke setzte sich auf die Couch im Wohnzimmer, blätterte lustlos in einem Automobilheft, sprang wieder auf, tigerte durch die stillen Räume. Uwe saß wie versteinert am Schreibtisch und starrte auf den Bildschirm seines Computers. Sein langer, schmaler Oberkörper war gebogen wie eine Gurke. Cassidy hatte sich morgens nur kurz blicken lassen, hatte einen Espresso getrunken und war dann wieder nach oben entschwunden und war seitdem mit was auch immer beschäftigt. Entspannt hatte sie gewirkt, zarter, nicht mehr so in Kampflaune. War es die Aussicht auf ein neues Leben, alles hinter sich zu lassen, irgendwo neu anzufangen, die sie derart beflügelte? Cassidy hatte versonnen gelächelt, während sie an die Theke in der Küche gelehnt in den sonnigen Tag hinaus gesehen hatte. Wenn Silke es hätte beschreiben müssen, würde sie sagen, dass fast so etwas wie ein Strahlen von ihr ausging. Silke selbst fühlte sich alles andere als leicht und beflügelt. Sie versuchte, dagegen anzukämpfen, indem sie sich Aufgaben suchte, aktiv war, und wenn es bedeutete, lediglich Dinge – Teller, Vasen, Nippes – von A nach B zu räumen und wieder zurück, aber sie fühlte mit jeder Minute, dass diese Leere sich wieder in ihr ausbreitete. Stück für Stück. Erbarmungslos. Ein dumpfes Gefühl zuerst, das nicht – oder nicht nur – dem leichten Kater nach der kleinen Feier gestern zuzuschreiben war. Doch es wurde stärker. Sie wusste es, denn diese Leere begleitete sie schon ihr

gesamtes Leben. Mal mehr, mal weniger stark. Dann kamen
wieder die Selbstzweifel, das Gefühl, keinen Wert auf dieser
Welt zu haben. Eine selbstzerstörende Mischung, die sich über
Jahrzehnte in sie hineingefressen hatte wie Säure in Kalkstein
und daraus ein Selbstbild des Scheiterns formte, das sie immer
wieder kleinhielt, ein normales, geschweige denn ein glückli-
ches Leben verhindert hatte. Sie war schon als Kind pummelig
gewesen. Ziel des Spotts der gutaussehenden Mädchen in der
Schule, ihrer Lehrer, ja sogar ihres Vaters. Das dicke, tollpat-
schige Kind. Ihre Mutter hatte kaum Interesse für sie oder ihre
Probleme gehabt, saß nahezu den gesamten Tag kettenrau-
chend hinter irgendwelchen Heile-Welt-Zeitschriften. Irgendwann entdeckte sie dann das Essen als Trostspender. Schuld-
gefühle, Versagensängste, Selbstekel. Immer dieser Kampf mit
sich selbst. Sie hatte gute Phasen und sie hatte schlechte Phasen.
Und immer lauerte dieses Tier in ihrer Nähe, bereit zu sprin-
gen.

Sie stellte sich an das Fenster im Arbeitszimmer und blickte
auf die Straße. Die Hitze lag schwer auf den Bäumen. Das Kopf-
steinpflaster schien förmlich zu glühen. Hinter sich hörte sie
das leise Surren der Computer, Uwes regelmäßiges Atmen, von
Zeit zu Zeit das Klappern der Tastatur. Silke konzentrierte sich
auf diese Geräusche, zwang sich, sie in sich aufzunehmen, sie
zu verarbeiten, einzig, damit ihr Kopf eine Aufgabe hatte.

Vielleicht kann ich ja auch einfach nicht glücklich, dachte
Silke, während sie die alte Dame mit ihrem kleinen Hund beobachtete, der mit heraushängender Zunge am Zaun von Winterfelds Grundstück entlangtrippelte. Vielleicht war es für sie
in diesem Leben einfach nicht vorgesehen und sie musste ge-
duldig auf den Tod und die Wiedergeburt warten. Würde ihr
das Geld dann überhaupt helfen, würde es irgendeinen Unterschied machen? Sie klammerte sich an die Hoffnung, dass die
finanzielle Freiheit ihr auch eine Art von seelischer Freiheit
bringen würde.

Sie musste an Horst denken. Wie er sich in ihr Bett gelegt hatte. Die netten Worte aus seinem Mund. Sicher, er war ruppig, manchmal ein regelrechter Grobian, aber er war gleichzeitig der fairste Mensch, den sie kannte. Prinzipientreu, mit einem tiefsitzenden Gerechtigkeitssinn. Und sie musste sich eingestehen, dass sie seinen warmen Körper neben sich genossen hatte. Und möglicherweise war es das ja. Vielleicht könnte ein wenig Liebe ihrem Leben wieder mehr Sinn geben. Eine Liebe zu einem gerechten, selbstbewussten Mann. Sie seufzte, wischte sich das Haar aus dem Gesicht und drückte den Rücken durch.

»Na also«, hörte sie da Uwe hinter sich murmeln. Und dann lauter: »Ich wusste, dass Trista es schafft.«

Silke drehte sich um und musste grinsen. »Frauenpower eben.«

Dieter schlich durch den Garten, die Kühlbox an den Körper gepresst. Im hinteren Teil, im Schatten einer mannshohen Hecke, verborgen von zwei hohen Kirschbäumen, stellte er die blaue Kiste auf den Rasen. Hier war der Boden nicht so ausgetrocknet wie in den sonnigen Bereichen, das Gras sah grün aus, wenngleich sich die Spitzen schon leicht bräunlich einfärbten. Er ging zurück zum Haus, Stimmenfetzen drangen durch das Fenster im ersten Stock zu ihm. Jablonski musste schon da sein, wahrscheinlich redete er gerade mit Uwe. Cassidys Stimme hörte er nicht. Er sehnte sich nach ihr. Wie ein Schuljunge dachte er mit einer fast schmerzhaften Intensität an sie. Am liebsten wäre es ihm gewesen, wenn sie das Haus für sich gehabt hätten. Der Gedanke daran, mit den anderen zusammen die nächsten Schritte – er hatte das Gefühl, dass es schon so oft die nächsten Schritte gewesen waren – zu planen, ermüdete ihn. Er zwang sich, weiterzugehen. Zuvor hatte er außerdem noch etwas zu erledigen. Im Geräteraum im Keller suchte er eine Schaufel und vermied es, die Axt und die Säge anzusehen, die Jablonski eingesetzt hatte. Er fand einen kräftigen Spaten mit spitzem Blatt, außerdem eine Spitzhacke, die nützlich sein könnte. Mit den Werkzeugen unter dem Arm ging er zurück und machte sich an die Arbeit. Das Loch musste groß genug werden, damit er die gesamte Kühlbox darin vergraben konnte, denn er wollte auf keinen Fall den Deckel öffnen. Zwanzig Minuten später hatte er ein etwa siebzig Zentimeter tiefes und ebenso breites Loch gegraben. Die Kühlbox ließ sich problemlos darin versenken. Dieter schätzte, dass eine fünfzehn Zentimeter starke Erdschicht darüber liegen würden. Das sollte reichen. Er schüttete das Loch zu, legte die zuvor vorsichtig abgetrennte Grasnarbe darauf und klopfte sie fest. Er trat einige Schritte zurück und betrachtete sein Werk. In zwei, drei Wochen würde das Gras die restlichen Spuren überwachsen haben. Aber dann, so dachte er lächelnd, wäre er schon weg. Zusammen mit Cassidy. *The sunny side of life.*

Er klopfte sich den Staub von der Hose und nahm sich beim Anblick der Grasflecken auf den Knien zum wiederholten Mal vor, in seine Wohnung zu fahren und einen Koffer mit Anziehsachen zu packen. Den würde er auf jeden Fall benötigen. Auf dem Weg zum Haus überlegte er, wie sie nach Griechenland kommen sollten. Mit dem Auto? Mit dem Flugzeug? Besser, sie begannen bald mit der Planung. Dieter nahm sich fest vor, Cassidy heute Abend darauf anzusprechen. Bei dem Gedanken, wie sie wieder vor seiner Tür stehen würde, dieses hinreißende Lächeln auf den Lippen, die Brüste, die sich gegen ihr enges Shirt abzeichneten, wurde ihm noch heißer, als ihm vom Graben des Lochs schon war. Ach, wäre es doch schon Abend, sagte er sich und summte eine Melodie. Schräg, aber mit viel Gefühl.

Jablonski stand neben Uwe am Schreibtisch, als Dieter das Arbeitszimmer betrat. Es hatte ihm einen leichten Stich versetzt, dass er Cassidy auf dem Weg durch das Haus nicht gesehen hatte. Aber er wollte auch nicht wie ein verliebter Gockel die Villa nach ihr absuchen. Sie würden noch genug Zeit miteinander haben und bis dahin würde er sich darauf konzentrieren, an das Geld zu kommen.

»Da bist du ja endlich«, rief Jablonski mit leuchtenden Augen. »Hast du die Sache erledigt?«

»Klar«, gab sich Dieter betont cool.

»Gut. Dann komm mal her. Uwe hat das Rätsel gelöst.«

»Das verdanken wir alles nur Trista.« Uwe schaute kurz vom Bildschirm auf und nickte Dieter zu. Der gesellte sich zu den beiden und musterte die Anzeige. Blinkende Blöcke erschienen und verschwanden, dazu zog eine scheinbar endlose Zahlenreihe am unteren Bildschirmrand vorbei.

»Aha. Und was sehe ich hier?«

Uwe wedelte genervt mit der Hand. »Nur noch kurz. Trista macht noch die letzten Berechnungen.«

Sie starrten alle schweigend auf den Bildschirm. Plötzlich piepte es kurz, dann erschien die Nachricht: »Mission accomplished! You are a genius, Master Uwe!«

Uwe drückte schnell eine Taste und der Text verschwand. »Kleine Spielerei«, murmelte er. Jablonski und Dieter grinsten sich hinter seinem Rücken an.

»Gut, dann öffne ich jetzt die entschlüsselten Dateien. Fangen wir mal mit der hier an.« Uwe klickte auf die erste Datei und ein Dokument öffnete sich. Ganz oben stand ein Name: Dr. Marius Anhalt. Es folgten Zahlenreihen, beschriftet mit Eingang, Ausgang, Anteil, dazu etwas, das aussah wie Kontoinformationen. Der Name einer Bank, scheinbar ausländisch.

Nachdem Jablonski die Informationen überflogen hatte, richtete er sich auf und fragte: »Und was soll das sein? Wer ist Doktor Marius Anhalt?«

Uwe rieb sich nachdenklich das Kinn. »Ich glaube, ich habe eine Idee. Aber lasst uns mal die nächste Datei öffnen.«

Ein ähnliches Dokument erschien auf Tristas Bildschirm. Friedrich von Riesa. Eingang, Ausgang, Anteil. Auch die nächste Datei enthielt diese Informationen. Nur die Namen und Beträge änderten sich. Insgesamt fünfundvierzig verschiedene Dokumente, die sich wie Buchseiten auf dem Bildschirm übereinandergelegt hatten.

»Also, ich werde daraus nicht schlau. Eingang, Ausgang, Anteil. Was bedeutet das?« Jablonski wurde zunehmend ungeduldiger.

»Ich denke«, sagte Uwe mit einem langsamen Nicken, »diese Dateien sagen uns, was die Digital Services GmbH an lukrativen Nebengeschäften hatte. Oder vielleicht auch, was das eigentliche Geschäftsmodell war.«

»Geldwäsche?«, flüsterte Dieter.

»So ähnlich«, sagte Uwe. Er schnippte mit den Fingern. »Das hier zeigt, wie hohe Summen von Privatleuten auf dubiose Konten ins Ausland verbracht wurden, als eine Art Dienstleistung der Firma von Winterfeld.«

»Okay«, sagte Jablonski mit zusammengekniffenen Augen. »Und der Anteil war das, was Winterfeld dafür kassiert hat. Mein lieber Herr Gesangsverein, nicht gerade wenig.«

»Kann man wohl sagen«, bestätigte Uwe. »Und mich hat er bei dem Honorar bis an die Schmerzgrenze gedrückt, der Mistkerl.«

»Von nichts kommt nichts«, sagte Jablonski.

Dieter fuhr sich unwirsch durch die Haare. »Ist ja alles schön und gut, aber was haben wir davon? Das Geld dieser noblen Herrschaften ist irgendwo auf den Bahamas oder was weiß ich und wo Winterfelds Kohle steckt, wissen wir immer noch nicht. Und da der Kerl tot ist, können wir ihn nicht mal mehr erpressen oder so. Verdammt!« Dieter hieb mit der flachen Hand auf die dunkle Schreibtischplatte und stiefelte dann mit geballten Fäusten durch das Zimmer. »Wieder nichts gewonnen.«

Jablonski strich sich mit dem Zeigefinger über die knollige Nase. »Was hast du gerade gesagt?«, fragte er nachdenklich.

»Ich sagte, wieder nichts gewonnen. Ist doch so, ich meine, was ...«

»Nee, davor«, unterbrach ihn Jablonski.

»Davor? Dass wir den feinen Herrn Winterfeld mit diesen Dateien nicht mal mehr erpressen könnten, weil er ja, wie wir alle wissen, da unten in der Tiefkühltruhe den endgültigen Schlaf schläft. Was bringt es also noch?«

»Du hast Recht«, sagte Jablonski ruhig, in seinen Augen blitzte es auf. »Ihn können wir nicht erpressen.« Er deutete mit dem Zeigefinger auf Tristas Bildschirm. »Aber die hier.«

»Das ist der Plan?« Cassidy saß mit vor der Brust verschränkten Armen auf der Tischkante und sah aus, als hätte sie etwas Schlechtes gegessen. »Erpressung?«

»Wenn du etwas Besseres weißt, nur zu, ich bin ganz Ohr«, entgegnete Jablonski zerknirscht. »Leider war auf diesem Ding nicht mehr drauf als die Informationen über höchstwahrscheinlich illegale Geldverschiebungen. Was sollen wir also sonst machen?« Er warf ihr einen herausfordernden Blick zu, doch Cassidy zuckte nur mit den Achseln. »Sonst noch jemand Einwände?«

»Ich weiß nicht«, meldete sich Dieter zu Wort. Er stand in einer Zimmerecke, schüttelte den Kopf. »Es wird immer verworrener. Komplexer.«

»Das ist mir wohl bewusst, Dieter«, sagte Jablonski. »Aber wir können schließlich nur mit dem arbeiten, was wir haben. Und verdammt noch mal, ich werde nicht ohne die Kohle gehen. Aufgeben gibt es nicht. Dafür haben wir schon zu viel investiert.«

»Aber Erpressung?« Dieter rieb sich mit der flachen Hand die Wange. »Das ist schon ein starkes Stück.«

»Ein starkes Stück?«, motzte Jablonski. »Ein starkes Stück war es, Winterfeld die Hände abzusägen.«

Schweigen legte sich über den Raum. Uwe starrte auf seine Hände, die vor ihm auf dem Tisch lagen. Möglicherweise stellte er sich gerade vor, wie es wäre, sie abzusägen. Cassidys Blick war schwer zu deuten, neutral war wohl noch die passendste Beschreibung. Silke schnappte kurz nach Luft, dann legte sie Jablonski eine Hand auf die Schulter. »Alles gut«, flüsterte sie.

»Und wie wollen wir es überhaupt anstellen?«, nahm Dieter den Faden wieder auf. »Einen Brief schreiben? Hey, wir wollen eine Million Euro, sonst geben wir die Informationen an die Polizei weiter?«

»So in etwa, denke ich«, sagte Jablonski.

Cassidy wandte sich ihm zu. »Und wie läuft das dann weiter? Logistisch.«

»Was meinst du mit logistisch?«

»Na ja, verlangen wir Bargeld? Wie läuft die Übergabe? Wer macht es, wo?«

»Keine Ahnung, das können wir uns ja noch überlegen.«

Dieter ließ stotternd Luft aus der Lunge entweichen. »Ich weiß nicht, ich weiß nicht.«

»Willst du etwa jetzt aufgeben?«, fragte Jablonski genervt. »Dann war alles umsonst.«

»Nein, nicht ganz umsonst«, wandte Dieter ein und warf Cassidy einen schnellen Blick zu. Er meinte, ein kurzes Lächeln auf ihren Lippen gesehen zu haben.

»Ja, schon klar. Wir hatten zwei schöne Tage in einem schicken Haus. Der Schampus war auch gut, keine Frage. Und was dann? Zurück in unsere lausigen Wohnungen? Was ist mit unseren Plänen? Jeder von uns hatte sich doch schon ausgemalt, was er mit der Kohle machen würde.«

»Tja, man soll das Fell des Bären eben nicht verteilen, bevor er erlegt ist«, sagte Dieter ungerührt.

Jablonski ging einen Schritt auf ihn zu. »Willst du mir jetzt neunmalklug kommen, oder was?«

»Horst, ich habe bisher alles mitgemacht. Ich bin mit dir und zwei abgetrennten Händen durch die Stadt gefahren, hab diesen Tresor damit geöffnet. Und heute bin ich mit denselben Händen, die mittlerweile alles andere als gut riechen, in dieser verdammten Kühlbox in der U-Bahn gefahren wie irgendein Psychopath. Weißt du was? Es reicht mir. Vielleicht sollte es einfach nicht sein? Vielleicht ist es jetzt zu Ende. *So what?*«

»*So what*? Ich gebe dir gleich *so what*.« Er kam mit geballten Fäusten auf Dieter zu, da rief Silke hinter seinem Rücken: »Den kenne ich!«

Jablonski verharrte in der Bewegung, die Fäuste halb erhoben, fragender Blick. Er drehte sich um. »Was sagst du?«

»Den kenne ich.« Silke zeigte mit dem Zeigefinger auf den Bildschirm vor ihr. »Das ist der von dem Mercedes-Autohaus. Viktor Nieburg.«

Alle sammelten sich hinter Silke und lasen die Informationen vom Bildschirm. »Wie kommt der zu so viel Geld?«, fragte Dieter schließlich.

»Keine Ahnung«, antwortete Silke leise. Sie rieb sich mit zwei Fingern das Kinn. »Ich glaube, er hat noch bei anderen Autosalons seine Finger im Spiel. Wohnt auf jeden Fall in guter Lage, soll ein großes Haus haben und das alles.«

»Aber das sind Millionen, die er beiseite geschafft hat.«

Silke zuckte die Schultern.

»Ist doch auch egal«, polterte Jablonski. »Hier haben wir die Informationen, die wir brauchen, um dem Herrn Nieburg mal ordentlich auf den Zahn zu fühlen. Gut gemacht, Silke.« Er klatschte laut in die Hände. »Mit dem fangen wir an. Erzähl uns alles, was du weißt, meine Liebe.«

»Noch Kaffee, Schatz?«

Viktor Nieburg hob den Blick von dem Tablet vor sich auf dem Tisch und nickte mit einem Lächeln. »Ja, danke.«

Seine Frau schenkte ihm aus einer chromglänzenden Kanne mit langer, schmaler Tülle nach, beobachtete konzentriert die braune Flüssigkeit, die sich in seine Tasse ergoss. Ihre Stirn war leicht gekräuselt, das lange, blonde Haar hatte sie zu einem Pferdeschwanz gebunden. Sie stellte die Kanne zurück auf den Tisch, ließ sich in den breiten Korbsessel hinter sich gleiten, schlug die Beine, die in gebügelten Jeans steckten, übereinander, zupfte die rosafarbene Seidenbluse zurecht und legte seufzend die schlanken, leicht gebräunten Arme auf die Armlehnen. »Ein schöner Tag«, sagte sie schwärmerisch und ließ ihren Blick über den Garten schweifen. Der kurzgeschnittene Rasen war von einem fast unnatürlich satten Grün, die Blumenrabatte strahlten in leuchtenden Farben, die Zypressen rund um den weißgestrichenen Pavillon waren sauber in Form geschnitten, vom Teich mit den Kohaku-Kois kam ein beruhigendes Plätschern, ganz leise, wie entferntes Meeresrauschen war die in einigen Kilometern Entfernung vorbeiführende Autobahn zu hören.

»Da hast du Recht. Wo ist eigentlich Clarissa?«

Barbara Nieburg zeigte mit dem Daumen hinter sich auf die weit geöffnete Glasschiebetür von den Ausmaßen eines Hangartores. »Drinnen. Telefoniert mit Max.«

»Sind die etwa wieder ...«

»Was will man machen?«, fragte Barbara Nieburg mit einem wissenden Lächeln. »Sind halt noch jung.«

Viktor Nieburg nahm einen Schluck aus der Tasse. »Ich weiß nicht«, sagte er und verzog missbilligend den Mund. »Sie hat jemand Besseres verdient.«

»Ach Schatz«, sagte sie augenzwinkernd. »Das haben meine Eltern über dich auch gesagt.«

»Tatsächlich?«, fragte Viktor Nieburg.

»O ja.« Sie nahm die Sonnenbrille vom Tisch neben sich, setzte sie auf ihre wohlgeformte Nase und lehnte sich zurück. »Und jetzt schau uns an.«

»Tja«, brummte er und widmete sich wieder den Nachrichten auf dem Tablet. Wespen hatten sich auf die Marmelade in den zarten Porzellantöpfchen gesetzt, die letzten drei Brötchen im Brotkorb wurden in der Sonne hart.

»Krisen, überall Krisen«, sagte Nieburg nachdenklich und öffnete das Mailprogramm. »Nanu, was ist das denn?«

»Ärger?«, fragte Barbara eher gelangweilt als interessiert.

»Was? Nein, nur ... ein Lieferant, der nicht fristgerecht liefern kann.«

»Schlamper«, erwiderte sie und war mit ihren Gedanken schon wieder woanders.

Viktor Nieburg sperrte das Tabletdisplay und erhob sich. »Ich bin in meinem Arbeitszimmer. Muss da mal was regeln.«

»Klar, du machst das schon. Wie immer.«

Auf dem Flur im Obergeschoss hörte er Clarissas gedämpfte Stimme aus ihrem Zimmer. Die Tür war geschlossen, auf dem weiß lackierten Holz klebte ein großer schwarzer Aufkleber mit dem Namen einer ihm unbekannten Band. Er meinte noch immer die Reste der Einhornaufkleber zu sehen, die sie vor einigen Jahren mit ihren neuerdings immer penibel manikürten und lackierten Fingernägeln mit ernstem Blick abgekratzt und dabei gesagt hatte, sie sei jetzt zu alt für den Babykram. Wann war aus seinem kleinen Mädchen diese sechzehnjährige junge Frau geworden, die jeden Tag stundenlang vor dem Spiegel stand und ihr dichtes blondes Haar, das genauso schön wie das ihrer Mutter war, von einer Seite zur anderen kämmte und scheinbar nie zufrieden mit dem Ergebnis war und seit Monaten ihre Gefühle und ihre Zeit an diesen Skateboard fahrenden Loser Max mit den grässlich langen Haaren verschwendete.

Er schloss die Tür zu seinem Arbeitszimmer, startete den Computer, tippte mit den Fingerspitzen ein ungeduldiges Stakkato auf die gläserne Tischplatte, bis auf dem Bildschirm das gewohnte Hintergrundbild erschien. Barbara, Clarissa und er am Strand von Chalkidiki, alle schauen entspannt in die Kamera, das türkisblaue Meer im Hintergrund. Nieburg klickte auf das Briefumschlagsymbol und bemerkte etwas verärgert, wie seine Hand leicht zitterte, während er die Computermaus bewegte. Da war es jetzt in voller Größe auf dem Bildschirm. Wer war an diese Informationen und gekommen und vor allem wie? Dieser Winterfeld hatte doch so stolz behauptet, dass die Sache absolut sicher sei. Und dennoch las er jetzt seinen Namen, seine Adresse, Telefonnummer, alles. Und noch viel schlimmer: die Zahl. Vier Millionen dreihundertfünfzig tausend. Nur Winterfeld und er wussten davon. Und natürlich die Bank auf den Cayman Islands. Wie gelangte also dieses Dokument in eine an ihn gerichtete E-Mail? Ich weiß Bescheid, hatte der Absender noch geschrieben, sonst nichts. Die E-Mail Adresse war eine kryptische Abfolge von Zahlen und Buchstaben, sicher eine dieser nicht nachverfolgbaren Kurzzeit-Accounts. Er würde dennoch einen seiner Leute darauf ansetzen. Falls dieser Kotzbrocken Winterfeld hier ein doppeltes Spiel spielen sollte, dann würde er ihn kennenlernen.

Nieburg sprang auf, durch den Schwung krachte der Schreibtischstuhl gegen das bodentiefe Fenster hinter ihm. Zähneknirschend lief er im Raum auf und ab. Die Tür zu Clarissas Zimmer wurde lautstark geöffnet und noch lauter wieder zugeschlagen, kurz darauf hörte er sie die Treppe hinunterrennen. Er stellte sich ans Fenster, von wo aus er Barbara in ihrem Stuhl sitzen sehen konnte. Clarissa rannte auf sie zu, seine Frau schreckte hoch, nahm sie in die Arme und streichelte ihr den Rücken. Er sah, wie Clarissas Körper zuckte und bebte. Keine Frage, sie weinte, nein, sie heulte. Max, dieser Penner, dachte Nieburg. Und als Nächstes: überall Probleme.

Er ging zurück zum Schreibtisch, nahm den Telefonhörer von der Station, entschied sich gegen die Festnetzverbindung und fingerte stattdessen sein Handy aus der Hosentasche. Aus seinen Kontakten wählte er die Nummer von Stefan Winterfeld. Der Kerl war ihm aber so was von eine Erklärung schuldig. Und dann würde er sich um den ominösen Absender der E-Mail kümmern. Eine mechanische Frauenstimme informierte ihn darüber, dass Winterfeld gerade nicht erreichbar war.

»Du Arsch«, sagte Nieburg so beherrscht, wie es ihm möglich war. »Du elender Arsch. Todsicher hast du gesagt. Alle machen das. Na großartig.«

Er schleuderte das Handy auf das schlanke Sofa in der Ecke, knetete seine Unterlippe, bis sie schmerzte. Das Schlimmste war, dass er nichts unternehmen konnte. Was wollte der Schreiber von ihm? Durch das angekippte Fenster hörte er auf der Terrasse Clarissa schluchzen, Barbara sprach beruhigend auf sie ein.

Nieburg schob den Stuhl zurück an den Tisch, setzte sich und wollte die E-Mail an Hassan, seinen Mann fürs Grobe, weiterleiten, doch dann zögerte er. Noch musste der ja nicht wissen, was Nieburg getan hatte. Auch wenn es ihm schwerfiel, er würde abwarten. Hassans Dienste konnte er immer noch in Anspruch nehmen.

Er schloss die Augen, rieb sich die Stirn. Ruhig bleiben, ermahnte er sich. Prioritäten setzen. Das Wichtigste war, dass diese Informationen nicht noch weitere Kreise zogen. Vor allem musste er verhindern, dass Barbara davon erfuhr. Sie würde nur unangenehme Fragen stellen. Nein, das war allein sein Projekt. Er hatte es schließlich nur so weit gebracht, weil er weiter als nur bis zum nächsten Tag dachte. Das Geld war seine Versicherung. Und so würde es bleiben.

Viktor Nieburg verschob die E-Mail in einen versteckten Ordner auf der Festplatte. Nicht, dass er befürchtete – oder es ihr überhaupt intellektuell zutrauen würde –, dass Barbara auf seinem Computer herumschnüffelte, aber er hatte es sich angewöhnt, gewisse Vorkehrungen zu treffen. Auf Nummer sicher zu gehen. Denn es war nun einmal so, dass jedes krumme Geschäft, das er tätigte, unweigerlich Spuren hinterließ. Manche waren leicht zu beseitigen, andere bedurften größerer Anstrengung. Und mit einem gewissen Restrisiko hatte er gelernt zu leben. Nur bei diesem Hund Winterfeld schien ihn seine Menschenkenntnis im Stich gelassen zu haben. Er hatte die üblichen Checks machen lassen. Hassan und seine Jungs hatten ihm bestätigt, dass er ein verlässlicher Geschäftspartner sei. Sonst hätte er diesen Halunken doch niemals mit den heiklen Transaktionen betraut, verdammt! Und jetzt war alles in Gefahr.

Er atmete tief durch, fuhr den Rechner herunter und sah wieder aus dem Fenster. Die Terrasse war jetzt leer, Teller, Tassen und alles andere standen noch auf dem Tisch und gammelten in der prallen Sonne vor sich hin. Nieburg schüttelte verärgert den Kopf. Manchmal war Barbara wirklich eine richtige Schlampe, dachte er. Laute Musik riss ihn aus seinen Gedanken. Clarissa hatte irgendeine ihrer schrecklichen Bands auf Anschlag gedreht. Brutaler Beat, kreischende Gitarren, ein Bass, der die Fensterscheiben vibrieren ließ. Es war ihre Art zu sagen, dass es ihr nicht gut ging, und nur deshalb akzeptierte Viktor Nieburg diese Lärmbelästigung. Zumindest für eine Weile. Sein armes kleines Mädchen. Diesen Max musste er sich bei Gelegenheit mal vornehmen. Aber zunächst galt es, diese unschöne Sache mit dem Datenleck zu klären.

Er verließ das Arbeitszimmer, versuchte, sowohl die aufsteigenden Kopfschmerzen als auch den in der Hinsicht wenig hilfreichen Krach aus Clarissas Zimmer zu ignorieren, und ging die Treppe hinunter. Ein Heer von Fliegen und Wespen hatte sich auf die Reste auf dem Frühstückstisch niedergelassen. Er verscheuchte sie mit ruckartigen Bewegungen seiner Arme, dann nahm er das Tablett, das gegen die strahlend weiße Hauswand lehnte und stapelte mit missmutigem Blick die Teller, Tassen, Marmeladengläser und Aufschnittunterlagen darauf.

Barbara trat zu ihm heraus. Sie hatte sich umgezogen, trug jetzt einen auffallend kurzen und engen weißen Rock, der hervorragend ihre nackten Beine und den immer noch knackigen Hintern betonte und ein ebenso enges rosafarbenes Shirt. Ihr Dekolleté würde wohl jeden Mann jede Dummheit der Welt begehen lassen. Das Haar war offen und fiel ihr wie ein goldener Wasserfall über die linke Schulter. Sie schenkte ihm ein strahlendes, aber irgendwie leeres Lächeln. Er musterte sie von oben bis unten.

»Du gehst noch weg?«, fragte er.

»Ach, hatte ich das nicht erwähnt? Da ist doch dieses Treffen bei Marianne wegen der Charity-Sache im Tennis-Club.«

»Davon weiß ich ja gar nichts.« Nieburg stemmte die Hände in die Hüften. »Charity, wie?«

Barbara Nieburg wedelte theatralisch mit den Händen. »Ganz langweiliges Zeugs, aber sehr viel, wirklich unheimlich viel zu organisieren.«

»Und da brezelst du dich so auf?« Er nickte ihr zu.

»Ach Schätzchen, du willst doch nicht, dass ich mich unangemessen kleide, oder?« Sie zog einen Schmollmund.

»Wie könnte ich«, sagte Nieburg mit leichter Ironie in der Stimme.

»Eben. Bis später dann.« Sie beugte sich vor und gab ihm einen flüchtigen Kuss auf die Wange. »Und danke dafür.« Sie deutete unbestimmt in Richtung des halb abgeräumten Tisches. »Ich hätte es ja selbst gemacht, aber ich bin ein bisschen in Eile. Adieu.« Damit trippelte sie pfeifend davon.

»Charity. Schon klar«, sagte Viktor leise, nachdem seine Frau um die Hausecke verschwunden war. Kurz darauf hörte er das Röhren ihres Porsche 911 Cabriolets. »Für wieblöd hältst du mich eigentlich?«

Er hatte mit einem Gebrauchtwagenhandel begonnen. Ein Grund mehr, warum Barbaras Eltern ihn von Anfang an ablehnten. Gebrauchtwagenhändler war nicht nur für sie ein Synonym für einen Kleinkriminellen. Letztlich hatten sie damit nicht Unrecht. Barbara liebte ihn trotzdem und gab nichts darauf, was ihre Eltern, zwei verstockte, wortkarge Staatsdiener, sagten. Sie war jung, abenteuerlustig, umwerfend schön und verrückt genug, sich auf ihn einzulassen. Natürlich hatte der Verkauf gebrauchter Autos, deren Herkunft nicht immer zweifelsfrei geklärt war – und wer wollte da schon so genau hinschauen? – irgendwann zwielichtige Figuren auf den Plan gebracht, die sich als »Geschäftspartner« andienen wollten. Personen mit den entsprechenden Kontakten in die Länder des geografischen Ostens. Kurz gesagt: Autoschieber.

Er hatte es langsam angehen lassen, war dann und wann auf ein Geschäft eingegangen. Nichts, was sich nicht leicht vertuschen ließ in der Bilanz seiner sauberen Einnahmen. SO war sein Geschäft gewachsen, es folgten weitere Gebrauchtwagenläden, dann wagte er den Sprung in die nächste Liga – Neuwagen. Die Kontakte zu seinen »Geschäftspartnern« blieben, der Nebenverdienst auch. Mehr noch, er wuchs in dem Maße, wie sein eigentliches Geschäft zulegte und Viktor sich immer tiefer in das Gespinst aus verschwundenen Luxusautos, Steuersparmodellen und lediglich an der Oberfläche seriösen Investitionen hineinziehen ließ. Bald wurde ihm klar, dass das schöne Leben, das er dadurch sich und seiner Familie ermöglichte, auf gefährlich tönernen Füßen stand. Barbara hatte sich mit den Jahren von einer unkonventionellen, etwas schrägen Schönheit zu einer angepassten, ziemlich versnobten Blondine gewandelt, die zugegebenermaßen immer noch zum Niederknien gut aussah, aber zunehmend ihr eigenes Leben zwischen Tennisclub, Maniküre und Edelboutiquen lebte. Und Viktor war sich sicher, dass auch noch die eine oder andere Affäre in ihrem vollen Tageskalender Platz fand. Um so wichtiger war es ihm geworden vorzusorgen. Nicht für Barbara, nein, für sich. Nur für sich. Und natürlich Clarissa. Denn sollte das Kartenhaus irgendwann zusammenfallen – und auch wenn er sich wünschte, sehnlichst wünschte, dass dieser Tag niemals kommen würde, so war er nicht naiv oder ein Trottel oder eine Kombination aus beidem –, dann würde er den Absprung machen. Dafür hatte er in den letzten Jahren Geld beiseitegeschafft. Erst in Form von Bargeld, was ab einem gewissen Punkt unpraktisch wurde. Weshalb er sich nach einer Möglichkeit umgesehen hatte, dieses Bargeld sozusagen unter dem Radar zu digitalisieren. Irgendjemand aus Hassans Umfeld hatte ihm dann Stefan Winterfeld empfohlen. Der hätte eine Menge Kunden wie Viktor. Absolut sichere Sache eben.

Absolut sichere Sache, dachte Viktor wieder und wieder und presste die Kiefer aufeinander. Er war in seinen Mercedes-Laden gefahren, hatte knapp die wie immer zum Anbeißen aussehende Janine gegrüßt und war in seinem Büro verschwunden. Er wusste nicht, warum er hierhergefahren war, vielleicht dachte er, hier die Hebel des Handelns mehr in der Hand zu haben, aktiv sein zu können, statt in seinem zu großen, zu leeren Haus zur Untätigkeit verdammt zu sein. Es klopfte an der Tür.

»Bitte«, rief er.

Janine erschien im Türrahmen und schenkte ihm ihr bezauberndes Verkaufslächeln. So mancher Kunde legte über hunderttausend Euro nur wegen dieses Lächelns auf den Tresen. »Janine, hallo.«

»Hallo Viktor. Ist alles in Ordnung?« Sie hatte einen sorgenvollen Blick in ihren Augen. Janine war Anfang zwanzig, schlank, hatte glattes, glänzendes rotes Haar und eine niedliche Stupsnase. Und sie machte kaum ein Hehl daraus, dass sie auf ihn stand. Doch er hatte weiß Gott Wichtigeres zu tun, als sich darüber Gedanken zu machen. »Ja, klar. Alles in Ordnung«, sagte er. »Und bei dir? Wie war der Tag?«

Sie machte zwei Schritte in den Raum, baute sich selbstbewusst, leicht breitbeinig vor ihm auf. »Ganz gut. Zwei Verkäufe, einige Fische an der Angel.«

»Klingt gut.« Er warf einen Blick auf die Uhr. »Dann mach doch für heute Schluss. Ich habe hier noch ein bisschen was zu erledigen und mach dann zu, wenn die Tante vom Sicherheitsdienst hier ist.«

Fast meinte er so etwas wie Enttäuschung in ihrem Gesicht zu sehen. »Sicher«, sagte sie nickend. »Dann bis nächste Woche.«

»Nächste Woche?«

»Ja, ich habe morgen und Freitag frei.«

»Ach ja richtig. Kleine Reise mit deinem Freund?«, fragte er.

»Du weißt doch, dass ich solo bin«, gab sie augenzwinkernd zurück, wobei sie das Wort solo betonte. »Klar, hatte ich vergessen. Sorry«. Dabei lächelte er neutral.

»Was soll man machen?«, antwortete sie neckisch.

»Ja, was soll man machen. Du, ich muss wirklich noch ...«

In dem Moment ertönte das Signal von der Eingangstür. Viktor warf einen Blick auf den Überwachungsmonitor vor sich auf dem Tisch. Diese Frau von Secu4U mit dem dicken Hintern.

»Sicherheitsdienst«, sagte er knapp und legte bedauernd den Kopf schief.

»Was soll man machen?«, sagte Janine augenzwinkernd. Sie drehte sich um und stolzierte aus seinem Büro. Viktor erhob sich, lehnte sich in den Türrahmen und sah ihr hinterher. Ein wenig erinnerte sie ihn an Barbara vor zwanzig Jahren, genauso selbstbewusst, schlagfertig und mit einem Hauch *crazyness*. Und da kam das genaue Gegenteil auf ihn zu, diese unansehnliche Frau Dingsbums – Bessin, hieß sie, genau – mit den strähnigen Haaren und dem dicken Hintern, der in der engen Uniform noch wuchtiger wirkte. Aber das war eben der Unterschied zwischen Mindestlohn-Prekariat und Angestellten in einem seiner Topläden.

»Guten Abend, Herr Nieburg«, sagte Silke Bessin, als sie vor ihm stand und lächelte schwach. Viktor konnte ihre leicht gelben Zähne sehen, schüttelte sich innerlich und setzte sein professionelles Verkäuferlächeln auf. »Frau Bessin, schön Sie zu sehen.« Er streckte seine Hand aus und sie schüttelte sie überraschend kräftig. »Ich bin hier vielleicht noch eine Stunde beschäftigt, dann lassen ich Sie in Ruhe wirken.«

Susanne Bessin zuckte mit den Achseln. »Ist ja vor allem Sitzen und Beobachten.«

»Na na, verkaufen Sie sich mal nicht unter Wert. Sie leisten hier eine wichtige, eine tolle Arbeit.« Sein Zahnpastalächeln wurde noch ein Stück breiter. »Dann also, sie kennen sich ja aus.«

»Ja, vielen Dank.«

Sie watschelte davon, er wischte sich gedankenverloren die Hand an seinem Hosenbein ab und schloss die Bürotür.

Silke Bessin hatte sich wieder in ihren Kasten mit der Plexiglasscheibe gesetzt und schaute auf die breite Glasfront des Autosalons, auf der sich die Abendsonne spiegelte. Nieburg hatte wie immer sein professionelles Lächeln aufgesetzt, während sie auf ihn zugekommen war, aber ihr war nicht entgangen, wie er sie zuvor gemustert hatte, als er dachte, sie würde es nicht bemerken. Herablassend, ja verächtlich, es stand ihm ins Gesicht geschrieben, wie wenig er von ihr und ihresgleichen hielt. Menschen, die nicht so erfolgreich waren wie er, sich nicht dem Luxus hingeben konnten, auf der Kippe standen, immer kämpfen mussten, um nicht unterzugehen. Der hochnäsigen Janine hatte er hinterhergesehen, klar, da stimmte der Hintern, der Hüftschwung, das ganze Gehabe. Und für sie hatte er lediglich ein automatisiertes, letztlich bedeutungsloses Lächeln übrig und zählte dabei wahrscheinlich die Sekunden, bis er endlich nicht mehr dieselbe Luft atmen musste wie sie. Der einzige Grund, warum sich ihre Wege regelmäßig kreuzten, war, dass Secu4U seine Dienste zu unverschämt niedrigen Preisen anbot. Geiz. Geld scheffeln. Und jetzt wusste sie auch, was er damit anstellte. Verschob es am Fiskus vorbei auf Konten im Ausland. Feiner Herr Nieburg. Ha! Ein Halunke war der, nichts weiter. Und den hatte sie einmal aus der Entfernung ihres bescheuerten Plastikkastens angehimmelt.

Sie knabberte am Fingernagel des rechten Ringfingers, wie immer, wenn sie nervös oder verärgert war, während sie mit grimmiger Miene weiter auf die andere Seite starrte. Das Problem war doch aber, dachte sie sich, dass es zu viele von dieser Art gab. Und deren schönes Leben, der ganze Reichtum, war nur möglich, weil Menschen wie sie oder Jablonski – selbst

Dieter – mit Almosen abgespeist wurden und nie eine wirkliche Chance bekamen. Das war gar nicht vorgesehen. Aber jetzt würden sie den Spieß umdrehen. Der Nieburg sollte mal wissen, wie es ist, in Angst zu leben. Sie würden sich sein Geld holen. Der Anfang war getan mit der anonymen E-Mail. Jetzt wurde er langsam weichgekocht. Das war Jablonskis Plan. Ihn unter Druck setzen, dosiert, unablässig, bis er gar nicht anders konnte, als ihnen die Hälfte von dem zu geben, was er beiseitegeschafft hatte. Mehr noch, er würde es ihnen voller Dankbarkeit geben. Dankbarkeit darüber, dass der Spuk endlich ein Ende hatte. Letztlich eine wunderbare win-win Situation. Fast wie Geschäftspartner. Silke grinste bei dem Gedanken daran, dass Viktor Nieburg von seinem Thron herabsteigen und ihr auf Augenhöhe die Hand reichen würde. Wie wirst du dann lächeln, hm?

Silke griff nach ihrer Wasserflasche, trank einen großen Schluck und gönnte sich ein diebisches Lächeln. Mit einem Mal kam ihr ein neuer Gedanke. Warum nicht das Ganze etwas beschleunigen? Langsam weich kochen, das war ja schön und gut. Aber was passierte, wenn Nieburg seine Spuren verwischte. Leute wie er hatten doch immer Mittel und Wege, kannten die entsprechenden Stellen und Hebel. Je länger sie darüber nachdachte, desto logischer erschien es ihr, dass sie den Druck auf Nieburg erhöhen, schneller sein mussten. Ihn in die Ecke drängen und abkassieren. Sie schraubte den Deckel auf die Flasche, formte ihre rechte Hand zur Pistole und zielte in Richtung der Tür, hinter der Nieburg gerade saß.

»Bumm. Du wirst schon sehen. Vielleicht lassen wir dir ein paar tausend Euro übrig, wir sind ja keine Unmenschen. Und dann mal sehen, wie du dann lächelst, wenn deine bildhübsche Frau dir davon läuft, weil der Geldstrom versiegt. Dann wird dir auch diese Schnepfe Janine keine schönen Augen mehr machen.« Sie machte ein gönnerhaftes Gesicht. »Vielleicht, aber nur vielleicht nehme ich dich dann auf.« Sie lachte. Wie befreiend.

Dann stand sie auf, atmete einmal tief durch und verließ ihr Wächterhäuschen. Sie stand auf dem Vorplatz zwischen all den Luxusautos, die Sonne hatte noch Kraft und wärmte ihren Nacken, ihr Schatten auf dem Boden reichte fast bis zur Eingangstür. »Dann mal los.«

Silke betrat das Autohaus durch den Nebeneingang, um den Türpieper zu umgehen. Sie wollte Viktor Nieburg überraschen. Vor seiner Bürotür blieb sie kurz stehen und lauschte. Tastaturgeklapper. Dann Stille. Wieder das Hauen auf die Tasten. Sie zögerte. In dem Plastikkasten draußen hatte sie sich noch viel stärker gefühlt. Jetzt schien sie der Mut zu verlassen, wie so häufig in ihrem Leben, wenn es darum ging, für sich einzustehen. Sie atmete noch einmal tief durch, drückte den Brustkorb heraus, hob die Hand und wollte anklopfen, entschied sich dann aber dagegen, nahm all ihren Mut zusammen und öffnete die Tür.

Für den verwunderten Ausdruck auf Nieburgs Gesicht hätte Silke gerne ein paar Euro bezahlt. Er vergaß sogar, sein professionelles Lächeln aufzusetzen.

»Frau, ähm, Bessin. Hallo.«

»Hallo Herr Nieburg.« Mehr sagte sie nicht, blieb in der Tür stehen und versuchte, ein selbstbewusstes Lächeln aufzusetzen. Was hatte sie sich nur dabei gedacht? Doch jetzt würde sie es durchziehen. Du kannst das, Silke, sagte sie sich. Zeig ihm, aus welchem Holz du geschnitzt bist.

»Ja, also, was kann ich für Sie tun?«

Silke antwortete nicht sofort, sondern trat ein und sah sich demonstrativ langsam in Nieburgs Büro um. Spartanisch eingerichtet, geradewegs langweilig. Ein hölzerner Schreibtisch, modern, aber nichtssagend. Eine dunkelgrüne Couch an der rechten Seite, davor ein runder Tisch aus Glas, auf dem einige Automobilmagazine lagen. Hinter dem Schreibtisch der klassische hohe Aktenschrank aus grauem Metall, leicht zerkratzt, an der Wand ein großformatiger Kalender mit überraschend wenigen Einträgen. Der niedrige Kühlschrank in der Ecke summte leise vor sich hin.

»Schön haben Sie es hier«, sagte sie und versuchte, so viel Hohn in ihre Stimme zu legen wie möglich. So musste man mit Menschen wie ihm umgehen.

Nieburg brummte nur ein genervtes: »Hmmm.«

Silke nickte bedächtig, dann noch einmal, versuchte, Zeit zu gewinnen, da sie nicht so richtig wusste, wie sie weiter vorgehen sollte. Sie biss sich auf die Unterlippe, schließlich sah sie Viktor Nieburg in die blassblauen, abschätzig blickenden Augen und sagte in versucht lockerem Plauderton: »Wissen Sie, da kennen wir uns schon so lange – immerhin arbeite ich ja schon seit sechs, nein sieben Monaten hier – und noch nie hatten wir die Gelegenheit, uns einmal persönlich zu unterhalten?« Ihr Herz klopfte wie wild, sie bemerkte, dass ihre Hände leicht zitterten und nahm sie hinter den Rücken.

»Persönlich?« Nieburg sah aus, als hätte er in eine Zitrone gebissen. »Wieso das denn ... ich meine, ja, das ist irgendwie nie ... also bisher ...«

»Schön, dass Sie es genauso schade finden wie ich. Eine gute Beziehung zwischen Arbeitnehmer und Arbeitgeber ist ja so wichtig.« Langsam kam sie in Schwung. Ihre Aufregung ließ nach, der leichte Schwindel war verflogen.

Nieburg schien sich von seinem ersten Schreck erholt zu haben, legte die Fingerspitzen aneinander und dozierte durch das entstandene Dreieck hindurch: »Streng genommen sind sie nicht meine Arbeitnehmerin und ich bin nicht Ihr Arbeitgeber.«

Silke warf die Hände in die Luft. »Ja«, sagte sie langgezogen. »Streng genommen haben Sie natürlich Recht. Aber dennoch sehen wir uns so häufig. Ich würde sagen, dadurch haben wir durchaus eine Beziehung, die über das Alltägliche hinausgeht.«

»Ich fürchte, ich kann nicht folgen. Und außerdem, Frau Bessin ...«

»Fräulein«, unterbrach Silke ihn mit einem Augenzwinkern. »Aber das sagt man heutzutage nicht mehr, oder?« Das war gut, vor allem dieses Augenzwinkern. Na also, du kannst doch selbstbewusst sein. Mach weiter so.

»Was?«, fragte Viktor Nieburg irritiert. »Nein, ich denke nicht. Wie auch immer, ich habe jedenfalls noch eine Menge zu tun.«

Sie schob die Unterlippe vor und nickte mitfühlend. »Ja, das kann ich mir vorstellen. Mein Gott, all diese Geschäfte, das läuft ja auch nicht von allein, stimmt's?« Nieburg antwortete nicht, warf ihr nur einen nachdenklichen Blick zu.

»Ich will ja auch gar nicht lange stören«, setzte Silke fort. »Was ich ja nur schon immer mal wissen wollte: wie viel kostet eigentlich eines dieser schnittigen Autos da draußen?« Sie machte eine unbestimmte Geste mit ihrer Hand in Richtung Tür.

Ihr entging nicht, dass sich der Ausdruck auf Nieburgs Gesicht von genervt zu belustigt wandelte. »Haben Sie etwa Interesse an einem Kauf?«

Da war es wieder, dieses herablassende Lächeln. Wie oft hatte sie es schon in ihrem Leben gesehen? Von den schlanken, gutaussehenden Mädchen in der Schule, den Lehrern, ihrem Ausbilder und nicht zuletzt von ihren Eltern. Ein heißes, brodelndes Gefühl stieg aus ihren Eingeweiden auf, breitete sich über den Magen und die Brust aus und explodierte in ihrem Kopf. Zorn, das Bedürfnis, es all jenen endlich mal zu sagen. Und stellvertretend dafür stand Viktor Arschloch Nieburg. Ihr wurde heiß, dann kalt, sie zitterte ein wenig, dann fühlte sie sich mit einem Mal wunderbar leicht und unbeschwert. Sie ging mit beschwingten Schritten, die sie sich bis jetzt niemals zugetraut hätte, zu dem Sofa und ließ sich in das Polster fallen. »Wow, wirklich bequem.« Sie konnte sehen, dass Nieburg kurz versucht gewesen war aufzuspringen, dann riss er sich zusammen. »Das freut mich. Aber wir wollten ja gerade über einen potenziellen Kauf sprechen«, sagte er leicht gequält.

»Ach das.« Silke hob beschwichtigend die Hände. »Ist ja nur rein theoretisch. Ich meine, bei meinem Gehalt muss ich wahrscheinlich zweihundert Jahre alt werden.« Sie lachte auf.

»Tja«, gab Nieburg unbestimmt zurück. Er trommelte ungeduldig mit den Fingerspitzen auf die Holzplatte seines Schreibtischs. »Gewisse Kosten sind natürlich damit verbunden. Vielleicht wäre für jemanden wie Sie der Kauf eines Kleinwagens die geeignetere Wahl. Ein Auto aus Asien?«

»Jemanden wie mich, hm?« Silke sah ihn jetzt scharf an. »Jemanden wie mich«, wiederholte sie leise, aber giftig. Die Wut, die immer noch durch ihre Adern floss, schien ihr ungeahnte Fähigkeiten zu verleihen. Nieburg wirkte kurz verunsichert, dann hatte er sich wieder im Griff.

»Ich meine ja nur, etwas in Ihrer Gehaltsklasse eben. Ein Auto sollte ja auch nichts sein, weswegen man sich hoffnungslos verschuldet. Das muss schon zum Geldbeutel passen, richtig?« Wie er ihr da gegenüber saß, jovial lächelnd, Beine breit, strahlend weiße Zähne, braungebrannt, die Haare akkurat frisiert, strahlte er mit jeder Faser seines Körpers die eitle Sorglosigkeit jener Menschen aus, die sich mit ihrem Geld nur zu gern und als allererstes einen Abstand – physisch wie psychisch – zu denjenigen erkauft haben, die in ihren Augen wertloser Dreck waren, Menschenmasse, gerade mal dazu geeignet, ausgenommen zu werden, um noch mehr Geld zu scheffeln. Dieses arrogante Arschloch, dachte Silke. Sie hatte jetzt nur eines im Sinne: diesen Mann fertigzumachen, ihn am Boden zu sehen, ihm seine bescheuerte Gehaltsklasse in sein Zahnpastalächeln zu rammen.

Sie bebte leicht, doch schaffte es, ruhig zu bleiben, lächelte nur dünn. »Da haben Sie natürlich Recht. Aber wer weiß, vielleicht komme ich ja irgendwann mal zu Geld.« Sie fixierte ihn mit ihren Augen. »So wie Sie.«

»Ja, vielleicht«, sagte er und der Hohn war deutlich in seinen Worten zu hören. »Mit einer guten Idee kann man schließlich immer Geld verdienen.«

»Bestimmt. Wenn dann nur nicht das fiese Finanzamt kommt, richtig?«

Nieburgs Blick wurde wieder wachsamer. »Wie meinen Sie das?«

»Ach, ich weiß nicht.« Silke drückte sich mit ihren Armen, die sich butterweich anfühlten, aus dem Sofa und kam auf ihn zu, blieb einen Meter vor ihm stehen und sah aus dieser Position leicht auf ihn hinab. Jetzt würde sie ihm den Schlag versetzen. Vor Aufregung kribbelte ihre Kopfhaut, sie hatte das Gefühl, schwerer Luft zu bekommen, musste sich zusammenreißen, um in ruhigem Tonfall zu sagen: »Da verdient man so viel Geld und zack, die Hälfte nimmt einem Vater Staat gleich wieder weg. Ist doch logisch, dass man sich dann eher Geschäften zuwendet, von denen das Finanzamt nichts weiß. Oder?«

»Worauf wollen Sie hinaus?«, fragte Nieburg leise. »Wollen Sie mir etwa unterstellen, dass ich ...«

»Nein, nicht unterstellen«, unterbrach sie ihn, trat einen Schritt näher, sah ihm direkt in die Augen und fügte leise hinzu: »Beweisen.«

Es wurde still im Raum. Nieburg sah Silke aus zusammengekniffenen Augen an, diese erwiderte seinen Blick, auch wenn sie vor Aufregung das Pulsieren ihres Herzens bis in die Ohren vernehmen konnte und sie mit einem Mal den nur schwer zu beherrschenden Drang verspürte, die Beine in die Hand zu nehmen und wegzurennen. War sie zu weit gegangen? Egal, jetzt war es gesagt und es gab es kein Zurück mehr. Sie hatte auf das Gaspedal getreten und würde den Fuß jetzt nicht mehr herunternehmen.

»Beweisen? Was reden Sie denn da?« Viktor Nieburg gab sich betont locker, doch an der schmalen Furche an der Nasenwurzel erkannte Silke, dass er angespannt war. Diese Beobachtung gab ihr neuen Mut. Auch ein Viktor Nieburg war aus der Fassung zu bringen.

»Ich denke, das weißt du genau. Falls nicht, guck doch einfach noch mal in die E-Mail von heute morgen«, sagte Silke. »Ach so, ich darf dich doch duzen?«, fügte sie mit einem breiten Lächeln hinzu und, wie befreiend, ihre leicht verfärbten Zähne und die Zahnlücke waren ihr dabei vollkommen egal.

Nieburg leckte sich über die Lippen, fuhr sich mit der Hand durch das Haar, ein runder Schweißfleck auf seinem Hemd unter der linken Achsel wurde dabei sichtbar. »Ich weiß wirklich nicht, was Sie meinen. Welche E-Mail? Und überhaupt, ich muss mir das nicht länger anhören. Sie sollten lieber sofort an Ihren Arbeitsplatz zurückkehren, Frau Bessin.«

Silke stemmte die Hände in die Hüften, beugte sich leicht vor und sah Nieburg direkt in sein Gesicht. Jetzt machte es ihr richtig Spaß. »Weißt du was? Ich kündige. Wenn wir erst mal dein Geld haben, bin ich auf diesen lausigen Job nicht mehr angewiesen.« Sie richtete sich wieder auf und ging zur Tür. Dann blieb sie stehen und wandte sich noch einmal um. »Aber vielleicht willst du ihn haben. Wirst bald jeden Euro brauchen. Es ist ja auch kein schlechter Job. Und wird fürstlich bezahlt. Obwohl, das eher nicht, aber das weißt du ja selbst am besten, nicht wahr? Dann noch einen schönen Abend.«

Mit diesen Worten verließ Silke Nieburgs Büro, schnappte sich ihre Tasche aus dem Nachtwächterkabuff, winkte Viktor Nieburg, der sie durch die Panoramascheibe beobachtete, kurz zu und machte sich dann auf den Weg zu Winterfelds Corsa, den ihr Jablonski heute zur Verfügung gestellt hatte. Sie solle in der Nacht nicht mit der U-Bahn fahren, hatte er mit einem fürsorglichen Blick zu ihr gesagt und ihr den Autoschlüssel in die Hand gedrückt. Man konnte Horst ja so einiges vorwerfen, aber unter der dicken Schicht des Großstadtgriesgrams hatte er ein Herz aus Gold, dachte Silke und ertappte sich bei dem Wunsch, er möge doch wieder an ihre Zimmertür klopfen. Warum nicht, dachte sie sich, während sie die Autotür aufschloss. Sollte sie denn ihr gesamtes restliches Leben allein bleiben?

Nachdem sie die Autotür geschlossen hatte, zitterten ihre Hände so heftig, dass sie es nicht schaffte, den Schlüssel in das Zündschloss zu stecken. Sie schloss die Augen, atmete tief durch die Nase ein und durch den Mund wieder aus. Wartete, bis das Schwindelgefühl nachließ. Sie hatte mal irgendwo gelesen, dass Menschen, die einen Unfall hatten, manchmal noch mehrere Kilometer weit liefen, als wäre nichts geschehen. Erst, wenn sich das Adrenalin abgebaut hatte, brachen sie zusammen. So ungefähr fühlte sie sich jetzt. Eine große Müdigkeit legte sich auf sie wie ein weiches, warmes Laken. Sie blieb noch kurz mit geschlossenen Augen sitzen, dachte daran, was eben geschehen war – und war unbeschreiblich stolz auf sich. Vielleicht war ja gerade eben eine neue Silke Bessin geboren worden. Sie wollte zumindest daran glauben und genoss das wunderbare Gefühl. Dann öffnete sie Augen, atmete tief durch, lockerte ihre Schultern. Und jetzt schaffte sie es auch, den Zündschlüssel in das Schloss zu stecken. Mit einem Lächeln startete sie den Motor, etwas unsicher parkte sie den Corsa aus und reihte sich in den Verkehr ein. Dabei hatte sie den Blick so konzentriert auf die Straße vor sich geheftet, dass sie nicht bemerkte, wie ein silberfarbener Mercedes SLK vom Angestelltenparkplatz des Mercedes-Center Nieburg in die Straße einbog und ihr im Abstand von etwa fünfzig Metern folgte. Am Steuer saß Viktor Nieburg, der mit zornigem Blick in sein Handy sprach.

Kurz bevor sie in die Straße in Dahlem einbog, machte sich Silke doch Gedanken darüber, ob es richtig gewesen war, von ihrem Plan abzuweichen und Nieburg so zu reizen. Sie glaubte zwar, dass sie irgendwie am längeren Hebel saßen – wenn sie die Informationen über seine illegalen Geldtransfers an die Polizei oder das Finanzamt weitergaben, wäre er auf jeden Fall erledigt –, aber so ganz wohl war ihr nicht mehr bei der ganzen Sache und sie fragte sich, was sie geritten hatte, in sein Büro zu stolzieren und ihm ins Gesicht zu sagen, dass sie etwas mit der anonymen E-Mail zu tun hatte. Andererseits war da noch immer der große Stolz in ihr. Sie hatte Mut bewiesen, war trotz ihrer riesengroßen Aufregung cool gewesen. Und wo war sein dämliches Verkäuferlächeln geblieben, als er verstanden haben musste, dass sie, die ungebildete Security-Tussi mit dem dicken Hintern, diese unbedeutende Gehaltsklasse, gefährliches Wissen über ihn besaß? So etwas kam in seiner Welt nicht vor. Das verstieß gegen die Gesetze der Reichen. In dem Sinne war es richtig gewesen, sagte sie sich. Und hoffte gleichzeitig, dass Jablonski ihre Ansicht teilte.

Silke parkte den Wagen fünfzig Meter von der Villa entfernt. Sie stieg aus und sah, dass am Ende der Straße ein Polizeiauto stand. Drei Beamte in Uniform standen am Gartenzaun eines geschmacklosen Kastens aus den Siebzigerjahren und redeten mit einer älteren Dame. Selbst auf die Entfernung konnte Silke erkennen, dass diese aufgeregt war. In der rechten Hand hielt sie eine Leine, an dessen Ende ein kleiner Hund zerrte. Sein unbeherrschtes Bellen war die ganze Straße hinab zu hören. Die Frau wedelte immer wieder mit der freien Hand in der Luft herum, deutete hinter sich in den Garten, legte sich die Hand auf die Wange, als würde sie ihre Körpertemperatur messen. Die Polizeibeamten schienen beruhigend auf sie einzureden. Silke wollte sich schon desinteressiert wegdrehen, als ein Mann in einem dieser weißen Ganzkörperkittel, wie ihn in Filmen die Leute von der Spurensicherung tragen, aus dem Garten auf die kleine Gruppe zukam. In der Hand hielt er eine Plastiktüte und Silke musste schon einen großen Sehfehler haben, wenn das da in der Tüte nicht zwei menschliche Hände waren. Die alte Frau schrie beim Anblick des Beutels quietschend auf, der Hund zerrte stärker an der Leine und sprang im verzweifelten Versuch, nach der Tüte zu schnappen, ungeschickt in die Luft. Wie wahrscheinlich war es, dass in der näheren Nachbarschaft noch zwei Hände von ihres Besitzers Armen abgefallen waren, dachte sich Silke. Das war nicht gut, überhaupt nicht gut. Sie musste schnell den anderen Bericht erstatten.

Silke verriegelte den Corsa und obwohl ihre Augen den Mercedes Sportwagen in Metallic-Lackierung sahen, der in einiger Entfernung in zweiter Reihe stand, war ihr Verstand so sehr mit dem beschäftigt, was sie zuvor gesehen hatte, dass sie dem schicken Automobil keine weitere Beachtung schenkte. Erst viel später – zu spät – tauchte dieser Erinnerungsschnipsel wieder im See ihres Unterbewusstseins auf. Sie hastete in das Haus von Stefan Winterfeld, es wurde langsam dunkel und ein erfrischender Wind wehte Staub und vertrocknete Grashalme und Blätter vor sich her. Im Arbeitszimmer traf sie Uwe und Horst. Als sie eintrat, blickte Jablonski auf und winkte sie zu sich heran.

»Komm mal her, Silke. Uwe schickt die nächste Rakete los.« Dann stutzte er und sah sie mit einer hochgezogenen Augenbraue an. »Solltest du nicht arbeiten?«

»Bin gegangen?«, sagte sie vorsichtig.

Jablonski sah sie eindringlich an. »Gibt es vielleicht etwas, das du mir sagen willst?«

»Was, wieso?« Sie rieb mit der Schuhspitze über den Perserteppich, auf dem der Schreibtisch stand.

»Silke«, mahnte Jablonski. »Was ist los? Uwe, kannst du uns mal kurz allein lassen?«

Uwe blickte von Jablonski zu Silke, dann erhob er sich achselzuckend, klappte den Bildschirm von Trista nach unten und schlurfte in die Küche. »Ich hol mir mal eine Cola.«

»Wo sind eigentlich Dieter und Cassidy«, fragte Silke, nachdem Uwe die Tür geschlossen hatte.

»Oben«, sagte Jablonski knapp. »Also, was ist?«

Silke pustete Luft aus, dann sagte sie, den Blick auf das Fenster hinter Jablonski geheftet: »Kann sein, dass ich Mist gebaut habe. Heute bei der Arbeit.« Die Euphorie, die sie noch im Auto gehabt hatte, war zu einem kleinen unbestimmten Gefühl geschrumpft.

»Bist du deswegen schon wieder zurück?« Silke nickte. »Und weiter?«, fragte Jablonski.

»Ich weiß nicht, der Nieburg hat mich heute wieder so angesehen, dieser Blick, als wäre ich Abschaum oder so was. Da hat er sich unbeobachtet gefühlt, aber ich habe es genau gesehen. Und als ich dann vor ihm stand, war da wieder dieses schleimige Verkäuferlächeln. Kennst du das? Freundlich irgendwie, ja schon, aber im Grunde für die Mülltonne. Das Lächeln, das diese reichen Typen Menschen wie mir oder dir geben, weil sie es müssen, aber letztendlich denken sie sich dabei, boah, wann haut die endlich wieder ab, damit ich mich wieder mit den wirklich wichtigen Dingen beschäftigen kann.«

Jablonski nickte und drückte ihr aufmunternd die Schulter. »Nimm's nicht persönlich, Silke. Das sind halt aufgeblasene Arschlöcher. Keine Ahnung vom wahren Leben.«

»Tja, weißt du Horst, bisher habe ich mir das auch immer gesagt. Erfolgreich sogar. Leider.« Sie setzte sich auf den Schreibtischstuhl, die Arme auf die Oberschenkel gelegt, den Blick auf den Fußboden gerichtet. Sie knetete ihre Hände, setzte zum Sprechen an, stockte, dann blickte sie auf in Jablonski graue Augen, die sie verständnisvoll und ein wenig besorgt ansahen. »Alles in Ordnung?«, fragte er leise.

Sie antwortete nicht, sondern ballte ihre Hände zu Fäusten und das kleine unbestimmte Gefühl wuchs wieder. Ihr neues Selbstbewusstsein kämpfte sich durch die jahrzehntealten Schichten aus negativem Selbstbild und falscher Ergebenheit. »Aber heute nicht«, sagte sie mit fester Stimme. »Heute nicht.«

Jablonski setzte sich ihr gegenüber auf den zweiten Stuhl, legte seine Hand auf ihr Knie, fühlte den groben, grauen Stoff ihrer Arbeitsuniform. »Sag mir, was passiert ist.«

Silke zögerte, spürte, wie ihr Tränen in die Augen stiegen. Diese verhassten Tränen, von denen sie angenommen hatte, dass sie davon schon genug für ein ganzes Leben vergossen hatte. Sie wischte sich rasch über die Augen, schüttelte den Kopf. »Ich wollte es nicht«, sagte sie. »Aber ich bereue es auch nicht.«

»Aber was denn?«, fragte Jablonski noch einmal, jetzt etwas ungeduldiger.

»Er weiß Bescheid, Horst.« Jablonski sah sie verständnislos an. »Viktor Nieburg, er weiß Bescheid«, wiederholte sie.

»Du hast ...«

»... es ihm gesagt, genau. In seinem Büro, ins Gesicht. Und ich sage dir eins: es hat sich gut angefühlt, ach was großartig!«

Jablonski verzog den Mund. »Mensch, Silke.«

»Ich weiß. Aber es ist doch eigentlich auch egal. Vielleicht ist ein bisschen Druck ja sogar förderlich.«

»Ich weiß nicht«, sagte Jablonski und strich sich nachdenklich über die stoppeligen Wangen. »Wir waren uns einig, dass wir die Sache langsam angehen. Man weiß nie, wie solche Leute reagieren. Wir dürfen nicht vergessen, dass er wahrscheinlich in unsaubere Geschäfte verwickelt ist.«

Silke nickte, strich sich eine Strähne aus der Stirn. »Wahrscheinlich müssen wir das Tempo sowieso erhöhen.«

»Wieso das denn?«, fragte Jablonski.

»Die Hände sind aufgetaucht.«

»Welche ... wo?«

Sie zeigte mit ihrem Zeigefinger auf das Fenster. »Am Ende der Straße. Die Polizei ist da.«

Jablonski wurde kreidebleich. »Scheiße.«

Stirnrunzelnd beobachtete Viktor Nieburg aus seinem Wagen heraus, wie Silke Bessin zu einer imposanten Villa hastete, das Gartentor öffnete und im Garten verschwand. Was zum Teufel hatte diese Verliererin in einer solchen Gegend und noch dazu in einem solchen Anwesen verloren?

Er entnahm dem Handschuhfach eine Sonnenbrille und schob sie sich auf die Nase. Auf dem Beifahrersitz lag ein schwarzes Basecap, das er sich aufsetzte, den Schirm tief ins Gesicht geschoben. Er suchte sich eine Parklücke in einiger Entfernung von dem Haus, in das die Bessin gegangen war, stieg aus dem Auto und schlenderte betont locker die Straße entlang. Dabei war er darauf bedacht, im Schatten der Bäume zu bleiben, so dass er von den großen Fenstern der Villa aus nicht zu sehen war. Weiter hinten parkte ein Polizeiauto, eine kleine Gruppe von Menschen hatte sich vor einem Haus versammelt, das zur Zeit der Erbauung wohl architektonische Avantgarde sein wollte, nach heutigen Maßstäben allerdings einfach nur hässlich war und im harmonischen Ensemble der Gründerzeitvillen fremd wirkte wie ein Kaktus im Sonnenblumenfeld. Er schmunzelte bei diesem, wie er fand, hervorragenden Vergleich. Nieburg ignorierte die Versammlung – vielleicht ein Einbruch? – und widmete sich wieder dem Haus mit der Nummer zwölf. Er drückte sich an den Zaun des Nachbargrundstücks, eine mannshohe Hecke schützte ihn vor Blicken. Es schien alles ruhig zu sein. Wieder fragte er sich, was so eine wie die Bessin, die ja nachweislich nichts in ihrem Leben auf die Reihe bekommen hatte, hier verloren hatte. Da sie nach seiner Einschätzung außerdem eher im unteren Mittelfeld der weiblichen Schönheitsskala angesiedelt war – und das mit einer gehörigen Portion Wohlwollen seinerseits, aber er wollte mal nicht so sein –, fiel eine Art Cinderella-Geschichte auch aus. Er kniff die Augen zusammen und linste hoch zu den Fenstern im ersten Stock, konnte aber nichts erkennen. Nieburg schaute in alle Richtungen, dann schlich er im Schutze der leicht ungepflegt wirkenden Hecke vor dem Haus Nummer zwölf entlang, bis er am Tor angekommen war. Da hing der Briefkasten. Entgegen der verbreiteten Gewohnheit in Wohnvierteln wie diesem, den Namen des Bewohners lediglich mit Initialen zu kennzeichnen (wenn überhaupt), prangte auf dem schwarzen Blechbriefkasten Vorname und Nachname in dicken goldenen Buchstaben, die im Sonnenlicht glänzten. Und was er da las, ließ ihn kurz nach Luft schnappen: Stefan Winterfeld.

Das war doch der Geschäftsführer der Digital Services GmbH. Der Typ, der für ihn die Auslagerung seiner Gelder ins Ausland organisiert hatte. Die Bessin wusste von der E-Mail und war damit auch über seine finanziellen Transaktionen im Bilde. Jetzt ging sie in Winterfelds Haus. Das konnte doch nur bedeuten, dass die beiden unter einer Decke steckten. Aber war das wirklich möglich? Diese Null und der gutaussehende, erfolgreiche Winterfeld? Unmöglich. Außerdem, was konnte Winterfeld für ein Interesse an einer Erpressung – denn darauf lief die ganze Sache doch hinaus – haben? Er verdiente gut an seiner Dienstleistung, hatte noch andere heiße Eisen im Feuer, warum sollte er alles durch so eine Aktion gefährden? Das ergab keinen Sinn. Auf der anderen Seite trieb die Gier nach Geld, immer mehr Geld, mitunter die seltsamsten Blüten, das wusste Nieburg nur zu gut aus eigener Erfahrung. Möglicherweise wollte der Winterfeld doppelt abkassieren und hoffte darauf, dass keiner seiner Klienten es auf eine Auseinandersetzung anlegte und sich damit selbst gefährdete. Das Finanzamt war immer dankbar für entsprechende Hinweise. Nachzahlungen, Gefängnisstrafe, gesellschaftliche Vernichtung: Das würde wohl kaum jemand ernsthaft riskieren. Dennoch, es blieb alles äußerst merkwürdig. Er musste unbedingt mehr über die Verbindung der beiden herausfinden. Aber das würde er nicht selbst tun. Nein, das war ein Job für Hassan. Gerade drückte er sich zurück in den Schutz der hohen Hecke nebenan, da hörte er aus dem Haus, in das Silke Bessin gegangen war, eine tiefe Männerstimme brüllen: »Dieter!«

Es wurde immer seltsamer. War das Winterfeld? So tief hatte er seine Stimme gar nicht in Erinnerung. Und wer war Dieter? Da würde Hassan einiges aufzuklären haben. Er drehte sich um und lief zurück zu seinem Mercedes. Hinter dem Steuer sitzend, zog er sein Handy aus der Jackentasche.

»Viktor, wie schön, dich zu hören.«

»Hassan. Ich habe einen Job für dich.«

»Aber natürlich hast du den«, antwortete Hassan gönnerhaft. »Du weißt, wo du mich findest.«

»In einer Stunde?«

»Wie du meinst.«

Viktor Nieburg beendete das Gespräch, warf das Basecap zurück auf den Beifahrersitz, atmete tief durch. Dann startete er den Mercedes und rollte langsam die Straße hinunter. Hinter einem der Fenster von Haus Nummer zwölf meinte er kurz den Schatten eines Mannes mit kräftiger Statur gesehen zu haben. Auf jeden Fall breiter als Winterfeld. War das dieser Dieter? Egal, er würde es bald wissen. Er fuhr weiter und kam zu dem Polizeiauto. Drei Beamte in Uniform standen vor dem Haus und redeten beruhigend auf eine alte Frau ein, die an einer kurzen Leine einen kleinen Hund hielt, der wild daran zerrte. Nieburg wunderte sich, wie die dürre Dame mit ihren Streichholzärmchen den Köter halten konnte. Ein vierter Polizist in einem weißen Ganzkörperkittel hielt einen durchsichtigen Plastikbeutel in der Hand. Waren das zwei Hände in dem Beutel? Nein, das konnte doch wohl nicht sein, oder?

Jablonski war sauer, da musste man kein psychologischer Fachmann sein, um das zu sehen. Dieter hatte sich nur widerwillig aus der Umarmung mit Cassidy gelöst, aber der Ruf seines Namens, der wie ein Donnergrollen durch das Haus gezogen war, hatte keinen Aufschub geduldet.

»Bin gleich wieder da«, hatte er seufzend gesagt.

»Soll ich mitkommen?«, fragte sie. Besorgnis lag in ihrer Stimme.

»Nee danke, alles gut.«

Kurz darauf stand er im Arbeitszimmer vor dem Schreibtisch und blickte Jablonski mit hochgezogenen Augenbrauen an. Dessen Gesicht war rot angelaufen, eine dicke Ader pulsierte am Hals. Er würde doch jetzt keinen Schlaganfall oder so was bekommen, hoffte Dieter und versuchte sich an einem besänftigenden Lächeln.

»Du hattest doch einen klaren Auftrag, oder?«, grummelte Jablonski.

Dieter zog die Stirn kraus. »Hilf mir mal, was genau meinst du?«

»Winterfelds Hände. Du solltest sie unauffällig entsorgen. In einem einsamen Wäldchen, das war der Plan.«

Dieter ahnte, worauf Jablonski hinauswollte und Hitze stieg ihm in den Kopf. »Tja, also.«

»Tja, also was?« Jablonski stemmte sich aus dem Stuhl und starrte Dieter wutentbrannt an.

Der hob abwehrend die Hände. »Moment, du wolltest doch, dass ich schnell herkomme. Da hatte ich noch keine Gelegenheit gehabt, sie in dem Kiefernwald zu vergraben.«

»Wie kann es also sein, dass die Polizei am Ende der Straße einen Plastikbeutel mit zwei menschlichen Händen aus einem Garten holt?«

Dieter wurde kreidebleich. »Was?«, stöhnte er.

»Du hast schon richtig gehört«, motzte Jablonski. »Verdammter Mist ist das.«

Jetzt schaltete sich Silke ein. Sie legte Jablonski beschwichtigend eine Hand auf den Arm. »Komm Horst, beruhig dich. Dieter hat das doch nicht mit Absicht gemacht.«

»Ich sollte schnell herkommen«, wiederholte Dieter. »Da habe ich die Kühlbox genommen und bin mit der U-Bahn hergefahren.«

»Du bist was?«, riefen Silke und Jablonski wie aus einem Mund.

»Hergefahren«, sagte Dieter kläglich, schaute von Silke zu Horst. »Mit der Box.«

»In der U-Bahn?«, fragte Jablonski und starrte ihn mit aufgerissenen Augen an.

»Schön war's nicht, mit dem Geruch und so, aber was hätte ich machen sollen?«

Jablonski schüttelte den Kopf und ließ sich wieder in den Stuhl plumpsen. »Und dann?«

»Dann wollte ich die Box endlich loswerden und habe sie hinten im Garten vergraben.«

»In unserem Garten?«, fragte Jablonski.

»Nun, streng genommen in Winterfelds Garten, aber ja.«

»Irgendein Tier muss sie ausgegraben haben«, sagte Silke. »Und dann haben sie den Weg bis zu Fiffi da hinten gefunden.«

»Und jetzt ist die Polizei an der Sache dran«, sagte Jablonski tonlos. »Das ist nicht gut. Ach Mensch, warum muss denn immer alles schief gehen?«

»Kopf hoch, Horst«, sagte Silke. »Ich sehe das so, ein Grund mehr, alles zu beschleunigen.«

Horst sah zu ihr auf. »Ach ja, stimmt. Hatte doch ganz vergessen, dass du dem Nieburg gesteckt hast, dass du drinsteckst in der Sache mit der E-Mail.«

»Wie bitte?« Jetzt war es an Dieter laut zu werden. »Wir hatten doch einen anderen Plan.«

Silke zuckte nur wortlos mit den Achseln. Es trat Stille ein. Dieter setzte sich in einen Sessel in der Ecke. Das Ganze wurde immer komplizierter. Er kannte sich zwar nicht mit kriminalistischen Methoden aus, vermutete aber, dass man die Spur der Körperteile bis zu der Stelle verfolgen konnte, an der er sie vergraben hatte. Wahrscheinlich würde die Polizei vorher schon von Haus zu Haus gehen, um die Bewohner zu befragen. Es sollte also so oder so nicht lange dauern, bis die Beamten vor der Tür standen. Sie mussten sich etwas überlegen. Und zwar schnell.

»Wir sollten von hier verschwinden«, sagte er mit leiser, aber fester Stimme, den Blick auf den Boden gerichtet.

Jablonski sah auf. Er wirkte um Jahre gealtert. Müde, mit dunklen Ringen unter den Augen, das graue Haar stumpf, die Haut fahl. »Wir sind so kurz vor dem Ziel, Dieter«, sagte er krächzend, hielt Daumen und Zeigefinger der rechten Hand vor dem Gesicht ein paar Millimeter auseinander in die Höhe. »So kurz.« Er klang selbst wenig überzeugt.

»Nur was nützt es uns, wenn morgen die Polizei auf der Matte steht und uns unbequeme Fragen stellt? Da unten liegt ein Toter in der Tiefkühltruhe.«

»Er war doch schon tot«, gab Jablonski mürrisch zurück.

»Aber da hatte er noch beide Hände an seinem Körper, oder?« Dieter stand auf, schüttelte den Kopf. »Nein, wir sollten uns hier vom Acker machen.«

»Und dann?«, fragte Silke und Jablonski nickte zustimmend. »Was dann?«

»Keine Ahnung. So tun, als wäre das alles nie passiert?«, sagte Dieter. Er stand mit herabhängenden Schultern in der

Mitte des Raumes. Dann breite er in hilfloser Geste die Arme aus. »Das war's. *Game over*.«

Jablonski schwieg mit vor der Brust verschränkten Armen und starrte auf die Tischplatte vor sich. Uwe steckte den Kopf durch die Küchentür. »Kann ich wieder reinkommen.«

Niemand antwortete ihm. »Scheinbar nicht«, attestierte er und verschwand wieder nach nebenan.

»Ich werde im Garten Ordnung machen«, sagte Dieter und ließ Jablonski am Tisch sitzen. »Danke«, sagte Silke und schenkte ihm ein aufmunterndes Lächeln. Zu Jablonski sagte sie: »Komm, das wird schon. Wir überlegen uns was.«

Der seufzte nur, wischte sich mit der schwieligen Hand über das Gesicht. »Klar«, sagte er kläglich.

An der Stelle, wo er die Kunststoffkiste vergraben hatte, war Erde nach allen Seiten aufgeworfen worden. Die umliegenden Büsche waren braun gesprenkelt, der Stamm der Kiefer hatte bis in einen Meter Höhe einen erdigen Belag. Im Zentrum der Verwüstung lag die verdammte blaue Kühlbox wie ein auf die Erde eingeschlagener Meteorit. Der Deckel war offen und hing zur Seite wie das Maul eines seltsamen Tieres. Dieter näherte sich der Stelle und wagte einen Blick hinein. Die Tüte war verschwunden. Natürlich war sie das. Hatte er etwa gehofft, dass es sich bei dem Fund, den die Spurensicherung ins Labor schaffte, um ein anderes Paar abgetrennter Hände handelte, das auf seltsame Weise kurz nachdem er diese grässliche Box, diesen Mahlstein um seinen Hals, vergraben hatte, von einem dummen Köter angeschleppt wurde? Auf dem Boden der Kühlbox sah er eine kleine Lache einer undefinierbaren Flüssigkeit. Der Geruch nach Verwesung war nicht mehr so penetrant wie während seiner Fahrt mit der U-Bahn, aber immer noch deutlich wahrnehmbar. Und wenn er ihn schon wahrnahm, würde ein Leichenspürhund den leichtesten Arbeitstag seiner bisherigen Kriminalpolizeitätigkeit haben und die Beamten schnurstracks hierher leiten. Und was sollten sie dann sagen? Nein, es gab keine andere Möglichkeit. Sie mussten hier weg, und zwar rasch. Bedauerlich, dass damit alles umsonst gewesen war. Aber so würden sie wenigstens mit einem blauen Augen davonkommen. Immerhin hatten sie es versucht. Und wer weiß, wenn er ein, zwei Jahre das Geld gut zusammenhielt, wäre der Traum von Griechenland – der weiße Sandstrand, Cocktails mit Cassidy, jeden Abend neben ihr einschlafen – vielleicht ja auch ohne diesen Viktor Nieburg möglich. Ein gutes Gefühl hatte Dieter sowieso nicht gehabt mit der neuerlichen Planänderung. Erpressung, das schien ihm eine Nummer zu groß. Bisher hatte er seine Teilnahme noch vor sich rechtfertigen können. Ja doch, sie hatten sicherlich ein, zwei Gesetze übertreten, aber letztlich hatten sie niemandem geschadet, oder? Es war immerhin das Geld eines Toten, der würde es nicht mehr vermissen, und er fand, dass Cassidy Recht hatte, wenn sie sagte, dass sie einen moralischen Anspruch auf Winterfelds Geld hatte. Und was sie damit anstellte, war doch wohl ihre Sache. Warum sollte sie es nicht mit drei, ach nein, mittlerweile vier guten Freunden teilen? Aber jetzt diesen Nieburg zu erpressen – das war schon eine ganz andere Sache. Auch wenn Dieter keine Sekunde daran zweifelte, dass der ein halbseidener Geschäftsmann war und wie die meisten, die in Saus und Braus lebten, irgendwelche krummen Dinger drehte, so fühlte er sich gar nicht wohl mit der Richtung, in die sich alles entwickelt hatte. Warum nicht jetzt stoppen, dachte er sich, während er die Kühlbox mit spitzen Fingern aus dem Erdloch zog. Er würde Cassidy fragen, ob sie mit ihm in seiner Wohnung leben wollte. Er hatte nicht viel, aber möglicherweise war sie auch gar nicht so anspruchsvoll, wie der gut gefüllte Kleiderschrank vermuten ließ. Vielleicht genügte es ihr, mit ihm zusammen zu sein. Dieser Gedanke blieb nicht ohne Zweifel in seinem Kopf, aber er würde es wohl darauf ankommen lassen müssen.

Dieter schob gerade ächzend mit einem Spaten, so gut es ging, die Erde zurück in das Loch, als er die Türklingel hörte. Vor Schreck ließ er den Spaten fallen und duckte sich hinter einen der zotteligen Büsche. Kurz darauf hörte er Cassidys Stimme an der seitlichen Haustür: »Komme gleich!«

Dieter schlich zur Hauswand, presste sich gegen den warmen Stein und schob sich Meter für Meter bis zur Ecke vor. Er wagte einen Blick zum Gartentor. Dort stand ein Polizeibeamter in Uniform, der sich beim Anblick von Cassidy, die mit

lockerem Hüftschwung auf ihn zuging, in Pose warf und breit
lächelte.

»Guten Tag, Frau Winterfeld.«

»Hallo Herr Wachtmeister. Äh, Weissbach, ich bin die Le-
bensgefährtin von Herrn Winterfeld.«

Weissbach, dachte Dieter und ihm fiel ein, dass er noch gar
nicht nach ihrem Nachnamen gefragt hatte. Aber vielleicht
hatte sie den auch nur erfunden für den schneidigen Gesetzes-
hüter.

»Kriminalkommissar«, korrigierte der Beamte und wirkte
dabei ein wenig beleidigt. »Kriminalkommissar Schreyer. Sehr
erfreut, Frau Weissbach. Ist denn Ihr Mann, also Ihr Lebensgefährte zu Hause?«

»Nein«, sagte Cassidy. »Er ist gerade auf einer Dienstreise.
Darf ich fragen, worum es geht?«

»Dienstreise, wie? Dann sind Sie also gerade ganz allein?«
Der Unterton in der Stimme von Kriminalkommissar Schreyer
ließ Dieter in seinem Versteck tief durchatmen.

»Ganz recht«, gab Cassidy ungerührt zurück. »Also, worum
geht es denn hier? Ich habe noch zu tun.«

»Natürlich.« Die Stimme wurde wieder sachlicher. »Dürfte
ich mich wohl kurz in Ihrem Garten umsehen?«

Cassidy zögerte, dann sagte sie misstrauisch: »Zu welchem
Zweck?«

»Nun, der Hund einer Nachbarin hat Überreste, also
menschliche Überreste, angeschleppt und deswegen schauen
wir uns in der Nachbarschaft um.«

»Sie meinen Knochen?« Fassungslosigkeit und Ekel lagen in
Cassidys Stimme und Dieter grinste aufgrund der schauspiele-
rischen Leistung.

»Nicht direkt. Die Überreste waren in eher, nun ja, frischem
Zustand, lagen also noch nicht lange in der Erde.«

»Wie schrecklich«, sagte Cassidy. »Ich bin nur leider gerade ziemlich in Eile. Ich habe auch nichts Verdächtiges gesehen, falls Sie das interessiert.«

»Es würde auch nicht lange dauern«, drängte der Beamte.

»Das mag ja sein, aber gerade ist wirklich kein guter Zeitpunkt.«

»Sie verstehen schon, dass ich Ihr Verhalten gerade ein wenig seltsam finde, oder?«

Kurzes Schweigen, dann hörte er Cassidy in eisigem Tonfall reden: »Und Sie verstehen schon, wenn ich mich bei Ihrem Vorgesetzten über Ihr unverschämtes Verhalten beschwere, oder?«

»Ich meinte doch nur ...«, versuchte Kriminalkommissar Schreyer zu beschwichtigen.

»Wenn Sie also keine schriftliche Befugnis haben, mein Grundstück zu betreten, dann möchte ich Sie bitten, mich jetzt zu entschuldigen. Nehmen Sie es nicht persönlich, Herr Kriminaldingsbums, aber das ist mein Prinzip. Mein Haus, meine Regeln. Einen schönen Tag noch.«

Dieter lugte wieder um die Ecke und sah Cassidy mit stolz erhobenem Kopf den gepflasterten Weg zurückstolzieren. Kurz bevor sie die Seitentür erreicht hatte, bemerkte sie Dieter an der Hausecke und zwinkerte ihm lässig zu. Er schenkte ihr ein Lächeln und zog sich dann wieder hinter die Hauswand zurück. Mein Gott, was für eine tolle Frau, dachte er, die warme Wand im Rücken, und lächelte glückselig.

»Und wieder sitzen wir hier zusammen.« Cassidy schwenkte ihr Weinglas und beobachtete die anderen am Tisch. Jablonski zerpflückte missmutig ein Stück Weißbrot über seinem Teller. Er hatte entgegen seiner üblichen Gewohnheit noch nichts gesagt, seitdem sie sich für das Abendessen an den großen Tisch im Esszimmer gesetzt hatten. Die Vorräte schwanden langsam und so fiel das Essen deutlich spartanischer aus als die Abende zuvor. Was jetzt, wo sich ihre gemeinsame Zeit in diesem Haus dem Ende zuzuneigen schien, letztlich keine große Rolle mehr spielte. Vielleicht war es sogar ein Symbol. Sie würde sowieso nicht mehr länger hierbleiben können. Dieter hatte Recht, es war nur eine Frage von Tagen – vielleicht nicht einmal das – und die Polizei würde das Grundstück und das Haus auf den Kopf stellen. Sie würden Stefans Leiche finden und dann hätte sie eine Reihe sehr unangenehmer Fragen zu beantworten. Nein, ihre Zeit hier war vorbei. Aber was soll's, dachte sie sich. Kommt eben etwas Neues. Cassidy warf Silke einen Blick zu, die mit großen Schlucken das zuvor randvolle Glas Wein leerte, fast als wäre sie kurz vor dem Verdursten. Sie sah genauso müde aus wie Jablonski, tiefe Falten hatten sich über ihre Wangen gelegt, insgesamt kam sie Cassidy fast ein wenig verwahrlost vor, aber vielleicht machte das auch der Alkohol. Uwe saß wie immer ruhig auf seinem Stuhl, aß bedächtig die Oliven, die er vor sich in einer Schüssel aufgehäuft hatte. Von Zeit zu Zeit sah er von seiner Arbeit auf und schien die Stimmung von den Augen der anderen ablesen zu wollen. Dann senkte er wieder den Blick und spießte die nächste Olive auf den Zahnstocher in seiner Hand. Dieter saß neben ihr, hatte eine wunderbar warme Hand auf ihren Oberschenkel gelegt und schien mit sich im Reinen zu sein. Er konnte es – im Gegensatz zu Horst Jablonski – wohl akzeptieren, dass ihr Unterfangen am Ende doch nicht zum Erfolg führte. Nun gut, er hatte immerhin etwas gewonnen, genau wie sie selbst. Auch wenn sie sich noch nicht absolut sicher war, wie sie ihre Gefühle Dieter gegenüber beschreiben, wie sie sie einschätzen sollte, war doch etwas mit ihr passiert. Sie fühlte sich wohl bei ihm und mit ihm, entspannt, locker, sie selbst. Er war nicht die Art von Mann, die sich stets in die Brust werfen musste, unter Dauerfeuer stand, dieses typische Y-Chromosom-Ding eben. Diese Art von Mann, der sie immer wieder verfallen und mit der sie noch immer reingefallen war. Und plötzlich merkte sie, dass es eigentlich schon viel früher eines Dieters bedurft hätte, um sich vollkommen als die intelligente, selbstbewusste und ja, sinnliche Frau zu fühlen, die sie war. Sie fühlte sich wohl bei ihm und wenn dieses Gefühl Liebe war, dann sollte es so sein, aber man musste ja nicht jedem Ding einen Namen geben. Und was immer die Zukunft bereithalten würde, sie konnte entscheiden. Dieser Gedanke ließ sie ein nie gekanntes Gefühl der Freiheit empfinden. Und dafür würde sie kein Geld von Stefan, diesem Viktor Nieburg oder sonst wem benötigen. Mehr noch, sie würde auch keine Männer mehr wie die Koksnase Stefan oder Axel, der sie reihenweise mit anderen Frauen betrogen hatte, oder diesen Timur mit seinen krummen Deals brauchen. Sie selbst hatte es in der Hand, sie selbst bestimmte über ihr Leben. Wenn diese verrückte Geschichte nach nicht ganz einer Woche heute Abend an diesem Tisch endete, dann war es eben so. Sie würde entspannt und mit sich im Reinen nach oben gehen, den Koffer zu Ende packen, die zweitausend Euro, die sich noch auf ihrem Konto befanden, abheben und irgendwie nach Griechenland kommen. Alles andere würde sich ergeben. Wer weiß, vielleicht konnte sie sogar wieder anfangen zu studieren. Irgendwann. Warum nicht? Und wo sie schon mal dabei war: Es war auch an der Zeit, diesen Namen abzulegen. Cassidy – das war sie nicht mehr. Möglicherweise war sie es nie gewesen. Sie brauchte sich auf jeden Fall nicht mehr hinter einem Namen zu verstecken. Warum nicht wieder Laura? Ja, es war wirklich an der Zeit.

»Wie sieht's aus?«, fragte sie mit einem entspannten Lächeln. »Was wollen wir machen?«

Nach einer Minute Schweigen hob Jablonski den Kopf und sah sie an. In seinem Blick war nicht die häufig zu beobachtende unterschwellige Aggressivität, sondern nur eine tiefsitzende Müdigkeit. »Was können wir denn schon groß machen? Nach Dieters Aktion sitzt uns die Polizei im Nacken. Wir haben wohl keine andere Wahl mehr, als die ganze Sache zu beerdigen. Schade, aber so ist es eben.« Er senkte wieder den Kopf und popelte weiter an der Scheibe Brot.

»Nicht zu vergessen Silkes forsches Auftreten bei Nieburg«, versuchte Dieter sich zu rechtfertigen.

Silke prostete ihm mit dem fast leeren Weinglas zu. »Wir sind schon echte Profis, was?« Sie kicherte, was Jablonski zu einem Stirnrunzeln veranlasste.

»Vielleicht hatte Dieter ja Recht«, sagte Jablonski. »Es sollte nicht sein. Wir haben alles versucht, aber schaut uns doch an, wir sind eben keine Verbrecher. Ich habe in einer Papierfabrik gearbeit. Dieter verkauft Autos. Sehen so Gangster aus?«

»Der Plan war trotzdem gut«, sagte Dieter und machte eine beschwichtigende Geste mit der Hand. »Und Uwe hier war auch eine Riesenhilfe.«

»Könnte man die Sache mit dem Nieburg nicht von woanders weiterführen?«, schlug Uwe vor. »Mehr als einen Computer brauchen wir dafür nicht. Es könnte immer noch klappen.«

Jablonski winkte ab und schüttelte resigniert den Kopf. »Der ist jetzt vorgewarnt. Wird bestimmt nicht lange dauern, bis er mit Hilfe von irgendwelchen Profis seine Kohle weitergeleitet hat und dann seine Hände in Unschuld waschen kann.«

»Aber die Finanzbehörden interessieren sich doch sicher dafür«, warf Silke ein.

»Gut möglich«, sagte Jablonski. »Aber was haben wir davon? Ein Dankeschön, vielleicht eine bescheidene Prämie. Ich glaube aber eher, dass die zuerst mal Fragen stellen werden, woher wir diese Informationen haben. Und das kann keiner von uns wollen, oder?«

Silke setzte ihr Weinglas ab und lehnte sich zurück. »Es stehen ja auch noch mehr Namen auf der Liste. Wir könnten uns die vornehmen.«

Jablonski warf ihr einen raschen Blick zu, Interesse lag darin, aber auch Widerwillen. »Ich weiß nicht«, sagte er. »Das ist eine Nummer zu groß für uns, glaube ich.«

Sie schwiegen wieder, aßen lustlos, tranken Wein. In die Stille hinein sagte Cassidy: »Ich finde, wir können dennoch stolz auf uns sein. Wir hatten einen tollen Plan, haben uns gegen viele Widerstände durchgesetzt.« Cassidy zuckte mit den Achseln. »Und jetzt ist es eben zu Ende. Es bleibt trotzdem eine tolle Geschichte, auch wenn wir uns nach der letzten Nacht hier nie wiedersehen sollten.« Sie hob ihr Weinglas. »Auf uns, die Verrückten Fünf«, sagte sie laut und feierlich.

»Auf uns«, wiederholte Dieter und hielt sein Glas in die Höhe. »Die fünf, die es fast geschafft hätten.« Er lachte befreit.

Silke grinste und prostete den anderen zu. »Auf uns, die dümmsten Diebe aller Zeiten.«

Auch Uwe hob jetzt sein Glas. »Auf uns, die Cybergangster. Und natürlich auch auf Trista.«

Alle starrten mit in die Luft gereckten Gläsern zu Jablonski. Dieser hob schließlich langsam die Schultern und ließ sie wieder fallen. Er nahm sein Glas in die Hand, schwenkte es einen Moment vor den Augen, dann grinste er diebisch, hob die Hand und rief: »Auf uns, Jablonski's Five.« Die anderen stockten kurz, dann lachten sie, ließen die Gläser in einem vielfachen

Klirren aneinanderstoßen und riefen zusammen: »Jablonski's
Five!«

Etwas hatte sie geweckt. Ein Geräusch. War es Teil ihres Traums gewesen oder war es aus dem Haus gekommen? Cassidy rieb sich die Augen und lauschte in die Dunkelheit. Neben sich hörte sie die Atemgeräusche von Dieter, durch das geöffnete Fenster kam Grillenzirpen. Sie schloss die Augen und horchte angestrengter. Da meinte sie Schritte zu hören, das leise Quietschen einer Tür. Natürlich konnte es sich dabei um Horst handeln, der jede Nacht mehrmals die Toilette besuchte, aber der gab sich normalerweise wenig Mühe, leise zu sein. Sollte sie Dieter wecken? Nein, sie würde erst einmal nachsehen. Vielleicht war es nur Silke, die Durst hatte und sich in der Küche ein Glas Wasser holte.

Cassidy schlug die dünne Decke zurück und stieg aus dem Bett. Es war etwas kühler geworden und nach den heißen Nächten der letzten Wochen fröstelte sie ein wenig in ihrem dünnen Nachthemd. Sie ging barfuß zur Tür und öffnete sie leise. Der Flur lag im Halbdunkel. Nur das schwache Licht der Straßenlaterne, das durch das gefärbte Glas des Fensters am Ende des Ganges kam, ließ die Konturen der Kommode, der zwei Stühle und der hohen Vase mit dem fingerartigen Trockengras in der Ecke erkennen. Cassidy schlich zur Treppe und lauschte. Nichts zu hören. Vielleicht sollte sie sich wieder schlafen legen, sich an Dieters Körper kuscheln, das Auf und Ab seines Brustkorbs spüren. Ein Rumsen ließ sie zusammenzucken. Es kam aus dem Esszimmer oder der Küche. Langsam, Stufe für Stufe, ging sie die Treppe nach unten. Ihre Augen hatten sich mittlerweile an die Lichtverhältnisse gewöhnt und sie sah, dass die Tür zum Esszimmer offenstand. Sie war sich sicher, dass sie diese gestern Abend geschlossen hatte. Als sich alle schon in ihre Zimmer zurückgezogen hatten, saß sie noch in der Küche, hatte eine Zigarette geraucht (auch in dem Punkt hatte sie sich vorgenommen, ein neues Leben zu beginnen) und war dann ebenfalls nach oben gegangen. Und dabei hatte sie die Tür geschlossen, ganz sicher. Uwe schlief im Wohnzimmer weiter hinten und hatte keinen Grund, durch das Esszimmer zu gehen, da der Flur zum Badezimmer auch über das Wohnzimmer erreichbar war. Wieder hörte sie das leise Geräusch einer sich öffnenden Tür, dann Schritte. Füße, die eindeutig so gesetzt wurden, wie wenn jemand versucht, sich lautlos zu bewegen. Für einen Moment hatte sie die gruselige Vorstellung, dass Stefan aus der Tiefkühltruhe gestiegen war und jetzt, beider Hände beraubt, durch sein Haus geisterte. Ein Schauer lief ihr über den Rücken und auf ihren Unterarmen bildete sich eine Gänsehaut. Sie presste die Augen zusammen, um den Gedanken zu verscheuchen. Dann schlich sie zur Küchentür auf der linken Seite und zwängte sich geräuschlos durch den Spalt. Jetzt stand sie in der Küche, umrundete mit langsamen Schritten den runden Tisch, an dem sie mit Jablonski, Dieter und Silke in den letzten Tagen so oft gesessen hatte. Cassidy schlich weiter, die Verbindungstür zwischen Küche und Arbeitszimmer stand offen. Sie meinte, einen Schatten auf dem Boden gesehen zu haben, der sich langsam bewegte, menschliche Umrisse. Möglicherweise waren es aber auch nur die Äste des großen Baumes vor dem Fenster im Arbeitszimmer, die von der Straßenlaterne angestrahlt wurden und beinähnliche Schatten auf den Holzboden warfen. Dennoch, Cassidy spürte die Anwesenheit eines anderen Menschen. Eine Art schwache elektrische Ladung, die langsam ihre Rücken entlang lief, ein Kribbeln in den Händen. Angst stieg in ihr auf, aber eine unverständlich starke Neugier trieb sie weiter und ließ sie das Gefühl verdrängen. Jetzt war sie am Durchgang zum Arbeitszimmer angekommen und lugte vorsichtig am Türrahmen vorbei. Und da sah sie ihn. Er stand mit dem Rücken zu ihr und schien das

Bücherregal an der gegenüberliegenden Wand zu durchsuchen. Nicht besonders groß, aber selbst in dem schwachen Licht konnte Cassidy erkennen, dass er kräftig war. Er trug dunkle Kleidung – vielleicht eine schwarze Trainingshose und einen Kapuzenpullover von derselben Farbe – und eine unverhohlene Brutalität ging von ihm aus. Doch was ihr für einen Moment den Atem nahm, war der Gegenstand, den der Eindringling in der rechten Hand hielt. Es war eine Pistole, mit dem Lauf nach unten gerichtet, die wie eine prothesenartige Verlängerung seines Armes wirkte. Das Ende des Pistolenlaufs verbreiterte sich zu einem dickeren Rohr – ein Schalldämpfer, wie Cassidy mit Schrecken klar wurde. Verdammte Scheiße, in was waren sie da reingeraten? Sie zweifelte nicht eine Sekunde daran, dass das Auftauchen dieses Mannes etwas mit Silkes forschem Auftritt bei Nieburg zu tun hatte. Bestimmt war er ihr gefolgt und jetzt schickte er jemanden, um das Problem aus der Welt zu schaffen. Bei dem Gedanken wurde ihr kurz schwindlig und sie machte einen Schritt nach hinten, suchte Halt an der Arbeitsplatte der Kochinsel. Dabei stieß sie gegen den gläsernen Aschenbecher, den sie gestern Abend dort abgestellt hatte. Mit einem, wie es ihr vorkam, ohrenbetäubenden Klirren zersprang er auf dem Fußboden. Der Schein einer Taschenlampe, die aus dem Arbeitszimmer auf sie gerichtet wurde, blendete sie und Schritte kamen näher. Sie konnte ihn wegen des grellen Lichts zunächst nicht erkennen, erst als der Mann mit der Waffe nur noch einen Meter von ihr entfernt war, sah sie ein grobschlächtiges Gesicht mit einer schiefen Nase – Boxernase kam ihr spontan in den Sinn – und Fünftagebart. Der Mann grinste schief, sah an ihr hinab und wieder hinauf, wedelte dann mit der Pistole in seine Richtung.

»Wen haben wir denn da?«, sagte er mit einer tiefen Stimme und schwerem südländischem Akzent. Türkei, schätzte sie. »Dich habe ich mir aber wirklich anders vorgestellt. Hier rein und Schnauze halten.«

Sie konnte nichts erwidern, ihr Hals fühlte sich an, als würde sie gewürgt. Mit unsicheren Schritten folgte sie dem Mann in das Arbeitszimmer.

»Da hinsetzen«, forderte er sie mit einem Wink des Pistolenlaufs in Richtung des Sessels in der Ecke auf. Sie folgte dem Befehl und dachte kurz daran, wie sie hier gesessen hatte, nachdem sie das letzte Mal Eindringlinge im Arbeitszimmer überrascht hatte. Geschichte schien sich zu wiederholen, nur dass der Mann hier bedeutend gefährlicher war als die verkappten Safeknacker Horst, Silke und Dieter.

In dem Moment öffnete sich die Tür zum Wohnzimmer, ein Streifen schwachen Lichts, wohl von der kleinen Lampe auf dem Couchtisch, fiel auf den Boden. Der Pistolenmann wirbelte herum und zielte mit der Waffe auf den Türspalt, in dem Uwe mit wirr ins Gesicht hängenden Haaren, zerknittertem T-Shirt und ausgebeulter Boxershorts stand und ihn zugleich müde und ungläubig anstarrte.

»Ich habe ein Geräusch gehört«, sagte er sinnloserweise, rieb sich die Augen, schaute dann auf Cassidy und wieder zurück in den metallisch glänzenden Lauf der Pistole. »Was, oh ...«

»Fresse halten und da rüber«, zischte der Mann und winkte ihn ebenfalls zu dem Sessel, in dem Cassidy saß. Während Uwe, jetzt vollkommen wach, mit weit aufgerissenen Augen und zitternder Unterlippe an dem Eindringling vorbeistolperte, musterte der ihn eindringlich. »Du bist doch nicht Stefan Winterfeld«, sagte er, mehr zu sich selbst, zog ein Mobiltelefon aus der Hosentasche, wischte zwei, drei Mal auf dem Display und sah dann wieder zu Uwe: »Nee, auf keinen Fall.«

Uwe hatte sich auf die Sessellehne niedergelassen, die dünnen Beine wirkten verloren in den zu großen Ausgängen der Boxershorts. »Ich bin ja auch ...«

»Schnauze«, raunzte der Mann und blendete Uwe mit dem Strahl seiner Taschenlampe. »Hab ich gesagt, du sollst das Maul aufmachen?«

Uwe schüttelte nur ängstlich den Kopf. Der Mann musterte mit vorgeschobener Unterlippe Cassidy und Uwe. »Also, du bist nicht diese Silke und du nicht der Winterfeld. Was zum Teufel ist denn hier los?« Er hatte sich vor den beiden aufgebaut und sah deshalb nicht, wie sich Jablonski – in Boxershorts und weißem Unterhemd – aus dem Esszimmer in das Arbeitszimmer schlich. Er war schon fast bei dem Mann mit der Pistole, da knarrte unter seinem Gewicht eine Diele. Jablonski erschrak, bewies aber noch so viel Geistesgegenwart und warf sich mit dem Gewicht seines Körpers auf den Eindringling. Dieser hatte sich bei dem Geräusch der knarrenden Diele umgedreht, jedoch einen Moment zu langsam, so dass ihn Jablonski Schulter hart am Kopf traf. Er ächzte, verlor das Gleichgewicht, versuchte noch, sich am Tisch neben dem Sessel festzuhalten, auf dem Uwe mit gekrümmtem Körper und die Hände schützend vor das Gesicht gelegt neben der mit großen Augen den anstürmenden Jablonski anstarrenden Cassidy saß, und stürzte dann mit einem sackartigen Geräusch auf den Boden. Dabei ließ er die Waffe fallen, die über die Dielen schlitterte und kurz vor dem Schreibtisch liegenblieb.

»Die Pistole«, schrie Cassidy Jablonski zu.

»Hilfe«, versuchte Uwe zu schreien, es kam allerdings nur ein verzweifeltes Krächzen heraus.

Jablonski musste sich nach dem Angriff auf den Mann kurz orientieren, es war alles zu schnell gegangen. Dann sah er die Waffe auf dem Boden. Ebenso wie der Mann in Schwarz, der jetzt auf Knien und Händen zu dem Tisch robbte. Schon streckte er die Hand nach der Pistole aus. Jablonski, der einen halben Meter Rückstand hatte, versuchte ihm mit einem kraftvollen Sprung, den ihm weder Cassidy noch Uwe zugetraut hätten, zuvorzukommen. Er landete mit einem Fuß auf der rechten Hand des Eindringlings, der schmerzvoll aufschrie, aber sich erstaunlicherweise nicht von seinem Vorhaben abbringen ließ, die Pistole zu erreichen. Er umklammerte mit der freien Hand Jablonskis nackten Knöchel und zog ruckartig. Jablonski strauchelte, versuchte erfolglos sein Bein aus dem Griff zu lösen und knallte dann mit großer Wucht auf Boden. Er kniff die Augen vor Schmerz zusammen, stemmte sich auf die Knie und warf sich wieder auf den Angreifer. Der Mann hatte die Waffe erreicht, jetzt lag sie in seiner Hand, doch Jablonski Gewicht ließ ihn stöhnend zusammensacken. Nachdem er sich auf seinen Gegner hatte fallen lassen, schienen Jablonski die Ideen für eine sinnvolle Fortsetzung des Nahkampfes ausgegangen zu sein; er lag lediglich wie ein Stück Fleisch auf dem kleineren, aber deutlich kräftigeren Mann. Der schleuderte ihn mit einer ruckartigen Bewegung seines gesamten Oberkörpers von sich herunter, rollte sich zur Seite und kam in eine sitzende Position. Jablonski wollte sich gerade wieder aufrichten, da gab die Pistole ein ploppendes Geräusch von sich. Die Kugel streifte Jablonski am Oberarm und schlug hinter ihm mit einem lauten Knall in die Wand ein. Mauerwerk rieselte auf den Boden, feiner Staub wurde in die Luft geschleudert und brach sich im Licht der Taschenlampe, die im Kampfgetümmel quer durch den Raum gerollt war.

»Scheiße«, schrie Jablonski, fasste sich an den Oberarm und schaute mit zusammengekniffenen Augen auf das Blut in seiner Handfläche.

Der Angreifer hatte sich aufgerichtet, zielte schwer atmend auf den vor ihm sitzenden Jablonski. »Ey, ich sollte dich gleich hier, gleich jetzt erschießen, du verdammtes Arschloch. Und was ist hier eigentlich los? Seid ihr sowas wie ne perverse Sexkommune, oder was? Du bist auch nicht dieser Winterfeld, viel zu alt.«

»Das hast du gut erkannt«, sagte Jablonski mit schmerzverzerrtem Gesicht. »Verdammt, tut das weh.«

Der Mann mit der Pistole machte einen Schritt auf ihn zu, ging in die Hocke und fuchtelte mit dem Lauf der Waffe vor Jablonskis Stirn herum. »Glaub mir«, sagte er leise, aber bedrohlich, »ich kann dir weitaus größere Schmerzen zufügen.« Er erhob sich und wandte sich wieder Uwe und Cassidy zu. »Aber zuerst will ich wissen, was hier gespielt wird. Wo ist Stefan Winterfeld?«

Cassidy, Uwe und Jablonski schwiegen. Der Mann war mit einem Schritt bei Uwe, presste ihm den Lauf der Pistole gegen die Stirn. Uwe quiekte leise, dann hechelte er, als hätte er minutenlang keine Luft bekommen. »Also nochmal, wo ist Stefan Winterfeld?«

»Tot«, sagte Jablonski.

»Tot?« Der Mann nahm die Waffe von Uwes Kopf und musterte Jablonski eindringlich. »Wie, tot?«

»Na, tot eben«, entgegnete Jablonski mit einem zornigen Funkeln in den Augen. Unter der Hand, die er auf die Schusswunde an seinem Arm presste, quoll Blut hervor. In zwei Schlangenlinien lief es hinab bis zum Ellenbogen und vereinte sich dort zu einem See, aus dem es in regelmäßigen Abständen auf den Boden tropfte. »Er liegt im Keller in der Tiefkühltruhe.« Jablonski grinste. Er hatte ein wenig Ähnlichkeit mit Jack Nicholson in Shining, fand Cassidy. Leicht irrer Blick, musste der Schock sein. Oder ihm glühten gerade die Drähte durch. Schwer zu sagen, was schlimmer war, dachte sie und zog ihr Nachthemd zum wiederholten Male über die nackten Knie. Uwe neben ihr schien in eine Art Lethargie verfallen zu sein, er saß steif in seiner altmodischen Boxershorts und dem T-Shirt mit dem seltsamen Spruch (Why do Java developers wear glasses? Because they don't C#) auf der Sessellehne. Sie selbst verspürte kaum Angst. Bestimmt das Adrenalin. Außerdem kam ihr der Typ mit der Waffe zwar brutal vor, aber irgendwie auch nicht gerade wie ein eiskalter Killer – auch wenn ihre Erfahrungswerte in der Hinsicht eher bescheiden waren. Die Frage war doch aber: Was wollte er? Er suchte Stefan, was bestimmt mit irgendwelchen krummen Geschäften zu tun, möglicherweise ja sogar mit den Daten auf der Festplatte. Doch warum war er so erstaunt gewesen, als er sie gesehen hatte? Er hatte Silke erwartet, doch woher wusste er von ihr? Es war eine seltsame Geschichte, aber das war sie ja seit einigen Tagen gewohnt.

»Wie bitte? Habt ihr ihn etwa ...?«, fragte der Mann aufgeregt.

»Nein, haben wir nicht«, sagte Cassidy. »Das Herz.«

Der Mann schien kurz zu überlegen, dann zuckte er mit den Schultern. »Egal, nicht meine Sache. Wo habt ihr die Daten her?« Er zielt wieder auf Jablonski. »Los, sag schon, sonst blutet gleich noch der andere Arm.«

»Welche Daten?«, fragte Jablonski, obwohl er zu wissen glaubte, wovon der Kerl sprach.

»Willst du mich verarschen? Ihr seid hier in Winterfelds Haus, also müsst ihr Bescheid wissen.« Er trat einen Schritt näher an Jablonski. »Ich zähle bis drei. Eins ... zwei ...« Jablonski kniff die Augen zusammen und versuchte, sich auf den gleich einsetzenden Schmerz vorzubereiten – konnte so etwas überhaupt funktionieren? –, da hörte er einen martialischen Schrei. Er riss die Augen auf und sah, wie Dieter durch die Küchentür gerannt kam, die gusseiserne Steakpfanne in der Hand. Er holte weit aus und bevor sich der Mann mit den schwarzen Klamotten zu ihm umgedreht hatte, donnerte die rechteckige Pfanne mit einem lauten hohlen Geräusch gegen seinen Schädel. Jablonski hörte eine Art Knacken, als der Kopf wie in einem der späteren Rocky-Filme in einem äußerst ungesund aussehenden Winkel zur Seite geschleudert wurde. Dieter sah nicht übermäßig kräftig aus, aber in diesen Schlag musste er alles gelegt haben, was er an Muskelkraft aufzubieten hat, dachte Jablonski. Mit einem nicht menschlich klingenden Ton aus seinem Mund, einer Art langgezogenem Seufzer, der in einen Quietschlaut überging, klappte der Kerl zusammen und blieb reglos auf dem Boden liegen. Die Waffe hatte er noch in der Hand.

Cassidy, Uwe, Dieter und Jablonski starrten auf den reglosen Körper vor ihnen. Mit zaghaften Bewegungen erschien jetzt auch Silke hinter Dieter.

»Ist er tot?«, fragte Dieter leise.

»Würde mich wundern, wenn der nach so einem Schlag wieder aufsteht«, konstatierte Jablonski trocken, stemmte sich ächzend nach oben und überprüfte seine Wunde. »Blutet nicht mehr.«

Cassidy riss sich vom Anblick des Eindringlings los und verstand jetzt erst, was da geschehen war. Sie sprang auf und umarmte Dieter stürmisch, küsste ihn auf Hals, Wange, dann auf den Mund. »Danke«, sagte sie. »Du hast uns gerettet.«

Er hielt noch die Pfanne in der Hand, der Arm hing kraftlos an seiner Seite. Er ließ sie los, mit einem metallischen Geräusch schlug sie auf den Holzboden. »Ich habe etwas gehört ... und du warst nicht mehr im Bett.«

»Dieter, das war große Klasse«, sagte Jablonski und schlug ihm freundschaftlich auf die Schulter.

»Ich habe ihn umgebracht«, sagte Dieter wie zu sich selbst.

»Ja, das ist gut möglich«, bestätigte Jablonski ungerührt. »Aber es war schließlich Notwehr.«

Silke war hinter Dieter in das Arbeitszimmer gekommen, bückte sich zu dem leblosen Körper und presste zwei Finger an dessen Hals. Vom rechten Nasenloch bis zur Oberlippe zog sich ein schmaler Streifen Blut. »Kein Puls.«

»Oh Gott«, sagte Dieter.

»Ich glaube, ich muss kotzen«, sagte Uwe. Er war aus seiner Erstarrung erwacht und rannte aus dem Zimmer.

»Ich bin ein Mörder.« Dieter bewegte langsam den Kopf von links nach recht. »Ein Mörder.«

»Hey«, Cassidy nahm sein Gesicht zwischen ihre Hände und sah ihm tief in die Augen, »das war Notwehr. Der hatte eine Waffe und die war echt, frag mal Horst. Der hätte uns alle töten können. Du bist kein Mörder, mein Schatz, du bist ein Held.«

Dieter sah sie an, die Mischung aus Panik und Unglaube wich einer sanften Tiefe. »Wie hast du mich gerade genannt?«

»Held.« Cassidy lächelte.

»Nein, das davor.«

Cassidy runzelte die Stirn, dann strahlte sie ihn an. »Mein Schatz.«

»Gefällt mir«, sagte Dieter. Er strich ihr langsam mit dem Handrücken über die Wange. »Gefällt mir sehr gut.«

Jablonski schnipste mehrmals laut mit den Fingern. »Wenn ihr beiden Turteltäubchen dann mal kurz Pause machen könntet. Wir haben hier eine Sache zu klären.«

Er ging auf die Knie und zog das Handy aus der Hosentasche des toten Mannes. »Entsperren mit Fingerabdruck. Schon wieder so was.« Er grinste in die Runde. »Handarbeit. Na wenigstens brauchen wir dieses Mal kein Werkzeug. So, fertig. Wollen wir doch mal sehen, mit wem wir es hier zu tun haben.« Jablonski tippte sich in die Kontaktliste. »Ah hier, ganz oben steht unter ich: Hassan Kayhan.«

»Hassan«, sagte Silke nachdenklich. »Aber was wollte er hier? Ich meine, außer uns abknallen.«

»Noch viel wichtiger finde ich die Frage, wer ihn geschickt hat«, sagte Cassidy. »Dass Stefan in so manche illegale Machenschaft verwickelt war, dürfte uns allen klar sein, aber wer könnte so angefressen gewesen sein, dass er einen Killer schickt?«

»Da fällt mir spontan eigentlich nur Viktor Nieburg ein«, sagte Jablonski. »Dieser Scheißkerl.« Er öffnete die Anrufliste. »Wer sagt's denn. Hier, Viktor Nieburg hat heute Nachmittag mit ihm telefoniert.« Er wedelte mit dem Telefon in Richtung Silke. »Kurz nachdem du hier angekommen bist.«

»Er muss dir gefolgt sein«, sagte Dieter nachdenklich.

»Und dann hat er diesen Wichser geschickt, um hier ordentlich Rabatz zu machen.« Jablonski erhob sich mit einem leisen Stöhnen

»Das sollte verbunden werden.« Silke zeigte auf die Wunde an Jablonskis Arm, auf der sich langsam eine rote Kruste bildete.

»Hat Zeit«, brummte Jablonski. »Jetzt verfrachten wir den hier erst mal nach unten und dann bringen wir es zu Ende.«

»Wie meinst du das?«, fragte Dieter.

»Dieser Scheißkerl Nieburg hetzt uns einen Killer auf den Hals. Dem werden wir jetzt mal einen kleinen Besuch abstatten. Bei ihm zu Hause.« Er betonte das Wort ihm deutlich und grinste dabei wieder sein Shining-Grinsen.

Silke nickte. »Bin dabei.«

Dieter und Cassidy sahen sich an, dann nickten sie ebenfalls. »Wir auch«, sagte Dieter. »Aber was machen wir mit dem?«

»Der kommt in die zweite Tiefkühltruhe. Danach setzen wir uns in den Corsa und fahren nach Kleinmachnow.« Jablonski nahm die Waffe vom Boden. »Zieht euch was an und dann geht's los. Das Ganze endet heute Nacht.«

Das Handydisplay zeigte zwei Uhr achtunddreißig. Viktor Nieburg biss sich auf die Unterlippe. Hassan hatte sich noch nicht gemeldet, dabei musste die Sache doch schon längst über die Bühne gegangen sein. Kurz überlegte Nieburg, ob er ihm eine Nachricht schreiben sollte, entschied sich aber dagegen, er hatte schon genug Spuren hinterlassen, die im Zweifelsfall auf ihn wiesen. Der Anruf gestern Nachmittag zum Beispiel. Er hatte sich noch Stunden später darüber geärgert, dass er sein privates Handy dafür benutzt hatte und nicht eines der Telefone für delikate Angelegenheiten, die in der abgeschlossenen Schublade seines Schreibtischs lagen, zusammen mit den Dokumenten für den Fall der Fälle. Zu sehen, wie diese rotzfreche Bessin in das Haus von Winterfeld ging, hatte ihn zu der Kurzschlussreaktion verleitet. Aber jetzt war es auch egal. Er hatte gehandelt, Hassan würde schon die richtigen Schritte einleiten. Da vertraute ihm Nieburg. Er wollte gar keine Details wissen, sondern nur von Hassan hören, dass das Problem aus der Welt geschafft war. Und dann konnte er weitere Dinge zurechtrücken. Letztlich musste er Winterfeld und der Bessin noch dankbar sein. Zu lange hatte er die Zügel schleifen lassen. Erfolg sollte nicht nachlässig machen. Aber genau das war geschehen. Die Zusammenarbeit mit Hassan und seinen Leuten würde er genauso auf den Prüfstand stellen wie sein Privatleben. Barbara betrog ihn. Daran bestand kein Zweifel, sie gab sich ja kaum mehr Mühe, ihre Affären zu verschleiern. Er setzte sich im Bett auf, drehte den Kopf zur Seite und betrachtete sie im schwachen, kalten Licht des Handydisplays. Sie hatte den Mund leicht geöffnet, ihr blondes Haar war zerzaust, die Haut an den Wangen wurde langsam schlaff. Ohne ihr akribisch aufgetragenes Make-Up sah man, dass auch an ihr die Jahre nicht spurlos vorüber gegangen waren. Sie war immer noch hübsch, keine Frage, aber irgendwie auch härter, freudloser.

Nieburg seufzte. Ja, er würde alles auf den Prüfstand stellen. Er hatte doch genug Optionen. Wenn diese Geschichte vorbei war, dann würde er die Karten auf den Tisch legen. Wann meldete sich dieser verdammte Hassan endlich?

Es war zwei Uhr achtunddreißig, als Jablonski den Opel Corsa rabiat aus der Parklücke lenkte. Nachdem Uwe kreidebleich von der Toilette zurückgekehrt war, hatte Jablonski ihm und Dieter aufgetragen, den toten Hassan in die zweite Tiefkühltruhe im Keller zu verfrachten. Dieter weiß ja, wie das geht, hatte er lapidar gesagt. Uwe hatte kurz protestiert, sich dann aber in sein Schicksal gefügt. Jablonski selbst hatte seine Wunde gesäubert, anschließend zogen sich alle an und verließen das Haus. Jetzt saßen sie zu fünft in dem kleinen Auto und fuhren schweigend in Richtung Kleinmachnow. Jablonski starrte grimmig auf die Fahrbahn, als wäre sie sein Feind. Hinten quetschten sich Silke, Cassidy und Uwe aneinander. Uwe hatte Trista auf dem Schoß, außerdem eine Tasche mit Kabeln, Modulen, verschiedenen Auslesegeräten.

»Wie sieht also unser Plan aus?«, fragte Dieter kurz hinter der Stadtgrenze.

»Wir gehen da rein«, sagte Jablonski, ohne den Blick von der Straße zu nehmen. »Überraschen ihn. Und dann soll er sich mal so richtig in die Hosen machen, dieser Mistkerl.«

»Aber wir werden ihn doch nicht ... also ...« Dieter nickte zaghaft in Richtung des Handschuhfachs, in das Jablonski die Pistole mit dem Schalldämpfer gelegt hatte.

»Dieter, dieser Kerl wollte uns töten. Verstehst du das? Meinst du, Nieburg hatte da irgendwelche Skrupel. Nein, ich habe es nicht vor, aber wir wissen auch nicht, wie sich das entwickeln wird.« Er warf Dieter einen entschlossenen Blick zu. »Alles, was ich will, ist das Geld. Endlich.«

»Da hinten rechts«, sagte Uwe. »Die Nummer acht.«

Jablonski stoppte den Wagen, dann parkte er rückwärts in eine Lücke ein und zog den Zündschlüssel ab. Es war jetzt still, nur das Atmen der Insassen und das Klicken des sich abkühlenden Motors waren zu hören. »Netter Kasten«, sagte Jablonski schließlich und deutete mit dem Zeigefinger auf das große, weiße Haus mit den klaren Linien. Die Wände wurden in regelmäßigen Abständen durch senkrechte Strahler beleuchtet, alle Fenster waren dunkel. Ein etwa zweieinhalb Meter hoher Zaun umgab das Grundstück, in dem sich ein elektronisches Schiebetor für die Zufahrt zur Garage befand, sowie eine Tür, die auf den gepflasterten Weg zum Haus führte.

»Schlafen wohl alle«, sagte Silke, die sich vorgebeugt hatte, um durch die kleinen Fenster des Corsas etwas zu sehen. »Der einzige Zugang scheint durch das Tor zu sein.«

»Könnt ihr Kameras oder so erkennen?«, fragte Cassidy.

»Nicht von hier aus«, antwortete Jablonski. »Aber so ein Haus hat bestimmt Kameras, eine Alarmanlage, das ganze Programm.« Er drehte sich ächzend mit dem Oberkörper nach hinten. »Uwe, kannst du da was machen?«

Uwe knetete seine Unterlippe. »Schon möglich«, sagte er langsam. »Ich müsste halt irgendwie Zugang zu dem System bekommen.«

»Dieses Ding im Zahlenblock?«, fragte Silke.

»Du meinst, die Schnittstelle? Wenn es eine neuere Produktion ist, könnte das klappen.«

»Drei Jahre alt, wir haben bei Secu4U noch darüber gelästert, was sich der Nieburg so alles leisten kann.«

Uwe grinste, ihm schien die Herausforderung zu gefallen. »Probieren wir es. Ganz zufälligerweise habe ich ein passendes Kabel und ein hilfreiches, wenngleich nicht ganz legales Softwaretool dabei.«

»Legal, illegal, scheißegal«, tönt Jablonski vom Fahrersitz. Dieter legte den Zeigefinder an die Lippen. »Psst, wir müssen leise sein.«

»'Tschuldigung. Dann los, Uwe. Wir kommen nach, wenn du das System lahmgelegt hast.« Jablonski beugte sich zu Dieter, öffnete das Handschuhfach und zog die Waffe heraus.

»Ich weiß nicht«, sagte Dieter und musterte mit gequältem Blick den im Licht der Straßenlaternen fast goldglänzenden Stahl in Jablonski Hand.

»Wir bringen es heute zu Ende, sagte Jablonski. »Los jetzt, Tron, bring uns da rein.«

Uwe nickte, startete seinen Computer und verband eines der vielen Kabel mit der USB-Buchse. Er tippte ein, zwei Minuten auf der Tastatur, dann nickte er wieder. »Kann losgehen.« Er öffnete die Tür, stieg aus und schloss sie leise, indem er mit seinem Hintern dagegen drückte. Dann schlich er entlang der Hecken und Zäune der Grundstücke, bis er an den hohen Zaun von Nummer acht gelangte. Er schaute nach links, nach rechts. Um diese Uhrzeit schliefen die gutbetuchten Nachbarn alle und träumten von Anlagemöglichkeiten, Tennisclubs und Segeltörns, dachte Jablonski leicht verbittert und beobachtete, wie Uwe sich bis zum Eingangstor vortastete. Er konnte nicht genau erkennen, was weiter geschah, Uwe schien das Kabel mit dem Ziffernblock zu verbinden. Anschließend hielt er den Computer mit einer Hand wie ein Kellner sein Tablett und flog mit der freien Hand über die Tastatur. So ging das zwei Minuten. Alle im Auto starrten gebannt auf Uwe.

»Schafft er es?«, flüsterte Cassidy.

»Bestimmt«, gab Silke leise zurück.

Nach weiteren zwei Minuten, die den Insassen des kleinen, tannengrünen Opel Corsas wie eine Ewigkeit vorkamen, drehte sich Uwe zu ihnen um und reckte einen Daumen in die Luft.

»Er hat's geschafft«, rief Silke.

»Leise«, zischten die anderen im Chor.

»Dann wollen wir mal«, sagte Jablonski bestimmt und stieg aus dem Auto. »Jetzt holen wir uns die Kohle.«

Sie schlichen im Gänsemarsch die Straße entlang, vorneweg Jablonski, der die Pistole unter seinem Hemd verbarg, dann Dieter, hinter ihm Cassidy und zum Schluss Silke, die immer wieder über die Schulter nach hinten schaute. Als sie bei Uwe am Tor angekommen waren, klappte der gerade den Laptop zu und grinste. »War eine Kleinigkeit, die Firmware des Systems war veraltet, so konnte ich einen Gateway nutzen, der aufgrund einer Sicherheitslücke im Sub-Protokoll der ...«

»Großartig Uwe«, unterbrach ihn Jablonski und schlug ihm kameradschaftlich auf die Schulter. »Und wie bekommen wir die Tür auf?«

Uwe warf ihm einen leicht beleidigten Blick zu. »Ich habe natürlich den Code geändert.« Er klopfte auf den zusammengeklappten Laptop unter seinem Arm. »Kleinigkeit für Trista.«

»Ähm, ja sicher.« Jablonski trippelte von einem Fuß auf den anderen. »Und wie ist jetzt der Code?«

»Vier Mal die Null.«

»Das ist leicht«, sagte Dieter amüsiert. »Den kann sich sogar Horst merken.«

Jablonski tat so, als würde er zum Schlag ausholen, dann lächelte er schief. »Nichts wie rein, bevor uns hier noch jemand sieht.« Er tippt die Zahlen in den Block und mit einem leisen Summen öffnete sich das Tor.

Viktor Nieburg hatte sich gerade wieder in seinem Bett ausgestreckt, da hörte er ein lautes klackendes Geräusch im Haus. Die leichte Schläfrigkeit, die sich zuvor, trotz der Ungeduld, mit der er auf eine Nachricht von Hassan wartete, in ihm ausgebreitet hatte, war mit einem Schlag von ihm abgefallen. Nieburg schlug die Decke zurück und stieg aus dem Bett. Barbara schien nichts gehört zu haben, sie lag unverändert auf dem

Rücken, die Augen geschlossen, den Mund leicht geöffnet, aus dem ein leises Schnarchen kam. Er zog sich ein T-Shirt über den muskulösen Körper, schlich zur Schlafzimmertür. Das grüne Lämpchen an dem kleinen Kasten neben der Tür verriet ihm, dass die Alarmanlage ausgeschaltet war.

Wie konnte das sein? Er war sich sicher, dass er den Alarm scharf gestellt hatte, bevor er ins Bett gegangen war. Außer ihm und Barbara kannte niemand die Geheimzahl. Er öffnete langsam die Tür und starrte in die Dunkelheit des oberen Flurs. Hier befanden sich das Schlafzimmer von Barbara und ihm, das Zimmer ihrer Tochter, zwei Gästezimmer, zwei Bäder und sein Arbeitszimmer. Eine Galerie gab den Blick nach unten in den Eingangsbereich frei. Nieburg lauschte, dann ging er langsam den Flur entlang. Die Tür zu Clarissas Zimmer war geschlossen. Er presste das Ohr dagegen. Nichts. Dann hörte er wieder etwas, ein knirschendes Geräusch, wie das Öffnen eines Reißverschlusses. Es kam von unten. Nieburg schlich zur Brüstung der Galerie und lugte vorsichtig über den Rand. Hatte er dort nicht einen Schatten entlanghuschen sehen? Flüsterte da nicht jemand?

Er zog sich von der Galerie zurück und ging auf Zehenspitzen zum Arbeitszimmer am Ende des Flurs. Der Schlüssel für die Schublade lag unter einem Couchkissen. Er zog ihn hervor und ging gebückt zum Schreibtisch. Verärgert bemerkte er, dass seine Hand leicht zitterte, als er versuchte, den Schlüssel in das Schloss zu drücken. Er hatte es fast geschafft, was bei den Lichtbedingungen nicht einfach war, da hörte er eine tiefe männliche Stimme von der Tür: »Lass das mal schön sein.«

Jablonski richtete die Waffe auf den Mann, der in T-Shirt und Boxershorts hinter dem Schreibtisch auf dem Boden kniete. Auch wenn der Raum nur vom Mondschein und dem wenigen Licht beleuchtet wurde, dass von den Straßenlaternen noch seinen Weg in das Eckzimmer fand, war er sich sicher, dass es sich um Viktor Nieburg handeln musste. Die Beschreibung, die Silke ihm gegeben hatte, passte jedenfalls. Hinter Jablonski stand Dieter im Flur. Silke und Uwe bewachten die Schlafzimmertür und Cassidy hatte vor der Tür Position bezogen, die nach den Aufklebern zu urteilen wohl in das Zimmer der pubertierenden Tochter führte.

Viktor Nieburg erhob sich, als er die Pistole sah. Er blickte erst Jablonski in die Augen, dann ging sein Blick zur Tür, von da zum Telefon auf dem Schreibtisch.

»Würde ich sein lassen an deiner Stelle«, sagte Jablonski. Er wedelte mit der Waffe in Richtung Sofa. »Hinsetzen. Und keine Dummheiten.«

Nieburg hob beschwichtigend die Hände. »Schon gut«, sagte er mit ruhiger Stimme. »Schon gut, kein Problem. Alles in Ordnung.« Er setzte sich auf die vordere Kante des Sofakissens, ließ Jablonski nicht aus den Augen.

»Von wegen alles in Ordnung.« Jablonski hatte die kleine Lampe auf dem Schreibtisch eingeschaltet, zog die Vorhänge vor die Fenster, ohne Nieburg aus den Augen zu lassen. Dann kam er auf ihn zu und baute sich vor ihm auf. »Du Arsch hast jemanden zu uns geschickt.«

»Ich verstehe nicht.« Nieburg hob eine Augenbraue und drehte die Handflächen nach oben. »Wer seid ihr überhaupt? Na egal, wer ihr seid, wir können bestimmt eine Lösung finden.«

In dem Moment hörten sie vom Flur eine Frauenstimme. »Was ist denn hier los?«

Nieburg wollte aufspringen, doch Jablonski hielt ihm die Pistole näher ans Gesicht und schnalzte missbilligend mit der Zunge. »Schön sitzen bleiben.«

»Seine Frau ist aufgewacht«, sagte Dieter.

»Bringt sie rein. Kann sich zu ihm setzen.«

Uwe und Silke hatten jeweils einen Oberarm von Barbara Nieburg umgriffen und schoben sie in das Arbeitszimmer. Sie blinzelte mit zusammengekniffenen Augen, das Haar fiel ihr wirr ins Gesicht, das tailliert geschnittene Nachthemd betonte ihre Figur. Als sie die Waffe in Jablonskis Hand sah, versteifte sie sich, warf ihrem Mann einen erschrockenen Blick zu, leckte sich nervös die Lippen. Das Nachthemd über die Knie ziehend, setzte sie sich neben Viktor.

»Wer ... was hast du angestellt?«

»Nichts. Keine Ahnung, was die wollen.«

Jablonski zog sich den Schreibtischstuhl heran, setzte sich breitbeinig darauf und lächelte Viktor Nieburg verschmitzt zu. »Na, da sagst du aber nicht die ganze Wahrheit, stimmt's Viktor?«

Seine Frau warf ihm einen bitterbösen Blick zu. »In was hast du uns wieder reingeritten? Unsere Tochter schläft da hinten.«

»Keine Angst, gnädige Frau«, sagte Jablonski. »Wir haben nicht vor, Ihnen oder Ihrer Tochter etwas anzutun. Wir sind ja schließlich keine anatolischen Killer. Bei Ihrem Mann bin ich mir aber noch nicht so sicher.«

Barbara Nieburg schien ihm gar nicht zugehört zu haben, sie haute ihrem Mann mit der flachen Hand gegen die Schulter. »Ich habe immer gewusst, dass sowas eines Tages passieren würde. Du mit deinen Geschäften.«

»Ach ja?« Viktor wandte sich ihr zu. »Sag bloß, du hast nicht ordentlich davon profitiert. Schickes Haus, immer die besten Kleider, Sportwagen, die Luxus-Reisen. Hm? Und das alles, ohne dass du einen Finger krumm machen musstest. Hast immer hier entspannt gesessen, während ich geackert habe. Für all das hier.« Seine Hand beschrieb einen Halbkreis in der Luft.

»Nun mal langsam, ich habe immerhin Clarissa großgezogen. Du warst ja nie da.«

Nieburg machte ein abschätziges Geräusch. »Good job, echt. Diese schreckliche Musik. Und dann dieser Loser von Freund.«

»Schon mal was von Pubertät gehört? Aber mit sowas wie Gefühlen kennst du dich ja eh nicht aus. Und das schon eine sehr lange Zeit.«

»Was willst du denn damit sagen?«

»Das weißt du ganz genau.«

»Nein, erleuchte mich mal.«

Nieburgs Frau setzte sich auf und zog eine Schulter hoch. »Na ja, zum Beispiel, was die Bedürfnisse einer Frau angeht.«

Jablonski musste grinsen bei dem unangenehm berührten Ausdruck, der sich auf Viktor Nieburgs Gesicht geschlichen hatte. »Ich ... na hör mal«, sagte Nieburg. Dann hatte er sich wieder gefasst. »Noch lange kein Grund, untreu zu werden.«

Sie schob beleidigt die Unterlippe vor. »Du zwingst mich ja quasi dazu.«

»Also, das ist doch ...«

»Wenn ich dann mal den kleinen Ehekrach beenden dürfte«, mischte sich Jablonski ein, »wir haben hier etwas Geschäftliches zu besprechen.«

»Geschäftliches?«, fragte Nieburg.

»Streiten deine Eltern oft?«, fragte Cassidy. Sie hatte Clarissa, die mit bis zum Kinn hochgezogenen Beinen in ihrem Bett hockte und die gutaussehende, fremde Frau in ihrem Zimmer beobachtete, den Rücken zugekehrt und musterte im Schein der Nachttischlampe die Poster an der Wand. Abgefuckt aussehende Rockstars, Kinder fast noch, aber wahrscheinlich schon mit schlimmeren Lebenserfahrungen als so mancher Mensch in Dieters Alter. Oder ihrem.

»Ja, schon«, antwortete Clarissa leise und zuckte mit den Schultern.

»Das ist Mist«, gab Cassidy zurück.

»Wer bist du eigentlich?« fragte Clarissa und bemerkte verwundert, dass sie gar keine Angst verspürte, obwohl eine fremde Frau mitten in der Nacht – ihr Handy, dass sie niemals ausschaltete, hatte ihr mitgeteilt, dass es halb vier war – in ihrem Zimmer stand und aus dem Arbeitszimmer ihres Vaters laute Stimmen drangen, von denen mindestens zwei nicht von ihren Eltern stammten.

Cassidy drehte sich lächelnd um. Sie war wirklich außerordentlich hübsch, dachte Clarissa. Wie ein Filmstar oder so. »Ich heiße Cass … nein … ich heiße Laura. Und du?«

»Clarissa.«

»Das ist ein sehr schöner Name.«

»Kann sein«, sagte Clarissa und zuckte wieder mit den Achseln. Das typische Achselzucken eines verunsicherten Teenagers, wie Cassidy lächelnd registrierte. Sie deutete auf die gerahmte Fotografie eines gutaussehenden Jungen, die auf dem für einen Jugendlichen ungewöhnlich aufgeräumten Schreibtisch stand. »Dein Freund?«

»Ja, nein, ach ich weiß nicht.«

»Kenn ich«, sagte Cassidy. »Ist manchmal nicht so leicht, was?«

Wieder das Achselzucken. »Was ist hier eigentlich los?«, fragte Clarissa nach kurzem Schweigen.

Cassidy setzte sich auf den Schreibtischstuhl, der leicht knarrte, als sie sich zurücklehnte. »Zuerst mal, du brauchst keine Angst zu haben.«

»Hab ich nicht«, gab Clarissa ohne Zögern zurück und Cassidy glaubte ihr.

»Dein Vater, also der hat … nun …«

»Ich weiß Bescheid, bin ja kein Baby mehr.«

»Nein, das bist du wohl nicht.«

»Mein Vater ist ein Krimineller«, sagte Clarissa, mehr zu sich selbst als zu Cassidy. »Das ist mir schon länger klar. Ich meine, das alles hier, das kann man sich doch nicht kaufen nur mit einem Autohaus.«

Jetzt war es an Cassidy, mit den Achseln zu zucken. Aber es war eher die zynische Körperbewegung eines Erwachsenen, der schon zu viel im Leben gesehen hatte. »Tja, ist wohl so. Weißt du, ich war mit einem Mann zusammen, der auch so seine unsauberen Geschäfte am Laufen hatte. Ironischerweise sind die beiden, also dein Vater und mein ... tja, Ex-Freund über eines dieser Geschäfte verbunden.«

Clarissa nickte. »Und jetzt seid ihr hier, um meinen Vater zu bestrafen oder so was.«

Cassidy wandte den Blick ab, schaute wieder an die Wand mit den Postern. »Dein Vater wollte uns wehtun. Nicht direkt, aber er hat jemanden beauftragt.«

»Das ist übel.«

»Ja, das ist es. Und ich sage dir das nur, weil du es früher oder später sowieso erfahren hättest.«

»Wie gesagt, es überrascht mich nicht.« Clarissa streckte die Beine aus. Sie war hübsch, fand Cassidy, und würde ohne Frage mit den Jahren noch hübscher werden, eine wahre Schönheit.

»Alles, was wir wollen, meine Liebe, ist, nun ja, eine Art Kompensation dafür. Dann sind wir auch schon wieder weg.«

Clarissa schwieg, blickte an die Decke, dann auf den Boden. Leise sagte sie: »Ich wünschte, das könnte ich auch – weg. Hier ist doch eh alles nur noch eine Farce.«

Cassidy fragte sich, woher sie dieses Wort kannte. Vielleicht ja aus einem der Bücher, die sauber aufgereiht auf dem Bord neben dem Bett standen. Den überwiegend nüchternen, einfarbigen Buchrücken nach zu urteilen, waren das keine seichten Frauenromane. Nicht nur hübsch, sondern auch noch intelligent. Keine einfache Kombination für eine Frau, dachte sie.

»Das tut mir leid«, sagte Cassidy und meinte es auch so. Auch wenn sie Clarissa erst seit einigen Minuten kannte, hatte sie sie schon liebgewonnen. »Wirklich«, fügte sie hinzu.

Clarissa zuckte wieder mit den Achseln.

»Nehmen Sie von dem, was sie wollen. Ich bin so was von fertig mit allem.« Barbara Nieburg verschränkte die Arme vor der Brust und schob beleidigt die Lippen vor.

»Das bringt mich zu dem Punkt.« Jablonski winkte Silke heran. »Frau Bessin kennst du ja.«

Viktor Nieburg blickte nur kurz auf. »Allerdings.«

»Ist das nicht diese, ähm ...«, überlegte seine Frau.

»... schlechtbezahlte, ungebildete Securitymitarbeiterin, die sich die Nächte um die Ohren schlägt, damit keines der Autos, die sie sich selbstverständlich in zwanzig Leben nicht leisten könnte, gestohlen wird. Genau die. Freut mich, Frau Nieburg.« Silke streckte die Hand aus.

»Nun ja. Äh, freut mich.« Barbara Nieburg ergriff zögerlich die Hand und erwiderte den Gruß mit einem schlaffen Händedruck.

»Frau Bessin«, fuhr Jablonski in geschäftsmäßigem Ton fort, »hat dich ja bereits darauf aufmerksam gemacht, dass wir gewisse Informationen besitzen.«

»Informationen?«, fragte Barbara Nieburg und bedachte ihren Mann mit einem giftigen Blick. »Welche Informationen, Viktor?«

Jablonski tat überrascht. »Ach, hat er Ihnen gar nicht davon erzählt? Wann wolltest du das denn machen, Viktorchen, hm?« Er legte den Kopf schief und sah Nieburg herausfordernd an. »Verstehe, gar nicht. Na dann mache ich das mal. Also, Frau Nieburg, Ihr Mann hat über die Jahre immer wieder hier und da ein wenig Geld zur Seite geschafft. Insgesamt über vier Millionen Euro.«

»Vier Mill ...« Barbara Nieburg bekam große Augen. »Aber wieso?«

»Ich nehme mal an«, sagte jetzt Dieter, der sich die ganze Zeit im Hintergrund gehalten hatte, »als eine Art Versicherung.«

»Versicherung?«, fragte Frau Nieburg.

»Nun, er wusste ja, dass er sich mit seinen Geschäften immer wieder in der Illegalität bewegte, das führt zwangsläufig zu vielen ungelösten Problemen. Steuerfahndung, verärgerte Geschäftspartner, Neider innerhalb der organisierten Kriminalität. Man kann dieses Pferd nicht endlos reiten.«

Mit geballten Fäusten starrte Barbara Nieburg ihren Mann an, der Dieter mit einem eisigen Blick bedachte und dabei die Zähne so fest aufeinanderpresste, dass sich die Wangenknochen unter der Haut abzeichneten. »Du wolltest dich mit dem Geld absetzen? Und uns allein lassen?«

Da brach es aus Viktor Nieburg heraus. »Jetzt tu doch nicht so empört. Mein Gott. Dir musste doch klar sein, wo das ganze Geld herkam. Wer hat denn früher immer geblökt, ich solle groß denken, nicht zimperlich sein, sonst würde ich es nie zu was bringen? Tja, Überraschung, genau das habe ich getan. Ein Geschäft aufgebaut, mit allem, was dazu nötig war. Und du? Betrügst mich seit Jahren und wirfst dabei noch meine Kohle zum Fenster raus. Ich kann dir gar nicht sagen, wie satt ich das habe. Warum also sollte ich es nicht tun? Einfach weg, den ganzen Scheiß hinter mir lassen?«

Sein Frau war blass geworden, sah ihn schweigend an, schüttelte mit trüben Augen den Kopf. »Du bist so ein Arsch«, sagte sie leise.

»Warum? Weil ich einmal auch an mich denke? So wie du.«

»So ein Arsch«, sagte sie noch leiser. »Mit dir bin ich fertig.« Sie sprang auf, wedelte mit dem Zeigefinger vor Viktor Nieburgs Gesicht herum und schrie: »Mit dir bin ich fertig!«

Nieburg bedachte sie mit einem höhnischen Blick. »Na wundervoll, dann sind wir uns ja einig.«

Seine Frau stemmte die Hände in die Hüften, setzte zum Reden an, stockte, öffnete erneut den Mund. »Also, das ist doch. Sie«, sie wandte sich an Jablonski, der, immer noch mit der Waffe in der Hand, mit großen Augen dem Ehestreit zugesehen hatte, »lassen Sie ihn bluten, nehmen Sie ihm sein Geld weg. Ich brauche nichts mehr davon. Günther, also Herr, ach egal, jedenfalls bin ich hier weg.« Sie strich ihr Nachthemd glatt und wollte an Jablonski vorbeistürmen. Doch der sprang auf und stellte sich ihr in den Weg. »Sie können gehen, wenn wir hier weg sind. Bis dahin setzen Sie sich bitte wieder hin. Und du, Viktor, kommst jetzt mal hier rüber. Butter bei die Fische, wie man so schön sagt.« Er winkte Viktor Nieburg mit dem Lauf der Pistole zum Schreibtisch.

»Setzen. Computer an«, befahl Jablonski dann. »Du wirst uns jetzt das Geld überweisen.«

Nieburg warf ihm einen skeptischen Blick zu. »Überweisen? Auf dein Konto, oder was?« Nur mit Mühe konnte er sich ein Grinsen verkneifen. »Ich soll dir vier Millionen auf dein Girokonto überweisen. Oh Mann, du hast echt keine Ahnung, wie man sowas macht, richtig?«

»Er vielleicht nicht«, mischte sich Uwe ein und stellte Trista auf die Tischplatte. »Aber ich.«

»Was willst du eigentlich mit dem Geld?«

Sie saßen sich immer noch gegenüber. Gerade hatten sie Clarissas Mutter schreien hören. Ihre Tochter hatte kaum eine Regung gezeigt, sie schien solche Wutausbrüche entweder gewohnt zu sein oder sie war verdammt gut darin, ihre Gefühle zu verbergen. Vermutlich beides, dachte Cassidy und merkte, dass es sie betrübte. Sie drehte den Kopf zum Fenster. Durch einen Spalt im Vorhang konnte sie den Mond am blauschwarzen Himmel sehen. Sie kniff die Augen zusammen und dachte nach. Schließlich nickte sie und sah Clarissa in die Augen: »Ich denke, ich will endlich frei sein. Unabhängig. Und dazu braucht man Geld.«

Clarissa überlegte einen Moment, Cassidy konnte sehen, wie sie mit den Schneidezähnen auf der Unterlippe nagte, was süß aussah und gleichzeitig erschreckend erwachsen. »Ich weiß nicht. Ich habe jedenfalls nicht das Gefühl, dass meine Eltern sich durch all das hier«, sie machte eine unbestimmte Bewegung mit der Hand, »irgendwie frei fühlen würden. Im Gegenteil, mein Vater wirkt meistens gehetzt, getrieben, wie ein Tier im Käfig. Und meine Mutter, na ja die wirkt eigentlich nur glücklich, wenn sie die Kohle auf den Kopf hauen kann. Und selbst dann auch nur für einen Moment. Kommt mir nicht sehr nachhaltig vor.«

Cassidy lächelte das Mädchen auf dem Bett an. »Wie alt bist du? Fünfzehn?«

»Sechzehn.«

»Du bist sehr reif für dein Alter, mein Schatz. Und ich glaube auch nicht, dass Geld an sich glücklich macht oder dich von deinen Dämonen befreit oder so. Weißt du, ich habe in meinem Leben schon den einen oder anderen Mist hinter mir. Und jetzt habe ich die Chance, noch mal neu anzufangen, das alles hinter mir zu lassen. Mir in Ruhe zu überlegen, wer ich bin und was ich will.«

»Die entscheidenden Fragen des Lebens.« Clarissa schnalzte mit der Zunge.

»Da hast du Recht«, sagte Cassidy und lachte leise.

»Also, ich habe schon mal für jeden von uns ein geheimes Kryptokonto eingerichtet. Absolut sicher, nur mit viel Aufwand nachverfolgbar. Du wirst jeweils eine Million auf jedes dieser Konten transferieren. Wir machen das über einen Anbieter im Darknet. Zwei Prozent Kommission, das ist ein gutes Angebot.«

Alle starrten Uwe mit offenem Mund an. Viktor Nieburg fand als erster die Sprache wieder. »Das ist genial. Wer warst du noch mal?«

Jablonski quetschte sich zwischen Nieburg und Uwe. »Das ist unser Computer-Genie. Unsere Antwort auf Murray Bozinsky.« Uwe warf ihm einen verständnislosen Blick zu. »Trio mit vier Fäusten? Nie gesehen? Egal. Viktor, du machst es, wie er gesagt hat.« Er winkte Uwe in eine Ecke des Arbeitszimmers und fragte dann leise: »Und wie kommen wir dann an das Geld?«

Uwe bedachte ihn mit einem lehrerhaften Blick. »Entweder macht ihr eure Geschäfte in Krypto oder ihr lässt es euch in Euro auszahlen. Da würde ich monatliche Beträge empfehlen, die etwa getarnt sind mit Depotauszahlung oder so was in der Art. Wenn das überschaubare Beträge sind, wird das keine Alarmglocken bimmeln lassen. Können wir aber auch noch mal in Ruhe besprechen.«

»Äh, ja klar«, sagte Jablonski gedehnt. Über Uwes Schulter rief er: »Also los, auf was wartest du?«

»Er brauch doch noch Informationen von mir«, sagte Uwe.

»Sicher.«

Sie gingen zurück an den Tisch, an dem Nieburg mit gerunzelter Stirn saß und auf seine Hände blickte, die er flach vor sich auf die Platte gelegt hatte. Er sah zu Uwe auf. »Jemand wie du hätte mir mal früher begegnen sollen. Dann hätte ich bestimmt nicht den Fehler gemacht, diesen windigen Typen Winterfeld zu beauftragen.«

»Ja, bestimmt nicht«, sagte Uwe trocken. »Es gibt auf jeden Fall elegantere Arten, illegale Gelder beiseitezuschaffen.«

»Ich nehme an, du hast für Winterfeld gearbeitet?«

»Unter anderem, ja.«

»Und wurdest wahrscheinlich beschissen bezahlt..«

»Das Honorar war sehr bescheiden, allerdings.«

Viktor Nieburg rieb sich mit Daumen und Zeigefinger die Unterlippe. »Ich denke, wir beide sollten uns mal unterhalten, wenn das hier alles vorbei ist. Einen Mann mit deinem Potential könnte ich gut gebrauchen. Ich habe da auch schon eine Idee.«

»Können wir dann?«, sagte Jablonski genervt.

Nieburg zuckte mit den Achseln. »Habe ich eine Wahl?«

»Nein«, riefen Jablonski, Dieter, Uwe, Silke und Barbara Nieburg wie aus einem Mund.

Der tannengrüne Opel Corsa zog auf der unbefestigten Landstraße eine Staubwolke hinter sich her. Die Lüftung war auf Anschlag eingestellt, alle Fenster heruntergekurbelt und trotzdem hatte Dieter das Gefühl, er würde sich in einer fahrenden Sauna befinden. Das weiße T-Shirt klebte an seinem Oberkörper, Schweiß rann ihm an der Stirn und den Schläfen herab, das braune Haar klebte in Strähnen auf der Kopfhaut. Auf seinem Gesicht aber lag ein Lächeln, das immer breiter wurde, je näher das Meer kam. Da hinten, wo die Straße eine langgezogene Kurve machte, konnte er es schon am Horizont sehen. Und riechen. Salzig, würzig. Darüber der strahlend blaue Himmel, von dem die grelle, weiße Sonne gnadenlos herunterbrannte und die Luft, die Landschaft, alles, in eine Art flimmernde Folie einwickelte. Dann erschien das Dorf, rechts von der Straße, vielleicht fünfzig Meter von einem Sandstrand entfernt, wie ihn Dieter noch nie in seinem Leben gesehen hatte. Ein Pinienwald erstreckte sich längs der Straße, Olivenbäume, kleine Felsen. Fischer hatten ihre Holzboote auf den Strand gezogen. Dieter grinste jetzt fast und griff nach rechts, fühlte die Haut ihres Schenkels, die von einem feinen Schweißfilm bedeckt war und ließ seine Hand darauf liegen. Er warf ihr einen raschen Blick zu. Sie war eingeschlafen, ihr Kopf leicht nach rechts gefallen, der warme Fahrtwind wehte durch das blonde Haar. Er mochte die kürzeren Haare. Mein Gott, er mochte, nein, er liebte alles an ihr – und wünschte sich gleichzeitig, dass dieses Gefühl niemals endete.

Dieter lenkte den Wagen an den Straßenrand, zog den handgeschriebenen Zettel aus dem kleinen Fach unter dem Radio und überprüfte noch einmal die Adresse. Dann setzte er die

Fahrt fort. Der Wagen ruckelte, er hatte ein Schlagloch übersehen, und Laura schlug die Augen auf. Das erste, was sie zu ihm gesagt hatte, nachdem sie sich von Jablonski, Silke und Uwe verabschiedet und in den Corsa gesetzt hatten, war, dass sie von jetzt an wieder Laura sein würde. Dieter hatte nur lächelnd genickt.

»Wir sind da«, sagte sie mit verschlafener Stimme. Sie bogen gerade in den Weg zum Dorf ein. Eine Handvoll enger Straßen, Gassen eigentlich nur, zogen sich wie Adern um zwanzig, dreißig in der Mittagssonne unwirklich strahlend weiße quaderförmige Häuser herum.

»Wir sind da«, bestätigte Dieter. »Das Meer ist nicht weit.«

»Wunderschön«, sagte Laura leise.

»Jetzt müssen wir nur noch unser Haus finden. Es soll an der Seite zum Meer stehen.«

Dieter lenkte das Auto durch die menschenleeren Gassen. Wäsche trocknete auf Leinen vor den geschlossenen Fenstern, eine dicke Katze döste im Schatten eines kleinen Olivenbaumes.

»Da hinten, das muss es sein.« Laura deutete auf ein zweistöckiges Gebäude mit blauen Fensterläden. Auf eine Hauswand war eine Sonne gemalt. »Die Sonne.«

Das Haus lag am Rand des Dorfes, etwas oberhalb der Wasserlinie. Von hier hatte man einen atemberaubenden Ausblick über die kleine Bucht und das Mittelmeer. Dieter stellte das Auto ab, stieg aus, streckte den Rücken durch und hielt dann Laura die Beifahrertür auf. »Der Mann weiß, was sich gehört«, flötete sie augenzwinkernd.

Dann standen sie Hand in Hand nebeneinander und blickten auf das weißgetünchte Haus. An einer Seite war ein kleiner Garten angelegt worden. Verschiedene Kräuter, bunte Blumen, zwei schattenspendende Bäume, deren Namen Dieter nicht kannte, eine Holzbank mit kleinem runden Tisch.

»Der Schlüssel liegt unter dem Tontopf neben der Tür«, sagte Dieter und zog Laura sanft in die Richtung.

Später saßen sie auf der Bank im Garten, die Sonne war hinter den Pinien verschwunden, in denen die Zikaden tausendfach schnarrten.

»Unser kleines Paradies«, sagte Laura und zog die nackten Beine an den Köper.

Dieter strich ihr gedankenverloren durch das Haar. »Ja. Und das ist erst der Anfang. Mit dem Geld kommen wir lange über die Runden.« Nach kurzem Zögern setzte er hinzu: »Wenn du willst.«

Sie schwieg und er befürchtete schon, keine Antwort mehr zu bekommen auf eine Frage, die in seinen Worten mitgeschwungen war. Doch dann sagte sie: »So wie es jetzt ist, in diesem Moment, ist es schön. Was morgen ist oder in einem Monat, einem Jahr, sehen wir dann.« Sie drehte sich zu ihm und legte ihre Arme um seinen Hals, sah ihm tief in die Augen. »In Ordnung?«

Er nickte lächelnd. »In Ordnung.«

Ihre Lippen schmeckten nach dem Salz des Mittelmeeres.

»Noch eins?«, fragte Fred und nickte in Richtung von Jablonskis leerem Bierglas.

»Warum nicht?«, gab Jablonski zurück und schob das Glas über die Theke.

»Hab euch ja lange nicht mehr gesehen«, sagte der Wirt des »Stübchens«, während er konzentriert das Bier ins Glas zapfte.

»Ach weißt du, wir hatten viel zu tun«, sagte Silke, die neben Jablonski am Tresen saß, vor sich ein Glas Weinschorle, an dessen Wand sich ein Meer von Kondenströpfchen gebildet hatte. Sie grinste Jablonski von der Seite an, der sich nur schwer ein Lachen verkneifen konnte.

»Ach ja? Arbeit, oder was?«, fragte Fred, eher routiniert, denn wirklich interessiert.

»Könnte man so sagen«, antwortete Jablonski.

»Na ja, jedenfalls schön, dass ihr euren alten Freund Fred nicht vergessen habt. Hier wird es immer leerer. Ohne Günther hätte ich sonst bald gar keine zahlenden Kunden mehr.« Aus Pietätsgründen seinem ausdauerndsten Gast gegenüber, beugte er sich leicht vor und flüsterte: »Und wie lange der noch durchhält, weiß man ja auch nicht, was?«

Alle schauten zu dem Tisch in der Ecke, an dem Günther, das halbvolle Bierglas und zwei leere Schnapsgläser vor sich, wieder mal eingenickt war, das Kinn auf der Brust. Das einst zur Schwabbeligkeit neigende Gesicht war mit den Jahren immer kantiger geworden, so wie der gesamte Körper ausgemergelt wirkte. »Wohl war«, sagte Jablonski leise.

»Tja«, kommentierte Fred das große Spiel von Leben und Sterben lakonisch und schob Jablonski das volle Glas zu. »Wohl bekomm's.« Dann machte er sich an dem altmodischen CD-

Player zu schaffen und die Klänge eines Synthesizer-Klaviers waberten durch die kleine Kneipe.

»Oh mein Gott, ist das Carrie von Europe?«, fragte Silke.

Der Wirt zuckte mit den Achseln. »Bin heute irgendwie sentimental drauf.«

»Ist doch ein guter Song«, bemerkte Jablonski.

Silke sah ihn mit großen Augen an. »Horst Jablonski, ich entdecke doch immer wieder neue Seiten an dir.«

Jablonski reichte ihr eine Hand. »Darf ich bitten?«

»Du willst ... tja, warum nicht?«

Jablonski geleitete sie in den freien Raum zwischen zwei Tischen und sie wiegten sich langsam zur Musik.

»Wusste gar nicht, dass du so gut tanzen kannst«, sagte Silke.

»Ehrlich gesagt, ich auch nicht.«

»Das ist schön.«

»Finde ich auch.«

Sie schwiegen. Silke legte ihre Wange an seine Brust und er ließ es zu. Es war schön, die Wärme ihres Gesichts zu spüren, ihr Haar zu riechen, ihre Hand umschlossen zu halten. Wie lange hatte er das nicht mehr gemacht? Das letzte Mal bestimmt mit Susanne, aber er konnte sich nicht erinnern. So, wie er sich seit den wilden Tagen in der Villa in Dahlem, die jetzt drei Wochen her waren, irgendwie an vieles davor nicht mehr erinnern konnte – oder wollte. Es war fast, als hätte er auf einen Knopf gedrückt und einen Neustart bewirkt. Interessanterweise empfand er es nicht als bedrohlich oder auch nur als bedauerlich, nein, er freute sich darüber, war auch ein wenig aufgeregt, denn es war wirklich wie ein neues Leben, was ihn jetzt erwartete und durch das Geld von Nieburg konnte er bestimmen, wie es verlaufen würde. Wenn alles gut ging, hatte er noch fünfzehn oder zwanzig Jahre auf der Lebensuhr und die würde er genießen.

Sie waren nach dem Abend bei Nieburg nicht wieder in die Villa gefahren. Insgesamt schätzten sie das Risiko, dass die Polizei etwas finden würde, was sie auf ihre Spur führte, als gering ein. Am ehesten würden sich die Nachbarn an Cassidy erinnern, die jetzt wieder Laura hieß. Aber die hatte sich mit Dieter in dem altersschwachen Corsa aus dem Staub gemacht. Ziel unbekannt. Und sonst? Wer sollte schon auf die Versager Horst Jablonski, Silke Bessin oder Uwe Dirksen kommen? Am wahrscheinlichsten war, dass die Polizei die halbseidenen Machenschaften von Stefan Winterfeld ermittelte und dann war es nur naheliegend davon auszugehen, dass sowohl Winterfeld in der Tiefkühltruhe, die abgetrennten Hände als auch Hassan in der anderen Tiefkühltruhe das Ergebnis eines Streits in der Berliner Unterwelt mit tödlichem Ausgang waren. Je mehr Jablonski darüber nachgedacht hatte, desto überzeugter war er, dass die ohnehin überlastete, unterbesetzte und lieber mit erfolgversprechenderen Dingen beschäftigte Berliner Justiz das Ganze irgendwann im Sande verlaufen lassen würde. Kleinkriminelle, die sich gegenseitig erledigten, besser konnte es doch letztlich gar nicht laufen.

Jablonski wollte sich dennoch erst einmal bedeckt halten, dasselbe hatte er Silke empfohlen. Nachdem ihnen Uwe erklärt hatte, wie sie über eine gesicherte Leitung mit einer speziellen App auf dem Handy Zugang zu ihren Kryptogeldkonten bekommen konnten, hatten sie sich im Morgengrauen in einem menschenleeren ehemaligen Industriegebiet im Berliner Süden voneinander verabschiedet.

Dieter und Cassidy – Jablonski würde sich wohl nicht mehr an den Namen Laura gewöhnen – waren dann in den Corsa gestiegen. Sie hatten dem Auto nachgesehen, bis es am Ende der Straße abbog. Uwe hatte ihm und Silke die Hand gegeben. Die Tasche mit Trista und der anderen Ausrüstung hing über seiner Schulter. Ihr wisst, wie ihr mich erreichen könnt, hatte er gesagt, sich mit zwei Fingern an die Stirn getippt und war dann zu einer Bushaltestelle in der Nähe gegangen. Jablonski hoffte, dass er in der Zusammenarbeit mit Nieburg endlich seine langersehnte Bestätigung als genialer Programmierer finden würde. Denn er zweifelte nicht daran, dass sich die beiden irgendwann und irgendwie zusammentun würden. Ich muss jetzt erst mal pennen, hatte Jablonski gesagt, nachdem Uwe in den Bus eingestiegen war. Silke hatte zugestimmt. Warum kommst du nicht mit zu mir, hatte er sie gefragt. Und seitdem wohnte sie bei ihm.

»Weißt du, ich habe nachgedacht.« Sie brummte als Aufforderung, dass er weiterreden sollte. »Warum sollte, was einmal geklappt hat, nicht auch ein zweites Mal funktionieren?«

Silke hob ihren Kopf und sah ihn an. Die seidenweiche Stimme von Joey Tempest steigerte sich in den Refrain. »Was meinst du damit?«

»Ach, ich weiß nicht, nur so als Idee.«

Sie kniff die Augen zusammen. »Horst Jablonski, was hast du vor?«

Anstatt zu antworten, nahm er seine Hand von ihrer Hüfte und fischte einen zusammengefalteten Zettel aus der Hosentasche. »Die Frage müsste lauten, wen nehmen wir uns als Nächstes vor? Immerhin stehen noch einige Leute auf der Liste.«

Silke sah ihn ernst an, dann entspannte sich ihr Gesicht. Sie stellte sich auf die Zehenspitzen und gab ihm einen Kuss. »Warum nicht?«

Jablonski nickte grinsend. »Eben, warum nicht?«

Dieses Buch ist all jenen gewidmet, die niemals aufgeben.
Glaubt an euch. Ich weiß, ihr könnt es schaffen!

Der Autor

Oliver Riede wurde vor fast fünfzig Jahren in Berlin-Wedding geboren (uffm Wedding, wie der Weddinger mit unverhohlenem Stolz sagen würde) und verbrachte fast sein gesamtes Leben in der Stadt. Schreiben hat ihn immer fasziniert. Erst spät hat er selbst dazu gefunden. Handarbeit ist sein zweiter Roman. Besonders gern schreibt er Dialoge. Der Autor lebt mit seiner Familie in Schweden.

www.or-literatur.de